THE LOEB CLASSICAL LIBRARY
FOUNDED BY JAMES LOEB

EDITED BY
G. P. GOOLD

LUCIAN

VII

LCL 431

LUCIAN

VOLUME VII

WITH AN ENGLISH TRANSLATION BY

M. D. MACLEOD

HARVARD UNIVERSITY PRESS
CAMBRIDGE, MASSACHUSETTS
LONDON, ENGLAND

First published 1961
Reprinted 1969, 1992, 1998

ISBN 0-674-99475-2

Printed in Great Britain by St Edmundsbury Press Ltd,
Bury St Edmunds, Suffolk, on acid-free paper.
Bound by Hunter & Foulis Ltd, Edinburgh, Scotland.

CONTENTS

LIST OF LUCIAN'S WORKS

SHOWING THEIR DIVISION INTO VOLUMES IN THIS EDITION

Volume I

Phalaris I and II—Hippias or the Bath—Dionysus—Heracles—Amber or The Swans—The Fly—Nigrinus—Demonax—The Hall—My Native Land—Octogenarians—A True Story I and II—Slander—The Consonants at Law—The Carousal or The Lapiths.

Volume II

The Downward Journey or The Tyrant—Zeus Catechized—Zeus Rants—The Dream or The Cock—Prometheus—Icaromenippus or The Sky-man—Timon or The Misanthrope—Charon or The Inspector—Philosophies for Sale.

Volume III

The Dead Come to Life or The Fisherman—The Double Indictment or Trials by Jury—On Sacrifices—The Ignorant Book Collector—The Dream or Lucian's Career—The Parasite—The Lover of Lies—The Judgement of the Goddesses—On Salaried Posts in Great Houses.

Volume IV

Anacharsis or Athletics—Menippus or The Descent into Hades—On Funerals—A Professor of Public Speaking—Alexander the False Prophet—Essays in Portraiture—Essays in Portraiture Defended—The Goddess of Surrye.

Volume V

The Passing of Peregrinus—The Runaways—Toxaris or Friendship—The Dance—Lexiphanes—The Eunuch—Astrology—The Mistaken Critic—The Parliament of the Gods—The Tyrannicide—Disowned.

LIST OF LUCIAN'S WORKS

Volume VI

Historia—Dipsades—Saturnalia—Herodotus—Zeuxis—Pro Lapsu—Apologia—Harmonides—Hesiodus—Scytha—Hermotimus—Prometheus Es—Navigium.

Volume VII

Dialogues of the Dead—Dialogues of the Sea-Gods—Dialogues of the Gods (exc. Dearum Iudicium cf. Vol. III)—Dialogues of the Courtesans.

Volume VIII

Soloecista—Lucius or the Ass—Amores—Halcyon—Demosthenes—Podagra—Ocypus—Cyniscus—Philopatria—Charidemus—Nero.

PREFACE

As shown by Mras (Die Überlieferung Lucians) for the four works of Lucian in this volume the readings of the manuscripts are to be grouped into two classes, the γ class (of which the leading representative is Vaticanus Graecus 90 or *Γ*) and the β class (headed by Vindobonensis 123 or *B*). Neither *B* nor *Γ* is extant for the Dialogues of the Courtesans, for which the best representative of γ is X (Palatinus 73), while the β class is here best represented by L (Laurentianus 57.51).

In this volume I have endeavoured to follow the late Professor Harmon both in taking due account of the readings of *Γ*, and also in keeping to the order of the works of Lucian as found in *Γ*. This means that I have, in the Dialogues of the Dead, of the Sea-Gods, and of the Gods, departed from the traditional ordering of the dialogues within all three collections, but for the convenience of the reader I have added in brackets after the ordering of *Γ* the traditional reference number of the dialogue, and have also retained in the margin the page numbers of the edition of Hemsterhuys and Reitz. The tables on the following page will also be of service.

I have prepared my own text of the Dialogues of the Dead, of the Sea-Gods, and of the Gods, after collating *Γ*, *Ω* and *B*. For the Dialogues of the Courtesans, however, there is already in existence the excellent text and apparatus of Dr. Mras (Kleine Texte für Vorlesungen und Übungen, Berlin, 1930) which I have used as the basis of this text.

ORDER IN THIS VOLUME (as in Γ)

Traditional Order	*Dial. of Dead*	*Dial. of Sea-Gods*	*Dial. of Gods*
1	1	1	5
2	3	2	6
3	10	3	7
4	14	4	10
5	15	7	8
6	16	8	9
7	17	11	11
8	18	5	13
9	19	6	12
10	20	9	14
11	21	10	19
12	25	12	20
13	13	13	15
14	12	14	16
15	26	15	17
16	11	—	18
17	7	—	21
18	5	—	22
19	27	—	23
20	6	—	Dearum Iudicium (vol. 3)
21	4	—	1
22	2	—	2
23	28	—	3
24	29	—	4
25	30	—	24
26	8	—	25
27	22	—	—
28	9	—	—
29	23	—	—
30	24	—	—

PREFACE

Of the many scholars who have helped me I should like particularly to thank Professors Mynors and Baldry and Mr. C. W. Whitaker. My thanks are due to the staffs of many libraries, particularly the Vatican Library, the Austrian National Library, and the Library of Trinity College, Cambridge, for their unfailing kindness, and to the Library of Uppsala University for allowing me the use of Nilén's very accurate collations. Finally my thanks are due to the Winter Warr Fund at Cambridge and to my own college, Pembroke College, Cambridge, for making possible an extended visit to libraries in Vienna and Italy.

SIGLA

Γ = Vaticanus 90
B = Vindobonensis 123
Ω = Marcianus 434
L = Laurentianus 57.51
X = Palatinus 73
γ = *ΓΩ* (in Dialogues of the Courtesans = X *et alii*)
β = *B et alii* (in Dialogues of the Courtesans = L *et alii*)
rec. = codex recentior
recc. = duo vel plures codices recentiores

DIALOGUES OF THE DEAD

SOME dialogues in this collection are purely literary, as, for example, where Lucian rewrites scenes from *Odyssey*, Book XI, or the imaginative dialogues featuring Alexander, interest in whom for Lucian and his audience alike may have been heightened by the work of Arrian.

Other dialogues are satirical, dealing mainly with "captatio", or with the Cynic theme of the transitory nature of prosperity during this life. Roman writers and Juvenal, in particular, had dealt with similar topics (cf. Highet, *Juvenal the Satirist*, pp. 250 and 280 etc.); but this does not necessarily mean that Lucian was familiar with Latin literature or influenced by it, as such topics would have been the natural field of any satirist. Moreover, at times Lucian and the Roman satirists may have been drawing from common sources.

1 (1)

ΔΙΟΓΕΝΟΥΣ ΚΑΙ ΠΟΛΥΔΕΥΚΟΥΣ

ΔΙΟΓΕΝΗΣ

1. Ὦ Πολύδευκες, ἐντέλλομαί σοι, ἐπειδὰν
329 τάχιστα ἀνέλθῃς,—σὸν γάρ ἐστιν, οἶμαι, ἀναβιῶναι αὔριον—ἤν που ἴδῃς Μένιππον τὸν κύνα,—εὕροις δ' ἂν αὐτὸν ἐν Κορίνθῳ κατὰ τὸ Κράνειον[1] ἢ ἐν Λυκείῳ τῶν ἐριζόντων πρὸς ἀλλήλους φιλοσόφων καταγελῶντα—εἰπεῖν πρὸς αὐτόν, ὅτι σοί, ὦ Μένιππε, κελεύει ὁ Διογένης, εἴ σοι ἱκανῶς τὰ ὑπὲρ γῆς καταγεγέλασται, ἥκειν ἐνθάδε πολλῷ πλείω ἐπιγελασόμενον· ἐκεῖ μὲν γὰρ ἐν ἀμφιβόλῳ σοὶ ἔτι ὁ γέλως ἦν καὶ πολὺ τὸ "τίς γὰρ ὅλως οἶδε τὰ μετὰ
330 τὸν βίον;", ἐνταῦθα δὲ οὐ παύσῃ βεβαίως γελῶν καθάπερ ἐγὼ νῦν, καὶ μάλιστα ἐπειδὰν ὁρᾷς τοὺς πλουσίους καὶ σατράπας καὶ τυράννους οὕτω ταπεινοὺς καὶ ἀσήμους, ἐκ μόνης οἰμωγῆς διαγινωσκομένους, καὶ ὅτι μαλθακοὶ καὶ ἀγεννεῖς εἰσι μεμνημένοι τῶν ἄνω. ταῦτα λέγε αὐτῷ, καὶ
331 προσέτι ἐμπλησάμενον τὴν πήραν ἥκειν θέρμων τε πολλῶν καὶ εἴ που εὕροι ἐν τῇ τριόδῳ Ἑκάτης δεῖπνον κείμενον ἢ ᾠὸν ἐκ καθαρσίου ἤ τι τοιοῦτον.

[1] Κράνιον codd. vett..

DIALOGUES OF THE DEAD

1 (1)

DIOGENES AND POLLUX

DIOGENES

My dear Pollux, I have some instructions for you as soon as you go up top. It's your turn for resurrection to-morrow, I believe. If you see Menippus, the Dog[1], anywhere (you'll find him in Corinth at the Craneum or in the Lyceum at Athens, laughing at the philosophers wrangling with each other), tell him this from me. "Diogenes bids you, Menippus, if you've laughed enough at the things on the earth above, come down here, if you want much more to laugh at; for on earth your laughter was fraught with uncertainty, and people often wondered whether anyone at all was quite sure about what follows death, but here you'll be able to laugh endlessly without any doubts, as I do now—and particularly when you see rich men, satraps and tyrants so humble and insignificant, with nothing to distinguish them but their groans, and see them to be weak and contemptible when they recall their life above." That's the message you've to give him and one further thing—that he's to come here with his wallet filled with lots of lupines and any meals dedicated to Hecate he finds at cross-roads, or eggs from sacrifices of purification, or anything of the sort.

[1] A nickname for a Cynic philosopher.

ΠΟΛΥΔΕΥΚΗΣ

2. Ἀλλ' ἀπαγγελῶ ταῦτα, ὦ Διόγενες. ὅπως
332 δὲ εἰδῶ μάλιστα ὁποῖός τίς ἐστι τὴν ὄψιν—

ΔΙΟΓΕΝΗΣ

Γέρων, φαλακρός, τριβώνιον ἔχων πολύθυρον, ἅπαντι ἀνέμῳ ἀναπεπταμένον καὶ ταῖς ἐπιπτυχαῖς τῶν ῥακίων ποικίλον, γελᾷ δ' ἀεὶ καὶ τὰ πολλὰ τοὺς ἀλαζόνας τούτους φιλοσόφους ἐπισκώπτει.

ΠΟΛΥΔΕΥΚΗΣ

Ῥᾴδιον εὑρεῖν ἀπό γε τούτων.

ΔΙΟΓΕΝΗΣ

Βούλει καὶ πρὸς αὐτοὺς ἐκείνους ἐντείλωμαί τι τοὺς φιλοσόφους;

ΠΟΛΥΔΕΥΚΗΣ

Λέγε· οὐ βαρὺ [1] γὰρ οὐδὲ τοῦτο.

ΔΙΟΓΕΝΗΣ

Τὸ μὲν ὅλον παύσασθαι αὐτοῖς παρεγγύα ληροῦσι καὶ περὶ τῶν ὅλων ἐρίζουσιν καὶ κέρατα φύουσιν ἀλλήλοις καὶ κροκοδείλους ποιοῦσι καὶ τὰ τοιαῦτα ἄπορα ἐρωτᾶν διδάσκουσι τὸν νοῦν.

ΠΟΛΥΔΕΥΚΗΣ

Ἀλλὰ ἐμὲ ἀμαθῆ καὶ ἀπαίδευτον εἶναι φάσκουσι
333 κατηγοροῦντα τῆς σοφίας αὐτῶν.

[1] οὐ βαρὺ β : βαρὺ γ.

---

[1] and [2] Philosophers' quibbles. Cf. Quintilian, I, 10, 5. For (1) vide Gellius, 18, 2, 8. "What you have not lost, you have; you have not lost horns; therefore you have

POLLUX

I'll deliver your message, Diogenes. But if I could have precise information about his appearance—

DIOGENES

He's old and bald, with a decrepit cloak full of windows and open to every wind, a motley of flapping rags; he's always laughing and generally mocking those hypocritical philosophers.

POLLUX

If we judge from these details at any rate, he should be easy to find.

DIOGENES

May I send a piece of advice to these philosophers also?

POLLUX

Yes; no difficulty with that either.

DIOGENES

Pass on a brief message to them to stop their foolish talk and their bickering about the universe, and making each other grow horns,[1] and composing puzzles about crocodiles,[2] and teaching the human mind to ask such insoluble riddles.

POLLUX

But they say I'm an uneducated ignoramus to cast aspersions on their wisdom.

horns." For (2) cf. *Philosophies for Sale* 22, "Suppose that a crocodile seizes your child . . . but promises to give it back, if you tell the crocodile correctly what it intends to do with the child; what answer will you give?"

ΔΙΟΓΕΝΗΣ

Σὺ δὲ οἰμώζειν αὐτοὺς παρ' ἐμοῦ λέγε.

ΠΟΛΥΔΕΥΚΗΣ

Καὶ ταῦτα, ὦ Διόγενες, ἀπαγγελῶ.

ΔΙΟΓΕΝΗΣ

3. Τοῖς πλουσίοις δ', ὦ φίλτατον Πολυδεύκιον, ἀπάγγελλε ταῦτα παρ' ἡμῶν· τί, ὦ μάταιοι, τὸν χρυσὸν φυλάττετε; τί δὲ τιμωρεῖσθε ἑαυτοὺς λογιζόμενοι τοὺς τόκους καὶ τάλαντα ἐπὶ ταλάντοις συντιθέντες, οὓς χρὴ ἕνα ὀβολὸν ἔχοντας ἥκειν μετ' ὀλίγον;

ΠΟΛΥΔΕΥΚΗΣ

Εἰρήσεται καὶ ταῦτα πρὸς ἐκείνους.

ΔΙΟΓΕΝΗΣ

Ἀλλὰ καὶ τοῖς καλοῖς τε καὶ ἰσχυροῖς λέγε, Μεγίλλῳ τε τῷ Κορινθίῳ καὶ Δαμοξένῳ τῷ παλαιστῇ, ὅτι παρ' ἡμῖν οὔτε ἡ ξανθὴ κόμη οὔτε τὰ χαροπὰ ἢ μέλανα ὄμματα ἢ ἐρύθημα ἐπὶ τοῦ προσώπου ἔτι ἔστιν ἢ νεῦρα εὔτονα ἢ ὦμοι καρτεροί, ἀλλὰ πάντα μία ἡμῖν κόνις, φασί, κρανία γυμνὰ τοῦ κάλλους.

334

ΠΟΛΥΔΕΥΚΗΣ

Οὐ χαλεπὸν οὐδὲ ταῦτα εἰπεῖν πρὸς τοὺς καλοὺς καὶ ἰσχυρούς.

ΔΙΟΓΕΝΗΣ

4. Καὶ τοῖς πένησιν, ὦ Λάκων,—πολλοὶ δ' εἰσὶ καὶ ἀχθόμενοι τῷ πράγματι καὶ οἰκτείροντες τὴν

DIOGENES

You tell them from me to go to the devil.

POLLUX

I'll give this message too, Diogenes.

DIOGENES

And take this message to the rich men from us, my dearest Pollux. "Why do you guard your gold, you senseless fools? Why do you punish yourselves, counting interest, and piling talents on talents, when you must come here shortly with no more than a penny?"[1]

POLLUX

They shall have this message too.

DIOGENES

Yes, and say to the men who are handsome and strong like Megillus of Corinth and Damoxenus the wrestler, "Here with us are no golden locks or blue eyes or dark eyes, or rosy cheek, no well-strung sinews or sturdy shoulders—all with us, to quote the proverb, is one and the same dust, skulls bereft of good looks."

POLLUX

Another easy message for me to give—to the handsome and strong.

DIOGENES

And tell the poor, my Spartan friend, who are many, displeased with life and pitying themselves

[1] The obol put in the mouth of a corpse as Charon's fare.

ἀπορίαν—λέγε μήτε δακρύειν μήτε οἰμώζειν διηγησάμενος τὴν ἐνταῦθα ἰσοτιμίαν, καὶ ὅτι ὄψονται
335 τοὺς ἐκεῖ πλουσίους οὐδὲν ἀμείνους αὐτῶν· καὶ Λακεδαιμονίοις δὲ τοῖς σοῖς ταῦτα, εἰ δοκεῖ, παρ' ἐμοῦ ἐπιτίμησον λέγων ἐκλελύσθαι αὐτούς.

ΠΟΛΥΔΕΥΚΗΣ

Μηδέν, ὦ Διόγενες, περὶ Λακεδαιμονίων λέγε· οὐ γὰρ ἀνέξομαί γε. ἃ δὲ πρὸς τοὺς ἄλλους ἔφησθα, ἀπαγγελῶ.

ΔΙΟΓΕΝΗΣ

Ἐάσωμεν τούτους, ἐπεί σοι δοκεῖ· σὺ δὲ οἷς προεῖπον ἀπένεγκον παρ' ἐμοῦ τοὺς λόγους.

2 (22)

ΧΑΡΩΝΟΣ ΚΑΙ ΜΕΝΙΠΠΟΥ

ΧΑΡΩΝ

1. Ἀπόδος, ὦ κατάρατε, τὰ πορθμεῖα.

ΜΕΝΙΠΠΟΣ

Βόα, εἰ τοῦτό σοι, ὦ Χάρων, ἥδιον.

ΧΑΡΩΝ

Ἀπόδος, φημί, ἀνθ' ὧν σε διεπορθμεύσαμεν.

ΜΕΝΙΠΠΟΣ

Οὐκ ἂν λάβοις παρὰ τοῦ μὴ ἔχοντος.

ΧΑΡΩΝ

Ἔστι δέ τις ὀβολὸν μὴ ἔχων;

for their poverty, not to cry and moan; describe to them our equality here, telling them how they'll see the rich on earth no better here than they are themselves. And tell your own Spartans off from me, if you will, for having become so slack.

POLLUX

Not a word to me about Spartans, Diogenes; I won't tolerate that. But I'll deliver your messages to all the others.

DIOGENES

Let's forget about the Spartans, since that's your wish, but be sure to give my messages to the people I mentioned earlier on.

2 (22)

CHARON AND MENIPPUS

CHARON

Pay the fare, curse you.

MENIPPUS

Shout away, Charon, if that's what you prefer.

CHARON

Pay me, I say, for taking you across.

MENIPPUS

You can't get blood out of a stone.

CHARON

Is there anyone who hasn't a single penny?

ΜΕΝΙΠΠΟΣ

Εἰ μὲν καὶ ἄλλος τις οὐκ οἶδα, ἐγὼ δ' οὐκ ἔχω.

ΧΑΡΩΝ

Καὶ μὴν ἄγξω σε νὴ τὸν Πλούτωνα, ὦ μιαρέ, ἢν μὴ ἀποδῷς.

ΜΕΝΙΠΠΟΣ

424 *Κἀγὼ τῷ ξύλῳ σου πατάξας διαλύσω*[1] *τὸ κρανίον.*

ΧΑΡΩΝ

Μάτην οὖν ἔσῃ πεπλευκὼς[2] *τοσοῦτον πλοῦν.*

ΜΕΝΙΠΠΟΣ

Ὁ Ἑρμῆς ὑπὲρ ἐμοῦ σοι ἀποδότω, ὅς με παρέδωκέ σοι.

ΕΡΜΗΣ

2. *Νὴ Δί' ὀναίμην*[3] *γε, εἰ μέλλω καὶ ὑπερεκτίνειν τῶν νεκρῶν.*

ΧΑΡΩΝ

Οὐκ ἀποστήσομαί σου.

ΜΕΝΙΠΠΟΣ

Τούτου γε ἕνεκα νεωλκήσας τὸ πορθμεῖον παράμενε· πλὴν ἀλλ' ὅ γε μὴ ἔχω, πῶς ἂν λάβοις;

ΧΑΡΩΝ

Σὺ δ' οὐκ ᾔδεις κομίζειν δέον;

[1] παραλύσω γ.
[2] ἔσῃ πεπλευκὼς . . . . γ : πέπλευκας . . . . ; β.
[3] ὠνάμην β.

MENIPPUS

I don't know about anyone else, but I am without one.

CHARON

But by Pluto, I'll throttle you, you blackguard, if you don't pay.

MENIPPUS

And I'll smash your head with a blow from my stick.

CHARON

Then you'll have sailed all this long way for nothing.

MENIPPUS

Hermes delivered me to you ; let him pay.

HERMES

Heaven help me, if I'm going to pay for the dead too.

CHARON

I won't leave you alone.

MENIPPUS

Then you'd better beach your ferry, and stay put ; but how will you get what I don't have ?

CHARON

Didn't you know you had to bring it with you ?

ΜΕΝΙΠΠΟΣ

Ἤιδειν μέν, οὐκ εἶχον δέ. τί οὖν; ἐχρῆν διὰ τοῦτο μὴ ἀποθανεῖν;

ΧΑΡΩΝ

Μόνος οὖν αὐχήσεις προῖκα πεπλευκέναι;

ΜΕΝΙΠΠΟΣ

Οὐ προῖκα, ὦ βέλτιστε· καὶ γὰρ ἤντλησα καὶ τῆς κώπης συνεπελαβόμην καὶ οὐκ ἔκλαον μόνος τῶν ἄλλων ἐπιβατῶν.

ΧΑΡΩΝ

425 Οὐδὲν ταῦτα πρὸς πορθμέα· τὸν ὀβολὸν ἀποδοῦναί σε δεῖ· οὐ θέμις ἄλλως γενέσθαι.

ΜΕΝΙΠΠΟΣ

3. Οὐκοῦν ἄπαγέ με αὖθις ἐς τὸν βίον.

ΧΑΡΩΝ

Χάριεν λέγεις, ἵνα καὶ πληγὰς ἐπὶ τούτῳ παρὰ τοῦ Αἰακοῦ προσλάβω.

ΜΕΝΙΠΠΟΣ

Μὴ ἐνόχλει οὖν.

ΧΑΡΩΝ

Δεῖξον τί ἐν τῇ πήρᾳ ἔχεις.

ΜΕΝΙΠΠΟΣ

Θέρμους, εἰ θέλεις, καὶ τῆς Ἑκάτης τὸ δεῖπνον.

ΧΑΡΩΝ

Πόθεν τοῦτον ἡμῖν, ὦ Ἑρμῆ, τὸν κύνα ἤγαγες; οἷα δὲ καὶ ἐλάλει παρὰ τὸν πλοῦν τῶν ἐπιβατῶν

MENIPPUS

Yes, but I didn't have it. What of it ? Did that make it wrong for me to die ?

CHARON

So you'll be the only one to boast of a free passage?

MENIPPUS

Not free, my good fellow ; I baled, I helped at the oar, I was the only passenger who wasn't weeping.

CHARON

That's nothing to do with a ferryman ; your penny must be paid. No alternative's allowed.

MENIPPUS

Then take me back to life.

CHARON

That's a bright remark ! Do you want me also to get a thrashing from Aeacus for my pains ?

MENIPPUS

Then don't bother me.

CHARON

Show me what you have in your bag.

MENIPPUS

Lupines, if you want some, and a meal meant for Hecate.

CHARON

Where did you find us this Dog, Hermes ? How he chattered on the crossing too, mocking and jeering

ἁπάντων καταγελῶν καὶ ἐπισκώπτων καὶ μόνος ᾄδων οἰμωζόντων ἐκείνων.

ΕΡΜΗΣ

Ἀγνοεῖς, ὦ Χάρων, ὅντινα ἄνδρα διεπόρθμευσας; ἐλεύθερον ἀκριβῶς· οὐδένος αὐτῷ μέλει. οὗτός ἐστιν ὁ Μένιππος.

ΧΑΡΩΝ

Καὶ μὴν ἄν σε λάβω ποτέ—

ΜΕΝΙΠΠΟΣ

Ἂν λάβῃς, ὦ βέλτιστε· δὶς δὲ οὐκ ἂν λάβοις.

3 (2)

336 ΝΕΚΡΩΝ ΠΛΟΥΤΩΝΙ ΚΑΤΑ ΜΕΝΙΠΠΟΥ[1]

ΚΡΟΙΣΟΣ

1. Οὐ φέρομεν, ὦ Πλούτων, Μένιππον τουτονὶ τὸν κύνα παροικοῦντα· ὥστε ἢ ἐκεῖνόν ποι κατάστησον ἢ ἡμεῖς μετοικήσομεν εἰς ἕτερον τόπον.

ΠΛΟΥΤΩΝ

Τί δ' ὑμᾶς δεινὸν ἐργάζεται ὁμόνεκρος ὤν;

ΚΡΟΙΣΟΣ

Ἐπειδὰν ἡμεῖς οἰμώζωμεν καὶ στένωμεν ἐκείνων μεμνημένοι τῶν ἄνω, Μίδας μὲν οὑτοσὶ τοῦ χρυσίου, Σαρδανάπαλλος δὲ τῆς πολλῆς τρυφῆς, ἐγὼ δὲ Κροῖσος τῶν θησαυρῶν, ἐπιγελᾷ καὶ ἐξονειδίζει ἀνδράποδα καὶ καθάρματα ἡμᾶς ἀποκαλῶν, ἐνίοτε δὲ καὶ ᾄδων ἐπιταράττει ἡμῶν τὰς οἰμωγάς, καὶ ὅλως λυπηρός ἐστιν.

[1] Titulus: ΠΛΟΥΤΩΝ Η ΚΑΤΑ ΜΕΝΙΠΠΟΥ β.

at all the passengers and singing on his own while they were lamenting !

HERMES

Don't you know, my dear Charon, what sort of man you've taken across ? He is absolutely independent and cares for nobody. This is Menippus.

CHARON

But if ever I get my hands on you—

MENIPPUS

If you get your hands on me, my good fellow ! But you won't get them on me a second time.

3 (2)

SHADES TO PLUTO AGAINST MENIPPUS

CROESUS

Pluto, we can't stand having this Dog, Menippus, for our neighbour. So put him somewhere else, or we'll move ourselves.

PLUTO

What harm does he do you as a fellow-shade ?

CROESUS

Whenever we moan and groan at our memories of life above, Midas recalling his gold, Sardanapalus[1] his great luxury, and I, Croesus, my treasures, he mocks and reviles us, calling us slaves and scum : sometimes he even disturbs our lamentations by singing. In short, he's a pest.

[1] Assur-Bani-Pal.

ΠΛΟΥΤΩΝ

Τί ταῦτά φασιν, ὦ Μένιππε;

ΜΕΝΙΠΠΟΣ

Ἀληθῆ, ὦ Πλούτων· μισῶ γὰρ αὐτοὺς ἀγεννεῖς[1]
337 *καὶ ὀλεθρίους ὄντας, οἷς οὐκ ἀπέχρησεν βιῶναι κακῶς, ἀλλὰ καὶ ἀποθανόντες ἔτι μέμνηνται καὶ περιέχονται τῶν ἄνω· χαίρω τοιγαροῦν ἀνιῶν αὐτούς.*

ΠΛΟΥΤΩΝ

Ἀλλ' οὐ χρή· λυποῦνται γὰρ οὐ μικρῶν στερόμενοι.[2]

ΜΕΝΙΠΠΟΣ

Καὶ σὺ μωραίνεις, ὦ Πλούτων, ὁμόψηφος ὢν τοῖς τούτων στεναγμοῖς;

ΠΛΟΥΤΩΝ

Οὐδαμῶς, ἀλλ' οὐκ ἂν ἐθέλοιμι στασιάζειν ὑμᾶς.

ΜΕΝΙΠΠΟΣ

2. *Καὶ μήν, ὦ κάκιστοι Λυδῶν καὶ Φρυγῶν καὶ Ἀσσυρίων, οὕτω γινώσκετε ὡς οὐδὲ παυσομένου μου· ἔνθα γὰρ ἂν ἴητε, ἀκολουθήσω ἀνιῶν καὶ κατᾴδων καὶ καταγελῶν.*

ΚΡΟΙΣΟΣ

Ταῦτα οὐχ ὕβρις;

ΜΕΝΙΠΠΟΣ

Οὔκ, ἀλλ' ἐκεῖνα ὕβρις ἦν, ἃ ὑμεῖς ἐποιεῖτε, προσκυνεῖσθαι ἀξιοῦντες καὶ ἐλευθέροις ἀνδράσιν

PLUTO

What's this they tell me, Menippus ?

MENIPPUS

True enough, Pluto ; I hate them ; they're low scoundrels, not content with having led bad lives, but even in death they remember their past and cling to it. That's why I enjoy tormenting them.

PLUTO

You shouldn't ; they mourn great losses.

MENIPPUS

Are you a fool too, Pluto ? Do you approve of their groanings ?

PLUTO

Not at all, but I wouldn't like you to be quarrelling.

MENIPPUS

Even so, you lowest of the low from Lydia, Phrygia and Assyria, I'd have you know that I'll never stop. Wherever you go, I'll follow, tormenting you with my songs and mockery.

CROESUS

Isn't this outrageous ?

MENIPPUS

No, the outrageous thing was *your* behaviour, when you expected people to worship you, treated free men with contempt, and forgot all about death.

---

[1] ἀγενεῖς γ.   [2] στερούμενοι β.

ἐντρυφῶντες καὶ τοῦ θανάτου παράπαν οὐ μνημονεύοντες· τοιγαροῦν οἰμώξεσθε πάντων ἐκείνων ἀφῃρημένοι.

ΚΡΟΙΣΟΣ

Πολλῶν γε, ὦ θεοί, καὶ μεγάλων κτημάτων.

ΜΙΔΑΣ

Ὅσου μὲν ἐγὼ χρυσοῦ.

ΣΑΡΔΑΝΑΠΑΛΛΟΣ

Ὅσης δὲ ἐγὼ τρυφῆς.

ΜΕΝΙΠΠΟΣ

Εὖ γε, οὕτω ποιεῖτε· ὀδύρεσθε μὲν ὑμεῖς, ἐγὼ δὲ τὸ γνῶθι σαυτὸν πολλάκις συνείρων ἐπᾴσομαι ὑμῖν· πρέποι γὰρ ἂν ταῖς τοιαύταις οἰμωγαῖς ἐπᾳδόμενον.

4 (21)

ΜΕΝΙΠΠΟΥ ΚΑΙ ΚΕΡΒΕΡΟΥ

ΜΕΝΙΠΠΟΣ

1. Ὦ Κέρβερε—συγγενὴς γάρ εἰμί σοι κύων καὶ αὐτὸς ὤν—εἰπέ μοι πρὸς τῆς Στυγός, οἷος ἦν ὁ Σωκράτης, ὁπότε κατῄει παρ' ὑμᾶς· εἰκὸς δέ σε θεὸν ὄντα μὴ ὑλακτεῖν μόνον, ἀλλὰ καὶ ἀνθρωπίνως[1] φθέγγεσθαι, ὁπότ' ἐθέλοις.

ΚΕΡΒΕΡΟΣ

421 Πόρρωθεν μέν, ὦ Μένιππε, παντάπασιν ἐδόκει ἀτρέπτῳ τῷ προσώπῳ προσιέναι καὶ οὐ πάνυ δεδιέναι τὸν θάνατον δοκῶν καὶ τοῦτο ἐμφῆναι τοῖς

That's why you're going to lament the loss of all those things.

CROESUS

Oh, ye gods, many and great possessions they were!

MIDAS

All *my* gold!

SARDANAPALUS

All *my* luxury!

MENIPPUS

Bravo, go on. You keep up your whimperings, and I'll accompany you with song, with a string of "Know-Thyself" s for my refrain. That's the proper accompaniment for such lamentations.

4 (21)

MENIPPUS AND CERBERUS

MENIPPUS

My dear Cerberus—I'm a relation, being a Dog myself—I beg you, in the name of the Styx, to tell me what Socrates was like when he came down to you. Seeing that you're a god, you can be expected not merely to bark, but also to talk like a human when you wish.

CERBERUS

When he was at a distance, Menippus, his face seemed completely impassive as he approached, and he appeared to have not the slightest fear of death, and he wanted to impress this on those who stood

[1] ἀνθρωπικῶς β.

ἔξω τοῦ στομίου ἑστῶσιν ἐθέλων, ἐπεὶ δὲ κατέκυψεν εἴσω τοῦ χάσματος καὶ εἶδε τὸν ζόφον, κἀγὼ ἔτι διαμέλλοντα αὐτὸν δακὼν τῷ κωνείῳ[1] κατέσπασα τοῦ ποδός, ὥσπερ τὰ βρέφη ἐκώκυεν καὶ τὰ ἑαυτοῦ παιδία ὠδύρετο καὶ παντοῖος ἐγίνετο.

ΜΕΝΙΠΠΟΣ

2. Οὐκοῦν σοφιστὴς ὁ ἄνθρωπος ἦν καὶ οὐκ ἀληθῶς κατεφρόνει τοῦ πράγματος;

ΚΕΡΒΕΡΟΣ

Οὔκ, ἀλλ' ἐπείπερ ἀναγκαῖον αὐτὸ ἑώρα, κατεθρασύνετο ὡς δῆθεν οὐκ ἄκων πεισόμενος ὃ πάντως ἔδει παθεῖν, ὡς θαυμάσονται[2] οἱ θεαταί. καὶ ὅλως περὶ πάντων γε τῶν τοιούτων εἰπεῖν ἂν ἔχοιμι, ἕως τοῦ στομίου τολμηροὶ καὶ ἀνδρεῖοι, τὰ δὲ ἔνδοθεν ἔλεγχος ἀκριβής.

ΜΕΝΙΠΠΟΣ

Ἐγὼ δὲ πῶς σοι κατεληλυθέναι ἔδοξα;

ΚΕΡΒΕΡΟΣ

422 Μόνος, ὦ Μένιππε, ἀξίως τοῦ γένους, καὶ Διογένης πρὸ σοῦ, ὅτι μὴ ἀναγκαζόμενοι ἐσῄειτε μηδ' ὠθούμενοι, ἀλλ' ἐθελούσιοι, γελῶντες, οἰμώζειν παραγγείλαντες ἅπασιν.

5 (18)

ΜΕΝΙΠΠΟΥ ΚΑΙ ΕΡΜΟΥ

ΜΕΝΙΠΠΟΣ

1. Ποῦ δαὶ[3] οἱ καλοί εἰσιν ἢ αἱ καλαί, Ἑρμῆ; ξενάγησόν με νέηλυν ὄντα.

outside the entrance, but when he had peeped into the chasm, and seen the darkness, and I had bitten him and dragged him by the foot, because he was still slowed down by the hemlock, he shrieked like an infant, and cried for his children and went frantic.

MENIPPUS

Then the fellow was just a sham, and didn't really despise his plight ?

CERBERUS

No, but since he could see it was inescapable, he put on a bold front, pretending he would be glad to accept what was quite inevitable, all to win the admiration of the onlookers. I could generalise about all such men : as far as the entrance, they are bold and brave, but what comes inside is the real test.

MENIPPUS

What did you think of me, when I came down ?

CERBERUS

You alone were a credit to your breed—you and Diogenes before you, because you came in without having to be forced or pushed, but of your own accord, laughing and cursing at everyone.

5 (18)

MENIPPUS AND HERMES

MENIPPUS

Tell me, Hermes, where are the beauties of both sexes ? Show me round, as I'm a newcomer.

---

[1] haud scio an *τῷ κωνείῳ* delendum sit.
[2] *θαυμάσωνται* L, recc., edd..
[3] *δαὶ* β : *δὲ* γ, ut saepe.

ΕΡΜΗΣ

Οὐ σχολή μέν, ὦ Μένιππε· πλὴν κατ' ἐκεῖνο ἀπόβλεψον, ἐπὶ τὰ δεξιά, ἔνθα ὁ Ὑάκινθός τέ ἐστιν καὶ Νάρκισσος καὶ Νιρεὺς καὶ Ἀχιλλεὺς καὶ Τυρὼ καὶ Ἑλένη καὶ Λήδα καὶ ὅλως τὰ ἀρχαῖα πάντα κάλλη.

ΜΕΝΙΠΠΟΣ

Ὀστᾶ μόνα ὁρῶ καὶ κρανία τῶν σαρκῶν γυμνά, ὅμοια τὰ πολλά.

ΕΡΜΗΣ

409 *Καὶ μὴν ἐκεῖνά ἐστιν ἃ πάντες οἱ ποιηταὶ θαυμάζουσι τὰ ὀστᾶ, ὧν σὺ ἔοικας καταφρονεῖν.*

ΜΕΝΙΠΠΟΣ

Ὅμως τὴν Ἑλένην μοι δεῖξον· οὐ γὰρ ἂν διαγνοίην ἔγωγε.

ΕΡΜΗΣ

Τουτὶ τὸ κρανίον ἡ Ἑλένη ἐστίν.

ΜΕΝΙΠΠΟΣ

2. *Εἶτα διὰ τοῦτο αἱ χίλιαι νῆες ἐπληρώθησαν ἐξ ἁπάσης τῆς Ἑλλάδος καὶ τοσοῦτοι ἔπεσον Ἕλληνές τε καὶ βάρβαροι καὶ τοσαῦται πόλεις ἀνάστατοι γεγόνασιν;*

ΕΡΜΗΣ

Ἀλλ' οὐκ εἶδες, ὦ Μένιππε, ζῶσαν τὴν γυναῖκα· ἔφης γὰρ ἂν καὶ σὺ ἀνεμέσητον εἶναι "τοιῇδ' ἀμφὶ γυναικὶ πολὺν χρόνον ἄλγεα πάσχειν"· ἐπεὶ καὶ τὰ ἄνθη ξηρὰ ὄντα εἴ τις βλέποι ἀποβεβληκότα τὴν βαφήν, ἄμορφα δῆλον ὅτι αὐτῷ δόξει, ὅτε μέντοι ἀνθεῖ καὶ ἔχει τὴν χρόαν, κάλλιστά ἐστιν.

HERMES

I have no time, Menippus. But just look over there to your right, where you'll see Hyacinthus, Narcissus, Nireus, Achilles, Tyro, Helen, and Leda, and, in fact, all the beauties of old.

MENIPPUS

I can only see bones and bare skulls, most of them looking the same.

HERMES

Yet those are what all the poets admire, those bones which you seem to despise.

MENIPPUS

But show me Helen. I can't pick her out myself.

HERMES

This skull is Helen.

MENIPPUS

Was it then for this that the thousand ships were manned from all Greece, for this that so many Greeks and barbarians fell, and so many cities were devastated?

HERMES

Ah, but you never saw the woman alive, Menippus, or you would have said yourself that it was forgivable that they " for such a lady long should suffer woe ".[1] For if one sees flowers that are dried up and faded, they will, of course, appear ugly; but when they are in bloom and have their colour, they are very beautiful.

[1] Homer, *Iliad*, III, 157.

ΜΕΝΙΠΠΟΣ

Οὐκοῦν τοῦτο, ὦ Ἑρμῆ, θαυμάζω, εἰ μὴ συνίεσαν οἱ Ἀχαιοὶ περὶ πράγματος οὕτως ὀλιγοχρονίου καὶ ῥᾳδίως ἀπανθοῦντος πονοῦντες.

ΕΡΜΗΣ

Οὐ σχολή μοι, ὦ Μένιππε, συμφιλοσοφεῖν σοι. ὥστε σὺ μὲν ἐπιλεξάμενος τόπον, ἔνθα ἂν ἐθέλῃς, κεῖσο καταβαλὼν σεαυτόν, ἐγὼ δὲ τοὺς ἄλλους νεκροὺς ἤδη μετελεύσομαι.

6 (20)

412 *ΜΕΝΙΠΠΟΥ ΚΑΙ ΑΙΑΚΟΥ*

ΜΕΝΙΠΠΟΣ

1. *Πρὸς τοῦ Πλούτωνος, ὦ Αἰακέ, περιήγησαί μοι τὰ ἐν ᾅδου πάντα.*

ΑΙΑΚΟΣ

Οὐ ῥᾴδιον, ὦ Μένιππε, ἅπαντα· ὅσα μέντοι κεφαλαιώδη, μάνθανε· οὗτος μὲν ὅτι Κέρβερός ἐστιν οἶσθα, καὶ τὸν πορθμέα τοῦτον, ὅς σε διεπέρασεν, καὶ τὴν λίμνην καὶ τὸν Πυριφλεγέθοντα ἤδη ἑώρακας εἰσιών.

ΜΕΝΙΠΠΟΣ

413 *Οἶδα ταῦτα καὶ σέ, ὅτι πυλωρεῖς, καὶ τὸν βασιλέα εἶδον καὶ τὰς Ἐρινῦς· τοὺς δὲ ἀνθρώπους μοι τοὺς πάλαι δεῖξον καὶ μάλιστα τοὺς ἐπισήμους*[1] *αὐτῶν.*

MENIPPUS

Well, Hermes, what does surprise me is this: that the Achaeans didn't know how short-lived a thing they strove for, and how soon it loses its bloom.

HERMES

I have no time to moralise with you, Menippus. Choose a place to lie down in, wherever you like, and I'll be off now to fetch the other shades.

6 (20)

MENIPPUS AND AEACUS

MENIPPUS

I ask you, Aeacus, in the name of Pluto, to conduct me round every thing in Hades.

AEACUS

It's not easy to do it all, Menippus, but I'll show you the chief things. This is Cerberus, as you know, and on your way in you've already seen the ferryman here who brought you over, and the lake and Pyriphlegethon.

MENIPPUS

I know all that and that you are the gate-keeper, and I've seen the king and the Furies. But show me the men of old, and particularly the famous ones.

[1] ἐπισήμους γ : ἐνδόξους β.

ΑΙΑΚΟΣ

Οὗτος μὲν Ἀγαμέμνων, οὗτος δὲ Ἀχιλλεύς, οὗτος δὲ Ἰδομενεὺς πλησίον, οὗτος δὲ Ὀδυσσεύς,[1] *εἶτα Αἴας καὶ Διομήδης καὶ οἱ ἄριστοι τῶν Ἑλλήνων.*

ΜΕΝΙΠΠΟΣ

2. *Βαβαί, ὦ Ὅμηρε, οἷά σοι τῶν ῥαψῳδιῶν τὰ κεφάλαια χαμαὶ ἔρριπται ἄγνωστα καὶ ἄμορφα, κόνις πάντα καὶ λῆρος πολύς, ἀμενηνὰ ὡς ἀληθῶς κάρηνα. οὗτος δέ, ὦ Αἰακέ, τίς ἐστιν;*[2]

ΑΙΑΚΟΣ

Κῦρός ἐστιν· οὗτος δὲ Κροῖσος, ὁ δ' ὑπὲρ αὐτὸν Σαρδανάπαλλος, ὁ δ' ὑπὲρ τούτους Μίδας, ἐκεῖνος δὲ Ξέρξης.

ΜΕΝΙΠΠΟΣ

414 *Εἶτα σέ, ὦ κάθαρμα, ἡ Ἑλλὰς ἔφριττε ζευγνύντα μὲν τὸν Ἑλλήσποντον, διὰ δὲ τῶν ὀρῶν πλεῖν ἐπιθυμοῦντα; οἷος δὲ καὶ ὁ Κροῖσός ἐστιν. τὸν Σαρδανάπαλλον δέ, ὦ Αἰακέ, πατάξαι μοι κατὰ κόρρης ἐπίτρεψον.*

ΑΙΑΚΟΣ

Μηδαμῶς· διαθρύπτεις γὰρ αὐτοῦ τὸ κρανίον γυναικεῖον ὄν.

ΜΕΝΙΠΠΟΣ

Οὐκοῦν ἀλλὰ προσπτύσομαί γε πάντως αὐτῷ ἀνδρογύνῳ γε ὄντι.

[1] *πλησίον εἶτα Ὀδυσσεύς* γ.

[2] *κάρηνα:* (: = change of speaker) *οὗτος δέ, ὦ Μένιππε, Κῦρός ἐστιν·* β.

AEACUS

This is Agamemnon, and this Achilles, here is Idomeneus close by, and here Odysseus, then come Ajax, Diomede and the finest of the Greeks.

MENIPPUS

Dear me, Homer, how the central figures of your epics have been cast to the ground and lie unrecognisable and ugly, all so much dust and rubbish, "strengthless heads"[1] in very truth! But who is this, Aeacus?

AEACUS

Cyrus, and this is Croesus, and the one beyond him Sardanapalus, and beyond them Midas, and that one is Xerxes.

MENIPPUS

Then you, you scum, were the terror of Hellas? You bridged the Hellespont, and wanted to sail through the mountains?[2] And what a sight Croesus is! And, Aeacus, let me slap the face of Sardanapalus.

AEACUS

Don't, you're breaking his skull; it's as weak as a woman's.

MENIPPUS

Then at least I'll have a good spit at him, since he's as much woman as man.

[1] Cf. Homer, *Od.* II, 29, etc.
[2] By a canal through Athos.

ΑΙΑΚΟΣ

3. *Βούλει σοὶ ἐπιδείξω καὶ τοὺς σοφούς;*

ΜΕΝΙΠΠΟΣ

Νὴ Δία γε.

ΑΙΑΚΟΣ

Πρῶτος οὗτός σοι ὁ Πυθαγόρας ἐστί.

ΜΕΝΙΠΠΟΣ

415 *Χαῖρε, ὦ Εὔφορβε ἢ Ἄπολλον ἢ ὅ τι ἂν θέλῃς.*

ΠΥΘΑΓΟΡΑΣ

Μὴ[1] *καὶ σύ γε, ὦ Μένιππε.*

ΜΕΝΙΠΠΟΣ

Οὐκέτι χρυσοῦς ὁ μηρός σοι;

ΠΥΘΑΓΟΡΑΣ

Οὐ γάρ· ἀλλὰ φέρε ἴδω εἴ τί σοι ἐδώδιμον ἡ πήρα ἔχει.

ΜΕΝΙΠΠΟΣ

Κυάμους, ὦγαθέ· ὥστε οὐ τουτί σοι ἐδώδιμον.

ΠΥΘΑΓΟΡΑΣ

Δὸς μόνον· ἄλλα παρὰ νεκροῖς δόγματα· ἔμαθον γάρ, ὡς οὐδὲν ἴσον κύαμοι καὶ κεφαλαὶ τοκήων ἐνθάδε.

ΑΙΑΚΟΣ

416 4. *Οὗτος δὲ Σόλων ὁ Ἐξηκεστίδου καὶ Θαλῆς ἐκεῖνος καὶ παρ' αὐτοὺς Πιττακὸς καὶ οἱ ἄλλοι· ἑπτὰ δὲ πάντες εἰσὶν ὡς ὁρᾷς.*

[1] *μὴ* scripsi: *νὴ* vett.: *νὴ Δία* recc.: cf. p. 242.

[1, 2] Cf. Diogenes Laertius, VIII, 4 and 11.
[3] Cf. note on *The Cock*, 4 (vol. 2, p. 181), for verse forbidding Pythagoreans to eat beans.

AEACUS

Would you like me to show you the philosophers ?

MENIPPUS

Oh yes, please.

AEACUS

Here first you have Pythagoras.

MENIPPUS

Good day to you, Euphorbus or Apollo, or whatever name you prefer.[1]

PYTHAGORAS

And a bad day to you, Menippus.

MENIPPUS

Don't you still have your thigh of gold ? [2]

PYTHAGORAS

No; but let me see if there's anything to eat in your wallet.

MENIPPUS

Beans, my good fellow—something you mustn't eat.

PYTHAGORAS

Just give me some. Doctrines are different among the dead; I've learnt that beans and parents' heads [3] are not the same thing here.

AEACUS

This is Solon, the son of Execestides, and that is Thales, and past them is Pittacus, and the others ; they are seven in all, as you see.

ΜΕΝΙΠΠΟΣ

Ἄλυποι, ὦ Αἰακέ, οὗτοι μόνοι καὶ φαιδροὶ τῶν ἄλλων· ὁ δὲ σποδοῦ ἀνάπλεως καθάπερ[1] ἐγκρυφίας ἄρτος, ὁ ταῖς φλυκταίναις[2] ἐξηνθηκώς, τίς ἐστιν;

ΑΙΑΚΟΣ

Ἐμπεδοκλῆς, ὦ Μένιππε, ἡμίεφθος ἀπὸ τῆς Αἴτνης παρών.

ΜΕΝΙΠΠΟΣ

Ὦ χαλκόπου βέλτιστε, τί παθὼν σεαυτὸν εἰς τοὺς κρατῆρας ἐνέβαλες;

ΕΜΠΕΔΟΚΛΗΣ

Μελαγχολία τις, ὦ Μένιππε.

ΜΕΝΙΠΠΟΣ

Οὐ μὰ Δί' ἀλλὰ κενοδοξία καὶ τῦφος καὶ πολλὴ κόρυζα, ταῦτά σε ἀπηνθράκωσεν αὐταῖς κρηπῖσιν
417 οὐκ ἀνάξιον ὄντα· πλὴν οὐδέν σε ὤνησεν τὸ σόφισμα· ἐφωράθης γὰρ τεθνεώς. ὁ Σωκράτης δέ, ὦ Αἰακέ, ποῦ ποτε ἄρα ἐστίν;

ΑΙΑΚΟΣ

Μετὰ Νέστορος καὶ Παλαμήδους ἐκεῖνος ληρεῖ τὰ πολλά.

ΜΕΝΙΠΠΟΣ

Ὅμως ἐβουλόμην ἰδεῖν αὐτόν, εἴ που ἐνθάδε ἐστίν.

[1] ἀνάπλεως καθάπερ γ: πλέως ὥσπερ β.
[2] τὰς φλυκταίνας β.

MENIPPUS

These are the only happy and cheerful ones, Aeacus. But who is this covered with cinders, like a loaf baked in the ashes, and with such a crop of blisters on his skin ?

AEACUS

Empedocles ; he came half-boiled from Etna.

MENIPPUS

O brazen-foot [1] most excellent, what came over you that you jumped into the crater ?

EMPEDOCLES

A fit of mad depression, Menippus.

MENIPPUS

No, but a fit of vanity and pride and a dose of drivelling folly ; that was what burnt you to ashes, boots and all—and well you deserved it ! But the trick didn't do you any good ; they found out that you were dead. But wherever, Aeacus, is Socrates ?

AEACUS

Usually he's talking nonsense with Nestor and Palamedes.

MENIPPUS

However, I should like to see him, if he's around.

[1] Empedocles was said to have died by leaping into the crater of Etna, which later threw out one of his bronze-shod sandals. Cf. Strabo, VI, 274 ; Diogenes Laertius, VIII, 69.

ΑΙΑΚΟΣ

Ὁρᾷς τὸν φαλακρόν;

ΜΕΝΙΠΠΟΣ

Ἅπαντες φαλακροί εἰσιν· ὥστε πάντων ἂν εἴη τοῦτο τὸ γνώρισμα.

ΑΙΑΚΟΣ

Τὸν σιμὸν λέγω.

ΜΕΝΙΠΠΟΣ

Καὶ τοῦτο ὅμοιον· σιμοὶ γὰρ ἅπαντες.

ΣΩΚΡΑΤΗΣ

5. Ἐμὲ ζητεῖς, ὦ Μένιππε;

ΜΕΝΙΠΠΟΣ

Καὶ μάλα, ὦ Σώκρατες.

ΣΩΚΡΑΤΗΣ

Τί τὰ ἐν Ἀθήναις;

ΜΕΝΙΠΠΟΣ

418 Πολλοὶ τῶν νέων φιλοσοφεῖν λέγουσι, καὶ τά γε σχήματα αὐτὰ καὶ τὰ βαδίσματα εἰ θεάσαιτό τις, ἄκροι [1] φιλόσοφοι.

ΣΩΚΡΑΤΗΣ

Μάλα πολλοὺς ἑώρακα.

ΜΕΝΙΠΠΟΣ

Ἀλλὰ ἑώρακας, οἶμαι, οἷος ἧκε παρὰ σοὶ Ἀρίστιππος ἢ Πλάτων αὐτός, ὁ μὲν ἀποπνέων μύρον, ὁ δὲ τοὺς ἐν Σικελίᾳ τυράννους θεραπεύειν ἐκμαθών.

[1] ἄκροι φιλόσοφοι μάλα πολλοί· τὰ δ᾽ ἄλλα ἑώρακας (without change of speaker) γ.

AEACUS

Do you see the bald one ?

MENIPPUS

They're all bald ; that distinguishing feature would apply to them all.

AEACUS

I mean the one with the snub nose.

MENIPPUS

This too they have in common ; they're all snub-nosed.

SOCRATES

Looking for me, Menippus ?

MENIPPUS

Yes, I am, Socrates.

SOCRATES

What's the news in Athens ?

MENIPPUS

Many of the young men call themselves philosophers, and, to judge at least from their garb and gait, are tiptop philosophers.

SOCRATES

I've seen lots of them.

MENIPPUS

But you've seen, I imagine, what Aristippus was like when he came to join you, or Plato himself—the one reeking of scent, the other accomplished in flattering Sicilian tyrants.

ΣΩΚΡΑΤΗΣ

Περὶ ἐμοῦ δὲ τί φρονοῦσιν;

ΜΕΝΙΠΠΟΣ

Εὐδαίμων, ὦ Σώκρατες, ἄνθρωπος εἶ τά γε τοιαῦτα. πάντες γοῦν σε θαυμάσιον οἴονται ἄνδρα
419 γεγενῆσθαι καὶ πάντα ἐγνωκέναι καὶ ταῦτα—οἶμαι γάρ[1] τἀληθῆ λέγειν—οὐδὲν εἰδότα.

ΣΩΚΡΑΤΗΣ

Καὶ αὐτὸς ἔφασκον ταῦτα πρὸς αὐτούς, οἱ δὲ εἰρωνείαν τὸ πρᾶγμα ᾤοντο εἶναι.

ΜΕΝΙΠΠΟΣ

6. Τίνες δέ εἰσιν οὗτοι οἱ περὶ σέ;

ΣΩΚΡΑΤΗΣ

Χαρμίδης, ὦ Μένιππε, καὶ Φαῖδρος καὶ ὁ τοῦ Κλεινίου.

ΜΕΝΙΠΠΟΣ

Εὖ γε, ὦ Σώκρατες, ὅτι κἀνταῦθα μέτει τὴν σεαυτοῦ τέχνην καὶ οὐκ ὀλιγωρεῖς τῶν καλῶν.

ΣΩΚΡΑΤΗΣ

Τί γὰρ ἂν ἥδιον ἄλλο πράττοιμι; ἀλλὰ πλησίον ἡμῶν κατάκεισο, εἰ δοκεῖ.

ΜΕΝΙΠΠΟΣ

Μὰ Δί', ἐπεὶ παρὰ τὸν Κροῖσον καὶ τὸν Σαρ-
420 δανάπαλλον ἄπειμι πλησίον οἰκήσων αὐτῶν· ἔοικα γοῦν οὐκ ὀλίγα γελάσεσθαι οἰμωζόντων ἀκούων.

[1] καὶ ταῦτα· οἶμαι γὰρ γ: ταῦτα· δεῖ γὰρ οἶμαι β: καὶ ταῦτα—δεῖ γὰρ οἶμαι edd..

SOCRATES

And what do they think of me?

MENIPPUS

In these respects at least, you're a lucky fellow, Socrates. At any rate they all think you were a wonderful man, and knew everything, though—I think I'm right in saying so—you knew nothing.

SOCRATES

That's what I myself kept telling them, but they thought it was all pretence on my part.

MENIPPUS

But who are these round you?

SOCRATES

Charmides, my good fellow, and Phaedrus and Clinias' son.[1]

MENIPPUS

Bravo, Socrates! Still following your own special line here! Still with an eye for beauty!

SOCRATES

What could I find to do more agreeable? But won't you lie down by us, please?

MENIPPUS

Oh, no; I'm going off to Croesus and Sardanapalus, to stay near them. I expect to have plenty of fun hearing their lamentations.

[1] Alcibiades.

ΑΙΑΚΟΣ

Κἀγὼ ἤδη ἄπειμι, μὴ καί τις ἡμᾶς νεκρὸς λάθῃ διαφυγών. τὰ πολλὰ δ' εἰσαῦθις ὄψει, ὦ Μένιππε.

ΜΕΝΙΠΠΟΣ

Ἄπιθι· καὶ ταυτὶ γὰρ ἱκανά, ὦ Αἰακέ.

7 (17)

406 ## ΜΕΝΙΠΠΟΥ ΚΑΙ ΤΑΝΤΑΛΟΥ

ΜΕΝΙΠΠΟΣ

1. Τί κλάεις, ὦ Τάνταλε; ἢ τί σεαυτὸν ὀδύρῃ[1] ἐπὶ τῇ λίμνῃ ἑστώς;

ΤΑΝΤΑΛΟΣ

Ὅτι, ὦ Μένιππε, ἀπόλωλα ὑπὸ τοῦ δίψους.

ΜΕΝΙΠΠΟΣ

Οὕτως ἀργὸς εἶ, ὡς μὴ ἐπικύψας πιεῖν ἢ καὶ νὴ Δί' ἀρυσάμενος κοίλῃ τῇ χειρί;

ΤΑΝΤΑΛΟΣ

Οὐδὲν ὄφελος, εἰ ἐπικύψαιμι· φεύγει γὰρ τὸ ὕδωρ, ἐπειδὰν προσιόντα αἴσθηταί με· ἢν δέ ποτε καὶ ἀρύσωμαι καὶ προσενέγκω τῷ στόματι, οὐ φθάνω βρέξας ἄκρον τὸ χεῖλος, καὶ διὰ τῶν δακτύλων διαρρυὲν οὐκ οἶδ' ὅπως αὖθις ἀπολείπει ξηρὰν τὴν χεῖρά μοι.

ΜΕΝΙΠΠΟΣ

Τεράστιόν τι πάσχεις, ὦ Τάνταλε. ἀτὰρ εἰπέ
407 μοι, τί δαὶ καὶ δέῃ τοῦ πιεῖν; οὐ γὰρ σῶμα ἔχεις,

[1] ὀδύρῃ β: οἰκτείρεις γ.

AEACUS

I'm off now, too, to see that none of the dead gives us the slip and escapes. You'll see things in full another time, Menippus.

MENIPPUS

Off with you, Aeacus. What I've seen is enough.

7 (17)

MENIPPUS AND TANTALUS

MENIPPUS

Why are you crying, Tantalus? Why do you stand beside[1] the lake lamenting your lot?

TANTALUS

Because, Menippus, I'm dying of thirst.

MENIPPUS

Are you too lazy to bend your head down and drink, or even, bless us, to scoop the water up with your palm?

TANTALUS

It's no good bending down; the water runs away as soon as it feels me coming near, and, if ever I do scoop up any, and bring it to my mouth, I can't wet the tip of my lips before it runs through my fingers somehow and leaves my hand dry as before.

MENIPPUS

You're the victim of a miracle, Tantalus. But tell me, just why do you need to drink? You have

[1] Cf. *On Funerals* 8, Propertius 2, 17, 5, etc. The normal version (e.g. *Odyssey*, XI, 583) makes Tantalus stand up to his chin in water.

ἀλλ' ἐκεῖνο μὲν ἐν Λυδίᾳ που τέθαπται, ὅπερ καὶ πεινῆν καὶ διψῆν ἐδύνατο, σὺ δὲ ἡ ψυχὴ πῶς ἂν ἔτι ἢ διψῴης ἢ πίοις;

ΤΑΝΤΑΛΟΣ

Τοῦτ' αὐτὸ ἡ κόλασίς ἐστι, τὸ διψῆν τὴν ψυχὴν ὡς σῶμα οὖσαν.

ΜΕΝΙΠΠΟΣ

2. Ἀλλὰ τοῦτο μὲν οὕτως πιστεύσομεν, ἐπεὶ φῂς κολάζεσθαι τῷ δίψει. τί δ' οὖν σοι τὸ δεινὸν ἔσται; ἢ δέδιας μὴ ἐνδείᾳ τοῦ ποτοῦ ἀποθάνῃς; οὐχ ὁρῶ γὰρ ἄλλον ᾅδην μετὰ τοῦτον ἢ θάνατον ἐντεῦθεν εἰς[1] ἕτερον τόπον.

ΤΑΝΤΑΛΟΣ

Ὀρθῶς μὲν λέγεις· καὶ τοῦτο δ' οὖν μέρος τῆς καταδίκης, τὸ ἐπιθυμεῖν πιεῖν μηδὲν δεόμενον.

ΜΕΝΙΠΠΟΣ

Ληρεῖς, ὦ Τάνταλε, καὶ ὡς ἀληθῶς ποτοῦ δεῖσθαι δοκεῖς, ἀκράτου γε ἐλλεβόρου νὴ Δία, ὅστις τοὐναντίον τοῖς ὑπὸ τῶν λυττώντων κυνῶν δεδηγμένοις πέπονθας οὐ τὸ ὕδωρ ἀλλὰ τὴν δίψαν πεφοβημένος.

ΤΑΝΤΑΛΟΣ

Οὐδὲ τὸν ἐλλέβορον, ὦ Μένιππε, ἀναίνομαι πιεῖν, 408 γένοιτό μοι μόνον.

ΜΕΝΙΠΠΟΣ

Θάρρει, ὦ Τάνταλε, ὡς οὔτε σὺ[2] οὔτε ἄλλος πίεται τῶν νεκρῶν· ἀδύνατον γάρ· καίτοι οὐ

[1] ἐντεῦθεν εἰς edd.: ἐντεῦθεν ἢ β: ἐνταῦθα εἰς Γ: ἐνταῦθά που εἰς Ω.
[2] οὔτε συ om. γ.

no body, for that's been buried in Lydia. That could feel hunger and thirst. But you are a ghost; how can you still be thirsty or able to drink?

TANTALUS

It's just that that's my punishment—that my ghost should be thirsty as if it were a body.

MENIPPUS

Well, we'll believe it, since you tell us you're punished by thirst. But what do you find so terrible in that? Are you afraid of dying for lack of drink? I can't see another Hades after this one, or a death hereafter taking us elsewhere.

TANTALUS

You are quite right; but this is part of my sentence—to long to drink when I've no need.

MENIPPUS

Nonsense, Tantalus: I think you really do need a drink—neat hellebore,[1] so help me; you're the opposite of people bitten by mad dogs; you don't fear water, but you do fear thirst.

TANTALUS

I don't mind drinking even hellebore—I only wish I could have some.

MENIPPUS

Don't worry, Tantalus, for neither you nor any other dead man will drink; that's impossible.

[1] A cure for madness.

πάντες ὥσπερ σὺ ἐκ καταδίκης διψῶσι τοῦ ὕδατος αὐτοὺς οὐχ ὑπομένοντος.

8 (26)

434 ## ΜΕΝΙΠΠΟΥ ΚΑΙ ΧΕΙΡΩΝΟΣ

ΜΕΝΙΠΠΟΣ

1. Ἤκουσα, ὦ Χείρων, ὡς θεὸς ὢν ἐπεθύμησας ἀποθανεῖν.

ΧΕΙΡΩΝ

Ἀληθῆ ταῦτα ἤκουσας, ὦ Μένιππε, καὶ τέθνηκα, ὡς ὁρᾷς, ἀθάνατος εἶναι δυνάμενος.

ΜΕΝΙΠΠΟΣ

Τίς δαί σε ἔρως τοῦ θανάτου ἔσχεν, ἀνεράστου τοῖς πολλοῖς χρήματος;

ΧΕΙΡΩΝ

Ἐρῶ πρὸς σὲ οὐκ ἀσύνετον ὄντα. οὐκ ἦν ἔτι
435 ἡδὺ ἀπολαύειν [1] τῆς ἀθανασίας.

ΜΕΝΙΠΠΟΣ

Οὐχ ἡδὺ ἦν ζῶντα ὁρᾶν τὸ φῶς;

ΧΕΙΡΩΝ

Οὔκ, ὦ Μένιππε· τὸ γὰρ ἡδὺ ἔγωγε ποικίλον τι καὶ οὐχ ἁπλοῦν [2] ἡγοῦμαι εἶναι. ἐγὼ δὲ ἔζων ἀεὶ καὶ ἀπέλαυον τῶν ὁμοίων, ἡλίου, φωτός, τροφῆς, αἱ ὧραι δὲ αἱ αὐταὶ καὶ τὰ γινόμενα ἅπαντα ἑξῆς

[1] οὐκ ἦν ἔτι ἡδὺ ἀπολαύειν β : οὐδέν τι ἡδὺ ἀπέλαυον γ.
[2] οὐχ ἁπλοῦν β : οὐ ταὐτὸν γ.

However, they've not all been condemned to thirst, as you do, for water which won't wait for them.

8 (26)

MENIPPUS AND CHIRON

MENIPPUS

I heard, Chiron, that though you were a god, you wanted to die.

CHIRON

What you heard is true, Menippus, and I am dead, as you see, though I could have been immortal.

MENIPPUS

Whatever made you so enamoured of death, a thing for which most men have no love ?

CHIRON

I'll tell you, seeing that you're an intelligent fellow. I had no pleasure left in enjoying immortality.

MENIPPUS

Was it not pleasant to live and see the light ?

CHIRON

No, Menippus. I consider pleasure to come from variety and change ; but I was living on and on, and enjoying the same things—sun, light and food ; the seasons were always the same, and everything came in its turn, one thing seeming to follow

ἕκαστον, ὥσπερ ἀκολουθοῦντα θάτερον θατέρῳ· ἐνεπλήσθην οὖν αὐτῶν· οὐ γὰρ ἐν τῷ αὐτῷ ἀεί, ἀλλὰ καὶ ἐν τῷ <μὴ> μετασχεῖν[1] ὅλως τὸ τερπνὸν ἦν.

ΜΕΝΙΠΠΟΣ

Εὖ λέγεις, ὦ Χείρων. τὰ ἐν ᾅδου δὲ πῶς φέρεις, ἀφ' οὗ προελόμενος αὐτὰ ἥκεις;

ΧΕΙΡΩΝ

436 2. Οὐκ ἀηδῶς, ὦ Μένιππε· ἡ γὰρ ἰσοτιμία πάνυ δημοτικὴ καὶ τὸ πρᾶγμα οὐδὲν ἔχει τὸ διάφορον ἐν φωτὶ εἶναι ἢ ἐν σκότῳ· ἄλλως τε οὔτε διψῆν ὥσπερ ἄνω οὔτε πεινῆν δεῖ, ἀλλ' ἀνεπιδεεῖς[2] τούτων ἁπάντων ἐσμέν.

ΜΕΝΙΠΠΟΣ

Ὅρα, ὦ Χείρων, μὴ περιπίπτῃς σεαυτῷ καὶ ἐς τὸ αὐτό σοι ὁ λόγος περιστῇ.[3]

ΧΕΙΡΩΝ

Πῶς τοῦτο φῄς;

ΜΕΝΙΠΠΟΣ

Ὅτι εἰ τῶν ἐν τῷ βίῳ τὸ ὅμοιον ἀεὶ καὶ ταὐτὸν ἐγένετό σοι προσκορές, καὶ τἀνταῦθα ὅμοια ὄντα προσκορῆ ὁμοίως ἂν γένοιτο, καὶ δεήσει μεταβολήν σε ζητεῖν τινα καὶ ἐντεῦθεν εἰς ἄλλον βίον, ὅπερ οἶμαι ἀδύνατον.

ΧΕΙΡΩΝ

Τί οὖν ἂν πάθοι τις, ὦ Μένιππε;

[1] μὴ μετασχεῖν Hermann: μετασχεῖν codd.: μεταβαλεῖν Lehmann: μεταστῆναι Hemsterhuys: μεταλλάσσειν Post.
[2] ἀνεπιδεεῖς β: ἀτελεῖς γ. [3] περιστῇ γ: περιπέσῃ β.

automatically upon another ; and so I had too much of it all, for I found my pleasure not in always having the same thing, but also in doing quite without it.

MENIPPUS

Well spoken, Chiron. But how do you endure things in Hades, now that you've come down here out of preference ?

CHIRON

I find them not unpleasant, Menippus. The equality here is truly democratic, and it makes no difference whether one is in light or in darkness. Besides, there's no need to be thirsty or hungry, as up above ; we don't feel any of these needs.

MENIPPUS

Take care you don't trip yourself up, Chiron, and have to use the same theory again.

CHIRON

What do you mean ?

MENIPPUS

That if you became sick and tired of the constant monotony and sameness of things in life, things here too are monotonous ; and so you may become just as sick and tired of them, and have to look for a change from here to yet another life—and that, I think, is impossible.

CHIRON

Then what can one do, Menippus ?

ΜΕΝΙΠΠΟΣ

Ὅπερ, οἶμαι, φασί, συνετὸν ὄντα ἀρέσκεσθαι καὶ ἀγαπᾶν τοῖς παροῦσι καὶ μηδὲν αὐτῶν ἀφόρητον οἴεσθαι.

9 (28)

445

ΜΕΝΙΠΠΟΥ ΚΑΙ ΤΕΙΡΕΣΙΟΥ

ΜΕΝΙΠΠΟΣ

1. Ὦ Τειρεσία, εἰ μὲν καὶ τυφλὸς εἶ, οὐκέτι διαγνῶναι ῥᾴδιον. ἅπασι γὰρ ἡμῖν ὁμοῖα τὰ ὄμματα, κενά, μόνον δὲ αἱ[1] χῶραι αὐτῶν· τὰ δ' ἄλλα οὐκέτ' ἂν εἰπεῖν ἔχοις, τίς ὁ Φινεὺς ἦν ἢ τίς ὁ Λυγκεύς. ὅτι μέντοι μάντις ἦσθα καὶ ὅτι ἀμφότερα ἐγένου μόνος καὶ ἄρρην[2] καὶ γυνή, τῶν ποιητῶν ἀκούσας οἶδα. πρὸς τῶν θεῶν τοιγαροῦν εἰπέ μοι, ὁποτέρου ἡδίονος ἐπειράθης τῶν βίων, ὁπότε ἀνὴρ ἦσθα, ἢ ὁ γυναικεῖος ἀμείνων ἦν;

ΤΕΙΡΕΣΙΑΣ

Παρὰ πολύ, ὦ Μένιππε, ὁ γυναικεῖος· ἀπραγμονέστερος γάρ. καὶ δεσπόζουσι τῶν ἀνδρῶν αἱ γυναῖκες, καὶ οὔτε πολεμεῖν ἀνάγκη αὐταῖς οὔτε παρ' ἔπαλξιν ἑστάναι οὔτ' ἐν ἐκκλησίᾳ διαφέρεσθαι οὔτ' ἐν δικαστηρίοις ἐξετάζεσθαι.

ΜΕΝΙΠΠΟΣ

2. Οὐ γὰρ ἀκήκοας, ὦ Τειρεσία, τῆς Εὐριπίδου Μηδείας, οἷα εἶπεν οἰκτείρουσα τὸ γυναικεῖον, ὡς

[1] κενά, μόνον δὲ αἱ β: κεναὶ μόναι γ: fortasse κεναὶ μοναὶ αἱ legendum est.

[2] καὶ ἄρρην γ : ἀνὴρ β.

MENIPPUS

What I imagine a sensible man is reputed to do—be content and satisfied with one's lot and think no part of it intolerable.

9 (28)

MENIPPUS AND TIRESIAS

MENIPPUS

It's difficult to tell now, Tiresias, whether you're blind, as our eyes are all alike—empty, with nothing but sockets. Indeed, you can no longer tell which was Phineus, or which was Lynceus.[1] But I do know you were a prophet, and the only person to have been both man and woman. I heard that from the poets. So, for heaven's sake, tell me which life you found more pleasant—when you were a man, or a woman?

TIRESIAS

The woman's life, Menippus, by a long way. It has fewer worries, and women have the mastery over men, and don't have to fight in wars, or stand on the battlements, or argue in parliament, or be cross-examined in court.

MENIPPUS

Then you haven't heard, Tiresias, what Euripides' Medea [2] said about women's pitiable plight in having

[1] Phineus was blind, Lynceus renowned for his sharpness of sight.
[2] Euripides, *Medea*, ll. 230-231 and ll. 250-251.

ἀθλίας οὔσας καὶ ἀφόρητόν τινα τὸν ἐκ τῶν ὠδίνων πόνον ὑφισταμένας; ἀτὰρ εἰπέ μοι,—
446 ὑπέμνησε γάρ με τὰ τῆς Μηδείας ἰαμβεῖα—καὶ ἔτεκές ποτε, ὁπότε γυνὴ ἦσθα, ἢ στεῖρα καὶ ἄγονος διετέλεσας ἐν ἐκείνῳ τῷ βίῳ;

ΤΕΙΡΕΣΙΑΣ

Τί τοῦτο, Μένιππε, ἐρωτᾷς;

ΜΕΝΙΠΠΟΣ

Οὐδὲν χαλεπόν, ὦ Τειρεσία· πλὴν ἀπόκριναι, εἴ σοι ῥᾴδιον.

ΤΕΙΡΕΣΙΑΣ

Οὐ στεῖρα μὲν ἤμην, οὐκ ἔτεκον δ' ὅλως.

ΜΕΝΙΠΠΟΣ

Ἱκανὸν τοῦτο· εἰ γὰρ καὶ μήτραν εἶχες, ἐβουλόμην εἰδέναι.

ΤΕΙΡΕΣΙΑΣ

Εἶχον δηλαδή.

ΜΕΝΙΠΠΟΣ

Χρόνῳ δέ σοι ἡ μήτρα ἠφανίσθη καὶ τὸ χωρίον[1] τὸ γυναικεῖον ἀπεφράγη καὶ οἱ μαστοὶ ἀπεστάθησαν καὶ τὸ ἀνδρεῖον ἀνέφυ[2] καὶ πώγωνα ἐξήνεγκας, ἢ αὐτίκα ἐκ γυναικὸς ἀνὴρ ἀνεφάνης;

ΤΕΙΡΕΣΙΑΣ

Οὐχ ὁρῶ τί σοι βούλεται τὸ ἐρώτημα· δοκεῖς δ' οὖν μοι ἀπιστεῖν, εἰ τοῦθ' οὕτως ἐγένετο.

[1] χωρίον γ: μόριον β.
[2] ἀνεφύη γ.

an unhappy lot, and having to endure intolerable suffering in childbirth? But tell me, now that I'm reminded of it by Medea's lines from the play, did you ever have any children, when you were a woman, or did you remain barren and childless in that life?

TIRESIAS

Why do you ask that, Menippus?

MENIPPUS

It's an easy enough question, Tiresias. Just answer, if it's not too difficult.

TIRESIAS

I wasn't barren, but I didn't have any children.

MENIPPUS

That will suffice; I wanted to know if you had a womb.

TIRESIAS

Of course I did.

MENIPPUS

And in time your womb gradually disappeared, the woman's place sealed up, your breasts subsided, you grew a male organ and produced a beard? Or was your change from woman to man sudden?

TIRESIAS

I don't understand the object of your question, but it seems to me you don't believe things happened like that.

ΜΕΝΙΠΠΟΣ

Οὐ χρὴ γὰρ ἀπιστεῖν, ὦ Τειρεσία, τοῖς τοιούτοις,
447 ἀλλὰ καθάπερ τινὰ βλᾶκα μὴ ἐξετάζοντα, εἴτε δυνατά ἐστιν εἴτε καὶ μή, παραδέχεσθαι;

ΤΕΙΡΕΣΙΑΣ

3. Σὺ οὖν οὐδὲ τὰ ἄλλα πιστεύεις οὕτω γενέσθαι, ὁπόταν ἀκούσῃς ὅτι ὄρνεα ἐκ γυναικῶν ἐγένοντό τινες ἢ δένδρα ἢ θηρία, τὴν Ἀηδόνα ἢ τὴν Δάφνην ἢ τὴν τοῦ Λυκάονος θυγατέρα;

ΜΕΝΙΠΠΟΣ

Ἤν που κἀκείναις ἐντύχω, εἴσομαι ὅ τι καὶ λέγουσι. σὺ δέ, ὦ βέλτιστε, ὁπότε γυνὴ ἦσθα, καὶ ἐμαντεύου τότε ὥσπερ καὶ ὕστερον, ἢ ἅμα ἀνὴρ καὶ μάντις ἔμαθες εἶναι;

ΤΕΙΡΕΣΙΑΣ

Ὁρᾷς; ἀγνοεῖς τὰ περὶ ἐμοῦ ἅπαντα, ὡς καὶ διέλυσά τινα ἔριν τῶν θεῶν, καὶ ἡ μὲν Ἥρα ἐπήρωσέν με, ὁ δὲ Ζεὺς παρεμυθήσατο τῇ μαντικῇ τὴν συμφοράν.

ΜΕΝΙΠΠΟΣ

Ἔτι ἔχῃ, ὦ Τειρεσία, τῶν ψευσμάτων; ἀλλὰ κατὰ τοὺς μάντεις τοῦτο ποιεῖς· ἔθος γὰρ ὑμῖν μηδὲν ὑγιὲς λέγειν.

MENIPPUS

Why shouldn't I disbelieve such a story, Tiresias, rather than accept it like a dolt without examining whether its possible or not ?

TIRESIAS

Then you don't believe any of the other stories either, when you hear of women changing into birds or trees or beasts, as, for example, Aedon, or Daphne, or the daughter of Lycaon ? [1]

MENIPPUS

If I ever come across them, I'll learn what they have to say. But when you were a woman, good sir, were you a prophet then too, just as later, or did you learn to be man and prophet at the same time ?

TIRESIAS

You see, you know nothing about me, or how I settled a quarrel of the gods,[2] and Hera blinded me, and Zeus consoled me in my misfortune with the gift of prophecy.

MENIPPUS

So you still keep to your falsehoods, Tiresias ? That's just like you prophets ; you're habitual liars.

[1] Aedon became a nightingale, Daphne a laurel tree, and Callisto a bear.

[2] When Zeus and Hera were quarrelling as to whether males or females had more pleasure in life, cf. Ovid. *Met.* 3, 316.

10 (3)

338 *ΜΕΝΙΠΠΟΥ, ΑΜΦΙΛΟΧΟΥ ΚΑΙ ΤΡΟΦΩΝΙΟΥ*

ΜΕΝΙΠΠΟΣ

1. *Σφὼ μέντοι, ὦ Τροφώνιε καὶ Ἀμφίλοχε, νεκροὶ ὄντες οὐκ οἶδ' ὅπως ναῶν κατηξιώθητε καὶ μάντεις δοκεῖτε, καὶ οἱ μάταιοι τῶν ἀνθρώπων θεοὺς ὑμᾶς ὑπειλήφασιν εἶναι.*

ΑΜΦΙΛΟΧΟΣ

339 *Τί οὖν ἡμεῖς αἴτιοι, εἰ ὑπὸ ἀνοίας ἐκεῖνοι τοιαῦτα περὶ νεκρῶν δοξάζουσιν;*

ΜΕΝΙΠΠΟΣ

Ἀλλ' οὐκ ἂν ἐδόξαζον, εἰ μὴ ζῶντες καὶ ὑμεῖς τοιαῦτα ἐτερατεύεσθε ὡς τὰ μέλλοντα προειδότες καὶ προειπεῖν δυνάμενοι τοῖς ἐρομένοις.

ΤΡΟΦΩΝΙΟΣ

Ὦ Μένιππε, Ἀμφίλοχος μὲν οὗτος ἂν εἰδείη ὅ τι αὐτῷ ἀποκριτέον ὑπὲρ αὐτοῦ, ἐγὼ δὲ ἥρως εἰμὶ καὶ μαντεύομαι, ἤν τις κατέλθῃ παρ' ἐμέ. σὺ δὲ ἔοικας οὐκ ἐπιδεδημηκέναι Λεβαδείᾳ τὸ παράπαν· οὐ γὰρ ἂν[1] *ἠπίστεις σὺ τούτοις.*

ΜΕΝΙΠΠΟΣ

2. *Τί φῄς; εἰ μὴ εἰς Λεβάδειαν γὰρ παρέλθω καὶ ἐσταλμένος ταῖς ὀθόναις γελοίως μᾶζαν ἐν ταῖν χεροῖν* 340 *ἔχων εἰσερπύσω διὰ τοῦ στομίου ταπεινοῦ ὄντος ἐς τὸ σπήλαιον, οὐκ ἂν ἠδυνάμην εἰδέναι, ὅτι νεκρὸς εἶ ὥσπερ ἡμεῖς μόνῃ τῇ γοητείᾳ διαφέρων; ἀλλὰ πρὸς τῆς μαντικῆς, τί δαὶ ὁ ἥρως ἐστίν; ἀγνοῶ γάρ.*

[1] *οὐ γὰρ ἂν* rec.: *οὐ γὰρ* βγ.

THE DIALOGUES OF THE DEAD

10 (3)

MENIPPUS, AMPHILOCHUS AND TROPHONIUS

MENIPPUS

And yet the pair of you, Trophonius and Amphilochus, though shades, have somehow or other been thought worthy of temples, and are considered prophets, and empty-headed men have taken you for gods!

AMPHILOCHUS

Well, how is that our fault, if they are so silly as to think such things about dead men?

MENIPPUS

They would never have done so but for all your mysterious talk in your lifetime, and your pretence of knowing the future and foretelling it to anyone who asked.

TROPHONIUS

My good Menippus, Amphilochus here will know what answer to give on his own behalf, but, as for me, I am a hero and prophesy if anyone comes down to me. But I don't think you've visited Lebadea at all, or you wouldn't be so sceptical.

MENIPPUS

What's that? Must I go to Lebadea, and make a fool of myself wearing linen and carrying a pancake in my hands, and crawl into your cave through that passage that's so low, in order to be able to tell that you're dead just like us, surpassing us only in your false pretences? But, in the name of prophecy, what is a hero? I don't know.

ΤΡΟΦΩΝΙΟΣ

Ἐξ ἀνθρώπου τι καὶ θεοῦ σύνθετον.

ΜΕΝΙΠΠΟΣ

Ὃ μήτε ἄνθρωπός ἐστιν, ὡς φῄς, μήτε θεός, καὶ συναμφότερόν ἐστιν; νῦν οὖν ποῦ σου τὸ θεῶν ἐκεῖνο ἡμίτομον ἀπελήλυθεν;

ΤΡΟΦΩΝΙΟΣ

Χρᾷ, ὦ Μένιππε, ἐν Βοιωτίᾳ.

ΜΕΝΙΠΠΟΣ

Οὐκ οἶδα, ὦ Τροφώνιε, ὅ τι καὶ λέγεις· ὅτι μέντοι ὅλος εἶ νεκρὸς ἀκριβῶς ὁρῶ.

11 (16)

402 ΔΙΟΓΕΝΟΥΣ ΚΑΙ ΗΡΑΚΛΕΟΥΣ

ΔΙΟΓΕΝΗΣ

1. Οὐχ Ἡρακλῆς οὗτός ἐστιν; οὐ μὲν οὖν ἄλλος, μὰ τὸν Ἡρακλέα. τὸ τόξον, τὸ ῥόπαλον, ἡ λεοντῆ, τὸ μέγεθος, ὅλος Ἡρακλῆς ἐστιν. εἶτα τέθνηκεν Διὸς υἱὸς ὤν; εἰπέ μοι, ὦ καλλίνικε, νεκρὸς εἶ; ἐγὼ γάρ σοι ἔθυον ὑπὲρ γῆς ὡς θεῷ.

ΗΡΑΚΛΗΣ

Καὶ ὀρθῶς ἔθυες· αὐτὸς μὲν γὰρ ὁ Ἡρακλῆς ἐν τῷ οὐρανῷ τοῖς θεοῖς σύνεστι "καὶ ἔχει καλλίσφυρον Ἥβην," ἐγὼ δὲ εἴδωλόν εἰμι αὐτοῦ.

ΔΙΟΓΕΝΗΣ

Πῶς λέγεις; εἴδωλον τοῦ θεοῦ; καὶ δυνατὸν ἐξ ἡμισείας μέν τινα θεὸν εἶναι, τεθνάναι δὲ τῷ ἡμίσει;

TROPHONIUS

A compound of god and man.

MENIPPUS

Something neither man nor god, you mean, but both at once ? Well then, where has your divine half gone at present ?

TROPHONIUS

It's prophesying, Menippus, in Boeotia.

MENIPPUS

I don't know what you mean, Trophonius ; but I can see quite clearly that all of you is dead.

11 (16)

DIOGENES AND HERACLES

DIOGENES

Isn't that Heracles ? No one else, by Heracles ! Bow, club, lionskin, bulk—Heracles from head to toe. Is he dead, then, though a son of Zeus ? Tell me, conquering hero, are you a shade? I used to sacrifice to you on earth above, thinking you a god.

HERACLES

And quite right too. The real Heracles is in heaven with the gods, and " hath beauteous-ankled Hebe for his wife " ; [1] I am his wraith.

DIOGENES

What do you mean ? The god's wraith ? Is it possible for anyone to be half god, and half dead ?

[1] Cf. Homer, *Od.* XI, 603.

ΗΡΑΚΛΗΣ

Ναί· οὐ γὰρ ἐκεῖνος τέθνηκεν, ἀλλ' ἐγὼ ἡ εἰκὼν αὐτοῦ.

ΔΙΟΓΕΝΗΣ

403 2. *Μανθάνω· ἄντανδρόν σε τῷ Πλούτωνι παραδέδωκεν*[1] *ἀνθ' ἑαυτοῦ, καὶ σὺ νῦν ἀντ' ἐκείνου νεκρὸς εἶ.*

ΗΡΑΚΛΗΣ

Τοιοῦτό τι.

ΔΙΟΓΕΝΗΣ

Πῶς οὖν ἀκριβὴς ὢν ὁ Αἰακὸς οὐ διέγνω σε μὴ ὄντα ἐκεῖνον, ἀλλὰ παρεδέξατο ὑποβολιμαῖον Ἡρακλέα παρόντα;

ΗΡΑΚΛΗΣ

Ὅτι ἐῴκειν ἀκριβῶς.

ΔΙΟΓΕΝΗΣ

Ἀληθῆ λέγεις· ἀκριβῶς γάρ, ὥστε αὐτὸς ἐκεῖνος εἶναι. ὅρα γοῦν μὴ τὸ ἐναντίον ἐστὶ καὶ σὺ μὲν εἶ ὁ Ἡρακλῆς, τὸ δὲ εἴδωλον γεγάμηκεν τὴν Ἥβην παρὰ τοῖς θεοῖς.

ΗΡΑΚΛΗΣ

3. *Θρασὺς εἶ καὶ λάλος, καὶ εἰ μὴ παύσῃ σκώπτων εἰς ἐμέ, εἴσῃ αὐτίκα οἵου θεοῦ εἴδωλόν εἰμι.*

ΔΙΟΓΕΝΗΣ

Τὸ μὲν τόξον γυμνὸν καὶ πρόχειρον· ἐγὼ δὲ τί ἂν ἔτι φοβοίμην σε ἅπαξ τεθνεώς;[2] *ἀτὰρ εἰπέ μοι*

[1] *παρέδωκεν* β.

[2] *τεθνηκώς* β.

HERACLES

Yes, for Heracles is not dead, but only I his likeness.

DIOGENES

I understand. He has given you to Pluto in his own place as a substitute, and you are now dead instead of him.

HERACLES

Something like that.

DIOGENES

But Aeacus is very exact. How did he fail to spot that you were a fraud? How did he accept a changeling Heracles whom he saw face to face?

HERACLES

Because I was exactly like him.

DIOGENES

Very true; an exact likeness indeed; you might be the fellow himself. But perhaps it's the other way round, and you are Heracles, and the wraith has married Hebe in heaven.

HERACLES

What impudence! You talk too much. If you don't stop these gibes at me, I'll soon show you what sort of god has me for a wraith.

DIOGENES

The bow is out and ready. But why should I fear you now? I've died once and for all. But please tell

πρὸς τοῦ σοῦ Ἡρακλέους, ὁπότε ἐκεῖνος ἔζη, συνῆς αὐτῷ καὶ τότε εἴδωλον ὤν; ἢ εἷς μὲν ἦτε παρὰ τὸν
404 βίον, ἐπεὶ δὲ ἀπεθάνετε, διαιρεθέντες ὁ μὲν εἰς θεοὺς ἀπέπτατο, σὺ δὲ τὸ εἴδωλον, ὥσπερ εἰκὸς ἦν, εἰς ᾅδου πάρει;

ΗΡΑΚΛΗΣ

Ἐχρῆν μὲν μηδὲ ἀποκρίνεσθαι πρὸς ἄνδρα ἐξεπίτηδες[1] ἐρεσχηλοῦντα· ὅμως δ' οὖν καὶ τοῦτο ἄκουσον· ὁπόσον μὲν γὰρ Ἀμφιτρύωνος ἐν τῷ Ἡρακλεῖ ἦν, τοῦτο τέθνηκεν καί εἰμι ἐγὼ ἐκεῖνο πᾶν, ὃ δὲ ἦν τοῦ Διός, ἐν οὐρανῷ σύνεστι τοῖς θεοῖς.

ΔΙΟΓΕΝΗΣ

4. Σαφῶς νῦν μανθάνω· δύο γὰρ φῂς ἔτεκεν ἡ Ἀλκμήνη κατὰ τὸ αὐτὸ Ἡρακλέας, τὸν μὲν ὑπ' Ἀμφιτρύωνι, τὸν δὲ παρὰ τοῦ Διός, ὥστε ἐλελήθειτε δίδυμοι ὄντες ὁμομήτριοι.

ΗΡΑΚΛΗΣ

Οὔκ, ὦ μάταιε· ὁ γὰρ αὐτὸς ἄμφω ἦμεν.

ΔΙΟΓΕΝΗΣ

Οὐκ ἔστι μαθεῖν τοῦτο ῥᾴδιον, συνθέτους δύο ὄντας Ἡρακλέας, ἐκτὸς εἰ μὴ ὥσπερ ἱπποκένταυρός τις ἦτε εἰς ἓν συμπεφυκότες ἄνθρωπός τε καὶ θεός.

ΗΡΑΚΛΗΣ

Οὐ γὰρ καὶ πάντες οὕτως σοι δοκοῦσι συγκεῖσθαι ἐκ δυεῖν, ψυχῆς καὶ σώματος; ὥστε τί τὸ

[1] ἐξεπίτηδες γ: οὕτως β.

me, in the name of your Heracles; when he was alive, were you with him then too, as his wraith? Or were you both one during his lifetime, but split up when you died, Heracles flying off to heaven, while you, his wraith, came here to Hades, as was only right?

HERACLES

One who makes it his business to poke fun doesn't so much as deserve a reply. However, I'll let you have one more answer. All of Amphitryon that was in Heracles is dead, and I am all that part; but the part that came from Zeus is in heaven living with the gods.

DIOGENES

Now I understand perfectly. Alcmena, you mean, bore two Heracleses at the same time, one by Amphitryon, the other from Zeus, and so you were twin sons of the same mother—though nobody knew about it?

HERACLES

No, you fool. We were both the same person.

DIOGENES

That's difficult to understand, two Heracleses in a compound, unless you were man and god fused together, like horse and man in a Centaur.

HERACLES

Well, don't you think everyone is compounded of two parts, soul and body? What then prevents the

405 κωλῦόν ἐστι τὴν μὲν ψυχὴν ἐν οὐρανῷ εἶναι, ἥπερ ἦν ἐκ Διός, τὸ δὲ θνητὸν ἐμὲ παρὰ τοῖς νεκροῖς;

ΔΙΟΓΕΝΗΣ

5. Ἀλλ', ὦ βέλτιστε Ἀμφιτρυωνιάδη, καλῶς ἂν ταῦτα ἔλεγες, εἰ σῶμα ἦσθα, νῦν δὲ ἀσώματον εἴδωλον εἶ· ὥστε κινδυνεύεις τριπλοῦν ἤδη ποιῆσαι τὸν Ἡρακλέα.

ΗΡΑΚΛΗΣ

Πῶς τριπλοῦν;

ΔΙΟΓΕΝΗΣ

Ὡδέ πως· εἰ γὰρ ὁ μέν τις ἐν οὐρανῷ, ὁ δὲ παρ' ἡμῖν σὺ τὸ εἴδωλον, τὸ δὲ σῶμα ἐν Οἴτῃ[1] κόνις ἤδη γενόμενον, τρία ταῦτα ἤδη γεγένηται· καὶ σκόπει ὅντινα τὸν τρίτον πατέρα ἐπινοήσεις τῷ σώματι.

ΗΡΑΚΛΗΣ

Θρασὺς εἶ καὶ σοφιστής· τίς δαὶ καὶ ὢν τυγχάνεις;

ΔΙΟΓΕΝΗΣ

Διογένους τοῦ Σινωπέως εἴδωλον, αὐτὸς δὲ οὐ μὰ Δία "μετ' ἀθανάτοισι θεοῖσιν," ἀλλὰ τοῖς βελτίστοις τῶν νεκρῶν σύνεστιν[2] Ὁμήρου καὶ τῆς τοιαύτης[3] ψυχρολογίας καταγελῶν.

[1] ἐν Οἴτῃ γ: ἐλύθη β.
[2] τῶν νεκρῶν σύνεστιν γ: νεκρῶν ἀνδρῶν συνὼν β.
[3] τοσαύτης β.

soul, the part which came from Zeus, from being in heaven, and me, the mortal part, from being with the dead ?

DIOGENES

But, most excellent son of Amphitryon, you would be right enough, if you were a body, but in fact you are a bodiless wraith. So it looks as if you're now making Heracles triple.

HERACLES

How triple ?

DIOGENES

Like this. If there's one of him in heaven, and one here with us (that's you the wraith), and there's his body on Oeta, now dust, he's now become three. You'd better start thinking what third father you'll invent for your body.

HERACLES

You're an impudent quibbler. Who the blazes *are* you ?

DIOGENES

I'm the wraith of Diogenes of Sinope, but Diogenes himself isn't " among the gods that know not death ",[1] no indeed, but in the company of the finest of the ghosts, laughing at Homer and nonsensical stories like this.

[1] Cf. Homer, *Od.* XI, 602.

12 (14)

ΦΙΛΙΠΠΟΥ ΚΑΙ ΑΛΕΞΑΝΔΡΟΥ

ΦΙΛΙΠΠΟΣ

1. *Νῦν μέν, ὦ Ἀλέξανδρε, οὐκ ἂν ἔξαρνος*
395 *γένοιο μὴ οὐκ ἐμὸς υἱὸς εἶναι· οὐ γὰρ ἂν τεθνήκεις Ἄμμωνός γε ὤν.*

ΑΛΕΞΑΝΔΡΟΣ

Οὐδ' αὐτὸς ἠγνόουν, ὦ πάτερ, ὡς Φιλίππου τοῦ Ἀμύντου υἱός εἰμι, ἀλλ' ἐδεξάμην τὸ μάντευμα, χρήσιμον εἰς τὰ πράγματα εἶναι οἰόμενος.

ΦΙΛΙΠΠΟΣ

Πῶς λέγεις; χρήσιμον ἐδόκει σοι τὸ παρέχειν σεαυτὸν ἐξαπατηθησόμενον ὑπὸ τῶν προφητῶν;

ΑΛΕΞΑΝΔΡΟΣ

Οὐ τοῦτο, ἀλλ' οἱ βάρβαροι κατεπλάγησάν με καὶ οὐδεὶς ἔτι ἀνθίστατο οἰόμενοι θεῷ μάχεσθαι, ὥστε ῥᾷον ἐκράτουν αὐτῶν.

ΦΙΛΙΠΠΟΣ

2. *Τίνων δὲ ἐκράτησας σύ γε ἀξιομάχων ἀνδρῶν, ὃς δειλοῖς ἀεὶ συνηνέχθης τοξάρια καὶ πελτίδια*[1] *καὶ γέρρα οἰσΰϊνα προβεβλημένοις; Ἑλλήνων κρατεῖν ἔργον ἦν, Βοιωτῶν καὶ Φωκέων καὶ Ἀθηναίων, καὶ τὸ Ἀρκάδων ὁπλιτικὸν καὶ τὴν Θετταλὴν ἵππον καὶ τοὺς Ἠλείων ἀκοντιστὰς καὶ τὸ Μαντινέων πελταστικὸν ἢ Θρᾷκας ἢ Ἰλλυριοὺς ἢ*

[1] πελτάρια β.

THE DIALOGUES OF THE DEAD

12 (14)

PHILIP AND ALEXANDER

PHILIP

You can't deny being my son now, Alexander; you wouldn't be dead, if you were the son of Ammon.

ALEXANDER

I knew quite well myself, father, that I was the son of Philip, the son of Amyntas, but I accepted the oracle, because I thought it useful for my purposes.

PHILIP

What! Useful to allow yourself to be cheated by the prophets?

ALEXANDER

Not that, but the barbarians were terrified of me, and nobody resisted me any more; they thought they were fighting against a god, so that I conquered them the more easily.

PHILIP

What enemies did you conquer that were worth fighting? Your adversaries were always cowards, and armed with nothing better than bows and bucklers and wicker shields. But conquering Greeks, conquering Boeotians, Phocians and Athenians was a real task, and subduing Arcadian heavy troops, Thessalian horse, javelin men of Elis, and light troops from Mantinea, or Thracians, Illyrians

καὶ *Παίονας* χειρώσασθαι, ταῦτα μεγάλα· Μήδων
396 δὲ καὶ Περσῶν καὶ Χαλδαίων, χρυσοφόρων ἀνθρώπων καὶ ἁβρῶν, οὐκ οἶσθα ὡς πρὸ σοῦ μύριοι μετὰ Κλεάρχου ἀνελθόντες ἐκράτησαν οὐδ' εἰς χεῖρας ὑπομεινάντων ἐλθεῖν ἐκείνων, ἀλλὰ πρὶν ἢ τόξευμα ἐξικνεῖσθαι φυγόντων;

ΑΛΕΞΑΝΔΡΟΣ

3. Ἀλλ' οἱ Σκύθαι γε, ὦ πάτερ, καὶ οἱ Ἰνδῶν ἐλέφαντες οὐκ εὐκαταφρόνητόν τι ἔργον, καὶ ὅμως οὐ διαστήσας[1] αὐτοὺς οὐδὲ προδοσίαις ὠνούμενος τὰς νίκας ἐκράτουν αὐτῶν· οὐδ' ἐπιώρκησα πώποτε ἢ ὑποσχόμενος ἐψευσάμην ἢ ἄπιστον ἔπραξά τι τοῦ νικᾶν ἕνεκα. καὶ τοὺς Ἕλληνας δὲ τοὺς μὲν ἀναιμωτὶ παρέλαβον, Θηβαίους δὲ ἴσως ἀκούεις ὅπως μετῆλθον.

ΦΙΛΙΠΠΟΣ

Οἶδα ταῦτα πάντα· Κλεῖτος γὰρ ἀπήγγειλέ μοι, ὃν σὺ τῷ δορατίῳ διελάσας μεταξὺ δειπνοῦντα ἐφόνευσας, ὅτι με πρὸς τὰς σὰς πράξεις ἐπαινέσαι ἐτόλμησεν. 4. σὺ δὲ καὶ τὴν Μακεδονικὴν χλαμύδα καταβαλὼν κάνδυν, ὥς φασι, μετενέδυς καὶ τιάραν
397 ὀρθὴν ἐπέθου καὶ προσκυνεῖσθαι ὑπὸ Μακεδόνων, ἐλευθέρων ἀνδρῶν, ἠξίους, καὶ τὸ πάντων γελοιότατον, ἐμιμοῦ τὰ τῶν νενικημένων. ἐῶ γὰρ λέγειν ὅσα ἄλλα ἔπραξας, λέουσι συγκατακλείων πεπαιδευμένους ἄνδρας καὶ τοσούτους γαμῶν γάμους καὶ Ἡφαιστίωνα ὑπεραγαπῶν. ἓν ἐπῄνεσα

[1] διασπάσας γ.

---

[1] This happened to Lysimachus according to Justin, XV, 3, etc. Curtius, however, VIII, 1, 17 is sceptical. The

or Paeonians was a great achievement. But as for Medes, Persians and Chaldaeans, effeminate creatures bedecked in gold—you weren't the first to conquer them. Don't you know how Clearchus did so, going inland with a mere ten thousand men, and they didn't even wait to fight at close quarters, but fled before they were in bow-shot?

ALEXANDER

But, father, the Scythians and the elephants of the Indians are not to be despised, and yet I won my victories over them without sowing dissension, or using bribery and treachery. I never went back on an oath or a promise, or broke faith to gain a victory, and, though I took over most of the Greeks without bloodshed, perhaps you've heard how I punished the Thebans.

PHILIP

I know all that; I was told by Clitus, whom you killed at dinner, by running him through with a spear, because he dared to praise me rather than your achievements. Furthermore, you discarded the Macedonian cloak, they tell me, for a Median doublet, and took to a tiara worn upright on your head, and expected Macedonians, free men, to bow down before you. And, most ridiculous thing of all, you aped the habits of your defeated foes! I won't mention your other activities—how you locked up educated [1] men along with lions, all your weddings, and your inordinate affection for Hephaestion. I've

scholiast on the following dialogue says this was the cause of the death of Callisthenes, but cf. Plutarch, *Alexander*, 56, 4, Arrian, *Anabasis*, IV, 14, 3.

μόνον ἀκούσας, ὅτι ἀπέσχου τῆς τοῦ Δαρείου γυναικὸς καλῆς οὔσης, καὶ τῆς μητρὸς αὐτοῦ καὶ τῶν θυγατέρων ἐπεμελήθης· βασιλικὰ γὰρ ταῦτα.

ΑΛΕΞΑΝΔΡΟΣ

5. *Τὸ φιλοκίνδυνον δέ, ὦ πάτερ, οὐκ ἐπαινεῖς καὶ τὸ ἐν Ὀξυδράκαις πρῶτον καθαλέσθαι ἐντὸς τοῦ τείχους καὶ τοσαῦτα λαβεῖν τραύματα;*

ΦΙΛΙΠΠΟΣ

Οὐκ ἐπαινῶ τοῦτο, ὦ Ἀλέξανδρε, οὐχ ὅτι μὴ καλὸν οἴομαι εἶναι καὶ τιτρώσκεσθαί ποτε τὸν βασιλέα καὶ προκινδυνεύειν τοῦ στρατοῦ, ἀλλ' ὅτι σοι τὸ τοιοῦτο ἥκιστα συνέφερεν· θεὸς γὰρ εἶναι δοκῶν εἴ ποτε τρωθείης, καὶ βλέποιέν σε φοράδην τοῦ πολέμου ἐκκομιζόμενον, αἵματι ῥεόμενον, οἰμώζοντα ἐπὶ τῷ τραύματι, ταῦτα γέλως ἦν τοῖς 398 *ὁρῶσιν, ᾗ καὶ ὁ Ἄμμων γόης καὶ ψευδόμαντις ἠλέγχετο καὶ οἱ προφῆται κόλακες. ἢ τίς οὐκ ἂν ἐγέλασεν ὁρῶν τὸν τοῦ Διὸς υἱὸν ἀποψύχοντα,*[1] *δεόμενον τῶν ἰατρῶν βοηθεῖν; νῦν μὲν γὰρ ὁπότε ἤδη τέθνηκας, οὐκ οἴει πολλοὺς εἶναι τοὺς τὴν προσποίησιν ἐκείνην ἐπικερτομοῦντας, ὁρῶντας τὸν νεκρὸν τοῦ θεοῦ ἐκτάδην κείμενον, μυδῶντα ἤδη καὶ ἐξῳδηκότα κατὰ νόμον ἁπάντων τῶν σωμάτων; ἄλλως τε καὶ τοῦτο, ὃ χρήσιμον ἔφης, ὦ Ἀλέξανδρε, τὸ διὰ τοῦτο κρατεῖν ῥᾳδίως, πολὺ τῆς δόξης ἀφῄρει τῶν κατορθουμένων· πᾶν γὰρ ἐδόκει ἐνδεὲς ὑπὸ θεοῦ γίγνεσθαι δοκοῦν.*

[1] λειποψυχοῦντα β.

---

[1] Statira. [2] Sisygambis.

only heard of one thing I can praise ; you kept your attentions away from Darius' beautiful queen,[1] and looked after his mother [2] and his daughters.[3] That was conduct befitting a king.

ALEXANDER

Don't you praise me for my adventurous spirit, father, and for being first man to leap into the fort of the Oxydracae, and for receiving so many wounds ?

PHILIP

I don't. Not that I think it's a bad thing for a king to suffer an occasional wound and to face dangers at the head of his army ; but that wasn't at all the sort of thing for you. For you were supposed to be a god, and any time you were wounded and seen being carried out of the fighting on a litter, streaming with blood and groaning from your wound, the onlookers were amused to see how Ammon was being shown up as an impostor whose forecasts were false, and his prophets as mere flatterers. Who wouldn't have been amused to see the son of Zeus fainting and calling for the assistance of the doctors ? For now that you're dead, don't you think that there are many who wax witty about that pretence of yours, now that they see the corpse of the "god" lying at full length, clammy and swollen like any other body? Besides, this policy, which you said was so useful, Alexander, the policy of gaining easy victories in this way, greatly diminished the glory of your successes. For everything seemed disappointing, when regarded as the work of a god.

[3] He married one of these, Statira the younger, or Barsine.

ΑΛΕΞΑΝΔΡΟΣ

6. Οὐ ταῦτα φρονοῦσιν οἱ ἄνθρωποι περὶ ἐμοῦ, ἀλλὰ Ἡρακλεῖ καὶ Διονύσῳ ἐνάμιλλον τιθέασί με. καίτοι τὴν Ἄορνον ἐκείνην, οὐδετέρου ἐκείνων λαβόντος, ἐγὼ μόνος ἐχειρωσάμην.

ΦΙΛΙΠΠΟΣ

Ὁρᾷς ὅτι ταῦτα ὡς Ἄμμωνος υἱὸς λέγεις, ὃς Ἡρακλεῖ καὶ Διονύσῳ παραβάλλεις σεαυτόν; καὶ οὐκ αἰσχύνῃ, ὦ Ἀλέξανδρε, οὐδὲ τὸν τῦφον ἀπομαθήσῃ καὶ γνώσῃ σεαυτὸν καὶ συνήσεις[1] ἤδη νεκρὸς ὤν;

13 (13)

ΔΙΟΓΕΝΟΥΣ ΚΑΙ ΑΛΕΞΑΝΔΡΟΥ

ΔΙΟΓΕΝΗΣ

1. Τί τοῦτο, ὦ Ἀλέξανδρε; καὶ σὺ τέθνηκας ὥσπερ καὶ ἡμεῖς ἅπαντες;

ΑΛΕΞΑΝΔΡΟΣ

390 Ὁρᾷς, ὦ Διόγενες· οὐ παράδοξον δέ, εἰ ἄνθρωπος ὢν ἀπέθανον.

ΔΙΟΓΕΝΗΣ

Οὐκοῦν ὁ Ἄμμων ἐψεύδετο λέγων ἑαυτοῦ σε εἶναι, σὺ δὲ Φιλίππου ἄρα ἦσθα;

ΑΛΕΞΑΝΔΡΟΣ

Φιλίππου δηλαδή· οὐ γὰρ ἂν ἐτεθνήκειν Ἄμμωνος ὤν.

[1] συνήσεις recc.: συνῇς β: συνιεὶς γ.

ALEXANDER

People don't think like that about me, but put me on a par with Heracles and Dionysus. And yet I alone have subdued the famous Aornos, a place captured by neither of them.

PHILIP

Don't you see how you're speaking just now like the son of Ammon, in comparing yourself to Heracles and Dionysus? Aren't you ashamed, Alexander? Won't you learn to forget your pride, and know yourself, and realise that you're now dead?

13 (13)

DIOGENES AND ALEXANDER

DIOGENES

What's this, Alexander? Are you dead too, just like the rest of us?

ALEXANDER

As you see, Diogenes. There's nothing strange in a human like me dying.

DIOGENES

Ammon lied, then, when he said you were his son? You were Philip's son after all?

ALEXANDER

Of course I was Philip's son. I shouldn't have died, if Ammon was my father.

ΔΙΟΓΕΝΗΣ

Καὶ μὴν καὶ περὶ τῆς Ὀλυμπιάδος ὅμοια ἐλέγετο, δράκοντα ὁμιλεῖν αὐτῇ καὶ βλέπεσθαι ἐν τῇ εὐνῇ, εἶτα οὕτω σε τεχθῆναι, τὸν δὲ Φίλιππον ἐξηπατῆσθαι οἰόμενον πατέρα σου εἶναι.

ΑΛΕΞΑΝΔΡΟΣ

Κἀγὼ ταῦτα ἤκουον ὥσπερ σύ, νῦν δὲ ὁρῶ ὅτι οὐδὲν ὑγιὲς οὔτε ἡ μήτηρ οὔτε οἱ τῶν Ἀμμωνίων προφῆται ἔλεγον.

ΔΙΟΓΕΝΗΣ

Ἀλλὰ τὸ ψεῦδος αὐτῶν οὐκ ἄχρηστόν σοι, 391 ὦ Ἀλέξανδρε, πρὸς τὰ πράγματα ἐγένετο· πολλοὶ γὰρ ὑπέπτησσον θεὸν εἶναί σε νομίζοντες. 2. ἀτὰρ εἰπέ μοι, τίνι τὴν τοσαύτην ἀρχὴν καταλέλοιπας;

ΑΛΕΞΑΝΔΡΟΣ

Οὐκ οἶδα, ὦ Διόγενες· οὐ γὰρ ἔφθασα ἐπισκῆψαί τι περὶ αὐτῆς ἢ τοῦτο μόνον, ὅτι ἀποθνήσκων Περδίκκᾳ τὸν δακτύλιον ἐπέδωκα. πλὴν ἀλλὰ τί γελᾷς, ὦ Διόγενες;

ΔΙΟΓΕΝΗΣ

Τί γὰρ ἄλλο ἢ ἀνεμνήσθην οἷα ἐποίει ἡ Ἑλλάς, ἄρτι σε παρειληφότα τὴν ἀρχὴν κολακεύοντες καὶ προστάτην αἱρούμενοι καὶ στρατηγὸν ἐπὶ τοὺς βαρβάρους, ἔνιοι δὲ καὶ τοῖς δώδεκα θεοῖς προστιθέντες καὶ οἰκοδομοῦντές σοι νεὼς καὶ θύοντες ὡς 392 δράκοντος υἱῷ. 3. ἀλλ' εἰπέ μοι, ποῦ σε οἱ Μακεδόνες ἔθαψαν;

DIOGENES

And it was another lie about Olympias—that a serpent came to her and was seen in her bed, that that was how you came to be born, and that Philip was deceived in thinking that he was your father?

ALEXANDER

I heard that too, just as you did, but now I see that there was not a word of truth in what my mother and the prophets of Ammon said.

DIOGENES

But their lies weren't without practical advantage to you, Alexander. For many cowered down before you, thinking you a god. But tell me, to whom have you left your great empire?

ALEXANDER

I don't know, Diogenes; I didn't give any instructions about it in time; I merely gave my ring to Perdiccas when I died. But why do you laugh, Diogenes?

DIOGENES

I'm only recalling how Greece treated you, flattering you from the moment you succeeded to your kingdom, and choosing you as her champion and leader against the barbarians, and how some even added you to the twelve gods, built you temples, and sacrificed to you, as the son of the serpent. But tell me, where did the Macedonians bury you?

ΑΛΕΞΑΝΔΡΟΣ

Ἔτι ἐν Βαβυλῶνι κεῖμαι τριακοστὴν[1] ἡμέραν ταύτην, ὑπισχνεῖται δὲ Πτολεμαῖος ὁ ὑπασπιστής, ἤν ποτε ἀγάγῃ σχολὴν ἀπὸ τῶν θορύβων τῶν ἐν ποσίν, εἰς Αἴγυπτον ἀπαγαγὼν θάψειν ἐκεῖ, ὡς γενοίμην εἷς τῶν Αἰγυπτίων θεῶν.

ΔΙΟΓΕΝΗΣ

Μὴ γελάσω οὖν, ὦ Ἀλέξανδρε, ὁρῶν καὶ ἐν ᾅδου ἔτι σε μωραίνοντα καὶ ἐλπίζοντα Ἄνουβιν ἢ Ὄσιριν γενήσεσθαι; πλὴν ἀλλὰ ταῦτα μέν, ὦ θειότατε, μὴ ἐλπίσῃς· οὐ γὰρ θέμις ἀνελθεῖν τινα τῶν ἅπαξ διαπλευσάντων τὴν λίμνην καὶ εἰς τὸ εἴσω τοῦ στομίου παρελθόντων· οὐ γὰρ ἀμελὴς ὁ Αἰακὸς οὐδὲ ὁ Κέρβερος εὐκαταφρόνητος. 4. ἐκεῖνο δέ γε ἡδέως ἂν μάθοιμι παρὰ σοῦ, πῶς φέρεις, ὁπόταν ἐννοήσῃς ὅσην εὐδαιμονίαν ὑπὲρ γῆς ἀπολιπὼν ἀφῖξαι, σωματοφύλακας καὶ ὑπασπιστὰς καὶ σατράπας καὶ χρυσὸν τοσοῦτον καὶ ἔθνη προσκυνοῦντα καὶ Βαβυλῶνα καὶ Βάκτρα καὶ 393 τὰ μεγάλα θηρία καὶ τιμὴν καὶ δόξαν καὶ τὸ ἐπίσημον εἶναι ἐξελαύνοντα διαδεδεμένον ταινίᾳ λευκῇ τὴν κεφαλὴν πορφυρίδα ἐμπεπορπημένον. οὐ λυπεῖ ταῦτά σε ὑπὲρ τὴν μνήμην[2] ἰόντα; τί δακρύεις, ὦ μάταιε; οὐδὲ ταῦτά σε ὁ σοφὸς Ἀριστοτέλης ἐπαίδευσεν μὴ οἴεσθαι βέβαια εἶναι τὰ παρὰ τῆς τύχης;

ΑΛΕΞΑΝΔΡΟΣ

5. Ὁ σοφὸς ἐκεῖνος ἁπάντων κολάκων ἐπιτριπτότατος ὤν; ἐμὲ μόνον ἔασον τὰ Ἀριστοτέλους

ALEXANDER

I've been lying in Babylon for a whole thirty days now, but my guardsman Ptolemy promises that, whenever he gets a respite from the present disturbances, he'll take me away to Egypt and bury me there, so that I may become one of the gods of the Egyptians.

DIOGENES

Well, can I help laughing, Alexander, when I see that even in Hades you still act like a fool and hope you'll be an Anubis or an Osiris? But don't be too hopeful about that, personage most divine. It's against our law that anyone who has once sailed across our lake and passed within our entrance should go up again. For Aeacus does not neglect his duties, nor is Cerberus to be taken lightly. But what I should like you to tell me is how you bear the thought of the great happiness you left on the earth above, when you came here—your bodyguards, crack regiments and satraps, all that gold, the nations bowing down before you, and Babylon and Bactra, and those enormous beasts, and the honour and the glory, and your distinction, when you rode forth with a white ribbon on your head, and wearing a purple robe fastened with brooches. Don't you feel sad that these things are passing beyond your memory? Why do you cry, you fool? Didn't the wise Aristotle even teach you to realise the insecurity of the gifts of fortune?

ALEXANDER

Wise Aristotle! Why, he's the arch-knave of all flatterers. Let me be the sole authority on him,

[1] *τριακοστὴν* Du Soul, cf. Aelian *V. H.* 12. 64, Plutarch, *Alex.* 57. 3: *τρίτην* codd..

[2] *ὑπὸ τὴν μνήμην* β.

εἰδέναι, ὅσα μὲν ᾔτησεν παρʼ ἐμοῦ, οἷα δὲ ἐπέστελλεν, ὡς δὲ κατεχρῆτό μου τῇ περὶ παιδείαν φιλοτιμίᾳ θωπεύων καὶ ἐπαινῶν ἄρτι μὲν πρὸς τὸ κάλλος, ὡς καὶ τοῦτο μέρος ὂν τἀγαθοῦ, ἄρτι δὲ ἐς τὰς πράξεις καὶ τὸν πλοῦτον. καὶ γὰρ αὖ καὶ τοῦτο ἀγαθὸν ἡγεῖτο εἶναι, ὡς μὴ αἰσχύνοιτο καὶ αὐτὸς λαμβάνων· γόης, ὦ Διόγενες, ἄνθρωπος καὶ τεχνίτης. πλὴν ἀλλὰ τοῦτό γε ἀπολέλαυκα τῆς σοφίας αὐτοῦ, τὸ λυπεῖσθαι ὡς ἐπὶ μεγίστοις 394 ἀγαθοῖς ἐκείνοις, ἃ κατηριθμήσω μικρῷ γε ἔμπροσθεν.

ΔΙΟΓΕΝΗΣ

6. Ἀλλʼ οἶσθα ὃ δράσεις; ἄκος γάρ σοι τῆς λύπης ὑποθήσομαι. ἐπεὶ ἐνταῦθά γε ἐλλέβορος οὐ φύεται, σὺ δὲ κἂν τὸ Λήθης ὕδωρ χανδὸν ἐπισπασάμενος πίε καὶ αὖθις πίε καὶ πολλάκις· οὕτω γὰρ ἂν παύσαιο ἐπὶ τοῖς Ἀριστοτέλους ἀγαθοῖς ἀνιώμενος. καὶ γὰρ Κλεῖτον ἐκεῖνον ὁρῶ καὶ Καλλισθένην καὶ ἄλλους πολλοὺς ἐπὶ σὲ ὁρμῶντας, ὡς διασπάσαιντο καὶ ἀμύναιντο σε ὧν ἔδρασας αὐτούς. ὥστε τὴν ἑτέραν σὺ ταύτην βάδιζε καὶ πῖνε πολλάκις, ὡς ἔφην.

14 (4)

341 *ΕΡΜΟΥ ΚΑΙ ΧΑΡΩΝΟΣ*

ΕΡΜΗΣ

1. Λογισώμεθα, ὦ πορθμεῦ, εἰ δοκεῖ, ὁπόσα μοι ὀφείλεις ἤδη, ὅπως μὴ αὖθις ἐρίζωμέν τι περὶ αὐτῶν.

with all his requests for gifts and his instructions, and the way he took advantage of my zeal for education by flattering and praising me, sometimes for my beauty (as though even that were part of the " Good "), or again for my achievements and my wealth. For that was yet another thing he counted as good, so that he need have no shame in accepting some for himself too. The fellow's an impostor, Diogenes, and a master at the game. But I did at least get one thing from his wisdom—grief for those things you've just enumerated, for I think them the greatest of goods.

DIOGENES

Well, here's what to do. I'll prescribe a cure for your grief. As there's no hellebore [1] growing here, you'd better take a stiff drink of the water of Lethe, and repeat the dose frequently, and then you'll stop sorrowing for Aristotle's " goods ". Do so, for I see Clitus over there and Callisthenes [2] and many others bearing down on you, to tear you to pieces and get even with you for the things you did to them. So you'd better take this other path here, and take frequent doses as I've just said.

14 (4)

HERMES AND CHARON

HERMES

If you don't mind, ferryman, let's work out how much you owe me at the moment, so that we won't quarrel about it later.

[1] Cf. note on p. 39.
[2] Cf. note on p. 63.

ΧΑΡΩΝ

Λογισώμεθα, ὦ Ἑρμῆ· ἄμεινον γὰρ ὡρίσθαι καὶ ἀπραγμονέστερον.

ΕΡΜΗΣ

Ἄγκυραν ἐντειλαμένῳ ἐκόμισα πέντε δραχμῶν.

ΧΑΡΩΝ

Πολλοῦ λέγεις.

ΕΡΜΗΣ

Νὴ τὸν Ἀϊδωνέα, τῶν πέντε ὠνησάμην, καὶ τροπωτῆρα δύο ὀβολῶν.

ΧΑΡΩΝ

Τίθει πέντε δραχμὰς καὶ ὀβολοὺς δύο.

ΕΡΜΗΣ

Καὶ ἀκέστραν ὑπὲρ τοῦ ἱστίου· πέντε ὀβολοὺς
342 ἐγὼ κατέβαλον.

ΧΑΡΩΝ

Καὶ τούτους προστίθει.

ΕΡΜΗΣ

Καὶ κηρὸν ὡς ἐπιπλάσαι τοῦ σκαφιδίου τὰ ἀνεῳγότα καὶ ἥλους δὲ καὶ καλῴδιον, ἀφ᾽ οὗ τὴν ὑπέραν ἐποίησας,[1] δύο δραχμῶν ἅπαντα.

ΧΑΡΩΝ

Καὶ ἄξια[2] ταῦτα ὠνήσω.

[1] ἐποίησα β.   [2] εὖ γε καὶ ἄξια γ.

CHARON

Let's do that, Hermes. It's better to have this settled, and it'll save trouble.

HERMES

I brought you an anchor as you ordered; five drachmae.

CHARON

That's dear.

HERMES

By Hades, that's what I paid for it, and a thong for an oar cost me two obols.

CHARON

Put down five drachmae and two obols.

HERMES

And a darning-needle for your sail. Five obols it cost me.

CHARON

Put that down too.

HERMES

And wax to plug up the leaks in your boat, and nails, and a bit of rope which you made into a brace, costing two drachmae in all.

CHARON

You got these cheap too!

ΕΡΜΗΣ

Ταῦτά ἐστιν, εἰ μή τι ἄλλο ἡμᾶς διέλαθεν ἐν τῷ λογισμῷ. πότε δ' οὖν ταῦτα ἀποδώσειν φῄς;

ΧΑΡΩΝ

Νῦν μέν, ὦ Ἑρμῆ, ἀδύνατον, ἢν δὲ λοιμός τις ἢ πόλεμος καταπέμψῃ ἀθρόους τινάς, ἐνέσται τότε ἀποκερδᾶναι παραλογιζόμενον ἐν τῷ πλήθει[1] τὰ πορθμεῖα.

ΕΡΜΗΣ

2. Νῦν οὖν ἐγὼ καθεδοῦμαι τὰ κάκιστα εὐχόμενος γενέσθαι, ὡς ἂν ἀπὸ τούτων ἀπολάβοιμι;

ΧΑΡΩΝ

Οὐκ ἔστιν ἄλλως, ὦ Ἑρμῆ. νῦν δὲ ὀλίγοι, ὡς ὁρᾷς, ἀφικνοῦνται ἡμῖν· εἰρήνη γάρ.

ΕΡΜΗΣ

Ἄμεινον οὕτως, εἰ καὶ ἡμῖν παρατείνοιτο ὑπὸ σοῦ τὸ ὄφλημα. πλὴν ἀλλ' οἱ μὲν παλαιοί, ὦ Χάρων, 343 οἶσθα οἷοι παρεγίγνοντο, ἀνδρεῖοι ἅπαντες, αἵματος ἀνάπλεῳ καὶ τραυματίαι οἱ πολλοί· νῦν δὲ ἢ φαρμάκῳ τις ὑπὸ τοῦ παιδὸς ἀποθανὼν ἢ ὑπὸ τῆς γυναικὸς ἢ ὑπὸ τρυφῆς ἐξῳδηκὼς τὴν γαστέρα καὶ τὰ σκέλη, ὠχροὶ ἅπαντες καὶ ἀγεννεῖς, οὐδὲν ὅμοιοι ἐκείνοις. οἱ δὲ πλεῖστοι αὐτῶν διὰ χρήματα ἥκουσιν ἐπιβουλεύοντες ἀλλήλοις, ὡς ἐοίκασι.

ΧΑΡΩΝ

Πάνυ γὰρ περιπόθητά ἐστι ταῦτα.

[1] ἐν τῷ πλήθει om. β.

HERMES

That's all, unless we've forgotten something in our calculations. Well, when do you say that you are going to pay me?

CHARON

For the moment, Hermes, it's impossible, but if an epidemic or a war sends me down a large batch, I can then make a profit, by overcharging on the fares in the rush.

HERMES

So, for the present, I'll have to sit down and pray for the worst to happen so that I may be paid?

CHARON

It can't be helped, Hermes. We get few coming here at the moment, as you can see. It's peacetime.

HERMES

Better so, even if you do keep me waiting for what you owe me. Ah, but in the old days, Charon, you know what men they were that came, all of them brave, and most of them covered with blood and wounded; but now we get a few poisoned by a wife or a son, or with their legs and bellies all puffed out with rich living, a pale miserable lot, all of them, quite unlike the old ones. Most of them have money to thank for their coming here; they scheme against each other for it, apparently.

CHARON

Yes, it's the grand passion.

ΕΡΜΗΣ

Οὐκοῦν οὐδ᾽ ἐγὼ δόξαιμι ἂν ἁμαρτάνειν πικρῶς ἀπαιτῶν τὰ ὀφειλόμενα παρὰ σοῦ.

15 (5)

ΠΛΟΥΤΩΝΟΣ ΚΑΙ ΕΡΜΟΥ

ΠΛΟΥΤΩΝ

1. Τὸν γέροντα οἶσθα, τὸν πάνυ γεγηρακότα 344 λέγω, τὸν πλούσιον Εὐκράτην, ᾧ παῖδες μὲν οὐκ εἰσίν, οἱ τὸν κλῆρον δὲ θηρῶντες πεντακισμύριοι;

ΕΡΜΗΣ

Ναί, τὸν Σικυώνιον φῄς. τί οὖν;

ΠΛΟΥΤΩΝ

Ἐκεῖνον μέν, ὦ Ἑρμῆ, ζῆν ἔασον ἐπὶ τοῖς ἐνενήκοντα ἔτεσιν, ἃ βεβίωκεν, ἐπιμετρήσας ἄλλα τοσαῦτα, εἴ γε οἷόν τε ἦν, καὶ ἔτι πλείω, τοὺς δὲ κόλακας αὐτοῦ Χαρῖνον τὸν νέον καὶ Δάμωνα καὶ τοὺς ἄλλους κατάσπασον ἐφεξῆς ἅπαντας.

ΕΡΜΗΣ

Ἄτοπον ἂν δόξειε τὸ τοιοῦτον.

ΠΛΟΥΤΩΝ

Οὐ μὲν οὖν, ἀλλὰ δικαιότατον· τί γὰρ ἐκεῖνοι παθόντες εὔχονται ἀποθανεῖν ἐκεῖνον ἢ τῶν χρη- 345 μάτων ἀντιποιοῦνται οὐδὲν προσήκοντες; ὃ δὲ πάντων ἐστὶ μιαρώτατον, ὅτι καὶ τὰ τοιαῦτα εὐχόμενοι ὅμως θεραπεύουσιν ἔν γε τῷ φανερῷ, καὶ νοσοῦντος ἃ μὲν βουλεύονται πᾶσι πρόδηλα, θύσειν δὲ ὅμως

HERMES

Then you won't think it wrong of me if I dun you for my debt.

15 (5)

PLUTO AND HERMES

PLUTO

Do you know the old man—I mean that veritable greybeard, Eucrates the rich—the man with no sons, but with fifty thousand men hunting his estate?

HERMES

Yes, you mean the man from Sicyon. Well, what?

PLUTO

Let him go on living, Hermes, and, over and above the ninety years he's had already, measure out as many more for him, if possible, or even more; but as for his toadies, young Charinus and Damon and the rest, drag them all down here one after the other.

HERMES

That *would* look queer.

PLUTO

No; it would be perfectly just. What possesses them that they pray for his death, or aspire to his fortune, although not related? But what's most disgusting of all is the way they shower attentions on him in public in spite of such prayers, and make their plans obvious to everyone when he's sick, but,

ὑπισχνοῦνται, ἢν ῥαΐσῃ, καὶ ὅλως ποικίλη τις ἡ κολακεία τῶν ἀνδρῶν. διὰ ταῦτα ὁ μὲν ἔστω ἀθάνατος, οἱ δὲ προαπίτωσαν αὐτοῦ μάτην ἐπιχανόντες.

ΕΡΜΗΣ

2. *Γελοῖα πείσονται, πανοῦργοι ὄντες.*

ΠΛΟΥΤΩΝ

Πολλὰ κἀκεῖνος εὖ μάλα διαβουκολεῖ αὐτοὺς καὶ 346 *ἐλπίζει,*[1] *καὶ ὅλως "αἰεὶ*[2] *θανέοντι*[3] *ἐοικὼς" ἔρρωται πολὺ μᾶλλον τῶν νέων. οἱ δὲ ἤδη τὸν κλῆρον ἐν σφίσι διῃρημένοι βόσκονται ζωὴν μακαρίαν πρὸς ἑαυτοὺς τιθέντες. Οὐκοῦν ὁ μὲν ἀποδυσάμενος τὸ γῆρας ὥσπερ Ἰόλεως*[4] *ἀνηβησάτω, οἱ δὲ ἀπὸ μέσων τῶν ἐλπίδων τὸν ὀνειροποληθέντα πλοῦτον ἀπολιπόντες ἡκέτωσαν ἤδη κακοὶ κακῶς ἀποθανόντες.*

ΕΡΜΗΣ

Ἀμέλησον, ὦ Πλούτων· μετελεύσομαι γάρ σοι ἤδη αὐτοὺς καθ' ἕνα ἑξῆς· ἑπτὰ δέ, οἶμαι, εἰσί.

ΠΛΟΥΤΩΝ

Κατάσπα, ὁ δὲ παραπέμψει ἕκαστον ἀντὶ γέροντος αὖθις πρωθήβης γενόμενος.

[1] *ἐπελπίζει* Jensius fortasse recte.
[2] *αἰεὶ* scripsi : *ἀεὶ* codd..
[3] *θανέοντι γ* : *θανοῦντι β* : *θανόντι* edd..
[4] *ὁ ἰλέως* codd..

in spite of it all, they promise sacrifices if he recovers; in fact there's no little versatility in their flattery. So, I'd like him to be immortal, and them, thwarted in their open-mouthed greed, to depart the scene before him.

HERMES

That will be an amusing fate for the rascals to suffer.

PLUTO

He himself often leads them up the garden path with great skill, and has hopes of his own. In fact, though he always looks " close to death's dark vale ",[1] he's a lot healthier than the young men. But they've already divided up his property amongst themselves and batten on it, thinking a life of bliss is already theirs. So, let him cast off his old age like Iolaus,[2] and grow young again, and let them leave behind the wealth they dreamed of, and in the midst of their hopes come here forthwith, dying the sorry death they deserve.

HERMES

Don't worry, Pluto. I'll start fetching them for you now, one after the other. There are seven of them, I think.

PLUTO

Drag them down, and he'll change from old age to the prime of youth, and attend each of the funerals.

[1] Editors have emended to *θανόντι*, having failed to see that this is a parody of *Odyssey*, XI, 608. Cf. following dialogue, c. 4. *ἀεὶ τεθνήξεσθαι δοκῶν.*

[2] Cf. Euripides, *Heraclidae*, 850 ff.

16 (6)

ΤΕΡΨΙΩΝΟΣ ΚΑΙ ΠΛΟΥΤΩΝΟΣ

ΤΕΡΨΙΩΝ

1. Τοῦτο, ὦ Πλούτων, δίκαιον, ἐμὲ μὲν τεθνάναι τριάκοντα ἔτη γεγονότα, τὸν δὲ ὑπὲρ τὰ
347 ἐνενήκοντα γέροντα Θούκριτον ζῆν ἔτι;

ΠΛΟΥΤΩΝ

Δικαιότατον μὲν οὖν, ὦ Τερψίων, εἴ γε ὁ μὲν ζῇ μηδένα εὐχόμενος ἀποθανεῖν τῶν φίλων, σὺ δὲ παρὰ πάντα τὸν χρόνον ἐπεβούλευες αὐτῷ περιμένων τὸν κλῆρον.

ΤΕΡΨΙΩΝ

Οὐ γὰρ ἐχρῆν γέροντα ὄντα καὶ μηκέτι χρήσασθαι τῷ πλούτῳ αὐτὸν δυνάμενον ἀπελθεῖν τοῦ βίου παραχωρήσαντα τοῖς νέοις;

ΠΛΟΥΤΩΝ

Καινά, ὦ Τερψίων, νομοθετεῖς, τὸν μηκέτι τῷ πλούτῳ χρήσασθαι δυνάμενον πρὸς ἡδονὴν ἀποθνήσκειν· τὸ δὲ ἄλλως ἡ Μοῖρα καὶ ἡ φύσις διέταξεν.

ΤΕΡΨΙΩΝ

2. Οὐκοῦν ταύτης αἰτιῶμαι τῆς διατάξεως· ἐχρῆν γὰρ τὸ πρᾶγμα ἑξῆς πως γίνεσθαι, τὸν πρεσβύτερον πρότερον καὶ μετὰ τοῦτον ὅστις καὶ τῇ ἡλικίᾳ μετ᾽ αὐτόν, ἀναστρέφεσθαι δὲ μηδαμῶς, μηδὲ ζῆν μὲν τὸν ὑπέργηρων ὀδόντας τρεῖς ἔτι λοιποὺς ἔχοντα, μόγις ὁρῶντα, οἰκέταις γε τέτταρσιν ἐπικεκυφότα, κορύζης μὲν τὴν ῥῖνα, λήμης δὲ

16 (6)

TERPSION AND PLUTO

TERPSION

Is this just, Pluto ? Me to die at thirty, and old Thucritus, already over ninety, to go on living ?

PLUTO

Perfectly just, Terpsion; he lives on without praying for the death of any of his friends, but you spent all your time plotting against him and waiting for his possessions.

TERPSION

Well, oughtn't an old man like him, who can no longer make use of his wealth, to depart from life and make way for young men ?

PLUTO

I never heard the like of this edict of yours, Terpsion, requiring the death of anyone who can no longer use his wealth on pleasure. But Fate and Nature have arranged things otherwise.

TERPSION

Then I object to the present arrangement. It ought to be a matter of turn, with the oldest man first, and after him the next oldest, without the slightest change in the order. Your Methuselah shouldn't live on, when he has no more than three teeth still left, and is scarcely able to see, supported by four servants, with his nose always running and his eyes bleary, past knowing any of the pleasures

τοὺς ὀφθαλμοὺς μεστὸν ὄντα, οὐδὲν ἔτι ἡδὺ εἰδότα,
348 ἔμψυχόν τινα τάφον ὑπὸ τῶν νέων καταγελώμενον, ἀποθνήσκειν δὲ καλλίστους καὶ ἐρρωμενεστάτους νεανίσκους· ἄνω γὰρ ποταμῶν τοῦτό γε· ἢ τὸ τελευταῖον εἰδέναι γε ἐχρῆν, πότε καὶ τεθνήξεται τῶν γερόντων ἕκαστος, ἵνα μὴ μάτην ἂν ἐνίους
349 ἐθεράπευον. νῦν δὲ τὸ τῆς παροιμίας, ἡ ἅμαξα τὸν βοῦν πολλάκις ἐκφέρει.

ΠΛΟΥΤΩΝ

3. Ταῦτα μέν, ὦ Τερψίων, πολὺ συνετώτερα γίνεται ἤπερ σοὶ δοκεῖ. καὶ ὑμεῖς δὲ τί παθόντες ἀλλοτρίοις ἐπιχαίνετε[1] καὶ τοῖς ἀτέκνοις τῶν γερόν-
350 των εἰσποιεῖτε φέροντες αὐτούς; τοιγαροῦν γέλωτα ὀφλισκάνετε πρὸ ἐκείνων κατορυττόμενοι, καὶ τὸ πρᾶγμα τοῖς πολλοῖς ἥδιστον γίνεται· ὅσῳ γὰρ ὑμεῖς ἐκείνους ἀποθανεῖν εὔχεσθε, τοσούτῳ ἅπασιν ἡδὺ προαποθανεῖν ὑμᾶς αὐτῶν. καινὴν γάρ τινα ταύτην τὴν τέχνην ἐπινενοήκατε γραῶν καὶ γερόντων ἐρῶντες, καὶ μάλιστα εἰ ἄτεκνοι εἶεν, οἱ δὲ ἔντεκνοι ὑμῖν ἀνέραστοι. καίτοι πολλοὶ ἤδη τῶν ἐρωμένων
351 συνέντες ὑμῶν τὴν πανουργίαν τοῦ ἔρωτος, ἢν καὶ τύχωσι παῖδας ἔχοντες, μισεῖν αὐτοὺς πλάττονται, ὡς καὶ αὐτοὶ ἐραστὰς ἔχωσιν· εἶτα ἐν ταῖς διαθήκαις ἀπεκλείσθησαν μὲν οἱ πάλαι δορυφορήσαντες, ὁ δὲ παῖς καὶ ἡ φύσις, ὥσπερ ἐστὶ δίκαιον, κρατοῦσι πάντων, οἱ δὲ ὑποπρίουσι τοὺς ὀδόντας ἀπομυγέντες.[2]

[1] ἐπιχαίνετε recc.: ἐπιχαίρετε γβ.
[2] ἀποσμυγέντες β.

of life, a living tomb laughed at by the young men. He shouldn't live, while handsome lusty young men die. That's as unnatural as " rivers running backwards ".[1] The young men ought at least to know when each old man is going to die, so that they wouldn't waste their attentions upon some of them. But at present, it's just one more case of the proverbial cart coming before the horse.

PLUTO

Things are done much more sensibly than you think, Terpsion. Tell me now, what makes you gape with greed at other people's property, and foist yourselves upon childless old men ? As a result you provide a good laugh, if your burial comes before theirs, and most folk find the situation really delightful. The more you pray for their death, the more delighted people are, if you die first ; for there's never been anything like this art you've invented, with your love for old men and women, and for the childless ones in particular, while those with children inspire no love in your hearts. However, many of those you love have seen through the wickedness behind your affection, and, even if they have children, they pretend to hate them, so that they too may have their own lovers. But later, when the wills are read, the bodyguard, for all their years of service, are excluded, and the sons and Nature herself, as is only right, prevail over all of them, and they gnash their teeth in secret at having been made to look such fools.

[1] Cf. Euripides, *Medea*, 410.

ΤΕΡΨΙΩΝ

352 4. Ἀληθῆ ταῦτα φῄς· ἐμοῦ γοῦν Θούκριτος πόσα
353 κατέφαγεν ἀεὶ τεθνήξεσθαι δοκῶν καὶ ὁπότε εἰσίοιμι
354 ὑποστένων καὶ μύχιόν τι καθάπερ ἐξ ᾠοῦ νεοττὸς ἀτελὴς ὑποκρώζων ὥστ' ἐμε ὅσον αὐτίκα οἰόμενον ἐπιβήσειν αὐτὸν τῆς σοροῦ ἐσπέμπειν[1] τὰ πολλά, ὡς μὴ ὑπερβάλλοιντό με οἱ ἀντερασταὶ τῇ μεγαλοδωρεᾷ, καὶ τὰ πολλὰ ὑπὸ φροντίδων ἄγρυπνος ἐκείμην ἀριθμῶν ἕκαστα καὶ διατάττων. ταῦτα γοῦν μοι καὶ τοῦ ἀποθανεῖν αἴτια γεγένηται, ἀγρυπνία καὶ φροντίδες· ὁ δὲ τοσοῦτόν μοι δέλεαρ καταπιὼν ἐφειστήκει θαπτομένῳ πρῴην ἐπιγελῶν.

ΠΛΟΥΤΩΝ

5. Εὖ γε, ὦ Θούκριτε, ζῴης ἐπὶ μήκιστον πλουτῶν ἅμα καὶ τῶν τοιούτων καταγελῶν, μηδὲ πρότερόν γε σὺ ἀποθάνοις ἢ προπέμψας πάντας τοὺς κόλακας.

ΤΕΡΨΙΩΝ

Τοῦτο μέν, ὦ Πλούτων, καὶ ἐμοὶ ἥδιστον ἤδη, εἰ καὶ Χαροιάδης προτεθνήξεται Θουκρίτου.

ΠΛΟΥΤΩΝ

Θάρρει, ὦ Τερψίων· καὶ Φείδων γὰρ καὶ Μέλανθος καὶ ὅλως ἅπαντες προελεύσονται αὐτοῦ
355 ὑπὸ ταῖς αὐταῖς φροντίσιν.

ΤΕΡΨΙΩΝ

Ἐπαινῶ ταῦτα. ζῴης ἐπὶ μήκιστον, ὦ Θούκριτε.

[1] ἐσπέμπειν recc.: ἐσέπεμπον β: ἐσπέμπει γ.

---

[1] Or, perhaps, "of what I had".

TERPSION

True enough. Take me, for example—how much of mine has Thucritus devoured! Yet he always seemed on the point of death, and whenever I came in, would be groaning to himself, and his voice would be as faint and squeaky as an unfledged chicken straight from the egg; and so I, thinking I'd be putting him in his coffin any minute, would send in most of what he got,[1] so that my rivals in love should not outdo me in generosity, and usually I lay awake at night, sleepless with worry, calculating each penny and arranging each move. It is this that has caused my death—the loss of sleep and the worry. But he gobbled down all that bait, and turned up the other day to gloat at my funeral.

PLUTO

Well done, Thucritus! Long may you live to keep your wealth, and, at the same time, have the laugh on fellows like that! May you never die till you have seen the funeral of all these toadies!

TERPSION

It will give me too, the greatest pleasure Pluto, under the circumstances, if Charoeades is another to die before Thucritus.

PLUTO

Don't worry, Terpsion. Not only he but Phidon and Melanthus, and, in fact, all of them will come here before him through the same worries.

TERPSION

I'm glad to hear it. Long life to you, Thucritus.

17 (7)

ΖΗΝΟΦΑΝΤΟΥ ΚΑΙ ΚΑΛΛΙΔΗΜΙΔΟΥ

ΖΗΝΟΦΑΝΤΟΣ

1. *Σὺ δέ, ὦ Καλλιδημίδη, πῶς ἀπέθανες; ἐγὼ μὲν γὰρ ὅτι παράσιτος ὢν Δεινίου πλέον τοῦ ἱκανοῦ ἐμφαγὼν ἀπεπνίγην, οἶσθα· παρῆς γὰρ ἀποθνήσκοντί μοι.*

ΚΑΛΛΙΔΗΜΙΔΗΣ

Παρῆν, ὦ Ζηνόφαντε· τὸ δὲ ἐμὸν παράδοξόν τι ἐγένετο. οἶσθα γὰρ καὶ σύ που Πτοιόδωρον τὸν γέροντα;

ΖΗΝΟΦΑΝΤΟΣ

Τὸν ἄτεκνον, τὸν πλούσιον, ᾧ σε τὰ πολλα ᾔδειν συνόντα.

ΚΑΛΛΙΔΗΜΙΔΗΣ

Ἐκεῖνον αὐτὸν ἀεὶ ἐθεράπευον ὑπισχνούμενον ἐπ' 356 *ἐμοὶ τεθνήξεσθαι. ἐπεὶ δὲ τὸ πρᾶγμα εἰς μήκιστον ἐπεγίνετο καὶ ὑπὲρ τὸν Τιθωνὸν ὁ γέρων ἔζη, ἐπίτομόν τινα ὁδὸν ἐπὶ τὸν κλῆρον ἐξηῦρον· πριάμενος γὰρ φάρμακον ἀνέπεισα τὸν οἰνοχόον, ἐπειδὰν τάχιστα ὁ Πτοιόδωρος αἰτήσῃ πιεῖν,—πίνει δὲ ἐπιεικῶς ζωρότερον—ἐμβαλόντα εἰς κύλικα ἕτοιμον ἔχειν αὐτὸ καὶ ἐπιδοῦναι αὐτῷ· εἰ δὲ τοῦτο ποιήσει,[1] ἐλεύθερον ἐπωμοσάμην ἀφήσειν αὐτόν.*

ΖΗΝΟΦΑΝΤΟΣ

Τί οὖν ἐγένετο; πάνυ γάρ τι παράδοξον ἐρεῖν ἔοικας.

THE DIALOGUES OF THE DEAD

17 (7)

ZENOPHANTUS AND CALLIDEMIDES

ZENOPHANTUS

Well, Callidemides, how did you die? I used to be a parasite of Dinias, and choked myself to death by eating too much, as you know; for you were there when I died.

CALLIDEMIDES

Yes, I was there, Zenophantus. But my death was a strange one. I think you know Ptoeodorus, the old man?

ZENOPHANTUS

The rich man with no children? I knew you were often with him.

CALLIDEMIDES

I was always most attentive to him, because he promised I would benefit by his death. But since the matter was taking an unconscionable time, and he was living to be older than Tithonus, I found a short cut to the inheritance. I bought poison, and persuaded his butler, next time he asked for wine—he's a pretty heavy drinker, you know—to have the poison ready in the cup, and give it to him. I promised him his freedom, if he did it.

ZENOPHANTUS

Well, what happened? Your story looks like being a strange one.

---

[1] ποιήσει γ: ποιήσῃ β.

ΚΑΛΛΙΔΗΜΙΔΗΣ

2. Ἐπεὶ τοίνυν λουσάμενοι ἥκομεν, δύο δὴ ὁ μειρακίσκος κύλικας ἑτοίμους ἔχων τὴν μὲν τῷ Πτοιοδώρῳ τὴν ἔχουσαν τὸ φάρμακον, τὴν δὲ
357 ἑτέραν ἐμοί, σφαλεὶς οὐκ οἶδ' ὅπως ἐμοὶ μὲν τὸ φάρμακον, Πτοιοδώρῳ δὲ τὸ ἀφάρμακτον ἔδωκεν· εἶτα ὁ μὲν ἔπινεν, ἐγὼ δὲ αὐτίκα μάλα ἐκτάδην ἐκείμην ὑποβολιμαῖος ἀντ' ἐκείνου νεκρός. τί τοῦτο γελᾷς, ὦ Ζηνόφαντε; καὶ μὴν οὐκ ἔδει γε ἑταίρῳ ἀνδρὶ ἐπιγελᾶν.

ΖΗΝΟΦΑΝΤΟΣ

Ἀστεῖα γάρ, ὦ Καλλιδημίδη, πέπονθας. ὁ γέρων δὲ τί πρὸς ταῦτα;

ΚΑΛΛΙΔΗΜΙΔΗΣ

Πρῶτον μὲν ὑπεταράχθη πρὸς τὸ αἰφνίδιον, εἶτα συνείς, οἶμαι, τὸ γεγενημένον ἐγέλα καὶ αὐτός, οἷά γε ὁ οἰνοχόος εἴργασται.

ΖΗΝΟΦΑΝΤΟΣ

Πλὴν ἀλλ' οὐδὲ σὲ τὴν ἐπίτομον ἐχρῆν τραπέσθαι· ἧκε γὰρ ἄν σοι διὰ τῆς λεωφόρου ἀσφαλέστερον, εἰ καὶ ὀλίγῳ βραδύτερος ἦν.

18 (8)

358 ## ΚΝΗΜΩΝΟΣ ΚΑΙ ΔΑΜΝΙΠΠΟΥ

ΚΝΗΜΩΝ

Τοῦτο ἐκεῖνο τὸ τῆς παροιμίας· ὁ νεβρὸς τὸν λέοντα.

CALLIDEMIDES

When we'd come in after our bath, the lad had two cups ready, one with the poison for Ptoeodorus, and the other for me, but somehow he made a mistake, giving me the poison, and Ptoeodorus the harmless cup. A moment later, while he was still drinking, I was lying my full length on the floor, and the wrong man was dead. Why do you find it amusing, Zenophantus ? You oughtn't to laugh at a friend.

ZENOPHANTUS

Well, it was a droll thing to happen. But what did the old man do ?

CALLIDEMIDES

At first he was a little put out by the suddenness of it all, but then he understood what had happened, I suppose, and laughed himself to see what his butler had done.

ZENOPHANTUS

But you oughtn't to have taken that short cut ; you'd have been surer of getting him here by the highway, even if he was a little slow in coming.

18 (8)

CNEMON AND DAMNIPPUS

CNEMON

It's just like the proverb ; the fawn's caught the lion.

ΔΑΜΝΙΠΠΟΣ

Τί ἀγανακτεῖς, ὦ Κνήμων;

ΚΝΗΜΩΝ

Πυνθάνῃ ὅ τι ἀγανακτῶ; κληρονόμον ἀκούσιον καταλέλοιπα κατασοφισθεὶς ἄθλιος, οὓς ἐβουλόμην ἂν μάλιστα σχεῖν τἀμὰ παραλιπών.

ΔΑΜΝΙΠΠΟΣ

Πῶς τοῦτο ἐγένετο;

ΚΝΗΜΩΝ

Ἑρμόλαον τὸν πάνυ πλούσιον ἄτεκνον ὄντα ἐθεράπευον ἐπὶ θανάτῳ, κἀκεῖνος οὐκ ἀηδῶς τὴν θεραπείαν προσίετο. ἔδοξε δή μοι καὶ σοφὸν τοῦτο εἶναι, θέσθαι διαθήκας εἰς τὸ φανερόν, ἐν αἷς ἐκείνῳ καταλέλοιπα τἀμὰ πάντα, ὡς κἀκεῖνος ζηλώσειεν καὶ τὰ αὐτὰ πράξειεν.

ΔΑΜΝΙΠΠΟΣ

359 *Τί οὖν δὴ ἐκεῖνος;*

ΚΝΗΜΩΝ

Ὅ τι μὲν αὐτὸς ἐνέγραψεν[1] *ταῖς ἑαυτοῦ διαθήκαις οὐκ οἶδα· ἐγὼ γοῦν ἄφνω ἀπέθανον τοῦ τέγους μοι ἐπιπεσόντος, καὶ νῦν Ἑρμόλαος ἔχει τἀμὰ ὥσπερ τις λάβραξ καὶ τὸ ἄγκιστρον τῷ δελέατι συγκατασπάσας.*

ΔΑΜΝΙΠΠΟΣ

Οὐ μόνον, ἀλλὰ καὶ αὐτόν σε τὸν ἁλιέα· ὥστε τὸ σόφισμα κατὰ σαυτοῦ συντέθεικας.

[1] ἀνέγραψε β.

DAMNIPPUS

Why so angry, Cnemon ?

CNEMON

You ask why I'm angry ? I've been outsmarted, poor fool that I am, and have left an heir I didn't want, passing over those I'd have preferred to have my property.

DAMNIPPUS

How did it happen ?

CNEMON

I'd been showering my attentions on Hermolaus, the childless millionaire, in hopes of his death, and he was glad enough to have them. So I thought of another clever move, and decided to make my will public. I've left him all my property in it, hoping he in turn would emulate me, and do the same by me.

DAMNIPPUS

Well, what did he do ?

CNEMON

What he put in his own will, I don't know ; I can only tell you that I myself died suddenly, when my roof fell down upon me, and now Hermolaus is in possession of my property, like a greedy bass that has swallowed both hook and bait.

DAMNIPPUS

Not only that, but he's swallowed you the fisherman as well ; you've been caught by your own cunning.

ΚΝΗΜΩΝ

Ἔοικα· οἰμώζω τοιγαροῦν.

19 (9)

ΣΙΜΥΛΟΥ ΚΑΙ ΠΟΛΥΣΤΡΑΤΟΥ

ΣΙΜΥΛΟΣ

1. Ἥκεις ποτέ, ὦ Πολύστρατε, καὶ σὺ παρ' ἡμᾶς ἔτη οἶμαι οὐ πολὺ ἀποδέοντα τῶν ἑκατὸν βεβιωκώς;

ΠΟΛΥΣΤΡΑΤΟΣ

Ὀκτὼ ἐπὶ τοῖς ἐνενήκοντα, ὦ Σιμύλε.

ΣΙΜΥΛΟΣ

360 Πῶς δαὶ τὰ μετ' ἐμὲ ταῦτα ἐβίως τριάκοντα; ἐγὼ γὰρ ἀμφὶ τὰ ἑβδομήκοντά σου ὄντος ἀπέθανον.

ΠΟΛΥΣΤΡΑΤΟΣ

Ὑπερήδιστα, εἰ καί σοι παράδοξον τοῦτο δόξει.

ΣΙΜΥΛΟΣ

Παράδοξον, εἰ γέρων τε καὶ ἀσθενὴς ἄτεκνός τε προσέτι ἥδεσθαι τοῖς ἐν τῷ βίῳ ἐδύνασο.

ΠΟΛΥΣΤΡΑΤΟΣ

2. Τὸ μὲν πρῶτον ἅπαντα ἐδυνάμην· ἔτι καὶ παῖδες ὡραῖοι ἦσαν πολλοὶ καὶ γυναῖκες ἁβρόταται καὶ μύρα καὶ οἶνος ἀνθοσμίας καὶ τράπεζα ὑπὲρ τὰς ἐν Σικελίᾳ.

ΣΙΜΥΛΟΣ

Καινὰ ταῦτα· ἐγὼ γάρ σε πάνυ φειδόμενον ἠπιστάμην.

CNEMON

So it seems ; that's why I'm so sorry for myself.

19 (9)

SIMYLUS AND POLYSTRATUS

SIMYLUS

So, you've come to join us at last, Polystratus, after living to be, I think, almost a hundred ?

POLYSTRATUS

Ninety-eight, Simylus.

SIMYLUS

Whatever sort of life did you have for these thirty years after my death ? I died when you were about seventy.

POLYSTRATUS

An exceedingly pleasant life, even if you will think it strange.

SIMYLUS

Strange indeed, if you were not only old and weak but also childless, and yet could enjoy life.

POLYSTRATUS

At first, I could do anything. I still could enjoy plenty of pretty boys, and the nicest women, unguents and fragrant wine, and a table to outdo any in Sicily.

SIMYLUS

That's something new. I knew you to be very sparing.

ΠΟΛΥΣΤΡΑΤΟΣ

Ἀλλ' ἐπέρρει μοι, ὦ γενναῖε, παρὰ ἄλλων τὰ ἀγαθά· καὶ ἕωθεν μὲν εὐθὺς ἐπὶ θύρας ἐφοίτων μάλα πολλοί, μετὰ δὲ παντοῖά μοι δῶρα προσήγετο ἁπανταχόθεν τῆς γῆς τὰ κάλλιστα.

ΣΙΜΥΛΟΣ

Ἐτυράννησας, ὦ Πολύστρατε, μετ' ἐμέ;

ΠΟΛΥΣΤΡΑΤΟΣ

Οὔκ, ἀλλ' ἐραστὰς εἶχον μυρίους.

ΣΙΜΥΛΟΣ

Ἐγέλασα· ἐραστὰς σὺ τηλικοῦτος ὤν, ὀδόντας 361 τέτταρας ἔχων;

ΠΟΛΥΣΤΡΑΤΟΣ

Νὴ Δία, τοὺς ἀρίστους γε τῶν ἐν τῇ πόλει· καὶ γέροντά με καὶ φαλακρόν, ὡς ὁρᾷς, ὄντα καὶ λημῶντα προσέτι καὶ κορυζῶντα ὑπερήδοντο θεραπεύοντες, καὶ μακάριος ἦν αὐτῶν ὅντινα ἂν καὶ μόνον προσέβλεψα.

ΣΙΜΥΛΟΣ

Μῶν καὶ σύ τινα ὥσπερ ὁ Φάων τὴν Ἀφροδίτην ἐκ Χίου διεπόρθμευσας, εἶτά σοι εὐξαμένῳ ἔδωκεν νέον εἶναι καὶ καλὸν ἐξ ὑπαρχῆς καὶ ἀξιέραστον;

ΠΟΛΥΣΤΡΑΤΟΣ

Οὔκ, ἀλλὰ τοιοῦτος ὢν περιπόθητος ἦν.

---

[1] Phaon was said to have been an ugly old ferryman of Mytilene, who was made young and handsome by Aphrodite as a reward for ferrying her, and then to have won the love of Sappho.

POLYSTRATUS

Ah, but the good things came pouring in from others, my good fellow ; at crack of dawn crowds of folk would start flocking to my doors, and later in the day all kinds of choice gifts from every corner of the earth would arrive.

SIMYLUS

Did you become tyrant, Polystratus, after my time ?

POLYSTRATUS

No, but I had thousands of lovers.

SIMYLUS

You make me laugh. Lovers ? At your age ? With only four teeth in your head ?

POLYSTRATUS

Yes indeed, the noblest lovers in the city. Though I was old and bald, as you see, yes, and blear-eyed and snivelling too, they were delighted to court me, and anyone of them I favoured with a mere glance thought himself in heaven.

SIMYLUS

You weren't another to have a divine passenger, as did Phaon,[1] when he ferried Aphrodite over from Chios, and have your prayers answered, becoming young, handsome and attractive all over again ?

POLYSTRATUS

No, I was the desire of all, though just as you see me now.

ΣΙΜΥΛΟΣ

Αἰνίγματα λέγεις.

ΠΟΛΥΣΤΡΑΤΟΣ

3. *Καὶ μὴν πρόδηλός γε ὁ ἔρως οὑτοσὶ πολὺς ὢν ὁ περὶ τοὺς ἀτέκνους καὶ πλουσίους γέροντας.*

ΣΙΜΥΛΟΣ

Νῦν μανθάνω σου τὸ κάλλος, ὦ θαυμάσιε, ὅτι παρὰ τῆς χρυσῆς Ἀφροδίτης ἦν.

ΠΟΛΥΣΤΡΑΤΟΣ

Ἀτάρ, ὦ Σιμύλε, οὐκ ὀλίγα τῶν ἐραστῶν ἀπολέλαυκα μονονουχὶ προσκυνούμενος ὑπ' αὐτῶν· 362 *καὶ ἐθρυπτόμην δὲ πολλάκις καὶ ἀπέκλειον αὐτῶν τινας ἐνίοτε, οἱ δὲ ἠμιλλῶντο καὶ ἀλλήλους ὑπερεβάλλοντο ἐν τῇ περὶ ἐμὲ φιλοτιμίᾳ.*

ΣΙΜΥΛΟΣ

Τέλος δ' οὖν πῶς ἐβουλεύσω περὶ τῶν κτημάτων;

ΠΟΛΥΣΤΡΑΤΟΣ

Εἰς τὸ φανερὸν μὲν ἕκαστον αὐτῶν κληρονόμον ἀπολιπεῖν ἔφασκον, ὁ δ' ἐπίστευέν τε ἂν καὶ κολακευτικώτερον παρεσκεύαζεν αὑτόν, ἄλλας δὲ τὰς ἀληθεῖς διαθήκας ἐκείνας ἔχων κατέλιπον οἰμώζειν ἅπασι φράσας.

ΣΙΜΥΛΟΣ

4. *Τίνα δὲ αἱ τελευταῖαι τὸν κληρονόμον ἔσχον; ἦ πού τινα τῶν ἀπὸ τοῦ γένους;*

ΠΟΛΥΣΤΡΑΤΟΣ

Οὐ μὰ Δία, ἀλλὰ νεώνητόν τινα τῶν μειρακίων τῶν ὡραίων Φρύγα.

SIMYLUS

You're talking in riddles.

POLYSTRATUS

Yet this great love for rich, childless old men is there for all to see.

SIMYLUS

Now I understand your beauty, you old wonder; it came from the golden Aphrodite.

POLYSTRATUS

And no small enjoyment, Simylus, my lovers have brought me; I was almost worshipped by them. Often I would be coy, and occasionally bar my door to some of them, but they would vie with each other in their zeal for my affection.

SIMYLUS

But what decision did you make about your property in the end?

POLYSTRATUS

I would keep saying in public that I had left each of them as my heir, and each would believe me, and show himself more assiduous than ever in his flattery; but all the time my real will was different and I left them —— instructions to go to the devil one and all.

SIMYLUS

And who was the heir under your final will? One of your family, no doubt?

POLYSTRATUS

Good heavens no; it was a pretty boy from Phrygia I'd just bought.

ΣΙΜΥΛΟΣ

Ἀμφὶ πόσα ἔτη, ὦ Πολύστρατε;

ΠΟΛΥΣΤΡΑΤΟΣ

Σχεδὸν ἀμφὶ τὰ εἴκοσι.

ΣΙΜΥΛΟΣ

Ἤδη μανθάνω ἅτινά σοι ἐκεῖνος ἐχαρίζετο.

ΠΟΛΥΣΤΡΑΤΟΣ

Πλὴν ἀλλὰ πολὺ ἐκείνων ἀξιώτερος κληρονομεῖν, εἰ καὶ βάρβαρος ἦν καὶ ὄλεθρος, ὃν ἤδη καὶ αὐτῶν οἱ ἄριστοι θεραπεύουσιν. ἐκεῖνος τοίνυν ἐκληρονόμησέ μου καὶ νῦν ἐν τοῖς εὐπατρίδαις ἀριθμεῖται ὑπεξυρημένος μὲν τὸ γένειον καὶ βαρβαρίζων, Κόδρου δὲ εὐγενέστερος καὶ Νιρέως καλ- 363 λίων καὶ Ὀδυσσέως συνετώτερος λεγόμενος εἶναι.

ΣΙΜΥΛΟΣ

Οὔ μοι μέλει· καὶ στρατηγησάτω τῆς Ἑλλάδος, εἰ δοκεῖ, ἐκεῖνοι δὲ <μὴ>[1] κληρονομείτωσαν μόνον.

20 (10)

ΧΑΡΩΝΟΣ ΚΑΙ ΕΡΜΟΥ

ΧΑΡΩΝ

1. Ἀκούσατε ὡς ἔχει ὑμῖν τὰ πράγματα. μικρὸν μὲν ὑμῖν, ὡς ὁρᾶτε, τὸ σκαφίδιον καὶ ὑπόσαθρόν ἐστιν καὶ διαρρεῖ τὰ πολλά, καὶ ἢν τραπῇ ἐπὶ θάτερα, οἰχήσεται περιτραπέν, ὑμεῖς δὲ τοσοῦτοι ἅμα ἥκετε πολλὰ ἐπιφερόμενοι ἕκαστος. ἢν οὖν

[1] μὴ om. vett.. corr. recc..

SIMYLUS

What sort of age was he?

POLYSTRATUS

Roughly about twenty.

SIMYLUS

Now I understand how he won your favour.

POLYSTRATUS

Oh well, he deserved to be my heir much more than they did, even if he was a barbarian and a pest. He's already being courted by the noblest of them all. So he became my heir, and is now numbered among the aristocrats, and, despite his smooth chin and foreign accent, is credited with bluer blood than Codrus, greater beauty than Nireus, and more intelligence than Odysseus.

SIMYLUS

That doesn't worry me. Let him even be generalissimo of Greece, if he wishes to, so long as those fellows don't inherit.

20 (10)

CHARON AND HERMES

CHARON

Let me tell you how you stand; your boat is small, as you can see, and unsound, and leaks almost all over; if it lists one way or the other, it will capsize and sink. Yet you come in such numbers all at once, each of you laden with luggage. If, then,

μετὰ τούτων ἐμβῆτε, δέδια μὴ ὕστερον μετανοήσητε,
364 καὶ μάλιστα ὁπόσοι νεῖν οὐκ ἐπίστασθε.

ΕΡΜΗΣ

Πῶς οὖν ποιήσαντες εὐπλοήσομεν;

ΧΑΡΩΝ

Ἐγὼ ὑμῖν φράσω· γυμνοὺς ἐπιβαίνειν χρὴ τὰ περιττὰ ταῦτα πάντα ἐπὶ τῆς ἠϊόνος καταλιπόντας· μόλις γὰρ ἂν καὶ οὕτως δέξαιτο[1] ὑμᾶς τὸ πορθμεῖον. σοὶ δέ, ὦ Ἑρμῆ, μελήσει τὸ ἀπὸ τούτου μηδένα παραδέχεσθαι αὐτῶν, ὃς ἂν μὴ ψιλὸς ᾖ καὶ τὰ ἔπιπλα, ὥσπερ ἔφην, ἀποβαλών. παρὰ δὲ τὴν ἀποβάθραν ἑστὼς διαγίνωσκε αὐτοὺς καὶ ἀναλάμβανε γυμνοὺς ἐπιβαίνειν ἀναγκάζων.

ΕΡΜΗΣ

2. Εὖ λέγεις, καὶ οὕτω ποιήσωμεν.—Οὑτοσὶ τίς ὁ πρῶτός ἐστιν;

ΜΕΝΙΠΠΟΣ

Μένιππος ἔγωγε. ἀλλ' ἰδοὺ ἡ πήρα μοι, ὦ
365 Ἑρμῆ, καὶ τὸ βάκτρον εἰς τὴν λίμνην ἀπερρίφθων,[2] τὸν τρίβωνα δὲ οὐδὲ ἐκόμισα εὖ ποιῶν.

ΕΡΜΗΣ

Ἔμβαινε, ὦ Μένιππε ἀνδρῶν ἄριστε, καὶ τὴν προεδρίαν ἔχε παρὰ τὸν κυβερνήτην ἐφ' ὑψηλοῦ, ὡς ἐπισκοπῇς ἅπαντας. 3. ὁ καλὸς δ' οὗτος τίς ἐστιν;

ΧΑΡΜΟΛΕΩΣ

Χαρμόλεως ὁ Μεγαρικὸς ἐπέραστος, οὗ τὸ φίλημα διτάλαντον ἦν.

[1] δέξαιτο recc.: δέξοιτο βγ.

[2] ἀπερρίφθω γ.

you take all this on board, I'm afraid you'll be sorry for it later on, particularly those of you that can't swim.

DEAD MEN

Well, what shall we do to have a good passage ?

CHARON

I'll tell you. Strip yourselves before you come on board, and leave all this useless stuff on the shore ; for, even then, the ferry will hardly hold you. It will be up to you, Hermes, to let none of them aboard after this, unless he has stripped himself and thrown away his trappings, as I said he must. Go and stand by the gangway, and sort them out for admission. Make them strip, before you let them on board.

HERMES

Well spoken. Let's do as you say. Who's this first one ?

MENIPPUS

I'm Menippus. But see, here's my bag for you, Hermes, and my stick ; into the water with them. My cloak I didn't even bring—and a good job too !

HERMES

Come on board, Menippus, best of men, and take the seat of honour up beside the steersman, so that you can keep an eye on the others. And who's this handsome fellow ?

CHARMOLEOS

Charmoleos, the darling of Megara, whose kiss was worth two talents.

ΕΡΜΗΣ

Ἀπόδυθι τοιγαροῦν τὸ κάλλος καὶ τὰ χείλη αὐτοῖς φιλήμασι καὶ τὴν κόμην τὴν βαθεῖαν καὶ τὸ ἐπὶ τῶν παρειῶν ἐρύθημα καὶ τὸ δέρμα ὅλον. ἔχει καλῶς, εὔζωνος εἶ, ἐπίβαινε ἤδη. 4. ὁ δὲ τὴν πορφυρίδα οὑτοσὶ καὶ τὸ διάδημα ὁ βλοσυρὸς τίς ὢν τυγχάνεις;

ΛΑΜΠΙΧΟΣ

366 Λάμπιχος Γελῴων τύραννος.

ΕΡΜΗΣ

Τί οὖν, ὦ Λάμπιχε, τοσαῦτα ἔχων πάρει;

ΛΑΜΠΙΧΟΣ

Τί οὖν; ἐχρῆν, ὦ Ἑρμῆ, γυμνὸν ἥκειν τύραννον ἄνδρα;

ΕΡΜΗΣ

Τύραννον μὲν οὐδαμῶς, νεκρὸν δὲ μάλα· ὥστε ἀπόθου ταῦτα.

ΛΑΜΠΙΧΟΣ

Ἰδού σοι ὁ πλοῦτος ἀπέρριπται.

ΕΡΜΗΣ

Καὶ τὸν τῦφον ἀπόρριψον, ὦ Λάμπιχε, καὶ τὴν ὑπεροψίαν· βαρήσει γὰρ τὸ πορθμεῖον συνεμπεσόντα.

ΛΑΜΠΙΧΟΣ

Οὐκοῦν ἀλλὰ τὸ διάδημα ἔασόν με ἔχειν καὶ τὴν ἐφεστρίδα.

ΕΡΜΗΣ

Οὐδαμῶς, ἀλλὰ καὶ ταῦτα ἄφες.

HERMES

Then off with your beauty and your lips, kisses and all, your luxuriant hair, your rosy cheeks and all your skin ; that's fine, now you're travelling light, and may come on board. And who are you over here, with the purple robe and diadem, you who are so solemn ?

LAMPICHUS

Lampichus, tyrant of Gela.

HERMES

Well why, Lampichus, do you bring all that with you ?

LAMPICHUS

Well, what should I do ? Ought a tyrant to come naked, Hermes ?

HERMES

A tyrant shouldn't, but a dead man most certainly should. So off with it all.

LAMPICHUS

There you are ; there goes my wealth.

HERMES

Away too with your vanity, Lampichus, and your pride ; they will weigh down the ferry, if they come in along with you.

LAMPICHUS

Then at least allow me to keep my diadem and my mantle.

HERMES

Certainly not ; away with these too.

ΛΑΜΠΙΧΟΣ

Εἶεν. τί ἔτι; πᾶν γὰρ ἀφῆκα, ὡς ὁρᾷς.

ΕΡΜΗΣ

Καὶ τὴν ὠμότητα καὶ τὴν ἄνοιαν καὶ τὴν ὕβριν καὶ τὴν ὀργήν, καὶ ταῦτα ἄφες.

ΛΑΜΠΙΧΟΣ

Ἰδού σοι ψιλός εἰμι.

ΕΡΜΗΣ

5. Ἔμβαινε ἤδη. σὺ δὲ ὁ παχύς, ὁ πολύσαρκος τίς ὢν τυγχάνεις;

ΔΑΜΑΣΙΑΣ

Δαμασίας ὁ ἀθλητής.

ΕΡΜΗΣ

Ναί, ἔοικας· οἶδα γάρ σε πολλάκις ἐν ταῖς παλαίστραις ἰδών.

ΔΑΜΑΣΙΑΣ

Ναί, ὦ Ἑρμῆ· ἀλλὰ παράδεξαί με γυμνὸν ὄντα.

ΕΡΜΗΣ

Οὐ γυμνόν, ὦ βέλτιστε, τοσαύτας σάρκας περιβεβλημένον· ὥστε ἀπόδυθι αὐτάς, ἐπεὶ καταδύσεις τὸ σκάφος τὸν ἕτερον πόδα ὑπερθεὶς μόνον· ἀλλὰ καὶ τοὺς στεφάνους τούτους ἀπόρριψον καὶ τὰ κηρύγματα. 367

ΔΑΜΑΣΙΑΣ

Ἰδού σοι γυμνός, ὡς ὁρᾷς, ἀληθῶς εἰμι καὶ ἰσοστάσιος τοῖς ἄλλοις νεκροῖς.

LAMPICHUS

Very well. What else? I've thrown away everything, as you can see.

HERMES

There remain your cruelty, folly, insolence, and temper; away with these too.

LAMPICHUS

There you are; I'm stripped.

HERMES

Now you may get in. You, the fat and fleshy one, who are you?

DAMASIAS

Damasias, the athlete.

HERMES

Yes, you look like him. I know you, having often seen you in the ring.

DAMASIAS

Yes, Hermes; but let me in; I'm stripped to the skin.

HERMES

No, you're not, my good fellow, not while you have all that flesh on you. Well, take it off, for you'll sink the boat, if you only put one foot aboard. Off too with those wreaths and proclamations of your prowess.

DAMASIAS

There you are; I'm really stripped now, as you see, and no heavier than the other dead.

ΕΡΜΗΣ

6. Οὕτως ἄμεινον ἀβαρῆ εἶναι· ὥστε ἔμβαινε. καὶ σὺ τὸν πλοῦτον ἀποθέμενος, ὦ Κράτων, καὶ τὴν μαλακίαν δὲ προσέτι καὶ τὴν τρυφὴν μηδὲ τὰ ἐντάφια κόμιζε μηδὲ τὰ τῶν προγόνων ἀξιώματα, κατάλιπε δὲ καὶ γένος καὶ δόξαν καὶ εἴ ποτέ σε ἡ πόλις ἀνεκήρυξεν καὶ τὰς τῶν ἀνδριάντων ἐπιγραφάς, μηδέ ὅτι μέγαν τάφον ἐπί σοι ἔχωσαν λέγε· βαρύνει γὰρ καὶ ταῦτα μνημονευόμενα.

ΚΡΑΤΩΝ

Οὐχ ἑκὼν μέν, ἀπορρίψω δέ· τί γὰρ ἂν καὶ πάθοιμι;

ΕΡΜΗΣ

7. βαβαί. σὺ δὲ ὁ ἔνοπλος τί βούλει; ἢ τί τὸ τρόπαιον τοῦτο φέρεις;

ΣΤΡΑΤΗΓΟΣ

῞Οτι ἐνίκησα, ὦ Ἑρμῆ, καὶ ἠρίστευσα καὶ ἡ πόλις ἐτίμησέν με.

ΕΡΜΗΣ

῎Αφες ὑπὲρ γῆς τὸ τρόπαιον· ἐν ᾅδου γὰρ εἰρήνη καὶ οὐδὲν ὅπλων δεήσει. 8. ὁ σεμνὸς δὲ οὗτος ἀπό γε τοῦ σχήματος καὶ βρενθυόμενος, ὁ 368 τὰς ὀφρῦς ἐπηρκώς, ὁ ἐπὶ τῶν φροντίδων τίς ἐστιν, ὁ τὸν βαθὺν πώγωνα καθειμένος;

ΜΕΝΙΠΠΟΣ

Φιλόσοφός τις, ὦ Ἑρμῆ, μᾶλλον δὲ γόης καὶ τερατείας μεστός· ὥστε ἀπόδυσον καὶ τοῦτον· ὄψει γὰρ πολλὰ καὶ γελοῖα ὑπὸ τῷ ἱματίῳ σκεπόμενα.

HERMES

It's better that you should be light like that ; get in then. You too, Craton, off with your wealth and your effeminacy too, and your luxury, and don't bring your funeral trappings or your ancestors' reputations, but leave behind family, fame, all public proclamations in your honour, and the inscriptions on your statues, and say nothing of the mighty tomb they raised over your body. Even the mention of such things weighs down the boat.

CRATON

I don't like it, but away they go. What choice have I ?

HERMES

Good gracious ! You there—what do you want with all that armour ? Why do you carry that trophy ?

GENERAL

Because I was victorious, won the prize for valour, and was honoured by my city.

HERMES

Leave your trophy on earth above ; there's peace in Hades and weapons won't be needed. But here's an august personage, to judge by his appearance, and a proud man. Who can he be, with his haughty eyebrows, thoughtful mien, and bushy beard ?

MENIPPUS

A philosopher, Hermes, or rather an impostor, full of talk of marvels. Strip him too, and you'll see many amusing things covered up under his cloak.

ΕΡΜΗΣ

Κατάθου[1] *σὺ τὸ σχῆμα πρῶτον, εἶτα καὶ ταυτὶ*
369 *πάντα. ὦ Ζεῦ, ὅσην μὲν τὴν ἀλαζονείαν κομίζει, ὅσην δὲ ἀμαθίαν καὶ ἔριν καὶ κενοδοξίαν καὶ ἐρωτήσεις ἀπόρους καὶ λόγους ἀκανθώδεις καὶ ἐννοίας πολυπλόκους, ἀλλὰ καὶ ματαιοπονίαν μάλα πολλὴν καὶ λῆρον οὐκ ὀλίγον καὶ ὕθλους καὶ*
370 *μικρολογίαν, νὴ Δία καὶ χρυσίον γε τουτὶ καὶ ἡδυπάθειαν δὲ καὶ ἀναισχυντίαν καὶ ὀργὴν καὶ τρυφὴν καὶ μαλακίαν· οὐ λέληθεν γάρ με, εἰ καὶ μάλα περικρύπτεις αὐτά. καὶ τὸ ψεῦδος δὲ ἀπόθου καὶ τὸν τῦφον καὶ τὸ οἴεσθαι ἀμείνων εἶναι τῶν ἄλλων· ὡς εἴ γε ταῦτα πάντα ἔχων ἐμβαίης, ποία πεντηκόντορος δέξαιτο ἄν σε;*

ΦΙΛΟΣΟΦΟΣ

Ἀποτίθεμαι τοίνυν αὐτά, ἐπείπερ οὕτω κελεύεις.

ΜΕΝΙΠΠΟΣ

371 9. *Ἀλλὰ καὶ τὸν πώγωνα τοῦτον ἀποθέσθω, ὦ Ἑρμῆ, βαρύν τε ὄντα καὶ λάσιον, ὡς ὁρᾷς· πέντε μναῖ τριχῶν εἰσι τοὐλάχιστον.*

ΕΡΜΗΣ

Εὖ λέγεις· ἀπόθου καὶ τοῦτον.

ΦΙΛΟΣΟΦΟΣ

Καὶ τίς ὁ ἀποκείρων ἔσται;

ΕΡΜΗΣ

Μένιππος οὑτοσὶ λαβὼν πέλεκυν τῶν ναυπηγικῶν ἀποκόψει αὐτὸν ἐπικόπῳ τῇ ἀποβάθρᾳ χρησάμενος.

[1] κατάθου βγ: ἀπόθου recc..

HERMES

You there, off first with your clothes, and then with all this here. Ye gods, what hypocrisy he carries, what ignorance, contentiousness, vanity, unanswerable puzzles, thorny argumentations, and complicated conceptions—yes, and plenty of wasted effort, and no little nonsense, and idle talk, and splitting of hairs, and, good heavens, here's gold too, and soft living, shamelessness, temper, luxury, and effeminacy! I can see them, however much you try to hide them. Away with your falsehood too, and your pride, and notions of your superiority over the rest of men. If you came on board with all these, not even a battleship would be big enough for you.

PHILOSOPHER

Then I take them off, since these are your orders.

MENIPPUS

But he ought to take off that beard as well, Hermes; it's heavy and shaggy, as you can see. He has at least five pounds of hair there.

HERMES

Well spoken. Off with that too.

PHILOSOPHER

Who will be my barber?

HERMES

Menippus here will take a shipwright's axe and cut it off; he can use the gangway as his block.

ΜΕΝΙΠΠΟΣ

372 Οὔκ, ὦ Ἑρμῆ, ἀλλὰ πρίονά μοι ἀνάδος· γελοιότερον γὰρ τοῦτο.

ΕΡΜΗΣ

Ὁ πέλεκυς ἱκανός. εὖ γε. ἀνθρωπινώτερος νῦν ἀναπέφηνας ἀποθέμενος σαυτοῦ τὴν κινάβραν.

ΜΕΝΙΠΠΟΣ

Βούλει μικρὸν ἀφέλωμαι καὶ τῶν ὀφρύων;

ΕΡΜΗΣ

Μάλιστα· ὑπὲρ τὸ μέτωπον γὰρ καὶ ταύτας ἐπῆρκεν, οὐκ οἶδα ἐφ' ὅτῳ ἀνατείνων ἑαυτόν. τί τοῦτο; καὶ δακρύεις, ὦ κάθαρμα, καὶ πρὸς θάνατον ἀποδειλιᾷς; ἔμβηθι δ' οὖν.

ΜΕΝΙΠΠΟΣ

Ἓν ἔτι τὸ βαρύτατον ὑπὸ μάλης ἔχει.

ΕΡΜΗΣ

373 Τί, ὦ Μένιππε;

ΜΕΝΙΠΠΟΣ

Κολακείαν, ὦ Ἑρμῆ, πολλὰ ἐν τῷ βίῳ χρησιμεύσασαν αὐτῷ.

ΦΙΛΟΣΟΦΟΣ

Οὐκοῦν καὶ σύ, ὦ Μένιππε, ἀπόθου τὴν ἐλευθερίαν καὶ παρρησίαν καὶ τὸ ἄλυπον καὶ τὸ γενναῖον καὶ τὸν γέλωτα· μόνος γοῦν τῶν ἄλλων γελᾷς.

ΕΡΜΗΣ

Μηδαμῶς, ἀλλὰ καὶ ἔχε ταῦτα, κοῦφα γὰρ καὶ πάνυ εὔφορα ὄντα καὶ πρὸς τὸν κατάπλουν χρήσιμα.

MENIPPUS

No, Hermes, pass me up a saw. That'll be better fun.

HERMES

The axe will do well enough. That's fine. You look more human, now that you've lost that goat's beard of yours.

MENIPPUS

Shall I take a little off his eyebrows as well ?

HERMES

By all means ; he has them rising high over his forehead, as he strains after something or other. What's this ? Crying, you scum ? Afraid to face death ? Get in with you.

MENIPPUS

He still has the heaviest thing of all under his arm.

HERMES

What, Menippus ?

MENIPPUS

Flattery, Hermes, which was often most useful to him in life.

PHILOSOPHER

What about you then, Menippus ? Off with your independence, plain speaking, cheerfulness, noble bearing, and laughter. You're the only one that laughs.

HERMES

Do nothing of the sort, but keep them, Menippus ; they're light and easy to carry, and useful for the

10. καὶ ὁ ῥήτωρ δὲ σὺ ἀπόθου τῶν ῥημάτων τὴν
374 τοσαύτην ἀπεραντολογίαν καὶ ἀντιθέσεις καὶ παρισώσεις καὶ περιόδους καὶ βαρβαρισμοὺς καὶ τὰ ἄλλα βάρη τῶν λόγων.

ΡΗΤΩΡ

Ἢν ἰδού, ἀποτίθεμαι.

ΕΡΜΗΣ

Εὖ ἔχει· ὥστε λύε τὰ ἀπόγεια, τὴν ἀποβάθραν ἀνελώμεθα, τὸ ἀγκύριον ἀνεσπάσθω, πέτασον τὸ ἱστίον, εὔθυνε, ὦ πορθμεῦ, τὸ πηδάλιον· εὖ πάθωμεν.[1] 11. τί οἰμώζετε, ὦ μάταιοι, καὶ μάλιστα ὁ φιλόσοφος σὺ ὁ ἀρτίως τὸν πώγωνα δεδῃωμένος;

ΦΙΛΟΣΟΦΟΣ

Ὅτι, ὦ Ἑρμῆ, ἀθάνατον ᾤμην τὴν ψυχὴν ὑπάρχειν.

ΜΕΝΙΠΠΟΣ

Ψεύδεται· ἄλλα γὰρ ἔοικε λυπεῖν αὐτόν.

ΕΡΜΗΣ

Τὰ ποῖα;

ΜΕΝΙΠΠΟΣ

Ὅτι μηκέτι δειπνήσει πολυτελῆ δεῖπνα μηδὲ νύκτωρ ἐξιὼν ἅπαντας λανθάνων τῷ ἱματίῳ τὴν κεφαλὴν κατειλήσας περίεισιν ἐν κύκλῳ τὰ χαμαιτυπεῖα, καὶ ἕωθεν ἐξαπατῶν τοὺς νέους ἐπὶ τῇ σοφίᾳ ἀργύριον λήψεται· ταῦτα λυπεῖ αὐτόν.

[1] εὐπλοῶμεν recc..

voyage. But you, rhetorician, throw away your endless loquacity, your antitheses, balanced clauses, periods, foreign phrases, and everything else that makes your speeches so heavy.

RHETORICIAN

Look, away they go.

HERMES

Good. Loose the hawsers, then, let's pull in the gangway, raise anchor and spread the sail, and you, Charon, take the rudder and see to the steering, and good luck to us. Why are you groaning like that, you fools, and you, in particular, the philosopher just despoiled of the beard?

PHILOSOPHER

Because, Hermes, I thought my soul was immortal.

MENIPPUS

He's lying; something else seems to be grieving him.

HERMES

What?

MENIPPUS

That he'll have no more expensive dinners, or go out at night, unknown to all, with his cloak wrapped over his head, and go the round of the brothels, and never again take money next morning for cheating the young men with his show of wisdom. That's what grieves him.

ΦΙΛΟΣΟΦΟΣ

Σὺ γάρ, ὦ Μένιππε, οὐκ ἄχθῃ ἀποθανών;

ΜΕΝΙΠΠΟΣ

Πῶς, ὃς ἔσπευσα ἐπὶ τὸν θάνατον καλέσαντος
375 μηδενός; 12. ἀλλὰ μεταξὺ λόγων οὐ κραυγή τις ἀκούεται ὥσπερ τινῶν ἀπὸ γῆς[1] βοώντων;

ΕΡΜΗΣ

Ναί, ὦ Μένιππε, οὐκ ἀφ' ἑνός γε χώρου, ἀλλ' οἱ μὲν εἰς τὴν ἐκκλησίαν συνελθόντες ἄσμενοι γελῶσι πάντες ἐπὶ τῷ Λαμπίχου θανάτῳ καὶ ἡ γυνὴ αὐτοῦ συνέχεται πρὸς τῶν γυναικῶν καὶ τὰ παιδία νεογνὰ ὄντα ὁμοίως κἀκεῖνα ὑπὸ τῶν παίδων βάλλεται ἀφθόνοις τοῖς λίθοις· ἄλλοι δὲ Διόφαντον τὸν ῥήτορα ἐπαινοῦσιν ἐν Σικυῶνι ἐπιταφίους λόγους διεξιόντα ἐπὶ Κράτωνι τούτῳ. καὶ νὴ Δία γε ἡ Δαμασίου μήτηρ κωκύουσα ἐξάρχει τοῦ θρήνου σὺν γυναιξὶν ἐπὶ τῷ Δαμασίᾳ· σὲ δὲ οὐδείς, ὦ Μένιππε, δακρύει, καθ' ἡσυχίαν δὲ κεῖσαι μόνος.

ΜΕΝΙΠΠΟΣ

13. Οὐδαμῶς, ἀλλ' ἀκούσῃ τῶν κυνῶν μετ' ὀλίγον ὠρυομένων οἴκτιστον ἐπ' ἐμοὶ καὶ τῶν κοράκων τυπτομένων τοῖς πτεροῖς, ὁπόταν συνελθόντες θάπτωσί με.

ΕΡΜΗΣ

Γεννάδας εἶ, ὦ Μένιππε. ἀλλ' ἐπεὶ καταπεπλεύκαμεν ἡμεῖς, ὑμεῖς μὲν ἄπιτε πρὸς τὸ δικα-
376 στήριον εὐθεῖαν ἐκείνην προϊόντες, ἐγὼ δὲ καὶ ὁ πορθμεὺς ἄλλους μετελευσόμεθα.

[1] ἀπὸ γῆς recc.. ὑπὸ γῆς βγ.

PHILOSOPHER

Aren't you sorry to die yourself, Menippus?

MENIPPUS

How so, when I was eager for death[1] and needed no invitation? But, as I speak, don't I hear the noise of what seems to be shouting on earth?

HERMES

Yes, Menippus, and coming from several quarters. In one place they've all flocked to the assembly, glad and laughing over the death of Lampichus, while the women have got hold of his wife, and his tiny children too are being pelted by the other children with showers of stones. Then there are others, in Sicyon, applauding Diophantus, the rhetorician, for his funeral speech over Craton here; and, upon my word, there's the mother of Damasias wailing with the other women, and leading the dirge over him. But nobody weeps for you, Menippus; you're the only one lying in peace.

MENIPPUS

Not so; soon you'll hear the dogs howling most piteous laments over me, and the ravens flapping their wings in mourning, when they gather and perform my burial.

HERMES

You're a man of spirit, Menippus. But, now that we've reached port, off to the court with you along that straight path, while the ferryman and I go for another lot.

[1] According to Diogenes Laertius, VI. 100, Menippus hanged himself.

ΜΕΝΙΠΠΟΣ

Εὐπλοεῖτε, ὦ Ἑρμῆ· προΐωμεν δὲ καὶ ἡμεῖς. τί οὖν ἔτι καὶ μέλλετε; δικασθῆναι δεήσει, καὶ τὰς καταδίκας φασὶν εἶναι βαρείας, τροχοὺς καὶ λίθους καὶ γῦπας· δειχθήσεται δὲ ὁ ἑκάστου βίος.

21 (11)

ΚΡΑΤΗΤΟΣ ΚΑΙ ΔΙΟΓΕΝΟΥΣ

ΚΡΑΤΗΣ

1. Μοίριχον τὸν πλούσιον ἐγίνωσκες, ὦ Διόγενες, τὸν πάνυ πλούσιον, τὸν ἐκ Κορίνθου, τὸν τὰς πολλὰς ὁλκάδας ἔχοντα, οὗ ἀνεψιὸς Ἀριστέας, πλούσιος καὶ αὐτὸς ὤν, τὸ Ὁμηρικὸν ἐκεῖνο εἰώθει ἐπιλέγειν, 'ἤ μ' ἀνάειρ' ἢ ἐγὼ σέ'.

ΔΙΟΓΕΝΗΣ

Τίνος ἕνεκα, ὦ Κράτης;

ΚΡΑΤΗΣ

Ἐθεράπευον ἀλλήλους τοῦ[1] κλήρου ἕνεκα ἑκάτερος ἡλικιῶται ὄντες, καὶ τὰς διαθήκας εἰς τὸ φανερὸν ἐτίθεντο, Ἀριστέαν μὲν ὁ Μοίριχος, εἰ προαποθάνοι, δεσπότην ἀφιεὶς τῶν ἑαυτοῦ πάντων, Μοίριχον δὲ ὁ Ἀριστέας, εἰ προαπέλθοι αὐτοῦ. ταῦτα μὲν ἐγέγραπτο, οἱ δὲ ἐθεράπευον ὑπερβαλλόμενοι ἀλλήλους τῇ κολακείᾳ. καὶ οἱ μάντεις, εἴτε ἀπὸ τῶν ἄστρων τεκμαιρόμενοι τὸ μέλλον εἴτε ἀπὸ τῶν

[1] ὦ κρατης, ἐθεράπευον ἀλλήλους: (= change of speaker). βγ: corr. recc..

MENIPPUS

A good voyage to you, Hermes ; but let's be on our way too. Why do you keep on lingering ? We shall have to be judged, and they say the sentences are heavy, wheels and stones and vultures ; and the life of each of us will be revealed.

21 (11)

CRATES AND DIOGENES

CRATES

Diogenes, did you know Moerichus, the rich man, the millionaire from Corinth, who owned a fleet of merchant ships, and had a cousin called Aristeas, another rich man, who used to quote Homer and say, " You try to throw me, or let me try to throw you " ? [1]

DIOGENES

Why, Crates ?

CRATES

They were of an age and showering attentions each on the other for his property. They made no secret of their wills ; Moerichus was leaving Aristeas master of all he had, if he died first, and Aristeas was doing the same for Moerichus. This was all down in black and white, and they tried to outdo each other with obsequious attentions, and not only the prophets, divining the future from stars or from

[1] As Ajax said to Odysseus in the wrestling match. (*Iliad*, XXIII, 724.)

ὀνειράτων, ὥς γε Χαλδαίων παῖδες, ἀλλὰ καὶ ὁ Πύθιος αὐτὸς ἄρτι μὲν Ἀριστέᾳ παρεῖχε τὸ κράτος, ἄρτι δὲ Μοιρίχῳ, καὶ τὰ τάλαντα ποτὲ μὲν ἐπὶ τοῦτον, νῦν δ' ἐπ' ἐκεῖνον ἔρρεπε.

ΔΙΟΓΕΝΗΣ

2. Τί οὖν πέρας ἐγένετο, ὦ Κράτης; ἀκοῦσαι γὰρ ἄξιον.

ΚΡΑΤΗΣ

Ἄμφω τεθνᾶσιν ἐπὶ μιᾶς ἡμέρας, οἱ δὲ κλῆροι 378 εἰς Εὐνόμιον καὶ Θρασυκλέα περιῆλθον ἄμφω συγγενεῖς ὄντας οὐδὲ πώποτε προμαντευομένους οὕτω γενέσθαι ταῦτα· διαπλέοντες γὰρ ἀπὸ Σικυῶνος εἰς Κίρραν κατὰ μέσον τὸν πόρον πλαγίῳ περιπεσόντες τῷ Ἰάπυγι ἀνετράπησαν.

ΔΙΟΓΕΝΗΣ

3. Εὖ ἐποίησαν. ἡμεῖς δὲ ὁπότε ἐν τῷ βίῳ ἦμεν, οὐδὲν τοιοῦτον ἐνενοοῦμεν περὶ ἀλλήλων· οὔτε πώποτε ηὐξάμην Ἀντισθένην ἀποθανεῖν, ὡς κληρονομήσαιμι τῆς βακτηρίας αὐτοῦ—εἶχεν δὲ πάνυ καρτερὰν ἐκ κοτίνου ποιησάμενος—οὔτε οἶμαι σὺ ὁ Κράτης ἐπεθύμεις[1] κληρονομεῖν ἀποθανόντος ἐμοῦ τὰ κτήματα καὶ τὸν πίθον καὶ τὴν πήραν χοίνικας δύο θέρμων ἔχουσαν.

ΚΡΑΤΗΣ

Οὐδὲν γάρ μοι τούτων ἔδει, ἀλλ' οὐδὲ σοί, ὦ Διόγενες· ἃ γὰρ ἐχρῆν, σύ τε Ἀντισθένους ἐκληρονόμησας καὶ ἐγὼ σοῦ, πολλῷ μείζω καὶ σεμνότερα τῆς Περσῶν ἀρχῆς.

[1] ἐπεθύμησας γ.

dreams in the best Chaldaean tradition, but even the Delphic god himself would assign the victory first to Aristeas, and then to Moerichus, and the scales would dip in favour now of one, now of the other.

DIOGENES

Well, what happened in the end? The story's worth hearing.

CRATES

Both have died on one day, and the properties have passed on to Eunomius and Thrasycles, two relations who have never imagined things turning out thus. Their ship was halfway across from Sicyon to Cirrha, when a squall from the north-west caught her on the beam and capsized her.

DIOGENES

And a good thing too! We never had such thoughts about each other, when we were alive. I never prayed for the death of Antisthenes, so that I could inherit his staff—though he had a very strong one that he had made for himself from the wild olive—nor did you, Crates, I imagine, wish that I should die and leave you my property, the tub and the bag with its two measures of lupines.

CRATES

No, I didn't need any of these things; but neither did you, Diogenes. All that was needful you inherited from Antisthenes and I from you—things far more important and august than the Persian empire.

ΔΙΟΓΕΝΗΣ

Τίνα ταῦτα φῄς;

ΚΡΑΤΗΣ

Σοφίαν, αὐτάρκειαν, ἀλήθειαν, παρρησίαν, ἐλευθερίαν.

ΔΙΟΓΕΝΗΣ

379 *Νὴ Δία, μέμνημαι τοῦτον διαδεξάμενος τὸν πλοῦτον παρὰ Ἀντισθένους καὶ σοὶ ἔτι πλείω καταλιπών.*

ΚΡΑΤΗΣ

4. *Ἀλλ' οἱ ἄλλοι ἠμέλουν τῶν τοιούτων κτημάτων καὶ οὐδεὶς ἐθεράπευεν ἡμᾶς κληρονομήσειν προσδοκῶν, εἰς δὲ τὸ χρυσίον πάντες ἔβλεπον.*

ΔΙΟΓΕΝΗΣ

Εἰκότως· οὐ γὰρ εἶχον ἔνθα δέξαιντο τὰ τοιαῦτα παρ' ἡμῶν διερρυηκότες ὑπὸ τρυφῆς, καθάπερ τὰ σαπρὰ τῶν βαλλαντίων·[1] *ὥστε εἴ ποτε καὶ ἐμβάλοι τις ἐς αὐτοὺς ἢ σοφίαν ἢ παρρησίαν ἢ ἀλήθειαν, ἐξέπιπτεν εὐθὺς καὶ διέρρει, τοῦ πυθμένος στέγειν οὐ δυναμένου, οἷόν τι πάσχουσιν αἱ τοῦ Δαναοῦ αὗται παρθένοι εἰς τὸν τετρυπημένον πίθον ἐπαντλοῦσαι· τὸ δὲ χρυσίον ὀδοῦσι καὶ ὄνυξι καὶ πάσῃ μηχανῇ ἐφύλαττον.*

ΚΡΑΤΗΣ

Οὐκοῦν ἡμεῖς μὲν ἕξομεν κἀνταῦθα τὸν πλοῦτον, οἱ δὲ ὀβολὸν ἥξουσι κομίζοντες καὶ τοῦτον ἄχρι τοῦ πορθμέως.

[1] τὰ σαθρὰ τῶν βαλαντίων β.

DIOGENES

What things do you mean?

CRATES

Wisdom, independence, truth, plain speaking, freedom.

DIOGENES

Good heavens, yes. I remember taking over these riches from Antisthenes, and leaving you them in still greater measure.

CRATES

But no one else cared for wealth of this sort, or paid us attentions in the hope of inheriting it from us; it was gold on which they all had their eyes.

DIOGENES

Only to be expected; they had nowhere to put such a legacy from us. They were falling apart from rich living, and were like rotten purses; and so no sooner did one put wisdom or plain speech or truth into them, than it would fall out through a hole, for the bottom couldn't hold it. It was just like what happens to those daughters of Danaus here, as they pour water into that jar full of holes. But their gold they would keep safe with teeth or nails or any means in their power.

CRATES

In consequence we shall retain our wealth even down here, but they will bring with them no more than an obol, and even *that* won't go beyond the ferryman.

22 (27)

437 ΔΙΟΓΕΝΟΥΣ ΚΑΙ ΑΝΤΙΣΘΕΝΟΥΣ ΚΑΙ ΚΡΑΤΗΤΟΣ

ΔΙΟΓΕΝΗΣ

1. Ἀντίσθενες καὶ Κράτης, σχολὴν ἄγομεν· ὥστε τί οὐκ ἄπιμεν εὐθὺ τῆς καθόδου περιπατήσοντες, ὀψόμενοι τοὺς κατιόντας οἷοί τινές εἰσι καὶ τί ἕκαστος αὐτῶν ποιεῖ;

ΑΝΤΙΣΘΕΝΗΣ

Ἀπίωμεν, ὦ Διόγενες· καὶ γὰρ ἂν ἡδὺ τὸ θέαμα γένοιτο, τοὺς μὲν δακρύοντας αὐτῶν ὁρᾶν, τοὺς δὲ ἱκετεύοντας ἀφεθῆναι. ἐνίους δὲ μόλις κατιόντας καὶ ἐπὶ τράχηλον ὠθοῦντος τοῦ Ἑρμοῦ ὅμως ἀντιβαίνοντας καὶ ὑπτίους ἀντερείδοντας οὐδὲν δέον.

ΚΡΑΤΗΣ

Ἔγωγ' οὖν καὶ διηγήσομαι ὑμῖν ἃ εἶδον ὁπότε κατῄειν κατὰ τὴν ὁδόν.

ΔΙΟΓΕΝΗΣ

Διήγησαι, ὦ Κράτης· ἔοικας γάρ τινα ἑω-
438 ρακέναι[1] παγγέλοια.

ΚΡΑΤΗΣ

2. Καὶ ἄλλοι μὲν πολλοὶ συγκατέβαινον ἡμῖν, ἐν αὐτοῖς δὲ ἐπίσημοι Ἰσμηνόδωρός[2] τε ὁ πλούσιος ὁ ἡμέτερος καὶ Ἀρσάκης ὁ Μηδίας ὕπαρχος καὶ Ὀροίτης[2] ὁ Ἀρμένιος. ὁ μὲν οὖν Ἰσμηνόδωρος—

[1] ἑωρακέναι γ: ἐρεῖν β.
[2] per dialogum Μηνόδωρος β.
Ὀροίτης L: Ὀρύτης γ: Ὀρώδης β.

THE DIALOGUES OF THE DEAD

22 (27)

DIOGENES, ANTISTHENES AND CRATES

DIOGENES

Seeing that we've nothing to do, Antisthenes and Crates, why don't we make straight for the entrance, to have a walk around, and see what the newcomers are like, and how each of them acts ?

ANTISTHENES

Let's do that, Diogenes. It will be a pleasant sight to see some of them weeping, others begging to be let go, and some most reluctant to come down, resisting, though Hermes pushes them along head foremost, lying on their backs, and bracing their bodies against him. Quite unnecessary behaviour !

CRATES

Then I'll tell you what I saw on my way down.

DIOGENES

Do tell us, Crates. It looks as though what you saw was really amusing.

CRATES

We had quite a crowd with us on our way down, but the most distinguished were our rich countryman[1] Ismenodorus, Arsaces, governor of Media, and Oroetes the Armenian. Well, Ismenodorus, who'd been killed by bandits on his way past Cithaeron to

[1] Crates was a Theban.

ἐπεφόνευτο γὰρ ὑπὸ τῶν λῃστῶν ὑπὸ[1] τὸν Κιθαιρῶνα Ἐλευσῖνάδε οἶμαι βαδίζων—ἔστενε καὶ τὸ τραῦμα ἐν ταῖν χεροῖν εἶχε καὶ τὰ παιδία, ἃ νεογνὰ καταλελοίπει, ἀνεκαλεῖτο καὶ ἑαυτῷ ἐπεμέμφετο τῆς τόλμης, ὃς[2] Κιθαιρῶνα ὑπερβάλλων καὶ τὰ περὶ τὰς Ἐλευθερὰς χωρία πανέρημα ὄντα ὑπὸ τῶν
439 πολέμων διοδεύων[3] δύο μόνους οἰκέτας ἐπηγάγετο, καὶ ταῦτα φιάλας πέντε χρυσᾶς καὶ κυμβία τέτταρα μεθ' ἑαυτοῦ κομίζων. 3. ὁ δὲ Ἀρσάκης—γηραιὸς ἤδη καὶ νὴ Δί' οὐκ ἄσεμνος τὴν ὄψιν—εἰς τὸ βαρβαρικὸν ἤχθετο καὶ ἠγανάκτει πεζὸς βαδίζων καὶ ἠξίου τὸν ἵππον αὐτῷ προσαχθῆναι· καὶ γὰρ καὶ ὁ ἵππος αὐτῷ συνετεθνήκει, μιᾷ πληγῇ ἀμφότεροι διαπαρέντες ὑπὸ Θρᾳκός τινος πελταστοῦ ἐν τῇ ἐπὶ τῷ Ἀράξῃ πρὸς τὸν Καππαδόκην[4] συμπλοκῇ. ὁ μὲν γὰρ Ἀρσάκης ἐπήλαυνεν, ὡς διηγεῖτο, πολὺ τῶν ἄλλων προεξορμήσας,[5] ὑποστὰς δὲ ὁ Θρᾷξ τῇ
440 πέλτῃ μὲν ὑποδὺς ἀποσείεται τοῦ Ἀρσάκου τὸν κοντόν, ὑποθεὶς δὲ τὴν σάρισαν αὐτόν τε διαπείρει καὶ τὸν ἵππον.

ΑΝΤΙΣΘΕΝΗΣ

4. *Πῶς οἷόν τε, ὦ Κράτης, μιᾷ πληγῇ τοῦτο γενέσθαι;*

ΚΡΑΤΗΣ

Ῥᾷστ', ὦ Ἀντισθένες· ὁ μὲν γὰρ ἐπήλαυνεν εἰκοσάπηχύν τινα κοντὸν προβεβλημένος, ὁ Θρᾷξ δ' ἐπειδὴ τῇ πέλτῃ παρεκρούσατο[6] τὴν προσβολὴν καὶ παρῆλθεν αὐτὸν ἡ ἀκωκή, ἐς τὸ γόνυ ὀκλάσας δέχεται τῇ σαρίσῃ τὴν ἐπέλασιν καὶ τιτρώσκει τὸν

Eleusis, I believe, was groaning, holding his wound with both hands, and calling upon the young children he had left behind, reproaching himself for his rashness in only bringing two servants when crossing Cithaeron and passing the district round Eleutherae, when it had been desolated by the wars, although he was taking five golden bowls and four cups with him. Arsaces, an old man, and, in all truth, not undignified to look at, showed his annoyance in true barbarian fashion at having to walk, and kept calling for his horse ; for his horse had been killed with him, both pierced by the same blow from a Thracian targeteer in the fight with the Cappadocians by the Araxes. Arsaces was riding, he told us, a long way ahead of the rest, when the Thracian, standing his ground and crouching beneath his shield, parried his lance, and, planting his pike beneath him, pierced both man and horse with it.

ANTISTHENES

How, Crates, could that be done by one blow ?

CRATES

Very easily, Antisthenes. He rode to the attack with his twenty cubit lance levelled, but the Thracian parried his thrust with his target, and, when the point had passed him, bent down on one knee, and, meeting the charge with his pike, wounded

---

[1] ὑπὸ γ: περὶ β.
[2] καὶ . . . ὃς β: καὶ αὐτὸν ᾐτιᾶτο τῆς τόλμης ὡς γ.
[3] πολέμων διοδεύων β: πολεμίων γ.
[4] Καππάδοκα β.
[5] ὑπεξορμήσας β.
[6] ἀπεκρούσατο β.

ἵππον ὑπὸ τὸ στέρνον ὑπὸ θυμοῦ καὶ σφοδρότητος ἑαυτὸν διαπείραντα· διελαύνεται δὲ καὶ ὁ Ἀρσάκης ἐκ τοῦ βουβῶνος διαμπὰξ ἄχρι ὑπὸ τὴν πυγήν. ὁρᾷς οἷόν τι ἐγένετο, οὐ τοῦ ἀνδρός, ἀλλὰ τοῦ ἵππου μᾶλλον τὸ ἔργον. ἠγανάκτει δ' ὅμως ὁμότιμος ὢν τοῖς ἄλλοις καὶ ἠξίου ἱππεὺς κατιέναι. 5. *ὁ δέ γε Ὀροίτης καὶ πάνυ ἁπαλὸς ἦν τὼ πόδε καὶ οὐδ' ἑστάναι χαμαί, οὐχ ὅπως βαδίζειν ἐδύνατο· πάσχουσι δ' αὐτὸ ἀτεχνῶς Μῆδοι πάντες,* 441 *ἢν*[1] *ἀποβῶσι τῶν ἵππων· ὥσπερ οἱ ἐπὶ τῶν ἀκανθῶν*[2] *ἀκροποδητὶ μόλις βαδίζουσιν. ὥστε ἐπεὶ καταβαλὼν ἑαυτὸν ἔκειτο καὶ οὐδεμιᾷ μηχανῇ ἀνίστασθαι ἤθελεν, ὁ βέλτιστος Ἑρμῆς ἀράμενος αὐτὸν ἐκόμισεν ἄχρι πρὸς τὸ πορθμεῖον, ἐγὼ δὲ ἐγέλων.*

ΑΝΤΙΣΘΕΝΗΣ

6. *Κἀγὼ δὲ ὁπότε κατῄειν, οὐδ' ἀνέμιξα ἐμαυτὸν τοῖς ἄλλοις, ἀλλ' ἀφεὶς οἰμώζοντας αὐτοὺς προδραμὼν ἐπὶ τὸ πορθμεῖον προκατέλαβον χώραν, ὡς ἂν ἐπιτηδείως πλεύσαιμι· καὶ παρὰ τὸν πλοῦν οἱ μὲν ἐδάκρυόν τε καὶ ἐναυτίων, ἐγὼ δὲ μάλα ἐτερπόμην ἐπ' αὐτοῖς.*

ΔΙΟΓΕΝΗΣ

7. *Σὺ μέν, ὦ Κράτης καὶ Ἀντίσθενες, τοιούτων ἐτύχετε τῶν ξυνοδοιπόρων, ἐμοὶ δὲ Βλεψίας τε ὁ δανειστικὸς ὁ ἐκ Πειραιῶς*[3] *καὶ Λάμπις ὁ Ἀκαρνὰν ξεναγὸς ὢν καὶ Δᾶμις ὁ πλούσιος ὁ ἐκ Κορίνθου*

[1] *ἐπὴν* β.
[2] *οἱ . . . ἀκανθῶν* β: *ἐπὶ τῶν ἀκανθῶν βαίνοντες* γ.
[3] *ὁ δανειστὴς ἐκ Πίσης* β.

the chest of the horse, which impaled itself by its own fire and force, while Arsaces too was run right through from groin to buttock. You see what happened; it was done, not by the Thracian, but rather by the horse. However, Arsaces was annoyed at having no more honour than the rest, and wanted to come down on horseback. Oroetes had very tender feet, and couldn't even stand on the ground, much less walk. All Medes are just like that, once they're off their horses; like men walking on thistles, they go on tiptoe and can hardly move. So he threw himself down and lay there and defied all efforts to put him on his feet. But Hermes, excellent fellow, picked him up and carried him all the way to the ferry. How I laughed!

ANTISTHENES

So did I, when I came down. I didn't mix with the rest, but left them to their groans, and ran on ahead to the ferry, and made sure of a comfortable place for the voyage. During the crossing, they cried and were seasick, but I found it all most enjoyable.

DIOGENES

So such, my friends, were your companions on the journey; for my part, I came down with Blepsias, the money-lender from the Piraeus, Lampis, the free-lance officer from Acarnania, and Damis, the rich man from Corinth. Damis had been poisoned by his son, Lampis had committed suicide out of

442 συγκατῄεσαν, ὁ μὲν Δᾶμις ὑπὸ τοῦ παιδὸς ἐκ φαρμάκων ἀποθανών, ὁ δὲ Λάμπις δι' ἔρωτα Μυρτίου τῆς ἑταίρας ἀποσφάξας ἑαυτόν, ὁ δὲ Βλεψίας λιμῷ ἄθλιος ἐλέγετο ἀπεσκληκέναι καὶ ἐδήλου δὲ ὠχρὸς εἰς ὑπερβολὴν καὶ λεπτὸς εἰς τὸ ἀκριβέστατον φαινόμενος. ἐγὼ δὲ καίπερ εἰδὼς ἀνέκρινον, ὃν τρόπον ἀποθάνοιεν. εἶτα τῷ μὲν Δάμιδι αἰτιωμένῳ τὸν υἱόν, Οὐκ ἄδικα μέντοι ἔπαθες, ἔφην, ὑπ' αὐτοῦ, εἰ τάλαντα ἔχων ὁμοῦ χίλια καὶ τρυφῶν αὐτὸς ἐνενηκοντούτης ὢν ὀκτωκαιδεκαέτει νεανίσκῳ τέτταρας ὀβολοὺς παρεῖχες. σὺ δέ, ὦ Ἀκαρνάν,—ἔστενε γὰρ κἀκεῖνος καὶ κατηρᾶτο τῇ Μυρτίῳ—τί αἰτιᾷ τὸν Ἔρωτα, σεαυτὸν δέον, ὃς τοὺς μὲν πολεμίους οὐδεπώποτε ἔτρεσας, ἀλλὰ φιλοκινδύνως ἠγωνίζου πρὸ τῶν ἄλλων, ἀπὸ δὲ τοῦ τυχόντος παιδισκαρίου καὶ δακρύων ἐπιπλάστων καὶ στεναγμῶν ἑάλως ὁ γενναῖος; ὁ μὲν γὰρ Βλεψίας αὐτὸς ἑαυτοῦ κατηγόρει φθάσας πολλὴν

443 τὴν ἄνοιαν, ὡς τὰ χρήματα ἐφύλαττεν τοῖς οὐδὲν προσήκουσιν κληρονόμοις, εἰς ἀεὶ βιώσεσθαι ὁ μάταιος νομίζων. πλὴν ἔμοιγε οὐ τὴν τυχοῦσαν τερπωλὴν παρέσχον τότε στένοντες. 8. ἀλλ' ἤδη μὲν ἐπὶ τῷ στομίῳ ἐσμέν, ἀποβλέπειν δὲ χρὴ καὶ ἀποσκοπεῖν πόρρωθεν τοὺς ἀφικνουμένους. βαβαί, πολλοί γε καὶ ποικίλοι καὶ πάντες δακρύοντες πλὴν τῶν νεογνῶν τούτων καὶ νηπίων. ἀλλὰ καὶ οἱ πάνυ γέροντες ὀδύρονται. τί τοῦτο; ἆρα τὸ φίλτρον αὐτοὺς ἔχει τοῦ βίου; 9. τοῦτον οὖν τὸν ὑπέργηρων ἐρέσθαι βούλομαι. τί δακρύεις τηλικοῦτος ἀποθανών; τί ἀγανακτεῖς, ὦ βέλτιστε, καὶ ταῦτα γέρων ἀφιγμένος; ἦ που βασιλεύς τις ἦσθα;

love for Myrtium, the courtesan, while Blepsias, poor fellow, was said to have starved to death, and you could see quite clearly that he was pale in the extreme and completely wasted away. I knew how they died, but I asked just the same. Then, when Damis railed at his son, I said to him, "But your treatment at his hands was quite just, if you, who had a thousand talents in all, and lived a life of pleasure at ninety, wouldn't allow your eighteen-year-old son any more than fourpence. And you, the gentleman from Acarnania" (for he was groaning too, and cursing Myrtium) "why do you blame Love instead of yourself as you should? Though you never showed fear in the face of the enemy, but would always court danger and fight in front of the others, yet, for all your courage, you admitted defeat to a quite ordinary wench with her artificial tears and lamentations." As for Blepsias, he was the first to accuse himself of great folly in hoarding his money for heirs who were unrelated, thinking in his folly that he would live for ever. But they afforded me uncommon pleasure by their lamentations on that occasion.

But here we are at the entrance. We must look out and watch the distance for the first appearance of the newcomers. Hullo! What a crowd! What an assortment! And all crying except for those children and infants! Yes, even the oldest among them are in tears. Why such behaviour? Does Life hold them in her spell through a love-potion? I'd like to put a question to this hoary old fellow. Why do you weep at having died at your age? Why, good sir, are you so annoyed, though you've come here only in old age? Were you a king?

ΠΤΩΧΟΣ

Οὐδαμῶς.

ΔΙΟΓΕΝΗΣ

Ἀλλὰ σατράπης τις;

ΠΤΩΧΟΣ

444 Οὐδὲ τοῦτο.

ΔΙΟΓΕΝΗΣ

Ἆρα οὖν ἐπλούτεις, εἶτα ἀνιᾷ σε τὸ πολλὴν τρυφὴν ἀπολιπόντα τεθνάναι;

ΠΤΩΧΟΣ

Οὐδὲν τοιοῦτο, ἀλλ' ἔτη μὲν ἐγεγόνειν ἀμφὶ τὰ ἐνενήκοντα, βίον δὲ ἄπορον ἀπὸ καλάμου καὶ ὁρμιᾶς εἶχον εἰς ὑπερβολὴν πτωχὸς ὢν ἄτεκνός τε καὶ προσέτι χωλὸς καὶ ἀμυδρὸν βλέπων.

ΔΙΟΓΕΝΗΣ

Εἶτα τοιοῦτος ὢν ζῆν ἤθελες;

ΠΤΩΧΟΣ

Ναί· ἡδὺ γὰρ ἦν τὸ φῶς καὶ τὸ τεθνάναι δεινὸν καὶ φευκτέον.

ΔΙΟΓΕΝΗΣ

Παραπαίεις, ὦ γέρον, καὶ μειρακιεύῃ πρὸς τὸ χρεών, καὶ ταῦτα ἡλικιώτης ὢν τοῦ πορθμέως. τί οὖν ἄν τις ἔτι λέγοι περὶ τῶν νέων, ὁπότε οἱ τηλικοῦτοι φιλόζωοί εἰσιν, οὓς ἐχρῆν διώκειν τὸν θάνατον ὡς τῶν ἐν τῷ γήρᾳ κακῶν φάρμακον. ἀλλ' ἀπίωμεν ἤδη, μὴ καί τις ἡμᾶς ὑπίδηται ὡς ἀπόδρασιν βουλεύοντας, ὁρῶν περὶ τὸ στόμιον εἰλουμένους.

BEGGAR

By no means.

DIOGENES

A satrap ?

BEGGAR

Not that either.

DIOGENES

Were you rich, then, and grieve at having left great luxury by your death ?

BEGGAR

Nothing of the kind. I was about ninety years old, I got a poor living by rod and line, I was utterly penniless, had no children, and besides all that, was lame and half blind.

DIOGENES

And in spite of your condition you still wanted to live ?

BEGGAR

Yes, for the light was sweet to me, and death was a frightening thing and to be avoided.

DIOGENES

You're out of your mind, old fellow, and acting just like a boy, with such timidity in the face of the inevitable, though you're as old as our ferryman. Why should we talk any more about the young, when men as old as you are such lovers of life, men who ought to be eager for death as a cure for the evils of old age ? But let's be off now, or we may be suspected of plotting our escape, if we're seen crowding round the entrance.

23 (29)

448

ΑΙΑΝΤΟΣ ΚΑΙ ΑΓΑΜΕΜΝΟΝΟΣ

ΑΓΑΜΕΜΝΩΝ

1. *Εἰ σὺ μανεὶς, ὦ Αἶαν, σεαυτὸν ἐφόνευσας, ἐμέλλησας δὲ καὶ ἡμᾶς ἅπαντας, τί*[1] *αἰτιᾷ τὸν Ὀδυσσέα καὶ πρῴην οὔτε προσέβλεψας αὐτόν, ὁπότε ἧκεν μαντευσόμενος, οὔτε προσειπεῖν ἠξίωσας ἄνδρα συστρατιώτην καὶ ἑταῖρον, ἀλλ᾽ ὑπεροπτικῶς μεγάλα βαίνων παρῆλθες;*

ΑΙΑΣ

Εἰκότως, ὦ Ἀγαμέμνον· αὐτὸς γοῦν μοι τῆς μανίας αἴτιος κατέστη μόνος ἀντεξετασθεὶς ἐπὶ τοῖς ὅπλοις.

ΑΓΑΜΕΜΝΩΝ

Ἠξίους δὲ ἀνανταγώνιστος εἶναι καὶ ἀκονιτὶ κρατεῖν ἁπάντων;

ΑΙΑΣ

449 *Ναί, τά γε τοιαῦτα· οἰκεία γάρ μοι ἦν ἡ πανοπλία τοῦ ἀνεψιοῦ γε οὖσα. καὶ ὑμεῖς οἱ ἄλλοι πολὺ ἀμείνους ὄντες ἀπείπασθε τὸν ἀγῶνα καὶ παρεχωρήσατέ μοι τῶν ἄθλων,*[2] *ὁ δὲ Λαέρτου, ὃν ἐγὼ πολλάκις ἔσωσα κινδυνεύοντα κατακεκόφθαι ὑπὸ τῶν Φρυγῶν, ἀμείνων ἠξίου εἶναι καὶ ἐπιτηδειότερος ἔχειν τὰ ὅπλα.*

[1] *τί* om. *γ*.
[2] *τῶν ἄθλων* om. *β*.

THE DIALOGUES OF THE DEAD

23 (29)

AJAX AND AGAMEMNON

AGAMEMNON

If you went mad, Ajax, and killed only yourself, instead of all of us as you had intended, why do you blame Odysseus? Why wouldn't you look at him the other day, when he came to consult the prophet,[1] or even deign to speak to your fellow-soldier and comrade, but went striding past him with your head in the air?

AJAX

And quite right, too, Agamemnon. He was personally to blame for my madness, by being my only rival for the arms.[2]

AGAMEMNON

Did you expect to be unopposed and to overcome us all without a struggle?

AJAX

Yes, under the circumstances. The armour belonged to me by natural right, as it was my cousin's, and the rest of you, though far superior to him, wouldn't compete, but left the prize for me; the son of Laertes, however, whom I'd often saved when in danger of being cut to pieces by the Phrygians, claimed he was my superior and more deserving of the arms.

[1] Tiresias; cf. *Odyssey*, XI. 90 ff. and 541-565.

[2] The arms of the dead Achilles offered by Thetis as a prize for the bravest of the Greeks.

ΑΓΑΜΕΜΝΩΝ

2. *Αἰτιῶ τοιγαροῦν, ὦ γενναῖε, τὴν Θέτιν, ἣ δέον σοὶ τὴν κληρονομίαν τῶν ὅπλων παραδοῦναι συγγενεῖ γε ὄντι, φέρουσα ἐς τὸ κοινὸν κατέθετο αὐτά.*

ΑΙΑΣ

Οὔκ, ἀλλὰ τὸν Ὀδυσσέα, ὃς ἀντεποιήθη μόνος.

ΑΓΑΜΕΜΝΩΝ

Συγγνώμη, ὦ Αἶαν, εἰ ἄνθρωπος ὢν ὠρέχθη δόξης ἡδίστου πράγματος, ὑπὲρ οὗ καὶ ἡμῶν ἕκαστος κινδυνεύειν ὑπέμενεν, ἐπεὶ καὶ ἐκράτησέ σου 450 *καὶ ταῦτα ἐπὶ*[1] *Τρωσὶ δικασταῖς.*

ΑΙΑΣ

Οἶδα ἐγώ, ἥτις μου κατεδίκασεν· ἀλλ' οὐ θέμις λέγειν τι περὶ τῶν θεῶν. τὸν δ' οὖν Ὀδυσσέα μὴ οὐχὶ μισεῖν οὐκ ἂν δυναίμην, ὦ Ἀγάμεμνον, οὐδ' εἰ αὐτή μοι ἡ Ἀθηνᾶ τοῦτο ἐπιτάττοι.

24 (30)

ΜΙΝΩΟΣ ΚΑΙ ΣΩΣΤΡΑΤΟΥ

ΜΙΝΩΣ

1. *Ὁ μὲν λῃστὴς οὑτοσὶ Σώστρατος εἰς τὸν Πυριφλεγέθοντα ἐμβεβλήσθω, ὁ δὲ ἱερόσυλος ὑπὸ τῆς Χιμαίρας διασπασθήτω, ὁ δὲ τύραννος, ὦ*

[1] ἐπὶ γ: παρὰ β.

AGAMEMNON

Blame Thetis, then, my good man. She ought to have left you the arms as a legacy to a kinsman, but she brought them and delivered them up to the community.

AJAX

No, Odysseus is to blame, as the only one to make a rival claim.

AGAMEMNON

There's some excuse for him, Ajax, as he's only a man, and was eager for glory, the sweetest thing of all, the thing for which each of us faced danger, especially as he was judged your better—and, what's more, by Trojans.[1]

AJAX

I know who voted against me, but it's not right to discuss the gods. However, as far as Odysseus is concerned, I couldn't stop myself from hating him, even if Athena herself ordered me to do so.

24 (30)

MINOS AND SOSTRATUS[2]

MINOS

Let this pirate, Sostratus, be cast into Pyriphlegethon, the temple-robber be torn apart by

[1] Cf. *Odyssey*, XI, 547.

[2] Not the subject of Lucian's lost work (cf. *Demonax*, init.), but probably the pirate who seized Halonnesus (cf. *Letter of Philip*, 13, Demosthenes, vol. 1, p. 373); Sostratus, the notorious villain of *Alexander*, 4, may be either this pirate or the man condemned for his misdeeds by Diodorus, XIX. 3 (cf. however, ibid. XIX. 71).

Ἑρμῆ, παρὰ τὸν Τιτυὸν ἀποταθεὶς ὑπὸ τῶν γυπῶν καὶ αὐτὸς κειρέσθω τὸ ἧπαρ, ὑμεῖς δὲ οἱ ἀγαθοὶ ἄπιτε κατὰ τάχος εἰς τὸ Ἠλύσιον πεδίον καὶ τὰς μακάρων νήσους κατοικεῖτε, ἀνθ' ὧν δίκαια ἐποιεῖτε παρὰ τὸν βίον.

ΣΩΣΤΡΑΤΟΣ

Ἄκουσον, ὦ Μίνως, εἴ σοι δίκαια δόξω λέγειν.

ΜΙΝΩΣ

Νῦν ἀκούσω αὖθις; οὐ γὰρ ἐξελήλεγξαι, ὦ
451 *Σώστρατε, πονηρὸς ὢν καὶ τοσούτους ἀπεκτονώς;*

ΣΩΣΤΡΑΤΟΣ

Ἐλήλεγμαι μέν, ἀλλ' ὅρα, εἰ δικαίως κολασθήσομαι.

ΜΙΝΩΣ

Καὶ πάνυ, εἴ γε ἀποτίνειν τὴν ἀξίαν δίκαιον.

ΣΩΣΤΡΑΤΟΣ

Ὅμως ἀπόκριναί μοι, ὦ Μίνως· βραχὺ γάρ τι ἐρήσομαί σε.

ΜΙΝΩΣ

Λέγε, μὴ μακρὰ μόνον, ὡς[1] *καὶ τοὺς ἄλλους διακρίνωμεν ἤδη.*

ΣΩΣΤΡΑΤΟΣ

2. *Ὁπόσα ἔπραττον ἐν τῷ βίῳ, πότερα ἑκὼν ἔπραττον ἢ ἐπεκέκλωστό μοι ὑπὸ τῆς Μοίρας;*

ΜΙΝΩΣ

Ὑπὸ τῆς Μοίρας δηλαδή.

[1] *ὅπως* β.

Chimera, and the tyrant be stretched alongside Tityus, Hermes, and have his liver too torn by the vultures ; but you good ones go off with all speed to the Elysian Fields, and live in the Isles of the Blest, as a reward for your just dealings in life.

SOSTRATUS

Listen, Minos, and see if what I say is just.

MINOS

Listen again *now?* Haven't you already been found guilty of wickedness, Sostratus, and of committing all these murders ?

SOSTRATUS

I admit I have, but consider whether it will be just for me to be punished.

MINOS

Of course it will, if it is just to pay the proper penalty.

SOSTRATUS

But answer me this, Minos. My question will be a short one.

MINOS

Speak on, then, only be brief, so that we can settle the other cases at once.

SOSTRATUS

Were my actions in life carried out by me of my own will, or already spun for me by Fate ?

MINOS

Already spun by Fate, of course.

ΣΩΣΤΡΑΤΟΣ

Οὐκοῦν καὶ οἱ χρηστοὶ ἅπαντες καὶ οἱ πονηροὶ δοκοῦντες ἡμεῖς ἐκείνῃ ὑπηρετοῦντες ταῦτα ἐδρῶμεν;[1]

ΜΙΝΩΣ

Ναί, τῇ Κλωθοῖ, ἣ ἑκάστῳ ἐπέταξε γεννηθέντι τὰ πρακτέα.

ΣΩΣΤΡΑΤΟΣ

Εἰ τοίνυν ἀναγκασθείς τις ὑπ' ἄλλου φονεύσειέν τινα οὐ δυνάμενος ἀντιλέγειν ἐκείνῳ βιαζομένῳ,[2] οἷον δήμιος ἢ δορυφόρος, ὁ μὲν δικαστῇ πεισθείς, ὁ δέ τυράννῳ, τίνα αἰτιάσῃ τοῦ φόνου;

ΜΙΝΩΣ

Δῆλον ὡς τὸν δικαστὴν ἢ τὸν τύραννον, ἐπεὶ οὐδὲ τὸ ξίφος αὐτό· ὑπηρετεῖ γὰρ ὄργανον ὂν τοῦτο πρὸς τὸν θυμὸν τῷ πρώτῳ παρασχόντι τὴν αἰτίαν.

ΣΩΣΤΡΑΤΟΣ

452 Εὖ γε, ὦ Μίνως, ὅτι καὶ ἐπιδαψιλεύῃ τῷ παρα-
453 δείγματι. ἢν δέ τις ἀποστείλαντος τοῦ δεσπότου ἥκῃ αὐτὸς χρυσὸν ἢ ἄργυρον κομίζων, τίνι τὴν
454 χάριν ἰστέον ἢ τίνα εὐεργέτην ἀναγραπτέον;

ΜΙΝΩΣ

Τὸν πέμψαντα, ὦ Σώστρατε· διάκονος γὰρ ὁ κομίσας[3] ἦν.

[1] δρῶμεν β.
[2] βιαζόμενος γ.
[3] ὁ κομίσας γ: ὁ πεμφθεὶς β.

SOSTRATUS

Then all of us, whether we are thought good or bad, acted as we did as the servants of Fate ?

MINOS

Yes, as servants of Clotho, who has ordained for each of us at birth what he must do.

SOSTRATUS

If, then, a man is forced by another man to kill, and is unable to gainsay the compulsion he brings to bear, if, for instance, he is a public executioner, or a mercenary, obeying, in one case, a judge, and, in the other, a tyrant, whom will you hold responsible for the killing ?

MINOS

Clearly the judge or the tyrant, since the actual sword can't be blamed ; for it merely serves as a tool to serve the passion of the person who is responsible in the first instance.

SOSTRATUS

Many thanks, Minos, for your generous elaboration of my example. And, if some one brings with his own hands gold or silver sent by his master, whom must we thank and record as the benefactor ?

MINOS

The sender, Sostratus ; the bringer was merely a servant.

ΣΩΣΤΡΑΤΟΣ

3. Οὐκοῦν ὁρᾷς πῶς ἄδικα ποιεῖς κολάζων ἡμᾶς ὑπηρέτας γενομένους ὧν ἡ Κλωθὼ προσεταττεν, καὶ τούτους τιμήσας[1] τοὺς διακονησαμένους[2] ἀλλοτρίοις ἀγαθοῖς; οὐ γὰρ δὴ ἐκεῖνό γε εἰπεῖν ἔχοι τις ὡς ἀντιλέγειν δυνατὸν ἦν τοῖς μετὰ πάσης ἀνάγκης προστεταγμένοις.

ΜΙΝΩΣ

Ὦ Σώστρατε, πολλὰ ἴδοις ἂν καὶ ἄλλα οὐ κατὰ λόγον γιγνόμενα, εἰ ἀκριβῶς ἐξετάζοις. πλὴν ἀλλὰ σὺ τοῦτο ἀπολαύσεις τῆς ἐπερωτήσεως, διότι οὐ λῃστὴς μόνον, ἀλλὰ καὶ σοφιστής τις εἶναι δοκεῖς. ἀπόλυσον αὐτόν, ὦ Ἑρμῆ, καὶ μηκέτι κολαζέσθω. ὅρα δὲ μὴ καὶ τοὺς ἄλλους νεκροὺς τὰ ὅμοια ἐρωτᾶν διδάξῃς.

25 (12)

380 ## ΑΛΕΞΑΝΔΡΟΥ, ΑΝΝΙΒΟΥ, ΜΙΝΩΟΣ ΚΑΙ ΣΚΙΠΙΩΝΟΣ

ΑΛΕΞΑΝΔΡΟΣ

1. Ἐμὲ δεῖ προκεκρίσθαι σου, ὦ Λίβυ· ἀμείνων γάρ εἰμι.

ΑΝΝΙΒΑΣ

Οὐ μὲν οὖν, ἀλλ' ἐμέ.

ΑΛΕΞΑΝΔΡΟΣ

Οὐκοῦν ὁ Μίνως δικασάτω.

[1] τιμήσας scripsi: τιμήσεις codd.: τιμῶν edd..
[2] διακονησαμένους recc.: διακονησομένους βγ.

SOSTRATUS

Don't you see then how wrong it is for you to punish us, who have been the servants of the commands of Clotho, and to have shown honour to those who ministered to the good deeds of others? No one can say that it was possible for us to gainsay ordinances that are all-compelling.

MINOS

These are not the only illogicalities you could find, Sostratus, by examining things carefully. However, you shall have your reward for your persistent questions, as I can see you're not merely a pirate but also something of a master in the art of argument. Set him free, Hermes, and have his punishment stopped. But take care, fellow, that you don't teach the other shades to ask questions like that.

25 (12)

ALEXANDER, HANNIBAL, MINOS AND SCIPIO

ALEXANDER

I should be preferred [1] to you, Libyan; I'm the better man.

HANNIBAL

No, *I* should.

ALEXANDER

Let Minos decide, then.

[1] Or "heard before".

ΜΙΝΩΣ

Τίνες δὲ ἐστέ;

ΑΛΕΞΑΝΔΡΟΣ

Οὗτος μὲν Ἀννίβας ὁ Καρχηδόνιος, ἐγὼ δὲ Ἀλέξανδρος ὁ Φιλίππου.

ΜΙΝΩΣ

Νὴ Δία ἔνδοξοί γε ἀμφότεροι. ἀλλὰ περὶ τίνος ὑμῖν ἡ ἔρις;

ΑΛΕΞΑΝΔΡΟΣ

Περὶ προεδρίας· φησὶ γὰρ οὗτος ἀμείνων 381 γεγενῆσθαι στρατηγὸς ἐμοῦ, ἐγὼ δέ, ὥσπερ ἅπαντες ἴσασιν, οὐχὶ τούτου μόνον, ἀλλὰ πάντων σχεδὸν τῶν πρὸ ἐμοῦ φημι διενεγκεῖν τὰ πολέμια.

ΜΙΝΩΣ

Οὐκοῦν ἐν μέρει ἑκάτερος εἰπάτω, σὺ δὲ πρῶτος ὁ Λίβυς λέγε.

ΑΝΝΙΒΑΣ

2. Ἓν μὲν τοῦτο, ὦ Μίνως, ὠνάμην, ὅτι ἐνταῦθα καὶ τὴν Ἑλλάδα φωνὴν ἐξέμαθον· ὥστε οὐδὲ ταύτῃ πλέον οὗτος ἐνέγκαιτό μου. φημὶ δὲ τούτους μάλιστα ἐπαίνου ἀξίους εἶναι, ὅσοι τὸ μηδὲν ἐξ ἀρχῆς ὄντες ὅμως ἐπὶ μέγα προεχώρησαν δι' αὑτῶν δύναμίν τε περιβαλόμενοι καὶ ἄξιοι δόξαντες ἀρχῆς. ἔγωγ' οὖν μετ' ὀλίγων ἐξορμήσας

MINOS

Who are you ?

ALEXANDER

This is Hannibal of Carthage, and I am Alexander, son of Philip.

MINOS

Both famous indeed. But what are you disputing?

ALEXANDER

The first place. He says [1] he was a better general than I was, but I say, as is known to all, that in the arts of war I was superior not only to him, but to pretty well every one who went before me.

MINOS

Then let each of you speak in turn; you start, Libyan.

HANNIBAL

I've one thing to be thankful for, Minos, for, while I've been here, I've added Greek [2] to my other accomplishments ; he won't, as a result, have the advantage of me even in that. I maintain that those are most deserving of praise who began from nothing, and yet advanced to greatness by their own efforts, by winning power for themselves and being thought worthy of command. Thus it was that I, setting out for Spain with a few followers, served at

[1] Cf. however Livy 35.14, Appian XI. 10, Plutarch *Vit. Flam.* 21.3 where Hannibal's order is given as (1) Alexander, (2) Pyrrhus, (3) himself. Plutarch elsewhere (*Vit. Pyrrh.* 8.2) gives his order as (1) Pyrrhus, (2) Scipio, (3) himself.

[2] Nepos, however (*Hannibal* 13.2) says Hannibal wrote several books in Greek.

εἰς τὴν Ἰβηρίαν τὸ πρῶτον ὕπαρχος ὢν τῷ ἀδελφῷ μεγίστων ἠξιώθην ἄριστος κριθείς, καὶ τούς τε Κελτίβηρας εἷλον καὶ Γαλατῶν ἐκράτησα τῶν ἑσπε-
382 ρίων καὶ τὰ μεγάλα ὄρη ὑπερβὰς τὰ περὶ τὸν Ἠριδανὸν ἅπαντα κατέδραμον καὶ ἀναστάτους ἐποίησα τοσαύτας πόλεις καὶ τὴν πεδινὴν Ἰταλίαν ἐχειρωσάμην καὶ μέχρι τῶν προαστείων τῆς προὐχούσης πόλεως ἦλθον καὶ τοσούτους ἀπέκτεινα μιᾶς ἡμέρας, ὥστε τοὺς δακτυλίους αὐτῶν μεδίμνοις ἀπομετρῆσαι καὶ τοὺς ποταμοὺς γεφυρῶσαι νεκροῖς. καὶ ταῦτα πάντα ἔπραξα οὔτε Ἄμμωνος υἱὸς ὀνομαζόμενος οὔτε θεὸς εἶναι προσποιούμενος ἢ ἐνύπνια τῆς μητρὸς διεξιών, ἀλλ' ἄνθρωπος εἶναι ὁμολογῶν, στρατηγοῖς τε τοῖς συνετωτάτοις ἀντεξεταζόμενος καὶ στρατιώταις τοῖς μαχιμωτάτοις
383 συμπλεκόμενος, οὐ Μήδους καὶ Ἀρμενίους καταγωνιζόμενος[1] ὑποφεύγοντας πρὶν διώκειν τινὰ καὶ τῷ τολμήσαντι παραδιδόντας εὐθὺς τὴν νίκην.

3. Ἀλέξανδρος δὲ πατρῴαν ἀρχὴν παραλαβὼν ηὔξησεν καὶ παρὰ πολὺ ἐξέτεινε χρησάμενος τῇ τῆς τύχης ὁρμῇ. ἐπεὶ δ' οὖν ἐνίκησέ τε καὶ τὸν ὄλεθρον ἐκεῖνον Δαρεῖον ἐν Ἰσσῷ τε καὶ Ἀρβήλοις ἐκράτησεν, ἀποστὰς τῶν πατρῴων προσκυνεῖσθαι ἠξίου καὶ
384 δίαιταν[2] τὴν Μηδικὴν μετεδιῄτησεν ἑαυτὸν καὶ ἐμιαιφόνει ἐν τοῖς συμποσίοις τοὺς φίλους καὶ συνελάμβανεν ἐπὶ θανάτῳ. ἐγὼ δὲ ἦρξα ἐπ' ἴσης τῆς πατρίδος, καὶ ἐπειδὴ μετεπέμπετο τῶν πολεμίων μεγάλῳ στόλῳ ἐπιπλευσάντων τῇ Λιβύῃ, ταχέως ὑπήκουσα, καὶ ἰδιώτην ἐμαυτὸν παρέσχον

[1] καταγωνιζόμενος recc.: om. βγ.
[2] ἐς δίαιταν edd..

first as my brother's lieutenant,[1] and then was thought worthy of the highest command, because I was judged to be the best man, and conquered the Celtiberians, mastered the Gauls of the West,[2] crossed the mighty mountains, overran the whole Po Valley, devastated all those cities, subdued the plains of Italy, reached the outskirts of the greatest city of all, and killed so many in one day, that I measured their rings by the bushel, and bridged rivers with the dead. Moreover, I did all this without being called the son of Ammon, or pretending to be a god, or recounting dreams of my mother, but I admitted I was a man, I matched myself against the most accomplished generals, and locked myself in battle with the finest of soldiers. My opponents were no Medes or Armenians who flee before they are pursued and yield immediate victory to anyone who shows a bold front. But Alexander inherited his kingdom from his father, and was helped in enlarging it and extending it so far by the impetus of fortune. In any case, when he was victorious, and had defeated that contemptible Darius at Issus and Arbela, he renounced the traditions of his fathers ; he demanded the worship of men ; he changed over to the Median way of life ; at his banquets he murdered his friends or arrested them to have them killed. But I led my country as her equal, and, when she sent for me, after the enemy had invaded Africa with a great force, I promptly obeyed, gave myself up as

[1] This Hasdubral was, strictly speaking, Hannibal's brother-in-law. Lucian is either using ἀδελφός very loosely, or has confused him with the other Hasdubral, Hannibal's brother Cf. Polybius 2. 1. 9 etc.

[2] As opposed to those of Galatia.

καὶ καταδικασθεὶς ἤνεγκα εὐγνωμόνως τὸ πρᾶγμα. καὶ ταῦτα ἔπραξα βάρβαρος ὢν καὶ ἀπαίδευτος παιδείας τῆς Ἑλληνικῆς καὶ οὔτε Ὅμηρον ὥσπερ οὗτος ῥαψῳδῶν[1] οὔτε ὑπ' Ἀριστοτέλει τῷ
385 σοφιστῇ παιδευθείς, μόνῃ δὲ τῇ φύσει ἀγαθῇ χρησάμενος. ταῦτά ἐστιν ἃ ἐγὼ Ἀλεξάνδρου ἀμείνων φημὶ εἶναι. εἰ δέ ἐστι καλλίων οὑτοσί, διότι διαδήματι τὴν κεφαλὴν διεδέδετο, Μακεδόσι ἴσως καὶ ταῦτα σεμνά, οὐ μὴν διὰ τοῦτο ἀμείνων μὲν δόξειεν ἂν γενναίου καὶ στρατηγικοῦ ἀνδρὸς τῇ γνώμῃ πλέον ἤπερ τῇ τύχῃ κεχρημένου.

ΜΙΝΩΣ

Ὁ μὲν εἴρηκεν οὐκ ἀγεννῆ τὸν λόγον οὐδὲ ὡς Λίβυν εἰκὸς ἦν ὑπὲρ αὐτοῦ. σὺ δέ, ὦ Ἀλέξανδρε, τί πρὸς ταῦτα φῄς;

ΑΛΕΞΑΝΔΡΟΣ

386 4. Ἐχρῆν μέν, ὦ Μίνως, μηδὲν πρὸς ἄνδρα οὕτω θρασὺν· ἱκανὴ γὰρ ἡ φήμη διδάξαι σε, οἷος μὲν ἐγὼ βασιλεύς, οἷος δὲ οὗτος λῃστὴς ἐγένετο. ὅμως δὲ ὅρα εἰ κατ' ὀλίγον αὐτοῦ διήνεγκα, ὃς νέος ὢν ἔτι παρελθὼν ἐπὶ τὰ πράγματα καὶ τὴν ἀρχὴν τεταραγμένην κατέσχον καὶ τοὺς φονέας τοῦ πατρὸς μετῆλθον, κᾆτα φοβήσας τὴν Ἑλλάδα τῇ Θηβαίων ἀπωλείᾳ στρατηγὸς ὑπ' αὐτῶν χειροτονηθεὶς οὐκ ἠξίωσα τὴν Μακεδόνων ἀρχὴν περιέπων ἀγαπᾶν ἄρχειν[2] ὁπόσων ὁ πατὴρ κατέλιπεν, ἀλλὰ πᾶσαν ἐπινοήσας τὴν γῆν καὶ δεινὸν ἡγησάμενος, εἰ μὴ ἁπάντων κρατήσαιμι, ὀλίγους ἄγων εἰσέβαλον εἰς τὴν Ἀσίαν, καὶ ἐπί τε Γρανικῷ ἐκράτησα

[1] ῥαψῳδῶν edd.: ἐρραψῴδουν βγ.
[2] ἄρχων γ.

a private citizen, and, when tried and condemned, accepted it without rancour. All this did I do, although I was a barbarian without the advantage of a Greek education, and unable to declaim Homer like him.[1] I had no education under Professor Aristotle, but relied solely on my natural gifts. These are the things in which I claim to excel Alexander. If he is more handsome because he wore a diadem on his head—well, perhaps Macedonians respect such things, but he cannot be thought better for that reason than a noble and skilful general who depended more on his own intellect than on fortune.

MINOS

This is no mean speech that he's made on his own behalf, and not at all what one would have expected from a Libyan. What have you to say to this, Alexander ?

ALEXANDER

A man so impudent, Minos, deserves no answer. Common report suffices to show you what a king I was and what a brigand he was. But consider whether I was not greatly superior to him. I was still young when I came to power, put an end to the disorders of my kingdom, and punished my father's murderers. Then I struck fear into Hellas by the destruction of the Thebans, and was elected her leader, but I was not content to govern Macedonia, and rule only the domain left to me by my father, but, thinking in terms of the whole world, and considering it a disgrace not to conquer it all, I invaded Asia with a few men, was victorious in a great battle at the Granicus, took over Lydia, and, subduing

[1] Cf. Dio Chrys. IV, 65. Plutarch, *Vita Alexandri*, c. 8.

μεγάλῃ μάχῃ καὶ τὴν Λυδίαν λαβὼν καὶ Ἰωνίαν καὶ Φρυγίαν καὶ ὅλως τὰ ἐν ποσὶν ἀεὶ χειρούμενος ἦλθον ἐπὶ Ἰσσόν, ἔνθα Δαρεῖος ὑπέμεινεν μυριάδας πολλὰς στρατοῦ ἄγων. 5. καὶ τὸ ἀπὸ τούτου, ὦ Μίνως, ὑμεῖς ἴστε ὅσους ὑμῖν νεκροὺς ἐπὶ μιᾶς ἡμέρας κατέπεμψα· φησὶ γοῦν ὁ πορθμεὺς μὴ διαρκέσαι αὐτοῖς τότε τὸ σκάφος, ἀλλὰ σχεδίας

387 διαπηξαμένους τοὺς πολλοὺς αὐτῶν διαπλεῦσαι. καὶ ταῦτα δὲ ἔπραττον αὐτὸς προκινδυνεύων καὶ τιτρώσκεσθαι ἀξιῶν. καὶ ἵνα σοὶ μὴ τὰ ἐν Τύρῳ μηδὲ τὰ ἐν Ἀρβήλοις διηγήσωμαι, ἀλλὰ καὶ μέχρι Ἰνδῶν ἦλθον καὶ τὸν Ὠκεανὸν ὅρον ἐποιησάμην τῆς ἀρχῆς καὶ τοὺς ἐλέφαντας αὐτῶν εἶχον[1] καὶ Πῶρον ἐχειρωσάμην, καὶ Σκύθας δὲ οὐκ εὐκαταφρονήτους ἄνδρας ὑπερβὰς τὸν Τάναϊν ἐνίκησα μεγάλῃ ἱππομαχίᾳ, καὶ τοὺς φίλους εὖ ἐποίησα καὶ τοὺς ἐχθροὺς ἠμυνάμην. εἰ δὲ καὶ θεὸς ἐδόκουν τοῖς ἀνθρώποις, συγγνωστοὶ ἐκεῖνοι πρὸς τὸ μέγεθος τῶν πραγμάτων καὶ τοιοῦτόν τι πιστεύσαντες περὶ ἐμοῦ. 6. τὸ δ' οὖν τελευταῖον ἐγὼ μὲν βασιλεύων ἀπέθανον, οὗτος δὲ ἐν φυγῇ ὢν παρὰ Προυσίᾳ τῷ Βιθυνῷ, καθάπερ ἄξιον ἦν πανουργότατον καὶ ὠμότατον ὄντα· ὡς γὰρ δὴ ἐκράτησεν τῶν Ἰταλῶν, ἐῶ λέγειν ὅτι οὐκ ἰσχύι, ἀλλὰ πονηρίᾳ καὶ ἀπιστίᾳ καὶ δόλοις, νόμιμον δὲ ἢ προφανὲς οὐδέν. ἐπεὶ δέ μοι ὠνείδισεν τὴν τρυφήν,

388 ἐκλελῆσθαί μοι δοκεῖ οἷα ἐποίει ἐν Καπύῃ ἑταίραις συνὼν καὶ τοὺς τοῦ πολέμου καιροὺς ὁ θαυμάσιος καθηδυπαθῶν. ἐγὼ δὲ εἰ μὴ μικρὰ τὰ ἑσπέρια δόξας

[1] εἶχον codd.: εἷλον edd..

Ionia, Phrygia, and, in short, whatever lay before me, reached Issus, where Darius awaited me at the head of countless thousands of men. The result you all know, Minos, and the numbers of dead I sent down to you in a single day. The ferryman certainly says that his boat could not cope with them on that occasion, but that the majority of them made their own rafts and crossed over in that way. Moveover, while doing this, I faced danger at the head of my men, and did not object to wounds. Not to speak of what happened at Tyre and Arbela, I marched as far as India, making the Ocean the boundary of my empire. I kept their elephants [1] and overcame Porus; I crossed the Tanais, and defeated the Scythians, formidable foes, in a mighty cavalry battle; I treated my friends well, and wrought vengeance on my enemies. Even if men did think me a god, they had some excuse for such beliefs about me in view of the greatness of my achievements. Last of all, I died a king, whereas he died an exile, at the court of Prusias of Bithynia—a proper end for so exceedingly wicked and cruel a man. Take for instance his conquests in Italy. I won't mention that these were achieved not by might, but by knavery and treachery and deceit, but of open legitimate warfare there was nothing at all; but when he reproaches me with luxurious living, I think the distinguished gentleman has forgotten how he behaved in Capua, consorting with loose women, and wasting in debauchery his opportunities for victory in the war. But suppose I hadn't despised the west, and preferred to march against the east,

[1] Cf. Arrian, *Anabasis*, 5, 18, 2.

ἐπὶ τὴν ἕω μᾶλλον ὥρμησα, τί ἂν μέγα ἔπραξα Ἰταλίαν ἀναιμωτὶ λαβὼν καὶ Λιβύην καὶ τὰ μέχρι Γαδείρων ὑπαγόμενος; ἀλλ' οὐκ ἀξιόμαχα ἔδοξέ μοι ἐκεῖνα ὑποπτήσσοντα ἤδη καὶ δεσπότην ὁμολογοῦντα. εἴρηκα· σὺ δέ, ὦ Μίνως, δίκαζε· ἱκανὰ γὰρ ἀπὸ πολλῶν καὶ ταῦτα.

ΣΚΙΠΙΩΝ

7. *Μὴ πρότερον, ἢν μὴ καὶ ἐμοῦ ἀκούσῃς.*

ΜΙΝΩΣ

Τίς γὰρ εἶ, ὦ βέλτιστε; ἢ πόθεν ὢν ἐρεῖς;

ΣΚΙΠΙΩΝ

Ἰταλιώτης Σκιπίων στρατηγὸς ὁ καθελὼν Καρχηδόνα καὶ κρατήσας Λιβύων μεγάλαις μάχαις.

ΜΙΝΩΣ

Τί οὖν καὶ σὺ ἐρεῖς;

ΣΚΙΠΙΩΝ

Ἀλεξάνδρου μὲν ἥττων εἶναι, τοῦ δὲ Ἀννίβου
389 ἀμείνων, ὃς ἐδίωξα νικήσας αὐτὸν καὶ φυγεῖν καταναγκάσας ἀτίμως. πῶς οὖν οὐκ ἀναίσχυντος οὗτος, ὃς προς Ἀλέξανδρον ἁμιλλᾶται, ᾧ οὐδὲ Σκιπίων ἐγὼ ὁ νενικηκὼς ἐμαυτὸν παραβάλλεσθαι ἀξιῶ;

what great feat would I have accomplished by a bloodless conquest of Italy and the subjection of Libya and everything as far as Gades? But I didn't think it worth fighting against peoples who were already cowering before me, and ready to admit me their master. I have had my say. Do you, Minos, make you decision. Though I could have said much, this is enough.

SCIPIO

Do not do so yet, but hear what I have to say.

MINOS

Who are you, my good man? Where do you come from, that you wish to speak?

SCIPIO

From Italy. I am Scipio, the general who destroyed Carthage,[1] and overcame the Libyans in mighty battle.

MINOS

Well, what have you to say?

SCIPIO

That I am a lesser man than Alexander, but superior to Hannibal, for I drove him before me, after defeating him, and forcing him to flee ignominiously. Is he not shameless, then, in posing as the rival of Alexander, with whom even I, Scipio, the conqueror of Hannibal, do not presume to compare myself?

[1] Lucian seems to have confused the victor of Zama with Scipio Aemilianus.

ΜΙΝΩΣ

Νὴ Δί' εὐγνώμονα φῄς, ὦ Σκιπίων· ὥστε πρῶτος μὲν κεκρίσθω Ἀλέξανδρος, μετ' αὐτὸν δὲ σύ, εἶτα, εἰ δοκεῖ, τρίτος Ἀννίβας οὐδὲ οὗτος εὐκαταφρόνητος ὤν.

26 (15)

399 *ΑΧΙΛΛΕΩΣ ΚΑΙ ΑΝΤΙΛΟΧΟΥ*

ΑΝΤΙΛΟΧΟΣ

1. Οἷα πρῴην, Ἀχιλλεῦ, πρὸς τὸν Ὀδυσσέα σοι εἴρηται περὶ τοῦ θανάτου, ὡς ἀγεννῆ καὶ ἀνάξια τοῖν διδασκάλοιν ἀμφοῖν, Χείρωνός τε καὶ Φοίνικος. ἠκροώμην γάρ, ὁπότε ἔφης βούλεσθαι ἐπάρουρος ὢν θητεύειν παρά τινι[1] τῶν ἀκλήρων, "ᾧ μὴ βίοτος πολὺς[2] εἴη," μᾶλλον ἢ πάντων ἀνάσσειν τῶν νεκρῶν. ταῦτα μὲν οὖν ἀγεννῆ τινα Φρύγα δειλὸν καὶ πέρα τοῦ καλῶς ἔχοντος φιλόζῳον ἴσως ἐχρῆν λέγειν, τὸν Πηλέως δὲ υἱόν, τὸν φιλοκινδυνότατον ἡρώων ἁπάντων, ταπεινὰ οὕτω περὶ αὑτοῦ διανοεῖσθαι πολλὴ αἰσχύνη καὶ ἐναντιότης πρὸς τὰ πεπραγμένα σοι ἐν τῷ βίῳ, ὃς 400 ἐξὸν ἀκλεῶς ἐν τῇ Φθιώτιδι πολυχρόνιον βασιλεύειν, ἑκὼν προείλου τὸν μετὰ τῆς ἀγαθῆς δόξης θάνατον.

ΑΧΙΛΛΕΥΣ

2. Ὦ παῖ Νέστορος, ἀλλὰ τότε μὲν ἄπειρος ἔτι τῶν ἐνταῦθα ὢν καὶ τὸ βέλτιον ἐκείνων ὁπότερον

[1] παρά τισι βγ: corr. rec..
[2] βίος τινὶ πολὺς βγ.

MINOS

By heaven, what you say, Scipio, is reasonable! So let Alexander be adjudged[1] first, and after him you, and then, if you don't mind, Hannibal third, though even he is of no little account.

26 (15)

ACHILLES AND ANTILOCHUS

ANTILOCHUS

I was surprised at what you had to say the other day, Achilles, to Odysseus on the subject of death. What ignoble words! What little credit they reflected on both of your teachers, Chiron and Phoenix! I was listening, you know, when you said you would gladly " if but on earth above " be thrall to any man " whose lot is poverty, whose substance small ", rather than be king of all the dead.[2] To speak thus might perhaps have been right for some mean cowardly Phrygian, who loves life regardless of honour, but for the son of Peleus, who surpassed all the heroes in his love of danger, to have such mean ideas for himself is utterly shameful, and opposed to the way you acted in life; for, though you could have had a long and obscure reign in the land of Phthia, you gladly preferred death with glory.

ACHILLES

But in those days, son of Nestor, I still had no experience of this place, and, not knowing which

[1] Cf. note on p. 143.
[2] Cf. *Odyssey*, XI, 489-491.

ἣν ἀγνοῶν τὸ δύστηνον ἐκεῖνο δοξάριον προετίμων τοῦ βίου, νῦν δὲ συνίημι ἤδη ὡς ἐκείνη μὲν ἀνωφελής, εἰ καὶ ὅτι μάλιστα οἱ ἄνω ῥαψῳδήσουσιν. μετὰ νεκρῶν δὲ ὁμοτιμία, καὶ οὔτε τὸ κάλλος ἐκεῖνο, ὦ Ἀντίλοχε, οὔτε ἡ ἰσχὺς πάρεστιν, ἀλλὰ κείμεθα ἅπαντες ὑπὸ τῷ αὐτῷ ζόφῳ ὅμοιοι καὶ κατ' οὐδὲν ἀλλήλων διαφέροντες, καὶ οὔτε οἱ τῶν Τρώων νεκροὶ δεδίασίν με οὔτε οἱ τῶν Ἀχαιῶν θεραπεύουσιν, ἰσηγορία δὲ ἀκριβὴς καὶ νεκρὸς ὅμοιος, "ἠμὲν κακὸς ἠδὲ καὶ ἐσθλός." ταῦτά με ἀνιᾷ καὶ ἄχθομαι, ὅτι μὴ θητεύω ζῶν.

ΑΝΤΙΛΟΧΟΣ

3. Ὅμως τί οὖν ἄν τις πάθοι, ὦ Ἀχιλλεῦ; ταῦτα γὰρ ἔδοξε τῇ φύσει, πάντως ἀποθνήσκειν ἅπαντας, ὥστε χρὴ ἐμμένειν τῷ νόμῳ καὶ μὴ 401 ἀνιᾶσθαι τοῖς διατεταγμένοις. ἄλλως τε ὁρᾷς τῶν ἑταίρων ὅσοι περὶ σέ ἐσμεν οἵδε·[1] μετὰ μικρὸν δὲ καὶ Ὀδυσσεὺς ἀφίξεται πάντως. φέρει δὲ παραμυθίαν καὶ ἡ κοινωνία τοῦ πράγματος καὶ τὸ μὴ μόνον αὐτὸν πεπονθέναι. ὁρᾷς τὸν Ηρακλέα καὶ τὸν Μελέαγρον καὶ ἄλλους θαυμαστοὺς ἄνδρας, οἳ οὐκ ἂν οἶμαι δέξαιντο ἀνελθεῖν, εἴ τις αὐτοὺς ἀναπέμψειε θητεύσοντας ἀκλήροις καὶ ἀβίοις ἀνδράσιν.

ΑΧΙΛΛΕΥΣ

4. Ἑταιρικὴ μὲν ἡ παραίνεσις, ἐμὲ δὲ οὐκ οἶδ' ὅπως ἡ μνήμη τῶν παρὰ τὸν βίον ἀνιᾷ, οἶμαι δὲ καὶ ὑμῶν ἕκαστον· εἰ δὲ μὴ ὁμολογεῖτε, ταύτῃ χείρους ἐστὲ καθ' ἡσυχίαν αὐτὸ πάσχοντες.

[1] οἵδε γ: ὧδε β.

existence was preferable, I preferred that miserable empty shadow of glory to life itself; but now I realise that glory is useless, however much men above hymn its praises, that among the dead all have but equal honour, and neither the beauty nor the strength we had remain with us, but we lie buried in the same darkness, all of us quite alike, and no better one than the other, and I am neither feared by the Trojan dead nor respected by the Greeks, but there is complete equality of speech and one dead man is like another, " be he mean or be he great ".[1] That's why I'm distressed and annoyed at not being a thrall alive on earth.

ANTILOCHUS

But what can one do about it, Achilles ? Nature has decreed that, come what may, all men must die ; we must, therefore, abide by her law, and not be distressed at the way she orders things. In any case you can see such of us, your old companions, as are present here, and assuredly, Odysseus too will join us down here before very long. It's a comfort that all share in this, and that one doesn't suffer this alone and by oneself. You can see Heracles and Meleager and other great men, who would, I think, refuse a return to earth, if they were sent up to be thralls to poor men without substance.

ACHILLES

You give your advice out of friendship ; but somehow I am distressed by my memory of life above, just as I think each of you is. If you won't admit it, you show yourselves my inferiors, by submitting to it without protest.

[1] Cf. *Iliad*, IX, 319.

ΑΝΤΙΛΟΧΟΣ

Οὔκ, ἀλλ' ἀμείνους, ὦ Ἀχιλλεῦ· τὸ γὰρ ἀνωφελὲς τοῦ λέγειν ὁρῶμεν· σιωπᾶν γὰρ καὶ φέρειν καὶ ἀνέχεσθαι δέδοκται ἡμῖν, μὴ καὶ γέλωτα ὄφλωμεν ὥσπερ σὺ τοιαῦτα εὐχόμενος.

27 (19)

410 ## ΑΙΑΚΟΥ ΚΑΙ ΠΡΩΤΕΣΙΛΑΟΥ

ΑΙΑΚΟΣ

1. *Τί ἄγχεις, ὦ Πρωτεσίλαε, τὴν Ἑλένην προσπεσών;*

ΠΡΩΤΕΣΙΛΑΟΣ

Ὅτι διὰ ταύτην, ὦ Αἰακέ, ἀπέθανον ἡμιτελῆ μὲν τὸν δόμον καταλιπών, χήραν τε νεόγαμον γυναῖκα.

ΑΙΑΚΟΣ

Αἰτιῶ τοίνυν τὸν Μενέλαον, ὅστις ὑμᾶς ὑπὲρ τοιαύτης γυναικὸς ἐπὶ Τροίαν ἤγαγεν.

ΠΡΩΤΕΣΙΛΑΟΣ

Εὖ λέγεις· ἐκεῖνόν μοι αἰτιατέον.

ΜΕΝΕΛΑΟΣ

Οὐκ ἐμέ, ὦ βέλτιστε, ἀλλὰ δικαιότερον τὸν Πάριν, ὃς ἐμοῦ τοῦ ξένου τὴν γυναῖκα παρὰ πάντα τα δίκαια ᾤχετο ἁρπάσας· οὗτος γὰρ οὐχ ὑπὸ σοῦ μόνου, ἀλλ' ὑπὸ πάντων Ἑλλήνων τε καὶ βαρβάρων ἄξιος ἄγχεσθαι τοσούτοις θανάτου αἴτιος γεγενημένος.

ANTILOCHUS

No, but your betters, Achilles. We see the uselessness of speaking. We've resolved to say nothing, and to bear and endure it all, for fear that we too become a laughing-stock, as you have by indulging in wishes of that sort.

27 (19)

AEACUS AND PROTESILAUS

AEACUS

Why do you dash at Helen, and choke her, Protesilaus?

PROTESILAUS

It was because of her that I was killed, Aeacus, and left my house half-built,[1] and my newly-wed wife a widow.

AEACUS

Then blame Menelaus, for taking you to Troy to fight for a woman like that.

PROTESILAUS

Quite right. I should blame him.

MENELAUS

Don't blame me, my good man; it would be fairer to blame Paris. Though I was his host, he carried off my wife with him, contrary to all justice. Paris ought to be strangled, and not by you only, but by all the soldiers on both sides, for bringing death to so many.

[1] Cf. *Iliad*, II, 701.

ΠΡΩΤΕΣΙΛΑΟΣ

411 Ἄμεινον οὕτω· σὲ τοιγαροῦν, ὦ Δύσπαρι, οὐκ ἀφήσω ποτὲ ἀπὸ τῶν χειρῶν.

ΠΑΡΙΣ

Ἄδικα ποιῶν, ὦ Πρωτεσίλαε, καὶ ταῦτα ὁμότεχνον ὄντα σοι· ἐρωτικὸς γὰρ καὶ αὐτός εἰμι καὶ τῷ αὐτῷ θεῷ κατέσχημαι· οἶσθα δὲ ὡς ἀκούσιόν τί ἐστιν καί τις ἡμᾶς δαίμων ἄγει ἔνθα ἂν ἐθέλῃ, καὶ ἀδύνατόν ἐστιν ἀντιτάττεσθαι αὐτῷ.

ΠΡΩΤΕΣΙΛΑΟΣ

2. Εὖ λέγεις. εἴθε οὖν μοι τὸν Ἔρωτα ἐνταῦθα λαβεῖν δυνατὸν ἦν.

ΑΙΑΚΟΣ

Ἐγώ σοι καὶ περὶ τοῦ Ἔρωτος ἀποκρινοῦμαι τὰ δίκαια· φήσει γὰρ αὐτὸς μὲν τοῦ ἐρᾶν τῷ Πάριδι ἴσως γεγενῆσθαι αἴτιος, τοῦ θανάτου δέ σοι οὐδένα ἄλλον, ὦ Πρωτεσίλαε, ἢ σεαυτόν. ὃς ἐκλαθόμενος τῆς νεογάμου γυναικός, ἐπεὶ προσεφέρεσθε τῇ Τρῳάδι, οὕτως φιλοκινδύνως καὶ ἀπονενοημένως προεπήδησας τῶν ἄλλων δόξης ἐρασθείς, δι' ἣν πρῶτος ἐν τῇ ἀποβάσει ἀπέθανες.

ΠΡΩΤΕΣΙΛΑΟΣ

Οὐκοῦν καὶ ὑπὲρ ἐμαυτοῦ σοι, ὦ Αἰακέ, ἀποκρινοῦμαι δικαιότερα· οὐ γὰρ ἐγὼ τούτων αἴτιος, ἀλλὰ ἡ Μοῖρα καὶ τὸ ἐξ ἀρχῆς οὕτως ἐπικεκλῶσθαι.

ΑΙΑΚΟΣ

Ὀρθῶς· τί οὖν τούτους αἰτιᾷ;

PROTESILAUS

A better idea; then you, accursed Paris,[1] are the one I'll keep forever in my grip.

PARIS

That would be unjust too, Protesilaus, for I practise the same craft as you; I'm a lover too, and subject to the same god; you know how it's none of our wishing, but some divine power leads us wherever it chooses, and it's impossible to resist him.

PROTESILAUS

True enough. Well, I wish I could catch Eros here.

AEACUS

I will answer you in defence of Eros. He will say that he may have been the cause of the love of Paris, but that you, Protesilaus, were the sole cause of your own death; for, when your fleet was approaching the land of Troy, you forgot your new-wed wife, and made that mad adventurous leap ashore before any of the others; you were in love with glory, and because of her were the first to die at the landing of the army.

PROTESILAUS

Then, Aeacus, I shall retort with an even stronger argument in my defence; the responsibility lies not with me, but with Fate and the way the thread was spun from the start.

AEACUS

Quite right; why, then, blame the present company?

[1] Cf. *Iliad*, III, 39, etc.

28 (23)

426 *ΠΡΩΤΕΣΙΛΑΟΥ, ΠΛΟΥΤΩΝΟΣ ΚΑΙ ΠΕΡΣΕΦΟΝΗΣ*

ΠΡΩΤΕΣΙΛΑΟΣ

1. Ὦ δέσποτα καὶ βασιλεῦ καὶ ἡμέτερε Ζεῦ καὶ σὺ Δήμητρος θύγατερ, μὴ ὑπερίδητε δέησιν ἐρωτικήν.

ΠΛΟΥΤΩΝ

Σὺ δὲ τίνων δέῃ παρ᾽ ἡμῶν; ἢ τίς ὢν τυγχάνεις;

ΠΡΩΤΕΣΙΛΑΟΣ

Εἰμὶ μὲν Πρωτεσίλαος ὁ Ἰφίκλου Φυλάκιος συστρατιώτης τῶν Ἀχαιῶν καὶ πρῶτος ἀποθανὼν τῶν ἐπ᾽ Ἰλίῳ. δέομαι δὲ ἀφεθεὶς πρὸς ὀλίγον ἀναβιῶναι πάλιν.

ΠΛΟΥΤΩΝ

Τοῦτον μὲν τὸν ἔρωτα, ὦ Πρωτεσίλαε, πάντες νεκροὶ ἐρῶσιν, πλὴν οὐδεὶς ἂν αὐτῶν τύχοι.

ΠΡΩΤΕΣΙΛΑΟΣ

427 Ἀλλ᾽ οὐ τοῦ ζῆν, Ἀϊδωνεῦ, ἐρῶ ἔγωγε, τῆς γυναικὸς δέ, ἣν νεόγαμον ἔτι ἐν τῷ θαλάμῳ καταλιπὼν ᾠχόμην ἀποπλέων, εἶτα ὁ κακοδαίμων ἐν τῇ ἀποβάσει ἀπέθανον ὑπὸ τοῦ Ἕκτορος. ὁ οὖν ἔρως τῆς γυναικὸς οὐ μετρίως ἀποκναίει με, ὦ δέσποτα, καὶ βούλομαι κἂν πρὸς ὀλίγον ὀφθεὶς αὐτῇ καταβῆναι πάλιν.

THE DIALOGUES OF THE DEAD

28 (23)

PROTESILAUS, PLUTO AND PERSEPHONE

PROTESILAUS

O master and king, and Zeus of our world, and you, daughter of Demeter, scorn not a lover's prayer.

PLUTO

What do you ask of us? Who are you?

PROTESILAUS

I am Protesilaus, son of Iphiclus, from Phylace, one who served with the Achaean army, and first man to die at Troy. I beg to be released and restored to life for a little.

PLUTO

That's a love that's common to all the dead, but will come to pass for none of them.

PROTESILAUS

My love, Aidoneus, is not for life, but for my wife, whom, while still but newly wed, I left in her bower and sailed away; and then, by evil fortune, I was slain by Hector, while I was landing; and so my love for my wife is eating my heart out, my lord; could I be restored to her sight even for a short while, I would gladly return here again.

ΠΛΟΥΤΩΝ

2. Οὐκ ἔπιες, ὦ Πρωτεσίλαε, τὸ Λήθης ὕδωρ;

ΠΡΩΤΕΣΙΛΑΟΣ

Καὶ μάλα, ὦ δέσποτα· τὸ δὲ πρᾶγμα ὑπέρογκον ἦν.

ΠΛΟΥΤΩΝ

Οὐκοῦν περίμεινον· ἀφίξεται γὰρ κἀκείνη ποτὲ καὶ οὐδὲ σὲ ἀνελθεῖν δεήσει.

ΠΡΩΤΕΣΙΛΑΟΣ

Ἀλλ' οὐ φέρω τὴν διατριβήν, ὦ Πλούτων· ἠράσθης δὲ καὶ αὐτὸς ἤδη καὶ οἶσθα οἷον τὸ ἐρᾶν ἐστιν.

ΠΛΟΥΤΩΝ

Εἶτα τί σε ὀνήσει μίαν ἡμέραν ἀναβιῶναι μετ' ὀλίγον τὰ αὐτὰ ὀδυρόμενον;

ΠΡΩΤΕΣΙΛΑΟΣ

428 Οἶμαι πείσειν κἀκείνην ἀκολουθεῖν παρ' ὑμᾶς, ὥστε ἀνθ' ἑνὸς δύο νεκροὺς λήψῃ μετ' ὀλίγον.

ΠΛΟΥΤΩΝ

Οὐ[1] θέμις γενέσθαι ταῦτα οὐδὲ γέγονε[2] πώποτε.

ΠΡΩΤΕΣΙΛΑΟΣ

3. Ἀναμνήσω σε, ὦ Πλούτων· Ὀρφεῖ γὰρ δι' αὐτὴν ταύτην τὴν αἰτίαν τὴν Εὐρυδίκην παρέδοτε καὶ τὴν ὁμογενῆ μου Ἄλκηστιν παρεπέμψατε Ἡρακλεῖ χαριζόμενοι.

[1] οὐ θέμις . . . πώποτε. om. γ.   [2] γέγονε recc.: γίνεται β.

PLUTO

Have you not drunk, Protesilaus, from the waters of Lethe?

PROTESILAUS

Deeply have I drunk, my lord, but my affliction was too strong.

PLUTO

Then be patient; in time, she will join you here; you won't have to go up there.

PROTESILAUS

I can't bear to wait, Pluto. You've been in love yourself, before now, Pluto, and know what it's like.

PLUTO

What good will it do you to return to life for a single day, if shortly afterwards you must bewail the same misfortune?

PROTESILAUS

I think I'll be able to persuade her to follow me here, so that soon you'll have two of us dead instead of one.

PLUTO

All this would be wrong, and has never happened before.

PROTESILAUS

Let me refresh your memory, Pluto. You gave up Eurydice to Orpheus for this very reason, and sent back my kinswoman, Alcestis,[1] as a favour to Heracles.

[1] Both Alcestis and Protesilaus were descended from Aeolus.

ΠΛΟΥΤΩΝ

Θελήσεις δὲ οὕτως κρανίον γυμνὸν ὢν καὶ ἄμορφον τῇ καλῇ σου ἐκείνῃ νύμφῃ φανῆναι; πῶς δὲ κἀκείνη προσήσεταί σε οὐδὲ διαγνῶναι δυναμένη; φοβήσεται γὰρ εὖ οἶδα καὶ φεύξεταί σε καὶ μάτην ἔσῃ τοσαύτην ὁδὸν ἀνεληλυθώς.

ΠΕΡΣΕΦΟΝΗ

Οὐκοῦν, ὦ ἄνερ, σὺ καὶ τοῦτο ἴασαι καὶ τὸν Ἑρμῆν κέλευσον, ἐπειδὰν ἐν τῷ φωτὶ ἤδη ὁ Πρωτεσίλαος ᾖ, καθικόμενον ἐν[1] τῇ ῥάβδῳ νεανίαν εὐθὺς 429 καλὸν ἀπεργάσασθαι αὐτὸν, οἷος ἦν ἐκ τοῦ παστοῦ.

ΠΛΟΥΤΩΝ

Ἐπεὶ Φερσεφόνῃ συνδοκεῖ, ἀναγαγὼν τοῦτον αὖθις ποίησον νυμφίον· σὺ δὲ μέμνησο μίαν λαβὼν ἡμέραν.

29 (24)

ΔΙΟΓΕΝΟΥΣ ΚΑΙ ΜΑΥΣΩΛΟΥ

ΔΙΟΓΕΝΗΣ

1. Ὦ Κάρ, ἐπὶ τίνι μέγα φρονεῖς καὶ πάντων ἡμῶν προτιμᾶσθαι ἀξιοῖς;

ΜΑΥΣΩΛΟΣ

Καὶ ἐπὶ τῇ βασιλείᾳ μέν, ὦ Σινωπεῦ, ὃς ἐβασίλευσα Καρίας μὲν ἁπάσης, ἦρξα δὲ καὶ Λυδῶν ἐνίων καὶ νήσους δέ τινας ὑπηγαγόμην καὶ ἄχρι Μιλήτου ἐπέβην τὰ πολλὰ τῆς Ἰωνίας καταστρεφόμενος· καὶ 430 καλὸς ἦν καὶ μέγας καὶ ἐν πολέμοις καρτερός· τὸ

[1] ἐν codd.; del. edd..

PLUTO

Do you want that fair bride of yours to see you as you are now—a bare unsightly skull? What sort of a welcome will she give you, if she can't even recognise you? She'll be frightened, I'm sure, and run away from you, and you'll find your long journey up to earth to have been a waste of time.

PERSEPHONE

Then, dear husband, *you* must put matters right, and instruct Hermes to touch Protesilaus with his wand the moment he's in the light, and make him the handsome youth he was when he left the bridal chamber.

PLUTO

Well, Hermes, since Persephone agrees, take him up and make him into a bridegroom again. And you, sir, remember you've only been given one day.

29 (24)

DIOGENES AND MAUSOLUS

DIOGENES

Why, Carian, are you so proud, and expect to be honoured above all of us?

MAUSOLUS

Firstly, Sinopean, because of my royal position. I was king of all Caria, ruler also of part of Lydia, subdued some islands, too, and advanced as far as Miletus, subjugating most of Ionia. Moreover, I was

δὲ μέγιστον, ὅτι ἐν Ἁλικαρνασσῷ μνῆμα παμμέγεθες ἔχω ἐπικείμενον, ἡλίκον οὐκ ἄλλος νεκρός, ἀλλ' οὐδὲ οὕτως ἐς κάλλος ἐξησκημένον, ἵππων καὶ ἀνδρῶν ἐς τὸ ἀκριβέστατον εἰκασμένων λίθου τοῦ καλλίστου, οἷον οὐδὲ νεὼν εὕροι τις ἂν ῥᾳδίως. οὐ δοκῶ σοι δικαίως ἐπὶ τούτοις μέγα φρονεῖν;

ΔΙΟΓΕΝΗΣ

2. Ἐπὶ τῇ βασιλείᾳ φὴς καὶ τῷ κάλλει καὶ τῷ βάρει τοῦ τάφου;

ΜΑΥΣΩΛΟΣ

Νὴ Δί' ἐπὶ τούτοις.

ΔΙΟΓΕΝΗΣ

Ἀλλ', ὦ καλὲ Μαύσωλε, οὔτε ἡ ἰσχὺς ἔτι σοι ἐκείνη οὔτε ἡ μορφὴ πάρεστιν· εἰ γοῦν τινα ἑλοίμεθα δικαστὴν εὐμορφίας πέρι, οὐκ ἔχω εἰπεῖν, τίνος ἕνεκα τὸ σὸν κρανίον προτιμηθείη ἂν τοῦ ἐμοῦ· φαλακρὰ γὰρ ἄμφω καὶ γυμνά, καὶ τοὺς ὀδόντας ὁμοίως προφαίνομεν καὶ τοὺς ὀφθαλμοὺς ἀφῃρήμεθα καὶ τὰς ῥῖνας ἀποσεσιμώμεθα. ὁ δὲ τάφος καὶ οἱ πολυτελεῖς ἐκεῖνοι λίθοι Ἁλικαρνασσεῦσι μὲν ἴσως εἶεν ἐπιδείκνυσθαι καὶ φιλοτιμεῖσθαι πρὸς τοὺς ξένους, ὡς δή τι μέγα οἰκοδόμημα αὐτοῖς ἐστιν· σὺ δέ, ὦ βέλτιστε, οὐχ ὁρῶ ὅ τι ἀπολαύεις αὐτοῦ, πλὴν εἰ μὴ τοῦτο φῄς, ὅτι μᾶλλον ἡμῶν ἀχθοφορεῖς ὑπὸ τηλικούτοις λίθοις πιεζόμενος.

ΜΑΥΣΩΛΟΣ

431 3. Ἀνόνητα οὖν μοι ἐκεῖνα πάντα καὶ ἰσότιμος ἔσται Μαύσωλος καὶ Διογένης;

handsome and tall and mighty in war. But, most important of all, I have lying over me in Halicarnassus a vast memorial, outdoing that of any other of the dead not only in size but also in its finished beauty, with horses and men reproduced most perfectly in the fairest marble, so that it would be difficult to find even a temple like it. Don't you think I've a right to be proud of these things?

DIOGENES

Of your royal position, you say, and your beauty, and the weight of your tomb?

MAUSOLUS

Good heavens, yes.

DIOGENES

But, my handsome Mausolus, the strength and the beauty you mention aren't still with you here. If we chose a judge of beauty, I can't see why your skull should be thought better than mine. Both of them are bald and bare, both of us show our teeth in the same way, and have lost our eyes, and have snub noses now. Perhaps your tomb and all that costly marble may give the people of Halicarnassus something to show off, and they can boast to strangers of the magnificent building they have, but I can't see what good it is to you, my good fellow, unless you're claiming that, with all that marble pressing down on you, you have a heavier burden to bear than any of us.

MAUSOLUS

Will all that, then, be of no good to me? Will Mausolus and Diogenes be on an equal footing?

ΔΙΟΓΕΝΗΣ

Οὐκ ἰσότιμος, ὦ γενναιότατε, οὐ γάρ· Μαύσωλος μὲν γὰρ οἰμώξεται μεμνημένος τῶν ὑπὲρ γῆς, ἐν οἷς εὐδαιμονεῖν ᾤετο, Διογένης δὲ καταγελάσεται αὐτοῦ. καὶ τάφον ὁ μὲν ἐν Ἁλικαρνασσῷ ἐρεῖ ἑαυτοῦ ὑπὸ Ἀρτεμισίας τῆς γυναικὸς καὶ ἀδελφῆς κατεσκευασμένον, ὁ Διογένης δὲ τοῦ μὲν σώματος εἰ καί τινα τάφον ἔχει οὐκ οἶδεν· οὐδὲ γὰρ ἔμελεν αὐτῷ τούτου· λόγον δὲ τοῖς ἀρίστοις περὶ τούτου καταλέλοιπεν ἀνδρὸς βίον βεβιωκὼς ὑψηλότερον, ὦ Καρῶν ἀνδραποδωδέστατε, τοῦ σοῦ μνήματος καὶ ἐν βεβαιοτέρῳ χωρίῳ κατεσκευασμένον.

30 (25)

ΝΙΡΕΩΣ ΚΑΙ ΘΕΡΣΙΤΟΥ ΚΑΙ ΜΕΝΙΠΠΟΥ

ΝΙΡΕΥΣ

1. *Ἰδοὺ δή, Μένιππος οὑτοσὶ δικάσει, πότερος* 432 *εὐμορφότερός ἐστιν. εἰπέ, ὦ Μένιππε, οὐ καλλίων σοι δοκῶ;*

ΜΕΝΙΠΠΟΣ

Τίνες δὲ καὶ ἔστε; πρότερον, οἶμαι, χρὴ γὰρ τοῦτο εἰδέναι.

ΝΙΡΕΥΣ

Νιρεὺς καὶ Θερσίτης.

ΜΕΝΙΠΠΟΣ

Πότερος οὖν ὁ Νιρεὺς καὶ πότερος ὁ Θερσίτης; οὐδέπω γὰρ τοῦτο δῆλον.

DIOGENES

No indeed, your excellency ; we shan't be on an equal footing. Mausolus will groan when he remembers the things on earth above, which he thought brought him happiness, while Diogenes will be able to laugh at him. Mausolus will talk of the tomb erected to him at Halicarnassus by his wife and sister, Artemisia, whereas Diogenes has no idea whether he even has a tomb for his body, for he didn't care about that, but he has left for the best of those who come after the report that he has lived the life of a man, a life, most servile of Carians, that towers above your memorial, and is built on surer foundations.

30 (25)

NIREUS. THERSITES. MENIPPUS

NIREUS

Look, here's Menippus, who will decide which of us is more handsome. Tell us, Menippus, don't you think I am ?

MENIPPUS

Whoever are you both ? I ought to know that first, I suppose.

NIREUS

Nireus and Thersites.

MENIPPUS

Well, which is Nireus, and which Thersites ? That's still not clear.

ΘΕΡΣΙΤΗΣ

Ἓν μὲν ἤδη τοῦτο ἔχω, ὅτι ὅμοιός εἰμί σοι καὶ οὐδὲν τηλικοῦτον διαφέρεις ἡλίκον σε Ὅμηρος ἐκεῖνος ὁ τυφλὸς ἐπῄνεσεν ἁπάντων εὐμορφότερον προσειπών, ἀλλ' ὁ φοξὸς ἐγὼ καὶ ψεδνὸς οὐδὲν χείρων ἐφάνην τῷ δικαστῇ. ὅρα δὲ σύ, ὦ Μένιππε, ὅντινα καὶ εὐμορφότερον ἡγῇ.

ΝΙΡΕΥΣ

Ἐμέ γε τὸν Ἀγλαΐας καὶ Χάροπος, "ὃς κάλλιστος ἀνὴρ ὑπὸ Ἴλιον ἦλθον."

ΜΕΝΙΠΠΟΣ

433 2. Ἀλλ' οὐχὶ καὶ ὑπὸ γῆν, ὡς οἶμαι, κάλλιστος ἦλθες, ἀλλὰ τὰ μὲν ὀστᾶ ὅμοια, τὸ δὲ κρανίον ταύτῃ μόνον ἄρα διακρίνοιτο ἀπὸ τοῦ Θερσίτου κρανίου, ὅτι εὔθρυπτον τὸ σόν· ἀλαπαδνὸν γὰρ αὐτὸ καὶ οὐκ ἀνδρῶδες ἔχεις.

ΝΙΡΕΥΣ

Καὶ μὴν ἐροῦ Ὅμηρον, ὁποῖος ἦν, ὁπότε συνεστράτευον τοῖς Ἀχαιοῖς.

ΜΕΝΙΠΠΟΣ

Ὀνείρατά μοι λέγεις· ἐγὼ δὲ ἃ βλέπω [1] καὶ νῦν ἔχεις, ἐκεῖνα δέ οἱ τότε ἴσασιν.

ΝΙΡΕΥΣ

Οὔκουν ἐγὼ ἐνταῦθα εὐμορφότερός εἰμι, ὦ Μένιππε;

[1] ἃ βλέπω βγ: βλέπω ἃ edd..

THERSITES

That's already one point in my favour, if I'm like you, and you don't have the great superiority for which Homer the blind praised you, when he called you the most handsome of them all ; I, with my sugarloaf head, and thin hair,[1] seemed just as good-looking as you to Minos ; but *you*, Menippus, take a good look to see which you think more handsome.

NIREUS

Me, son of Charops and Aglaea, " handsomest man of all who came to Troy ".[2]

MENIPPUS

But not, methinks, the handsomest that has come to the lower world ; your bones are no different here, and your skull can only be told from that of Thersites, by its brittleness. Your skull is fragile and unmanly.

NIREUS

But just ask Homer what I was like when I was fighting in the Greek army.

MENIPPUS

You talk of dreams ; I of what I see, and of your present state ; your past is only known to the men of that time.

NIREUS

Then, Menippus, I'm not handsomer here than he is ?

[1] Cf. *Iliad*, II, 219.
[2] Cf. *Iliad*, II, 672-3.

ΜΕΝΙΠΠΟΣ

Οὔτε σὺ οὔτε ἄλλος εὔμορφος· ἰσοτιμία γὰρ ἐν ᾅδου καὶ ὅμοιοι ἅπαντες.

ΘΕΡΣΙΤΗΣ

Ἐμοὶ μὲν καὶ τοῦτο ἱκανόν.

MENIPPUS

Neither you nor anyone else is handsome here. In Hades all are equal, and all alike.

THERSITES

That's good enough for *me*.

DIALOGUES OF THE SEA-GODS

This collection of dialogues is one of Lucian's most attractive works. Though he seems mainly to draw his inspiration from poetry (e.g. The *Odyssey*, the *Iliad*, the Homeric *Hymn to Dionysus*, Theocritus, and perhaps Moschus) he may also at times be thinking of paintings he has seen.

ΕΝΑΛΙΟΙ ΔΙΑΛΟΓΟΙ

1

ΔΩΡΙΔΟΣ ΚΑΙ ΓΑΛΑΤΕΙΑΣ

ΔΩΡΙΣ

1. *Καλὸν ἐραστήν, ὦ Γαλάτεια, τὸν Σικελὸν τοῦτον ποιμένα φασὶν ἐπιμεμηνέναι σοί.*

ΓΑΛΑΤΕΙΑ

Μὴ σκῶπτε, Δωρί· Ποσειδῶνος γὰρ υἱός ἐστιν, ὁποῖος ἂν ᾖ.

ΔΩΡΙΣ

Τί οὖν; εἰ καὶ τοῦ Διὸς αὐτοῦ παῖς ὢν ἄγριος οὕτως καὶ λάσιος ἐφαίνετο καί, τὸ πάντων ἀμορφότατον, μονόφθαλμος, οἴει τὸ γένος ἄν τι ὀνῆσαι αὐτὸν πρὸς τὴν μορφήν;

ΓΑΛΑΤΕΙΑ

Οὐδὲ τὸ λάσιον αὐτοῦ καί, ὡς φῄς, ἄγριον ἄμορφόν ἐστιν—ἀνδρῶδες γάρ—ὅ τε ὀφθαλμὸς ἐπιπρέπει τῷ μετώπῳ οὐδὲν ἐνδεέστερον ὁρῶν ἢ εἰ δύ' ἦσαν.

ΔΩΡΙΣ

Ἔοικας, ὦ Γαλάτεια, οὐκ ἐραστὴν ἀλλ' ἐρώμενον ἔχειν τὸν Πολύφημον, οἷα ἐπαινεῖς αὐτόν.

DIALOGUES OF THE SEA-GODS

1

DORIS[1] AND GALATEA

DORIS

A good-looking lover they say you have, Galatea, in this Sicilian shepherd who's so mad about you !

GALATEA

None of your jokes, Doris. He's Poseidon's son, whatever he looks like.

DORIS

What of it ? Though it was a son of Zeus himself that had so wild and hairy an appearance and, most hideous thing of all, only one eye, do you think his birth would help him to be any better-looking ?

GALATEA

His wild and hairy appearance, as you call it, isn't ugly. It's manly. And his eye goes very nicely with his forehead, and it sees just as well as if it were two.

DORIS

My dear Galatea, from the way you're praising him, it looks as if your Polyphemus is more loved than loving.

[1] Doris in Lucian is always the daughter and never the wife of Nereus.

ΓΑΛΑΤΕΙΑ

289 2. Οὐκ ἐρώμενον, ἀλλὰ τὸ πάνυ ὀνειδιστικὸν τοῦτο οὐ φέρω ὑμῶν, καί μοι δοκεῖτε ὑπὸ φθόνου αὐτὸ ποιεῖν, ὅτι ποιμαίνων[1] ποτὲ ἀπὸ τῆς σκοπῆς παιζούσας ἡμᾶς ἰδὼν ἐπὶ τῆς ἠϊόνος ἐν τοῖς πρόποσι τῆς Αἴτνης, καθ' ὃ μεταξὺ τοῦ ὄρους καὶ τῆς θαλάσσης αἰγιαλὸς ἀπομηκύνεται, ὑμᾶς μὲν οὐδὲ προσέβλεψεν, ἐγὼ δὲ ἐξ ἁπασῶν ἡ καλλίστη ἔδοξα, καὶ μόνῃ ἐμοὶ ἐπεῖχε τὸν ὀφθαλμόν. ταῦτα ὑμᾶς ἀνιᾷ· δεῖγμα γάρ, ὡς ἀμείνων εἰμὶ καὶ ἀξιέραστος, ὑμεῖς δὲ παρώφθητε.

ΔΩΡΙΣ

Εἰ ποιμένι καὶ ἐνδεεῖ τὴν ὄψιν καλὴ ἔδοξας, ἐπίφθονος οἴει γεγονέναι; καίτοι τί ἄλλο ἐν σοὶ ἐπαινέσαι εἶχεν ἢ τὸ λευκὸν μόνον; καὶ τοῦτο, οἶμαι, ὅτι συνήθης ἐστὶ τυρῷ καὶ γάλακτι· πάντα οὖν τὰ ὅμοια τούτοις ἡγεῖται καλά. 3. ἐπεὶ τά γε ἄλλα ὁπόταν ἐθελήσῃς μαθεῖν, οἵα τυγχάνεις οὖσα 290 τὴν ὄψιν, ἀπὸ πέτρας τινός, εἴ ποτε γαλήνη εἴη, ἐπικύψασα ἐς τὸ ὕδωρ ἰδὲ σεαυτὴν οὐδὲν ἄλλο ἢ χροίαν λευκὴν ἀκριβῶς· οὐκ ἐπαινεῖται δὲ τοῦτο, ἢν μὴ ἐπιπρέπῃ αὐτῷ καὶ τὸ ἐρύθημα.

ΓΑΛΑΤΕΙΑ

Καὶ μὴν ἐγὼ μὲν ἡ ἀκράτως λευκὴ ὅμως ἐραστὴν ἔχω κἂν τοῦτον, ὑμῶν δὲ οὐκ ἔστιν ἥντινα ἢ ποιμὴν ἢ ναύτης ἢ πορθμεὺς ἐπαινεῖ· ὁ δέ γε Πολύφημος τά τε ἄλλα καὶ μουσικός ἐστι.

[1] ποιμὴν ὢν γ.

GALATEA

That's not true ; but the way you all criticise him annoys me. If you ask me, I think you're jealous of the day when, looking after his sheep, he caught sight of us from his watch-point, as we were playing on the shore at the foot of Etna, where there's a long stretch of beach between the mountain and the sea. He didn't even look at you, but thought me the prettiest of us all, and was all eye for me and me only. That's what's annoying you ; because it proves that I'm better than any of you, and that I deserve to be loved. None of you got so much as a glance.

DORIS

Do you think people should be jealous of you, just because a shepherd with bad eyesight thought you pretty ? Anyhow, what could he see to praise in you but your white skin ? And he only likes that, I imagine, because he's used to cheese and milk, and so thinks everything like them pretty. Apart from all that, any time you want to find out what your face really looks like, take a peep into the water from a rock when it's calm and look at yourself. You're nothing but white skin. Nobody thinks much of that, unless there's some rosy colour as well to show it off.

GALATEA

Still, though I am unrelieved white, I have got a lover, even if it's only Polyphemus. But not one of you has any shepherd or sailor or boatman to admire her. Besides, Polyphemus is musical.

ΔΩΡΙΣ

4. *Σιώπα, ὦ Γαλάτεια· ἠκούσαμεν αὐτοῦ ᾄδοντος ὁπότε ἐκώμασε πρῴην ἐπὶ σέ· Ἀφροδίτη φίλη, ὄνον ἄν τις ὀγκᾶσθαι ἔδοξεν. καὶ αὐτὴ δὲ ἡ πηκτὶς οἵα; κρανίον ἐλάφου γυμνὸν τῶν σαρκῶν, καὶ τὰ μὲν κέρατα πήχεις ὥσπερ ἦσαν, ζυγώσας δὲ αὐτὰ καὶ ἐνάψας τὰ νεῦρα, οὐδὲ κολλάβοις*[1] *περιστρέψας, ἐμελῴδει ἄμουσόν τι καὶ ἀπῳδόν, ἄλλο μὲν αὐτὸς βοῶν, ἄλλο δὲ ἡ λύρα ὑπήχει, ὥστε οὐδὲ κατέχειν τὸν γέλωτα ἐδυνάμεθα ἐπὶ τῷ ἐρωτικῷ ἐκείνῳ ᾄσματι· ἡ μὲν γὰρ Ἠχὼ οὐδὲ ἀποκρίνεσθαι αὐτῷ ἤθελεν οὕτω λάλος οὖσα βρυχομένῳ, ἀλλ' ᾐσχύνετο, εἰ φανείη μιμουμένη τραχεῖαν ᾠδὴν καὶ κατα-*

291 *γέλαστον.* 5. *ἔφερεν δὲ ὁ ἐπέραστος ἐν ταῖς ἀγκάλαις ἀθυρμάτιον*[2] *ἄρκτου σκύλακα τὸ λάσιον*[3] *αὐτῷ προσεοικότα. τίς οὐκ ἂν φθονήσειέ σοι, ὦ Γαλάτεια, τοιούτου ἐραστοῦ;*

ΓΑΛΑΤΕΙΑ

Οὐκοῦν σύ, Δωρί, δεῖξον ἡμῖν τὸν σεαυτῆς, καλλίω δῆλον ὅτι ὄντα καὶ ᾠδικώτερον καὶ κιθαρίζειν ἄμεινον ἐπιστάμενον.

ΔΩΡΙΣ

Ἀλλὰ ἐραστὴς μὲν οὐδείς ἐστι μοι οὐδὲ σεμνύνομαι ἐπέραστος εἶναι· τοιοῦτος δὲ οἷος ὁ Κύκλωψ ἐστί, κινάβρας ἀπόζων ὥσπερ ὁ τράγος, ὠμοβόρος,[4] *ὥς φασι, καὶ σιτούμενος τοὺς ἐπιδημοῦντας τῶν ξένων, σοὶ γένοιτο καὶ πάντοτε σὺ ἀντερῴης αὐτοῦ.*

[1] κόλλοπι β.
[2] ἄθυρμα οἷον γ.
[3] καὶ τὸ λάσιον β.
[4] ὠμοφάγος β.

DORIS

You'd better not talk about that, Galatea. We heard his singing the other day, when he came serenading you. Gracious Aphrodite! Anyone would have taken it for the braying of an ass. And as for the lyre itself! What a thing it was! The fleshless skull of a stag! Its horns served as the arms of the lyre and he'd joined them with a yoke, and fitted on his strings, without bothering to twist them round a peg, so that his performance was scarcely tuneful or harmonious, with him roaring away himself in one key, and his lyre accompanying him in another. So we just couldn't help laughing at such attempts at a love song. For even Echo, who's such a chatterbox, wouldn't so much as answer his bellowing, but was ashamed to be caught imitating such a rough, ridiculous song. And your Prince Charming was carrying in his arms as his little plaything a bear-cub just as hairy as himself. Who wouldn't envy you such a lover, Galatea?

GALATEA

Well, Doris, let us see your own lover. Obviously he's handsomer, more musical and a better player of the harp.

DORIS

I've not got one. I don't pride myself on being a charmer. But as for a fellow like your Cyclops, that smells as rank as any he-goat, and, by all accounts, eats his meat raw, and makes a meal of visiting strangers—may you keep him for yourself, and ever return his affection.

2

ΚΥΚΛΩΠΟΣ ΚΑΙ ΠΟΣΕΙΔΩΝΟΣ

ΚΥΚΛΩΨ

1. Ὦ πάτερ, οἷα πέπονθα ὑπὸ τοῦ καταράτου ξένου, ὃς μεθύσας ἐξετύφλωσέ με κοιμωμένῳ ἐπιχειρήσας.

ΠΟΣΕΙΔΩΝ

292 Τίς δὲ ἦν ὁ ταῦτα τολμήσας, ὦ Πολύφημε;

ΚΥΚΛΩΨ

Τὸ μὲν πρῶτον Οὖτιν ἑαυτὸν ἀπεκάλει, ἐπεὶ δὲ διέφυγε καὶ ἔξω ἦν βέλους, Ὀδυσσεὺς ὀνομάζεσθαι ἔφη.

ΠΟΣΕΙΔΩΝ

Οἶδα ὃν λέγεις, τὸν Ἰθακήσιον· ἐξ Ἰλίου δ' ἀνέπλει. ἀλλὰ πῶς ταῦτα ἔπραξεν οὐδὲ πάνυ εὐθαρσὴς ὤν;

ΚΥΚΛΩΨ

2. Κατέλαβον αὐτοὺς ἐν τῷ ἄντρῳ ἀπὸ τῆς νομῆς ἀναστρέψας πολλούς τινας, ἐπιβουλεύοντας δῆλον ὅτι τοῖς ποιμνίοις· ἐπεὶ γὰρ ἐπέθηκα τῇ θύρᾳ τὸ πῶμα—πέτρα δέ ἐστί μοι παμμεγέθης—καὶ τὸ πῦρ ἀνέκαυσα [1] ἐναυσάμενος ὃ ἔφερον δένδρον ἀπὸ τοῦ ὄρους, ἐφάνησαν ἀποκρύπτειν αὐτοὺς πειρώμενοι· ἐγὼ δὲ συλλαβών τινας αὐτῶν, ὥσπερ εἰκὸς ἦν, κατέφαγον λῃστάς γε ὄντας. ἐνταῦθα ὁ πανουργότατος ἐκεῖνος, εἴτε Οὖτις εἴτε Ὀδυσσεὺς ἦν, δίδωσί μοι πιεῖν φάρμακόν τι ἐγχέας, ἡδὺ μὲν καὶ εὔοσμον, ἐπιβουλότατον δὲ καὶ ταραχωδέστατον·

[1] ἐπέκαυσα γ.

DIALOGUES OF THE SEA-GODS

2

CYCLOPS AND POSEIDON

CYCLOPS

What terrible treatment, father, I've had from that foreigner, curse him! Made me drunk and blinded me, setting on me in my sleep!

POSEIDON

Who dared to do that, Polyphemus?

CYCLOPS

At first he called himself Noman, but once he'd escaped and was out of range, he said his name was Odysseus.

POSEIDON

I know whom you mean—the fellow from Ithaca. He was sailing back from Troy. But how did he manage it, for he's no hero?

CYCLOPS

When I got back from the pastures, I caught quite a few of them in my cave, obviously with designs on my flocks. For after I'd put the lid on my doorway—I've a huge rock for that—and had got my fire going with a tree I had with me from the mountain, I saw them, though they were trying to hide. I grabbed a few of them and ate them up, as was only natural, seeing that they were robbers. Then that out-and-out scoundrel, be his name Noman or Odysseus, gave me a drink which he'd drugged. It tasted and smelt nice, but was right treacherous and landed me in a heap of trouble. For the

ἅπαντα γὰρ εὐθὺς ἐδόκει μοι περιφέρεσθαι πιόντι[1]
293 καὶ τὸ σπήλαιον αὐτὸ ἀνεστρέφετο καὶ οὐκέτι ὅλως ἐν ἐμαυτοῦ ἤμην,[2] τέλος δὲ εἰς ὕπνον κατεσπάσθην. ὁ δὲ ἀποξύνας τὸν μοχλὸν καὶ πυρώσας προσέτι ἐτύφλωσέ με καθεύδοντα, καὶ ἀπ' ἐκείνου τυφλός εἰμί σοι, ὦ Πόσειδον.

ΠΟΣΕΙΔΩΝ

3. Ὡς βαθὺν ἐκοιμήθης, ὦ τέκνον, ὃς οὐκ ἐξέθορες μεταξὺ τυφλούμενος. ὁ δ' οὖν Ὀδυσσεὺς πῶς διέφυγεν; οὐ γὰρ ἂν εὖ οἶδ' ὅτι ἠδυνήθη ἀποκινῆσαι τὴν πέτραν ἀπὸ τῆς θύρας.

ΚΥΚΛΩΨ

Ἀλλ' ἐγὼ ἀφεῖλον, ὡς μᾶλλον αὐτὸν λάβοιμι ἐξιόντα, καὶ καθίσας παρὰ τὴν θύραν ἐθήρων τὰς χεῖρας ἐκπετάσας, μόνα παρεὶς τὰ πρόβατα εἰς τὴν νομήν, ἐντειλάμενος τῷ κριῷ ὅσα ἐχρῆν πράττειν αὐτὸν ὑπὲρ ἐμοῦ.

ΠΟΣΕΙΔΩΝ

4. Μανθάνω· ὑπ' ἐκείνοις ἔλαθον ὑπεξελθόντες· σὲ δὲ τοὺς ἄλλους Κύκλωπας ἔδει ἐπιβοήσασθαι ἐπ' αὐτόν.

ΚΥΚΛΩΨ

Συνεκάλεσα, ὦ πάτερ, καὶ ἧκον· ἐπεὶ δὲ ἤροντο τοῦ ἐπιβουλεύοντος τοὔνομα κἀγὼ ἔφην ὅτι
294 Οὖτίς ἐστι, μελαγχολᾶν οἰηθέντες με ἀπιόντες ᾤχοντο. οὕτω κατεσοφίσατό με ὁ κατάρατος τῷ ὀνόματι. καὶ ὃ μάλιστα ἠνίασέ με, ὅτι καὶ ὀνειδίζων ἐμοὶ τὴν συμφοράν, Οὐδὲ ὁ πατήρ, φησίν, ὁ Ποσειδῶν ἰάσεταί σε.

[1] πιόντι om. β.
[2] ἐν ἐμαυτοῦ ἤμην β: ἐμαυτοῦ ἦν γ.

moment I'd drunk it, everything seemed to whirl round and round, and the cave itself started to turn upside down, and I began to lose my bearings,[1] and in the end was overcome by sleep. And he, after sharpening that stake, yes, and making it red-hot in the fire, blinded me while I was asleep, and it's thanks to him that you've a blind son, Poseidon.

POSEIDON

How soundly you must have slept, my son, if you didn't jump up while he was blinding you! But how did Odysseus escape? I'm sure he couldn't have moved the rock from the doorway.

CYCLOPS

No, I did that myself; I thought it'd be easier for me to catch him as he went out. I sat down by the doorway, with my hands stretched out to feel for them. It was only my sheep I let out to the pasture, and I told my ram everything he'd to do for me.

POSEIDON

I see it all. They slipped out under your sheep. But you should have called in the other Cyclopes to look for him.

CYCLOPS

So I did, father, and they came. But when they asked the name of the fellow responsible for the trick, and I said it was Noman, they thought I was out of my mind and went off home. Thus he outwitted me by that name, curse him. But what's annoyed me most of all, is that he taunted me with my misfortune and said, "Not even your father, Poseidon himself, will be able to cure you".

[1] Cf. Plato, *Charmides*, 155 D.

ΠΟΣΕΙΔΩΝ

Θάρρει, ὦ τέκνον· ἀμυνοῦμαι γὰρ αὐτόν, ὡς μάθῃ ὅτι, εἰ καὶ πήρωσίν μοι τῶν ὀφθαλμῶν ἰᾶσθαι ἀδύνατον, τὰ γοῦν τῶν πλεόντων [τὸ σῴζειν αὐτοὺς καὶ ἀπολλύναι][1] ἐπ' ἐμοί ἐστι·[2] πλεῖ δὲ ἔτι.

3

295 ## ΠΟΣΕΙΔΩΝΟΣ ΚΑΙ ΑΛΦΕΙΟΥ

ΠΟΣΕΙΔΩΝ

1. Τί τοῦτο, ὦ Ἀλφειέ; μόνος τῶν ἄλλων ἐμπεσὼν ἐς τὸ πέλαγος οὔτε ἀναμίγνυσαι τῇ ἅλμῃ, ὡς νόμος[3] ποταμοῖς ἅπασιν, οὔτε ἀναπαύεις σεαυτὸν διαχυθείς, ἀλλὰ διὰ τῆς θαλάσσης συνεστὼς καὶ γλυκὺ φυλάττων τὸ ῥεῖθρον, ἀμιγὴς ἔτι καὶ καθαρὸς ἐπείγῃ οὐκ οἶδ' ὅπου βύθιος ὑποδὺς καθάπερ οἱ λάροι καὶ ἐρωδιοί; καὶ ἔοικας ἀνακύψειν που καὶ αὖθις ἀναφανεῖν[4] σεαυτόν.

ΑΛΦΕΙΟΣ

Ἐρωτικόν τι τὸ πρᾶγμά ἐστιν, ὦ Πόσειδον, ὥστε μὴ ἔλεγχε· ἠράσθης δὲ καὶ αὐτὸς πολλάκις.

ΠΟΣΕΙΔΩΝ

296 Γυναικός, ὦ Ἀλφειέ, ἢ νύμφης ἐρᾷς ἢ καὶ τῶν Νηρεΐδων ἁλίας;[5]

[1] τὸ [ὅτι γ] σῴζειν καὶ ἀπολλύναι delent edd..
[2] ἀπ' ἐμοῦ πρόσεστι γ.
[3] νόμος γ: ἔθος β.
[4] ἀναφαίνειν codd.: corr. Jensius.
[5] ἁλίας γ: αὐτῶν μιᾶς β.

POSEIDON

Cheer up, son. I'll punish him. I'll teach him that, though I can't cure blindness, I do have control over the fortunes of sailors. He's still at sea, remember.

3

POSEIDON AND ALPHEUS

POSEIDON

What's all this, Alpheus? When you run into the sea, you're the only one that doesn't mix with the salt water like all the other rivers! You don't disperse and give yourself a rest, but go through the sea without disintegrating, and keep your water fresh! You dive right down like a gull or a heron, and hurry on, I don't know where, undiluted and pure. I suppose you'll pop up again somewhere and show yourself once more.

ALPHEUS

It's a matter of love, Poseidon; so no questions, please; you've been in love often enough yourself.

POSEIDON

Is it a woman you love, Alpheus, or a Nymph or a Nereid from the sea?

ΑΛΦΕΙΟΣ

Οὔκ, ἀλλὰ πηγῆς, ὦ Πόσειδον.

ΠΟΣΕΙΔΩΝ

Ἡ δὲ ποῦ σοι γῆς αὕτη ῥεῖ;

ΑΛΦΕΙΟΣ

Νησιῶτίς ἐστι Σικελή· Ἀρέθουσαν αὐτὴν ὀνομάζουσιν.

ΠΟΣΕΙΔΩΝ

2. Οἶδα οὐκ ἄμορφον, ὦ Ἀλφειέ, τὴν Ἀρέθουσαν, ἀλλὰ διαυγής ἐστι καὶ διὰ καθαροῦ ἀναβλύζει καὶ τὸ ὕδωρ ἐπιπρέπει ταῖς ψηφῖσιν 297 ὅλον ὑπὲρ αὐτῶν φαινόμενον ἀργυροειδές.

ΑΛΦΕΙΟΣ

Ὡς ἀληθῶς οἶσθα τὴν πηγήν, ὦ Πόσειδον· παρ' ἐκείνην οὖν ἀπέρχομαι.

ΠΟΣΕΙΔΩΝ

Ἀλλ' ἄπιθι μὲν καὶ εὐτύχει ἐν τῷ ἔρωτι· ἐκεῖνο δέ μοι εἰπέ, ποῦ τὴν Ἀρέθουσαν εἶδες αὐτὸς μὲν Ἀρκὰς ὤν, ἡ δὲ ἐν Συρακούσαις ἐστίν;

ΑΛΦΕΙΟΣ

Ἐπειγόμενόν με κατέχεις, ὦ Πόσειδον, περίεργα ἐρωτῶν.

ΠΟΣΕΙΔΩΝ

Εὖ λέγεις· χώρει παρὰ τὴν ἀγαπωμένην, καὶ ἀναδὺς ἀπὸ τῆς θαλάσσης συναναμίγνυσο [1] τῇ πηγῇ καὶ ἓν ὕδωρ γίγνεσθε.

[1] ξυναλίᾳ μίγνυσο β.

ALPHEUS

No, Poseidon, a fountain.

POSEIDON

And where on earth does she have her waters ?

ALPHEUS

In an island—in Sicily ; they call her Arethusa.

POSEIDON

I know Arethusa, and she's not at all bad-looking. She's translucent and gushes up pure. Her water makes a pretty picture along with her pebbles, all of it gleaming above them like silver.

ALPHEUS

You certainly do know my fountain, Poseidon. Well, I'm off to her.

POSEIDON

Off with you, then, and good luck in your love. But tell me, where did you see her ? You're from Arcadia, and she's at Syracuse.

ALPHEUS

I'm in a hurry, Poseidon, and you're delaying me with these pointless questions.

POSEIDON

Well spoken. Away with you to your beloved, come up from the sea, mingle with your fountain and become one water.

4

298 *ΜΕΝΕΛΑΟΥ ΚΑΙ ΠΡΩΤΕΩΣ*

ΜΕΝΕΛΑΟΣ

1. Ἀλλὰ ὕδωρ μέν σε γενέσθαι, ὦ Πρωτεῦ, οὐκ ἀπίθανον, ἐνάλιόν γε ὄντα, καὶ δένδρον, ἔτι φορητόν, καὶ εἰς λέοντα δὲ εἰ ἀλλαγείης, ὅμως οὐδὲ τοῦτο ἔξω πίστεως· εἰ δὲ καὶ πῦρ γίγνεσθαι δυνατὸν ἐν τῇ θαλάσσῃ οἰκοῦντά σε, τοῦτο πάνυ θαυμάζω καὶ ἀπιστῶ.

ΠΡΩΤΕΥΣ

Μὴ θαυμάσῃς, ὦ Μενέλαε· γίγνομαι γάρ.

ΜΕΝΕΛΑΟΣ

Εἶδον καὶ αὐτός· ἀλλά μοι δοκεῖς—εἰρήσεται γὰρ πρὸς σέ—γοητείαν τινὰ προσάγειν τῷ πράγματι καὶ τοὺς ὀφθαλμοὺς ἐξαπατᾶν τῶν ὁρώντων αὐτὸς οὐδὲν τοιοῦτο γιγνόμενος.

ΠΡΩΤΕΥΣ

299 2. Καὶ τίς ἂν ἡ ἀπάτη ἐπὶ τῶν οὕτως ἐναργῶν γένοιτο; οὐκ ἀνεῳγμένοις τοῖς ὀφθαλμοῖς εἶδες, εἰς ὅσα μετεποίησα ἐμαυτόν; εἰ δὲ ἀπιστεῖς καὶ τὸ πρᾶγμά σοι ψευδὲς εἶναι δοκεῖ, καὶ φαντασία τις πρὸ τῶν ὀφθαλμῶν ἱσταμένη, ἐπειδὰν πῦρ γένωμαι, προσένεγκέ μοι, ὦ γενναῖε, τὴν χεῖρα· εἴσῃ γάρ, εἰ ὁρῶμαι μόνον ἢ καὶ τὸ κάειν τότε μοι πρόσεστιν.

ΜΕΝΕΛΑΟΣ

Οὐκ ἀσφαλὴς ἡ πεῖρα, ὦ Πρωτεῦ.

4

MENELAUS AND PROTEUS

MENELAUS

I'm willing to believe you turn into water, Proteus, since you come from the sea, and I can even put up with your becoming a tree, and even your changing into a lion is not quite beyond the bounds of belief—but that you can actually become fire, although you live in the sea, I find quite amazing and incredible.

PROTEUS

Well you mustn't, Menelaus, for it's true enough.

MENELAUS

I saw it with my own eyes. But I'll tell you what I think. I think it's all a trick, and you cheat the eyes of the onlookers, and don't turn into any of these things.

PROTEUS

How could there be any deception when everything's so clearly visible? Weren't your eyes open when you saw all my changes? If you don't believe it, and think it's all a fraud and an optical illusion, just try touching me with your hand, my fine fellow, when I turn myself into fire. That will teach you whether I'm only to be seen with the eyes or can burn as well.

MENELAUS

That would be dangerous, Proteus.

ΠΡΩΤΕΥΣ

Σὺ δέ μοι, ὦ Μενέλαε, δοκεῖς οὐδὲ πολύποδα[1] ἑωρακέναι πώποτε οὐδὲ ἃ πάσχει ὁ ἰχθῦς οὗτος εἰδέναι.

ΜΕΝΕΛΑΟΣ

Ἀλλὰ τὸν μὲν πολύποδα εἶδον, ἃ δὲ πάσχει, ἡδέως ἂν μάθοιμι παρὰ σοῦ.

ΠΡΩΤΕΥΣ

3. Ὁποίᾳ ἂν πέτρᾳ προσελθὼν ἁρμόσῃ τὰς κοτύλας[2] καὶ προσφὺς ἔχηται κατὰ τὰς πλεκτάνας, 300 ἐκείνῃ ὅμοιον ἐργάζεται ἑαυτὸν καὶ μεταβάλλει τὴν χροίαν μιμούμενος τὴν πέτραν, ὡς λανθάνειν[3] τοὺς ἁλιέας μὴ διαλλάττων μηδὲ ἐπίσημος[4] ὢν διὰ τοῦτο, ἀλλὰ ἐοικὼς τῷ λίθῳ.

ΜΕΝΕΛΑΟΣ

Φασὶ ταῦτα· τὸ δὲ σὸν πολλῷ παραδοξότερον, ὦ Πρωτεῦ.

ΠΡΩΤΕΥΣ

Οὐκ οἶδα, ὦ Μενέλαε, ᾧτινι ἂν ἄλλῳ πιστεύσειας τοῖς σεαυτοῦ ὀφθαλμοῖς ἀπιστῶν.

ΜΕΝΕΛΑΟΣ

Εἶδον· ἀλλὰ τὸ πρᾶγμα τεράστιον, ὁ αὐτὸς πῦρ καὶ ὕδωρ.

[1] πολύποδα γ: πολύπουν β bis.
[2] κοτύλας γ: σκυτάλας β.
[3] λανθάνειν γ: ἂν λάθοι β.
[4] ἐπίσημος γ: φανερὸς β.

DIALOGUES OF THE SEA-GODS

PROTEUS

I don't suppose you've ever seen an octopus, Menelaus, or know what happens to that sort of fish?

MENELAUS

I *have* seen one, but please tell me what happens to it.

PROTEUS

Whenever it goes to a rock and puts its suckers on it, clinging tight with the full length of its arms, it makes itself just like that rock, changing its colour to match it; thus it escapes the notice of fishermen, by blending with its surroundings, thereby remaining inconspicuous and looking just like the stone.

MENELAUS

So people say. But your goings on, Proteus, are much harder to believe.

PROTEUS

I don't know what else will convince you, Menelaus, if you won't believe your own eyes.

MENELAUS

I admit I saw it. But it's quite miraculous for one and the same person to be fire and water.

5 (8)

ΠΟΣΕΙΔΩΝΟΣ ΚΑΙ ΔΕΛΦΙΝΩΝ

ΠΟΣΕΙΔΩΝ

1. Εὖ γε, ὦ Δελφῖνες, ὅτι ἀεὶ φιλάνθρωποί ἐστε, καὶ πάλαι μὲν τὸ τῆς Ἰνοῦς παιδίον ἐπὶ τὸν Ἰσθμὸν ἐκομίσατε ὑποδεξάμενοι ἀπὸ τῶν Σκειρωνίδων μετὰ 308 τῆς μητρὸς ἐμπεσόν, καὶ νῦν σὺ τὸν κιθαρῳδὸν τουτονὶ τὸν ἐκ Μηθύμνης ἀναλαβὼν ἐξενήξω ἐς Ταίναρον αὐτῇ σκευῇ καὶ κιθάρᾳ, οὐδὲ περιεῖδες κακῶς ὑπὸ τῶν ναυτῶν ἀπολλύμενον.

ΔΕΛΦΙΝΕΣ

Μὴ θαυμάσῃς, ὦ Πόσειδον, εἰ τοὺς ἀνθρώπους εὖ ποιοῦμεν ἐξ ἀνθρώπων γε καὶ αὐτοὶ ἰχθύες γενόμενοι. Καὶ μέμφομαί[1] γε τῷ Διονύσῳ, ὅτι ἡμᾶς καταναυμαχήσας καὶ μετέβαλε, δέον χειρώσασθαι μόνον, ὥσπερ τοὺς ἄλλους ὑπηγάγετο.

ΠΟΣΕΙΔΩΝ

Πῶς δ' οὖν τὰ κατὰ τὸν Ἀρίονα τοῦτον ἐγένετο, ὦ Δελφίν;

ΔΕΛΦΙΝΕΣ

2. Ὁ Περίανδρος, οἶμαι, ἔχαιρεν αὐτῷ καὶ πολλάκις μετεπέμπετο αὐτὸν[2] ἐπὶ τῇ τέχνῃ, ὁ δὲ πλουτήσας παρὰ τοῦ τυράννου ἐπεθύμησεν πλεύσας οἴκαδε 309 εἰς τὴν Μήθυμναν ἐπιδείξασθαι τὸν πλοῦτον, καὶ ἐπιβὰς πορθμείου τινὸς κακούργων ἀνδρῶν ὡς

[1] ΠΟΣ. καὶ μέμφομαι . . . ὅτι ὑμᾶς . . . Δελφίν; β.
[2] πολλάκις μετεπέμπετο αὐτὸν β: πολλὰ ἐδωρήσατο πολλάκις γ.

DIALOGUES OF THE SEA-GODS

5 (8)

POSEIDON AND THE DOLPHINS

POSEIDON

It's greatly to the credit of you dolphins, that you've always been kind to men. Long ago you caught up Ino's son [1] after his fall with his mother from the Scironian cliffs, and carried him to the Isthmus. And now one of you has picked up this harper from Methymna,[2] and swum away with him to Taenarum, robes and harp and all, stopping those seamen from murdering him.

DOLPHIN

Don't be surprised, Poseidon, that we're kind to men. We were men ourselves, before we became fishes. It wasn't very nice of Dionysus to change our shape after he'd beaten us in that sea-battle; he ought merely to have reduced us to submission as he did to all the others.

POSEIDON

But what's the true story about Arion, my dear dolphin?

DOLPHIN

Periander was fond of him, I believe, and would be continually sending for him to perform. But when the tyrant had made him a rich man, Arion became eager to sail off home to Methymna and show off his riches. So he embarked on a passage-boat,

[1] Melicertes, son of Athamas, who became the sea-god Palaemon, while his mother became Leucothea. Cf. following dialogue.

[2] Arion.

ἔδειξεν πολὺν ἄγων χρυσόν τε καὶ ἄργυρον, ἐπεὶ κατὰ μέσον τὸ Αἰγαῖον ἐγένετο, ἐπιβουλεύουσιν αὐτῷ οἱ ναῦται· ὁ δὲ—ἠκροώμην γὰρ ἅπαντα παρανέων τῷ σκάφει—Ἐπεὶ ταῦτα ὑμῖν δέδοκται, ἔφη, ἀλλὰ τὴν σκευὴν ἀναλαβόντα με καὶ ᾄσαντα θρῆνόν τινα ἐπ' ἐμαυτῷ ἑκόντα ἐάσατε ῥῖψαι ἐμαυτόν. ἐπέτρεψαν οἱ ναῦται καὶ ἀνέλαβε τὴν σκευὴν καὶ ᾖσε πάνυ λιγυρόν, καὶ ἔπεσεν εἰς τὴν θάλασσαν ὡς αὐτίκα πάντως ἀποθανούμενος· ἐγὼ δὲ ὑπολαβὼν καὶ ἀναθέμενος αὐτὸν ἐξενηξάμην ἔχων εἰς Ταίναρον.

ΠΟΣΕΙΔΩΝ

Ἐπαινῶ σε τῆς φιλομουσίας· ἄξιον γὰρ τὸν μισθὸν ἀπέδωκας αὐτῷ τῆς ἀκροάσεως.

6 (9)

310 *ΠΟΣΕΙΔΩΝΟΣ ΚΑΙ ΝΗΡΕΙΔΩΝ*

ΠΟΣΕΙΔΩΝ

1. *Τὸ μὲν στενὸν τοῦτο, ἔνθα ἡ παῖς κατη-* 311 *νέχθη, Ἑλλήσποντος ἀπ' αὐτῆς καλείσθω· τὸν δὲ νεκρὸν ὑμεῖς, ὦ Νηρεΐδες, παραλαβοῦσαι τῇ Τρῳάδι προσενέγκατε, ὡς ταφείη ὑπὸ τῶν ἐπιχωρίων.*

ΑΜΦΙΤΡΙΤΗ

Μηδαμῶς, ὦ Πόσειδον, ἀλλ' ἐνταῦθα ἐν τῷ ἐπωνύμῳ πελάγει τεθάφθω· ἐλεοῦμεν γὰρ αὐτὴν οἴκτιστα ὑπὸ τῆς μητρυιᾶς πεπονθυῖαν.

but the crew were scoundrels, and, when he let them see that he had a great deal of gold and silver with him, they plotted against him in mid Aegean. But—I heard it all, for I was swimming alongside the ship—he said to them, " Since your minds are made up, at least allow me to put on my robes and sing my own dirge, and then I'll be willing to throw myself into the sea." The crew agreed ; he dressed up and sang a beautiful song, and jumped into the sea to ensure a quick death if nothing else. But I caught him up, and put him on my back and swam all the way to Taenarum with him.

POSEIDON

Your love of music does you great credit. You paid him well for the song you heard.

6 (9)

POSEIDON AND THE NEREIDS

POSEIDON

Let this strait, where the girl [1] fell from the skies, be called Hellespont after her. You, Nereids, take the body to the Troad, so that it can be buried by people there.

AMPHITRITE

Please not that, Poseidon, but let her be buried here in the sea named after her. We feel very sorry for the pitiable way she was treated by her step-mother.[2]

[1] Helle, daughter of Athamas and Nephele.
[2] Ino.

ΠΟΣΕΙΔΩΝ

Τοῦτο μέν, ὦ Ἀμφιτρίτη, οὐ θέμις· οὐδὲ ἄλλως καλὸν ἐνταῦθά που κεῖσθαι ὑπὸ τῇ ψάμμῳ αὐτήν,
312 ἀλλ' ὅπερ ἔφην ἐν τῇ Τρῳάδι ἢ ἐν Χερρονήσῳ τεθάψεται. ἐκεῖνο δὲ παραμύθιον οὐ μικρὸν ἔσται αὐτῇ, ὅτι μετ' ὀλίγον τὰ αὐτὰ καὶ ἡ Ἰνὼ πείσεται καὶ ἐμπεσεῖται ὑπὸ τοῦ Ἀθάμαντος διωκομένη ἐς τὸ πέλαγος ἀπ' ἄκρου τοῦ Κιθαιρῶνος, καθ' ὅπερ καθήκει ἐς τὴν θάλασσαν, ἔχουσα καὶ τὸν υἱὸν ἐπὶ τῆς ἀγκάλης. ἀλλὰ κἀκείνην σῶσαι δεήσει χαρισαμένους τῷ Διονύσῳ· τροφὸς γὰρ αὐτοῦ καὶ τίτθη ἡ Ἰνώ.

ΑΜΦΙΤΡΙΤΗ

2. Οὐκ ἐχρῆν οὕτω πονηρὰν οὖσαν.

ΠΟΣΕΙΔΩΝ

Ἀλλὰ τῷ Διονύσῳ ἀχαριστεῖν,[1] ὦ Ἀμφιτρίτη, οὐκ
313 ἄξιον.

ΝΗΡΕΙΔΕΣ

Αὕτη δὲ ἄρα τί παθοῦσα κατέπεσεν ἀπὸ τοῦ κριοῦ, ὁ ἀδελφὸς δὲ ὁ Φρίξος ἀσφαλῶς ὀχεῖται;

ΠΟΣΕΙΔΩΝ

Εἰκότως· νεανίας γὰρ καὶ δύναται ἀντέχειν πρὸς τὴν φοράν, ἡ δὲ ὑπ' ἀηθείας ἐπιβᾶσα ὀχήματος παραδόξου καὶ ἀπιδοῦσα ἐς βάθος ἀχανές, ἐκπλαγεῖσα καὶ τῷ θάλπει [2] ἅμα συσχεθεῖσα καὶ ἰλιγγιάσασα πρὸς τὸ σφοδρὸν τῆς πτήσεως ἀκρατὴς ἐγένετο τῶν κεράτων τοῦ κριοῦ, ὧν τέως ἐπείληπτο,
314 καὶ κατέπεσεν ἐς τὸ πέλαγος.

[1] Ἀμφιτρίτη, οὐκ ἀχαριστεῖν ἄξιον γ.
[2] θάμβει γ.

POSEIDON

That would be wrong, Amphitrite, and it's not quite the thing either to leave her lying here under the sand; no, she'll be buried, as I said, in the Troad or the Chersonese. She'll find it no small consolation that, before long, the same thing will happen to Ino; she'll be pursued by Athamas, and plunge into the sea with her child [1] in her arms from the heights of Cithaeron, where a ridge runs down into the sea. But we must save Ino to please Dionysus; for she was his nurse and his nanny.

AMPHITRITE

You shouldn't save a bad woman like that!

POSEIDON

But, Amphitrite, we mustn't offend Dionysus.

NEREIDS

But what came over her that she fell from the ram, while Phrixus, her brother, is having a safe ride?

POSEIDON

That's natural; he's a young man and can withstand the speed; but she has no experience, and when she got on that strange mount, and looked down into the gaping depths beneath her, she was terrified, and, overcome at the same time by the heat, and growing dizzy at the speed of the flight, lost hold of the ram's horns, to which she'd been clinging, and fell into the sea.

[1] Melicertes. Cf. p. 197.

ΝΗΡΕΙΔΕΣ

Οὔκουν ἐχρῆν τὴν μητέρα τὴν Νεφέλην βοηθῆσαι πιπτούσῃ;

ΠΟΣΕΙΔΩΝ

Ἐχρῆν· ἀλλ' ἡ Μοῖρα τῆς Νεφέλης πολλῷ δυνατωτέρα.

7 (5)

ΠΑΝΟΠΗΣ ΚΑΙ ΓΑΛΗΝΗΣ

ΠΑΝΟΠΗ

1. Εἶδες, ὦ Γαλήνη, χθὲς οἷα ἐποίησεν ἡ Ἔρις παρὰ τὸ δεῖπνον ἐν Θετταλίᾳ, διότι μὴ καὶ αὐτὴ ἐκλήθη εἰς τὸ συμπόσιον;

ΓΑΛΗΝΗ

Οὐ συνειστιώμην ὑμῖν ἔγωγε· ὁ γὰρ Ποσειδῶν ἐκέλευσέ μέ, ὦ Πανόπη, ἀκύμαντον ἐν τοσούτῳ φυλάττειν τὸ πέλαγος. τί δ' οὖν ἐποίησεν ἡ Ἔρις μὴ παροῦσα;[1]

ΠΑΝΟΠΗ

Ἡ Θέτις μὲν ἤδη καὶ ὁ Πηλεὺς ἀπεληλύθεσαν ἐς τὸν θάλαμον ὑπὸ τῆς Ἀμφιτρίτης καὶ τοῦ Ποσειδῶνος παραπεμφθέντες, ἡ Ἔρις δὲ ἐν τοσούτῳ λαθοῦσα πάντας—ἐδυνήθη δὲ ῥᾳδίως, τῶν μὲν πινόντων, ἐνίων δὲ κροτούντων ἢ τῷ Ἀπόλλωνι κιθαρίζοντι ἢ ταῖς Μούσαις ᾀδούσαις προσεχόντων τὸν νοῦν—ἐνέβαλεν ἐς τὸ συμπόσιον μῆλόν τι πάγκαλον, χρυσοῦν ὅλον, ὦ Γαλήνη· ἐπεγέγραπτο δὲ "ἡ καλὴ λαβέτω." κυλινδούμενον δὲ τοῦτο ὥσπερ ἐξεπίτηδες ἧκεν ἔνθα Ἥρα τε καὶ Ἀφροδίτη

301

[1] μὴ παροῦσα β: ἐρεῖς μοι παροῦσα γ.

NEREIDS

But shouldn't Nephele, her mother, have helped her when she was falling ?

POSEIDON

Yes, indeed, but Fate is far stronger than Nephele.

7 (5)

PANOPE AND GALENE

PANOPE

Did you see, Galene, what Discord did yesterday at the banquet in Thessaly, because she wasn't invited ?

GALENE

I wasn't with you people in person at the banquet. For Poseidon had told me, my dear Panope, to keep the sea calm while it lasted. But what did the absent Discord do ?

PANOPE

Thetis and Peleus had already left and gone to their chamber, escorted by Amphitrite and Poseidon. Meanwhile Discord had crept in unseen by all—that was easy enough, with the guests drinking, applauding, or listening to Apollo's playing or the Muses' singing—and she threw a beautiful apple amongst the guests—an apple of solid gold, my dear, with the inscription " For the queen of Beauty ". The apple rolled, as if aimed, to where Hera, Aphrodite

καὶ Ἀθηνᾶ κατεκλίνοντο. 2. κἀπειδὴ ὁ Ἑρμῆς ἀνελόμενος ἐπελέξατο τὰ γεγραμμένα, αἱ μὲν Νηρεΐδες ἡμεῖς ἐσιωπήσαμεν. τί γὰρ ἔδει ποιεῖν ἐκείνων παρουσῶν; αἱ δὲ ἀντεποιοῦντο ἑκάστη καὶ αὑτῆς εἶναι τὸ μῆλον ἠξίουν, καὶ εἰ μή γε ὁ Ζεὺς διέστησεν αὐτάς, καὶ ἄχρι χειρῶν ἂν τὸ πρᾶγμα προὐχώρησεν. ἀλλ' ἐκεῖνος, Αὐτὸς μὲν οὐ κρινῶ, φησί, περὶ τούτου,—καίτοι ἐκεῖναι αὐτὸν δικάσαι ἠξίουν—ἄπιτε δὲ ἐς τὴν Ἴδην παρὰ τὸν[1] Πριάμου παῖδα, ὃς οἶδέ τε διαγνῶναι τὸ κάλλιον φιλόκαλος ὤν, καὶ οὐκ ἂν ἐκεῖνος κρίναι κακῶς.

ΓΑΛΗΝΗ

Τί οὖν αἱ θεαί, ὦ Πανόπη;

ΠΑΝΟΠΗ

Τήμερον, οἶμαι, ἀπίασιν εἰς τὴν Ἴδην, καί τις ἥξει μετὰ μικρὸν ἀπαγγέλλων ἡμῖν τὴν κρατοῦσαν.

ΓΑΛΗΝΗ

Ἤδη σοί φημι, οὐκ ἄλλη κρατήσει τῆς Ἀφροδίτης ἀγωνιζομένης, ἢν μὴ πάνυ ὁ διαιτητὴς[2] ἀμβλυώττῃ.

8 (6)

302 ΤΡΙΤΩΝΟΣ ΚΑΙ ΠΟΣΕΙΔΩΝΟΣ

ΤΡΙΤΩΝ

1. Ἐπὶ τὴν Λέρναν, ὦ Πόσειδον, παραγίνεται καθ' ἑκάστην ἡμέραν ὑδρευσομένη παρθένος, πάγκαλόν τι χρῆμα· οὐκ οἶδα ἔγωγε καλλίω παῖδα ἰδών.

[1] τὸν Πάριν τὸν γ.
[2] δικαστὴς γ.

and Athena were at table. Then Hermes picked it up, and read out the inscription, but we Nereids held our tongues. What could we do when such august ladies were present? Each of them laid claim to the apple, insisting it should rightly be *hers*, and it would have come to blows, if Zeus hadn't parted them, saying, "I won't judge this matter myself",—though they kept insisting he should—"but you go to Priam's son [1] on Ida. He knows how to decide between beauties, for he's a connoisseur of beauty; his verdict is bound to be right."

GALENE

And what have the goddesses done, Panope?

PANOPE

They'll be going to Ida today, I believe, and we'll soon have a messenger with news of the winner.

GALENE

I can tell you that now. Only Aphrodite can win, if she competes—unless the umpire is *very* short-sighted.

8 (6)

TRITON AND POSEIDON

TRITON

Poseidon, there's a girl who comes to Lerna for water every day—ever such a pretty little thing. I don't know that I ever saw a prettier girl.

[1] Paris.

ΠΟΣΕΙΔΩΝ

Ἐλευθέραν τινά, ὦ Τρίτων, λέγεις, ἢ θεράπαινά τις ὑδροφόρος ἐστίν;

ΤΡΙΤΩΝ

Οὐ μὲν οὖν, ἀλλὰ τοῦ Αἰγυπτίου ἐκείνου θυγάτηρ, μία τῶν πεντήκοντα καὶ αὐτή, Ἀμυμώνη τοὔνομα· ἐπυθόμην γὰρ ἥτις καλεῖται καὶ τὸ γένος. ὁ Δαναὸς
303 δὲ σκληραγωγεῖ τὰς θυγατέρας καὶ αὐτουργεῖν διδάσκει καὶ πέμπει ὕδωρ τε ἀρυσομένας καὶ πρὸς τὰ ἄλλα παιδεύει ἀόκνους εἶναι αὐτάς.

ΠΟΣΕΙΔΩΝ

2. Μόνη δὲ παραγίνεται μακρὰν οὕτω τὴν ὁδὸν ἐξ Ἄργους εἰς Λέρναν;

ΤΡΙΤΩΝ

Μόνη· πολυδίψιον δὲ τὸ Ἄργος, ὡς οἶσθα· ὥστε ἀνάγκη ἀεὶ ὑδροφορεῖν.

ΠΟΣΕΙΔΩΝ

Ὦ Τρίτων, οὐ μετρίως με διετάραξας περὶ τῆς παιδὸς εἰπών· ὥστε ἴωμεν ἐπ᾽ αὐτήν.

ΤΡΙΤΩΝ

Ἴωμεν· ἤδη γὰρ καιρὸς τῆς ὑδροφορίας· καὶ σχεδόν που κατὰ μέσην τὴν ὁδόν ἐστιν ἰοῦσα ἐς τὴν Λέρναν.

ΠΟΣΕΙΔΩΝ

Οὐκοῦν ζεῦξον τὸ ἅρμα· ἢ τοῦτο μὲν πολλὴν ἔχει τὴν διατριβὴν ὑπάγειν τοὺς ἵππους τῇ ζεύγλῃ καὶ τὸ ἅρμα ἐπισκευάζειν, σὺ δὲ ἀλλὰ δελφῖνά μοί τινα τῶν ὠκέων παράστησον· ἀφιππάσομαι[1] γὰρ ἐπ᾽ αὐτοῦ τάχιστα.

[1] ἐφιππάσομαι β.

POSEIDON

Free, do you say, Triton, or a serving water-girl?

TRITON

No servant, but a daughter of that Egyptian. She's another of those fifty sisters, and is called Amymone. I asked after her name and family. Danaus brings up his daughters the hard way, and teaches them to fend for themselves, sending them for water and training them not to shirk hard work.

POSEIDON

Does she come all that long way from Argos to Lerna alone?

TRITON

Indeed she does, and Argos is a pretty thirsty[1] place, as you know, so that she must for ever be carrying water.

POSEIDON

My dear fellow, I'm really excited at what you've told me about her. Let's go and find her.

TRITON

Let's do that. It's just the time for her to be getting her water. She must be about halfway to Lerna by now.

POSEIDON

Then get the horses into my chariot, or rather, since it takes too long harnessing the horses and getting the chariot ready, fetch me a quick dolphin. Riding on *that*, I'll be able to get away most quickly.

[1] cf. *Iliad*, IV, 171 etc.

ΤΡΙΤΩΝ

304 Ἰδού σοι οὑτοσὶ δελφίνων ὁ ὠκύτατος.

ΠΟΣΕΙΔΩΝ

Εὖ γε· ἀπελαύνωμεν· σὺ δὲ παρανήχου, ὦ Τρίτων. κἀπειδὴ πάρεσμεν εἰς τὴν Λέρναν, ἐγὼ μὲν λοχήσω ἐνταῦθά που, σὺ δὲ ἀποσκόπει· ὁπόταν αἴσθῃ προσιοῦσαν[1] αὐτὴν—

ΤΡΙΤΩΝ

Αὕτη σοι πλησίον.

ΠΟΣΕΙΔΩΝ

3. Καλή, ὦ Τρίτων, καὶ ὡραία παρθένος· ἀλλὰ συλληπτέα ἡμῖν ἐστιν.

ΑΜΥΜΩΝΗ

Ἄνθρωπε, ποῖ με συναρπάσας ἄγεις; ἀνδραποδιστὴς εἶ, καὶ ἔοικας ἡμῖν ὑπ᾽ Αἰγύπτου τοῦ θείου ἐπιπεμφθῆναι· ὥστε βοήσομαι τὸν πατέρα.

ΤΡΙΤΩΝ

Σιώπησον, ὦ Ἀμυμώνη· Ποσειδῶν ἐστι.

ΑΜΥΜΩΝΗ

Τί Ποσειδῶν λέγεις; τί βιάζῃ με, ὦ ἄνθρωπε, καὶ εἰς τὴν θάλασσαν καθέλκεις; ἐγὼ δὲ ἀποπνιγήσομαι ἡ ἀθλία καταδῦσα.

ΠΟΣΕΙΔΩΝ

Θάρρει, οὐδὲν δεινὸν μὴ πάθῃς· ἀλλὰ καὶ 305 πηγὴν ἐπώνυμον ἀναδοθῆναί σοι ποιήσω[2] ἐνταῦθα

[1] περιοῦσαν γ.
[2] ἐπώνυμόν σοι ἀναδοθῆναι ἐάσω β.

TRITON

Look, here's the fastest dolphin you have.

POSEIDON

Capital. Let's be on our way; you can swim alongside, my good fellow. . . . Well, now that we're at Lerna, I'll lie in wait here somewhere, and you'll have to keep a look-out, and when you see her coming——

TRITON

Here she is now, not far off.

POSEIDON

She is pretty, my dear fellow, a real beauty. We must get hold of her.

AMYMONE

Where are you carrying me off to, fellow? You're a kidnapper, that's what you are. I've an idea Uncle Egyptus sent you. I'm going to scream for my father.

TRITON

Silence, Amymone, it's Poseidon.

AMYMONE

Why do you say Poseidon? Why this force, fellow? Why are you dragging me into the sea? Oh, dear me, I'll drown if I go under.

POSEIDON

Don't worry, you're in no danger. I'll give the rock a tap with my trident near the beach, and start

πατάξας τῇ τριαίνῃ τὴν πέτραν πλησίον τοῦ κλύσματος, καὶ σὺ εὐδαίμων ἔσῃ καὶ μόνη τῶν ἀδελφῶν οὐχ ὑδροφορήσεις ἀποθανοῦσα.

9 (10)

ΙΡΙΔΟΣ ΚΑΙ ΠΟΣΕΙΔΩΝΟΣ

ΙΡΙΣ

1. *Τὴν νῆσον τὴν πλανωμένην, ὦ Πόσειδον, ἣν ἀποσπασθεῖσαν τῆς Σικελίας ὕφαλον ἔτι νήχεσθαι*[1] *συμβέβηκεν, ταύτην, φησὶν ὁ Ζεύς, στῆσον ἤδη καὶ ἀνάφηνον καὶ ποίησον ἤδη δῆλον ἐν τῷ Αἰγαίῳ μέσῳ βεβαίως μένειν στηρίξας πάνυ ἀσφαλῶς· δεῖται γάρ τι αὐτῆς.*

ΠΟΣΕΙΔΩΝ

Πεπράξεται ταῦτα, ὦ Ἶρι. τίνα δ᾽ ὅμως παρέ-
315 *ξει τὴν χρείαν αὐτῷ ἀναφανεῖσα καὶ μηκέτι πλέουσα;*

ΙΡΙΣ

Τὴν Λητὼ ἐπ᾽ αὐτῆς δεῖ ἀποκυῆσαι· ἤδη δὲ πονήρως ὑπὸ τῶν ὠδίνων ἔχει.

ΠΟΣΕΙΔΩΝ

Τί οὖν; οὐχ ἱκανὸς ὁ οὐρανὸς ἐντεκεῖν; εἰ δὲ μὴ οὗτος, ἀλλ᾽ ἥ γε γῆ πᾶσα οὐκ ἂν ὑποδέξασθαι δύναιτο τὰς γονὰς αὐτῆς;

[1] ἔτι νήχεσθαι Hemsterhuys: ἐπινήχεσθαι codd.

a fountain that will have your name. You'll be happy, and, unlike any of your sisters, you won't have to carry water after death.

9 (10)

IRIS AND POSEIDON

IRIS

That wandering island,[1] Poseidon, which was broken off from Sicily, and is still propelling itself about under water—Zeus says you are to make it stop now, and bring it into view. You are to fix it quite securely, and make it stand firm, clearly visible[2] from now on in the middle of the Aegean. He wants it for something.

POSEIDON

It will be done, Iris. But what use will it be to him by coming to light and ceasing its seafaring?

IRIS

Leto must be delivered upon it. She's already in distress from her birth pangs.

POSEIDON

What of it? Hasn't heaven room enough for bearing children? If not heaven, couldn't all the earth accommodate her for the birth?

[1] Pindar, Fr. 58 (followed by Callimachus, *Hymns*, IV, 35 ff.) tells how the island of Delos floated in the sea, till the time when it was moored by pillars to the sea-bed to enable Leto to bear Apollo and Artemis. The story may have originated from a doubtful interpretation of the Homeric *Hymn to Delian Apollo*, l. 73.

[2] For the etymology cf. Callimachus, *Hymns*, IV, 53.

ΙΡΙΣ

Οὔκ, ὦ Πόσειδον· ἡ Ἥρα γὰρ ὅρκῳ μεγάλῳ κατέλαβε τὴν γῆν, μὴ παρασχεῖν τῇ Λητοῖ τῶν ὠδίνων ὑποδοχήν. ἡ τοίνυν νῆσος αὕτη ἀνώμοτός ἐστιν· ἀφανὴς γὰρ ἦν.

ΠΟΣΕΙΔΩΝ

2. Συνίημι. στῆθι, ὦ νῆσε, καὶ ἀνάδυθι αὖθις ἐκ τοῦ βυθοῦ καὶ μηκέτι ὑποφέρου, ἀλλὰ βεβαίως μένε καὶ ὑπόδεξαι, ὦ εὐδαιμονεσάτη, τοῦ ἀδελφοῦ τα τέκνα δύο, τοὺς καλλίστους τῶν θεῶν· καὶ ὑμεῖς, ὦ Τρίτωνες, διαπορθμεύσατε τὴν Λητὼ ἐς αὐτήν· καὶ γαληνὰ ἅπαντα ἔστω. τὸν δράκοντα δέ, ὃς νῦν ἐξοιστρεῖ αὐτὴν φοβῶν, τὰ νεογνὰ ἐπειδὰν τεχθῇ, 316 αὐτίκα μέτεισι καὶ τιμωρήσει τῇ μητρί. σὺ δὲ ἀπάγγελλε τῷ Διὶ ἅπαντα εἶναι εὐτρεπῆ· ἕστηκεν ἡ Δῆλος· ἡκέτω ἡ Λητὼ ἤδη καὶ τικτέτω.

10 (11)

ΞΑΝΘΟΥ ΚΑΙ ΘΑΛΑΣΣΗΣ

ΞΑΝΘΟΣ

1. Δέξαι με, ὦ θάλασσα, δεινὰ πεπονθότα καὶ κατάσβεσόν μου τὰ τραύματα.

ΘΑΛΑΣΣΑ

Τί τοῦτο, ὦ Ξάνθε; τίς σε κατέκαυσεν;

ΞΑΝΘΟΣ

Ὁ Ἥφαιστος. ἀλλ' ἀπηνθράκωμαι ὅλος ὁ κακοδαίμων καὶ ζέω.

IRIS

No, Poseidon. Hera has laid the earth under strict oath not to give Leto anywhere for her travail; thus this island is not bound by the oath, for it was not visible.

POSEIDON

I see. Stop still, island. Come up again from the deep, and drift below the surface no more. Remain in a fixed position, and receive, most lucky of islands, my brother's two children, the most beautiful of all the gods. And you, Tritons, give Leto passage to the island, and let all be calm. And the moment the babes are born, they'll pursue the serpent that's now maddening Leto with fright, and exact vengeance for their mother. And you, Iris, go and tell Zeus that all is ready. Delos is stationary. Let Leto come now and have her children.

10 (11)

XANTHUS[1] AND SEA

XANTHUS

Take me to you, Sea, for I've suffered terribly. Please put a stop to my burning wounds.

SEA

What's this, Xanthus? Who has burnt you?

XANTHUS

Hephaestus. See how I've been charred to cinders all over, poor thing that I am, and am at boiling point.

[1] A river of the Troad, also called Scamander. See *Iliad*, XXI, 211 ff.

ΘΑΛΑΣΣΑ

317 Διὰ τί δαί σοι καὶ ἐνέβαλε τὸ πῦρ;

ΞΑΝΘΟΣ

Διὰ τὸν ταύτης υἱὸν τῆς Θέτιδος· ἐπεὶ γὰρ φονεύοντα τοὺς Φρύγας ἱκετεύσας οὐκ ἔπαυσα [1] τῆς ὀργῆς, ἀλλ' ὑπὸ τῶν νεκρῶν ἐνέφραττέ μοι τὸν ῥοῦν, ἐλεήσας τοὺς ἀθλίους ἐπῆλθον ἐπικλύσαι ἐθέλων, ὡς φοβηθεὶς ἀπόσχοιτο τῶν ἀνδρῶν. 2. ἐνταῦθα ὁ Ἥφαιστος—ἔτυχε γὰρ πλησίον που ὢν—πᾶν οἶμαι ὅσον ἐν τῇ καμίνῳ πῦρ εἶχεν [2] καὶ ὅσον ἐν τῇ Αἴτνῃ φέρων [3] ἐπῆλθέ μοι, καὶ ἔκαυσε μὲν τὰς πτελέας μου καὶ μυρίκας, ὤπτησε δὲ καὶ τοὺς κακοδαίμονας ἰχθῦς καὶ τὰς ἐγχέλεις, αὐτὸν δὲ ἐμὲ ὑπερκαχλάσαι ποιήσας μικροῦ δεῖν ὅλον ξηρὸν εἴργασται. ὁρᾷς γοῦν ὅπως διάκειμαι ἀπὸ [4] τῶν
318 ἐγκαυμάτων.

ΘΑΛΑΣΣΑ

Θολερός, ὦ Ξάνθε, καὶ θερμός, ὡς εἰκός, τὸ αἷμα μὲν ἀπὸ τῶν νεκρῶν, ἡ θέρμη δέ, ὡς φῄς, ἀπὸ τοῦ πυρός· καὶ εἰκότως, ὦ Ξάνθε, ὃς ἐπὶ τὸν ἐμὸν υἱ<ων>ὸν [5] ὥρμησας οὐκ αἰδεσθεὶς ὅτι Νηρεΐδος υἱὸς ἦν.

ΞΑΝΘΟΣ

Οὐκ ἔδει οὖν ἐλεῆσαι γείτονας ὄντας τοὺς Φρύγας;

[1] ἱκέτευσα ὁ δὲ οὐκ ἐπαύσατο γ.
[2] πᾶν ὅσον οἶμαι πῦρ εἶχε β.
[3] φέρων γ: καὶ εἴ ποθι ἄλλοθι φέρων β.
[4] ὑπὸ β.
[5] υἱὸν γβ: corr. edd..

---

[1] Achilles.
[2] It is very difficult to retain the υἱὸν of the MSS. in the sense of "descendant". I have adopted the correc-

SEA

Whatever made him attack you with his fire?

XANTHUS

It's all because of the son of Thetis [1] here. He was butchering the Phrygians, and I begged him to relent from his anger, but he wouldn't; he only blocked up my stream with their bodies. Out of pity for the poor wretches, I attacked him, hoping to swallow him in a flood, and frighten him away from them. Then Hephaestus, happening to be near, attacked me, with all the fire he had in his forge it seemed to me, yes, with all his fire in Etna, and burnt my elms and tamarisks, roasting my unhappy fish and my eels, and making me myself bubble all over, and nearly dry all up. You can see the state I'm in from my burns.

SEA

You're muddy and hot, Xanthus, as is only natural, what with the blood from the bodies and the heat from that fire you've been talking about—and quite right too, when you had the cheek to attack my grandson [2] though he was the son of a Nereid!

XANTHUS

Was it wrong for me, then, to feel sorry for my neighbours of Phrygia?

tion υἱωνὸν (though υἱδοῦν would be equally possible) on the assumption that Lucian (who reserves the name Doris for the Nereid, cf. p. 179 note) has replaced Doris, the traditional mother of Thetis, by the general goddess of the sea, Thalatta, who first appears thus in Bion, I, 13 and Meleager, *A.P.* V, 180. Lucian may be thinking of works of art, as Pausanias, 2.1.7 mentions statues of Thalatta at Corinth, while Philostratus, *Imag.* II, 16 also describes Thalattai at Corinth.

ΘΑΛΑΣΣΑ

Τὸν Ἥφαιστον δὲ οὐκ ἔδει ἐλεῆσαι Θέτιδος υἱὸν ὄντα τὸν Ἀχιλλέα;

11 (7)

ΝΟΤΟΥ ΚΑΙ ΖΕΦΥΡΟΥ

ΝΟΤΟΣ

1. Ταύτην, ὦ Ζέφυρε, τὴν δάμαλιν, ἣν διὰ τοῦ πελάγους εἰς Αἴγυπτον ὁ Ἑρμῆς ἄγει, ὁ Ζεὺς διεκόρησεν [1] ἁλοὺς ἔρωτι;

ΖΕΦΥΡΟΣ

Ναί, ὦ Νότε· οὐ δάμαλις δὲ τότε, ἀλλὰ παῖς ἦν τοῦ ποταμοῦ Ἰνάχου· νῦν δὲ ἡ Ἥρα τοιαύτην ἐποίησεν αὐτὴν ζηλοτυπήσασα, ὅτι πάνυ ἑώρα ἐρῶντα τὸν Δία.

ΝΟΤΟΣ

Νῦν δὲ ἔτι ἐρᾷ τῆς βοός;

ΖΕΦΥΡΟΣ

306 Καὶ μάλα, καὶ διὰ τοῦτο αὐτὴν εἰς Αἴγυπτον ἔπεμψεν καὶ ἡμῖν προσέταξε μὴ κυμαίνειν τὴν θάλασσαν ἔστ' ἂν διανήξεται,[2] ὡς ἀποτεκοῦσα ἐκεῖ —κυεῖ δὲ ἤδη—θεὸς γένοιτο καὶ αὐτὴ καὶ τὸ τεχθέν.

ΝΟΤΟΣ

2. Ἡ δάμαλις θεός;

[1] διεκόρευσεν β.
[2] διανήξηται B post correctionem, et recc..

SEA

Or wrong for Hephaestus to be sorry for Thetis' son, Achilles ?

11 (7)

SOUTH WIND AND WEST WIND

SOUTH WIND

Is it true, Zephyrus, about Zeus and this heifer [1] that Hermes is escorting by sea to Egypt ? Did he fall for her and have his way with her ?

WEST WIND

Yes, Notus ; only she wasn't a heifer then, but the daughter of Inachus, the river. But now Hera, in her jealousy, has turned her into this, because she saw Zeus was very much in love with her.

SOUTH WIND

Is he still in love with her now she's a heifer ?

WEST WIND

Very much so, my good fellow. That's why he's sent her to Egypt, and told us he doesn't want any rough seas, until she swims across, so that, when she has her baby there—she's expecting at the moment—both mother and child [2] may become gods.

SOUTH WIND

The heifer a god ?

[1] Io.

[2] Epaphus.

ΖΕΦΥΡΟΣ

Καὶ μάλα, ὦ Νότε· ἄρξει τε, ὡς ὁ Ἑρμῆς ἔφη, τῶν πλεόντων καὶ ἡμῶν ἔσται δέσποινα, ὅντινα ἂν ἡμῶν ἐθέλῃ ἐκπέμψαι ἢ κωλῦσαι ἐπιπνεῖν.

ΝΟΤΟΣ

Θεραπευτέα τοιγαροῦν, ὦ Ζέφυρε, ἤδη δέσποινά γε οὖσα. εὐνουστέρα γὰρ ἂν οὕτως γένοιτο.

ΖΕΦΥΡΟΣ

Ἀλλ' ἤδη γὰρ διεπέρασε καὶ ἐξένευσεν ἐς τὴν γῆν. ὁρᾷς ὅπως οὐκέτι μὲν τετραποδητὶ[1] βαδίζει, ἀνορθώσας δὲ αὐτὴν ὁ Ἑρμῆς γυναῖκα παγκάλην αὖθις ἐποίησεν;

ΝΟΤΟΣ

Παράδοξα γοῦν ταῦτα, ὦ Ζέφυρε· οὐκέτι τὰ 307 κέρατα οὐδὲ οὐρὰ καὶ δίχηλα τὰ σκέλη, ἀλλ' ἐπέραστος κόρη. ὁ μέντοι Ἑρμῆς τί παθὼν μεταβέβληκεν ἑαυτὸν καὶ ἀντὶ νεανίου κυνοπρόσωπος γεγένηται;

ΖΕΦΥΡΟΣ

Μὴ πολυπραγμονῶμεν, ὅτι ἄμεινον ἐκεῖνος οἶδε τὸ πρακτέον.[2]

12

ΔΩΡΙΔΟΣ ΚΑΙ ΘΕΤΙΔΟΣ

ΔΩΡΙΣ

1. Τί δακρύεις, ὦ Θέτι;

[1] τετραποδιστὶ β.
[2] ὅτε . . . τὰ πρακτέα β.

WEST WIND

Indeed she will be. According to Hermes, she'll have power over those at sea and be our mistress, choosing for herself which of us to send out or to stop from blowing.

SOUTH WIND

In that case we'd better be attentive to her, if she's now our mistress. Then we'll be sure of her good-will.

WEST WIND

But look, she's over now, and has swum ashore. See how she no longer walks on all fours, but has been straightened up by Hermes and changed back again into a most attractive woman.

SOUTH WIND

How very strange, Zephyrus. No horns now, or tail or cloven hooves, but instead a lovely girl. But what's come over Hermes, that he's changed himself and given up his own fine face for that of a dog[1]?

WEST WIND

Let's not be inquisitive. He knows his business better than we do.

12

DORIS AND THETIS

DORIS

Why are you crying, Thetis?

[1] Anubis, an Egyptian god with the head of a dog, was identified with Hermes by the Greeks.

ΘΕΤΙΣ

Καλλίστην, ὦ Δωρί, κόρην εἶδον ἐς κιβωτὸν ὑπὸ τοῦ πατρὸς ἐμβληθεῖσαν, αὐτήν τε καὶ βρέφος αὐτῆς ἀρτιγέννητον· ἐκέλευσεν δὲ ὁ πατὴρ τοὺς
319 ναύτας ἀναλαβόντας τὸ κιβώτιον, ἐπειδὰν πολὺ τῆς γῆς ἀποσπάσωσιν, ἀφεῖναι εἰς τὴν θάλασσαν, ὡς ἀπόλοιτο ἡ ἀθλία, καὶ αὐτὴ καὶ τὸ βρέφος.

ΔΩΡΙΣ

Τίνος ἕνεκα, ὦ ἀδελφή; εἰπέ, εἴ τι[1] ἔμαθες ἀκριβῶς.

ΘΕΤΙΣ

Ἅπαντα. ὁ γὰρ[2] Ἀκρίσιος ὁ πατὴρ αὐτῆς καλλίστην οὖσαν ἐπαρθένευεν ἐς χαλκοῦν τινα θάλαμον ἐμβαλών· εἶτα, εἰ μὲν ἀληθὲς οὐκ ἔχω εἰπεῖν, φασὶ δ' οὖν τὸν Δία χρυσὸν[3] γενόμενον ῥυῆναι διὰ τοῦ ὀρόφου ἐπ' αὐτήν, δεξαμένην δὲ ἐκείνην ἐς τὸν κόλπον καταρρέοντα τὸν θεὸν ἐγκύμονα γενέσθαι. τοῦτο αἰσθόμενος ὁ πατήρ, ἄγριός τις καὶ ζηλότυπος γέρων, ἠγανάκτησε καὶ ὑπό τινος μεμοιχεῦσθαι οἰηθεὶς αὐτὴν ἐμβάλλει εἰς τὴν κιβωτὸν ἄρτι τετοκυῖαν.

ΔΩΡΙΣ

2. Ἡ δὲ τί ἔπραττεν, ὦ Θέτι, ὁπότε καθίετο;

ΘΕΤΙΣ

Ὑπὲρ αὑτῆς μὲν ἐσίγα, ὦ Δωρί, καὶ ἔφερε τὴν καταδίκην. τὸ βρέφος δὲ παρῃτεῖτο μὴ ἀποθανεῖν

[1] εἰπὲ εἴ τι γ: ἐπεὶ β.
[2] ἀκριβῶς ἅπαντα: ὁ (cf. p. 26) ὁ Ἀκρίσιος β.
[3] χρυσοῦν β.

THETIS

Oh, Doris, I've just seen a lovely girl [1] put into a box by her father along with her newborn baby.[2] He told his sailors to take the box and, when well away from land, to drop it into the sea, so that the mother should be killed, poor thing, herself and her baby.

DORIS

Why, sister ? Please tell me, if you have any definite information.

THETIS

I have the whole story. Because she was ever so beautiful, her father Acrisius locked her up in a brazen room to keep her away from lovers. Then—I can't say whether it's true but it's what they say—Zeus turned himself into gold and came pouring through the roof at her, and she received the god in her bosom as he came showering down, and became pregnant. When her father found out, the cruel, jealous old creature flew into a temper and, thinking she'd had a lover, threw her into the box just after her baby was born.

DORIS

And what did she do, Thetis, when they were putting her there ?

THETIS

She kept quiet about herself, submitting to her sentence, but she kept pleading for her child's life,

[1] Danae, daughter of Acrisius.
[2] Perseus.

δακρύουσα καὶ τῷ πάππῳ[1] δεικνύουσα αὐτό, κάλλιστον ὄν· τὸ δὲ ὑπ' ἀγνοίας τῶν κακῶν ὑπεμειδία
320 πρὸς τὴν θάλασσαν. ὑποπίμπλαμαι αὖθις τοὺς ὀφθαλμοὺς δακρύων μνημονεύσασα αὐτῶν.

ΔΩΡΙΣ

Κἀμὲ δακρῦσαι ἐποίησας. ἀλλ' ἤδη τεθνᾶσιν;

ΘΕΤΙΣ

Οὐδαμῶς· νήχεται γὰρ ἔτι ἡ κιβωτὸς ἀμφὶ τὴν Σέριφον ζῶντας αὐτοὺς φυλάττουσα.

ΔΩΡΙΣ

Τί οὖν οὐχὶ σῴζομεν αὐτοὺς τοῖς ἁλιεῦσι τούτοις ἐμβαλοῦσαι ἐς τὰ δίκτυα τοῖς Σεριφίοις; οἱ δὲ ἀνασπάσαντες σώσουσι δῆλον ὅτι.

ΘΕΤΙΣ

Εὖ λέγεις, οὕτω ποιῶμεν· μὴ γὰρ ἀπολέσθω μήτε αὐτὴ μήτε τὸ παιδίον οὕτως ὂν καλόν.

13

ΕΝΙΠΕΩΣ ΚΑΙ ΠΟΣΕΙΔΩΝΟΣ

ΕΝΙΠΕΥΣ

1. Οὐ καλὰ ταῦτα, ὦ Πόσειδον· εἰρήσεται γὰρ τἀληθές· ὑπελθών μου τὴν ἐρωμένην εἰκασθεὶς ἐμοὶ διεκόρησας[2] τὴν παῖδα· ἡ δὲ ᾤετο ὑπ' ἐμοῦ αὐτὸ πεπονθέναι καὶ διὰ τοῦτο παρεῖχεν ἑαυτήν.

[1] πάππῳ β: πατρὶ γ.
[2] διεκόρευσας β.

weeping and showing it to its grandad, for it was a lovely baby. And it, unaware of its troubles, was looking at the sea with a smile on its face. Remembering them brings tears again to my eyes.

DORIS

You've made me weep, too. But are they dead now ?

THETIS

Oh, no ! The box is still floating round Seriphos, and keeping them alive and safe.

DORIS

Well, why don't we save them by bringing them into the nets of these fishermen here from Seriphos ? They'll be sure to pull them up and save them.

THETIS

A good idea, let's do that. I wouldn't like the mother to die, or the baby either. It's so pretty.

13

ENIPEUS AND POSEIDON

ENIPEUS

I won't mince words, Poseidon. Your behaviour's been disgraceful—tricking my sweetheart [1] by impersonating me, and leading the child astray. She thought I was doing it and submitted.

[1] Tyro, cf. *Odyssey*, XI, 235 ff.

ΠΟΣΕΙΔΩΝ

Σὺ γάρ, ὦ Ἐνιπεῦ, ὑπεροπτικὸς ἦσθα καὶ βραδύς, ὃς κόρης οὕτω καλῆς φοιτώσης ὁσημέραι παρὰ σέ, ἀπολλυμένης ὑπὸ τοῦ ἔρωτος, ὑπερεώρας καὶ ἔχαιρες λυπῶν αὐτήν, ἡ δὲ περὶ τὰς ὄχθας ἀλύουσα 321 καὶ ἐπεμβαίνουσα καὶ λουομένη ἐνίοτε ηὔχετό σοι ἐντυχεῖν, σὺ δὲ ἐθρύπτου πρὸς αὐτήν.

ΕΝΙΠΕΥΣ

2. Τί οὖν; διὰ τοῦτο ἐχρῆν σε προαρπάσαι τὸν ἔρωτα καὶ καθυποκρίνασθαι Ἐνιπέα ἀντὶ Ποσειδῶνος εἶναι καὶ κατασοφίσασθαι τὴν Τυρὼ ἀφελῆ κόρην οὖσαν;

ΠΟΣΕΙΔΩΝ

Ὀψὲ ζηλοτυπεῖς, ὦ Ἐνιπεῦ, ὑπερόπτης πρότερον ὤν· ἡ Τυρὼ δὲ οὐδὲν δεινὸν πέπονθεν οἰομένη ὑπὸ σοῦ διακεκορῆσθαι.[1]

ΕΝΙΠΕΥΣ

Οὐ μὲν οὖν· ἔφησθα γὰρ ἀπιὼν ὅτι Ποσειδῶν ἦσθα. ὃ καὶ μάλιστα ἐλύπησεν αὐτήν· καὶ ἐγὼ τοῦτο ἠδίκημαι, ὅτι τὰ ἐμὰ σὺ ηὐφραίνου τότε καὶ περιστήσας πορφύρεόν τι κῦμα, ὅπερ ὑμᾶς συνέκρυπτεν ἅμα, συνῆσθα τῇ παιδὶ ἀντ' ἐμοῦ.

ΠΟΣΕΙΔΩΝ

Ναί· σὺ γὰρ οὐκ ἤθελες, ὦ Ἐνιπεῦ.

[1] διακεκορεῦσθαι recc. et edd..

POSEIDON

You were so proud and so slow, Enipeus. A pretty girl like that came to you every day, dying of love, and you wouldn't look at her, but enjoyed tormenting her! She would wander about your banks, putting her feet in and washing sometimes, praying for your love, but you always turned up your nose at her.

ENIPEUS

Even if I did, what right had you to forestall me and steal her love, pretending to be Enipeus rather than Poseidon, and winning a simple girl like Tyro by a trick?

POSEIDON

It's too late to be jealous now, Enipeus. You despised her before. Tyro's suffered no harm. She thought it was you.

ENIPEUS

Oh, no! When you left her, you said you were Poseidon, and that upset her very much. It was unfair to me, too, for you to enjoy pleasures that should be mine, making a blue wave arch above you and hide you both, and making love to the girl in my place.

POSEIDON

Yes, but only because you didn't want her, Enipeus.

14

ΤΡΙΤΩΝΟΣ ΚΑΙ ΝΗΡΕΙΔΩΝ

ΤΡΙΤΩΝ

1. *Τὸ κῆτος ὑμῶν, ὦ Νηρεΐδες, ὃ ἐπὶ τὴν τοῦ* 322 *Κηφέως θυγατέρα τὴν Ἀνδρομέδαν ἐπέμψατε, οὔτε τὴν παῖδα ἠδίκησεν, ὡς οἴεσθε, καὶ αὐτὸ ἤδη τέθνηκεν.*

ΝΗΡΕΙΔΕΣ

Ὑπὸ τίνος, ὦ Τρίτων; ἢ ὁ Κηφεὺς καθάπερ δέλεαρ προθεὶς τὴν κόρην ἀπέκτεινεν ἐπιών, λοχήσας μετὰ πολλῆς δυνάμεως;

ΤΡΙΤΩΝ

Οὔκ· ἀλλὰ ἴστε, οἶμαι, ὦ Ἰφιάνασσα, τὸν Περσέα, τὸ τῆς Δανάης παιδίον, ὃ μετὰ τῆς μητρὸς ἐν τῇ κιβωτῷ ἐμβληθὲν εἰς τὴν θάλασσαν ὑπὸ τοῦ μητροπάτορος ἐσώσατε οἰκτείρασαι αὐτούς.

ΙΦΙΑΝΑΣΣΑ

Οἶδα ὃν λέγεις· εἰκὸς δὲ ἤδη νεανίαν εἶναι καὶ μάλα γενναῖόν τε καὶ καλὸν ἰδεῖν.

ΤΡΙΤΩΝ

Οὗτος ἀπέκτεινεν τὸ κῆτος.

ΙΦΙΑΝΑΣΣΑ

Διὰ τί, ὦ Τρίτων; οὐ γὰρ δὴ σῶστρα ἡμῖν τοιαῦτα ἐκτίνειν αὐτὸν ἐχρῆν.

DIALOGUES OF THE SEA-GODS

14

TRITON AND NEREIDS

TRITON

Your monster of the deep, my dear Nereids, the one of you sent against Andromeda, the daughter of Cepheus, didn't harm the girl, as you've been thinking it would, but is now dead itself.

NEREIDS

Who killed it, Triton? Did Cepheus set the girl there like a bait, and then attack and kill it, after lying in wait for it with a large force?

TRITON

No. But I imagine, Iphianassa, you all know what happened to Perseus, Danae's child, whom his mother's father threw into the sea in a chest with his mother, and you saved out out of pity.

IPHIANASSA

I know whom you mean. He must be a young man by now, and a very fine handsome fellow.

TRITON

It was he who killed the monster.

IPHIANASSA

Why, Triton? He shouldn't have paid us in this coin for saving him.

ΤΡΙΤΩΝ

2. Ἐγὼ ὑμῖν φράσω τὸ πᾶν ὡς ἐγένετο· ἐστάλη μὲν οὗτος ἐπὶ τὰς Γοργόνας ἆθλόν τινα τῷ βασιλεῖ ἐπιτελῶν, ἐπεὶ δὲ ἀφίκετο εἰς τὴν Λιβύην—

ΙΦΙΑΝΑΣΣΑ

Πῶς, ὦ Τρίτων; μόνος; ἢ καὶ ἄλλους συμμάχους ἦγεν; ἄλλως γὰρ δύσπορος ἡ ὁδός.

ΤΡΙΤΩΝ

Διὰ τοῦ ἀέρος· ὑπόπτερον γὰρ αὐτὸν ἡ Ἀθηνᾶ ἔθηκεν. ἐπεὶ δ' οὖν ἧκεν ὅπου διῃτῶντο, αἱ μὲν ἐκάθευδον, οἶμαι, ὁ δὲ ἀποτεμὼν τῆς Μεδούσης τὴν κεφαλὴν ᾤχετο ἀποπτάμενος.

ΙΦΙΑΝΑΣΣΑ

323 Πῶς ἰδών; ἀθέατοι γάρ εἰσιν· ἢ ὃς ἂν ἴδῃ, οὐκ ἄν τι ἄλλο μετὰ ταύτας ἴδοι.

ΤΡΙΤΩΝ

Ἡ Ἀθηνᾶ τὴν ἀσπίδα προφαίνουσα—τοιαῦτα γὰρ ἤκουσα διηγουμένου αὐτοῦ πρὸς τὴν Ἀνδρομέδαν καὶ πρὸς τὸν Κηφέα ὕστερον—ἡ Ἀθηνᾶ δὴ ἐπὶ τῆς ἀσπίδος ἀποστιλβούσης ὥσπερ ἐπὶ κατόπτρου παρέσχεν αὐτῷ ἰδεῖν τὴν εἰκόνα τῆς Μεδούσης· εἶτα λαβόμενος τῇ λαιᾷ τῆς κόμης, ἐνορῶν δ' ἐς τὴν εἰκόνα, τῇ δεξιᾷ τὴν ἅρπην ἔχων, ἀπέτεμεν τὴν κεφαλὴν αὐτῆς, καὶ πρὶν ἀνεγρέσθαι τὰς ἀδελφὰς ἀνέπτατο. 3. ἐπεὶ δὲ κατὰ τὴν παράλιον ταύτην Αἰθιοπίαν ἐγένετο, ἤδη πρόσγειος πετόμενος, ὁρᾷ τὴν Ἀνδρομέδαν προκειμένην ἐπί τινος πέτρας προβλῆτος προσπεπατταλευμένην,[1] καλλίστην, ὦ

[1] προσπεπατταλωμένην γ.

TRITON

I'll tell you everything, just as it happened. He was sent against the Gorgons, to carry out a task for the king.[1] But when he reached Libya——

IPHIANASSA

How did he do it, Triton? By himself? Did he take others to help him? Otherwise it's a difficult journey.

TRITON

He went through the air. Athena had given him wings on his feet. Well, when he'd reached where they lived, they must all have been asleep, and Perseus cut off Medusa's head and flew away.

IPHIANASSA

How could he see? They are not for the eye to behold. Anyone who sees them won't see anything afterwards.

TRITON

Athena held up her shield—I heard him describe it to Andromeda and later to Cepheus—and let him see the reflection of Medusa on that bright shield as though on a mirror; then, looking at the reflection, he caught her hair in his left hand, and holding his scimitar in his right, cut off her head, and flew away before her sisters woke up. When he was at the Ethiopian shore here, and now flying low, he saw Andromeda lying fastened to a projecting rock—ye gods, what a beautiful sight she was!—with her

[1] Polydectes, king of Seriphos, who wished to be rid of Perseus and marry Danae.

θεοί, καθειμένην τὰς κόμας, ἡμίγυμνον πολὺ ἔνερθε τῶν μαστῶν· καὶ τὸ μὲν πρῶτον οἰκτείρας τὴν τύχην αὐτῆς ἀνηρώτα τὴν αἰτίαν τῆς καταδίκης, κατὰ μικρὸν δὲ ἁλοὺς ἔρωτι—ἐχρῆν γὰρ σεσῶσθαι τὴν παῖδα—βοηθεῖν διέγνω· καὶ ἐπειδὴ τὸ κῆτος ἐπῄει μάλα φοβερὸν ὡς καταπιόμενον τὴν Ἀνδρομέδαν, ὑπεραιωρηθεὶς ὁ νεανίσκος πρόκωπον ἔχων τὴν ἅρπην τῇ μὲν καθικνεῖται, τῇ δὲ προδεικνὺς τὴν Γοργόνα λίθον ἐποίει αὐτό, τὸ δὲ τέθνηκεν
324 ὁμοῦ καὶ πέπηγεν αὐτοῦ τὰ πολλά, ὅσα εἶδε τὴν Μέδουσαν· ὁ δὲ λύσας τὰ δεσμὰ τῆς παρθένου, ὑποσχὼν τὴν χεῖρα ὑπεδέξατο ἀκροποδητὶ κατιοῦσαν ἐκ τῆς πέτρας ὀλισθηρᾶς οὔσης, καὶ νῦν γαμεῖ ἐν τοῦ Κηφέως καὶ ἀπάξει αὐτὴν εἰς Ἄργος, ὥστε ἀντὶ θανάτου γάμον οὐ τὸν τυχόντα εὕρετο.

ΙΦΙΑΝΑΣΣΑ

4. Ἐγὼ μὲν οὐ πάνυ τῷ γεγονότι ἄχθομαι· τί γὰρ ἡ παῖς ἠδίκει ἡμᾶς, εἰ ἡ μήτηρ αὐτῆς, ἐμεγαλαυχεῖτο καὶ ἠξίου εἶναι καλλίων;

ΔΩΡΙΣ

Ὅτι οὕτως ἂν[1] ἤλγησεν ἐπὶ τῇ θυγατρὶ μήτηρ γε οὖσα.

ΙΦΙΑΝΑΣΣΑ

Μηκέτι μεμνώμεθα, ὦ Δωρί, ἐκείνων, εἴ τι βάρβαρος γυνὴ ὑπὲρ τὴν ἀξίαν ἐλάλησεν· ἱκανὴν γὰρ ἡμῖν τιμωρίαν ἔδωκεν φοβηθεῖσα ἐπὶ τῇ παιδί. χαίρωμεν οὖν τῷ γάμῳ.

[1] ὅτι οὕτως ἂν β: πλὴν γ.

hair let down, but largely uncovered from the breasts downwards. At first he pitied her fate and asked the reason for her punishment, but little by little he succumbed to love, and decided to help, since she had to be saved. So when the monster came—a fearsome sight it was too !—to gulp her down, the young man hovered above it with his scimitar unsheathed, and, striking with one hand, showed it the Gorgon with the other, and turned it into stone. At one and the same time was the monster killed, and most of it, all of it that faced Medusa, petrified. Then Perseus undid the maiden's chains, and supported her with his hand as she tip-toed down from the slippery rock. Now he's marrying her in Cepheus' palace and will take her away to Argos, so that, instead of dying, she's come by an uncommonly good marriage.

IPHIANASSA

I, for one, am not sorry to hear it. What harm did the girl do to us, if her mother was always boasting and claiming to be more beautiful than we are ?

DORIS

Well that way as a mother she would have suffered through her daughter.

IPHIANASSA

Let's forget all that, Doris, if a barbarian woman's talk has been too big. She's paid us penalty enough by being frightened for her daughter. So let's accept the marriage with a good grace.

15

325

ΖΕΦΥΡΟΥ ΚΑΙ ΝΟΤΟΥ

ΖΕΦΥΡΟΣ

1. *Οὐ πώποτε πομπὴν ἐγὼ μεγαλοπρεπεστέραν εἶδον ἐν τῇ θαλάσσῃ, ἀφ' οὗ γέ εἰμι καὶ πνέω. σὺ δὲ οὐκ εἶδες, ὦ Νότε;*

ΝΟΤΟΣ

Τίνα ταύτην λέγεις, ὦ Ζέφυρε, τὴν πομπήν; ἢ τίνες οἱ πέμποντες ἦσαν;

ΖΕΦΥΡΟΣ

Ἡδίστου θεάματος ἀπελείφθης, οἷον οὐκ ἂν ἄλλο ἴδοις ἔτι.

ΝΟΤΟΣ

Περὶ τὴν ἐρυθρὰν γὰρ θάλασσαν εἰργαζόμην, ἐπέπνευσα δὲ καὶ μέρος τῆς Ἰνδικῆς, ὅσα παράλια τῆς χώρας· οὐδὲν οὖν οἶδα ὧν λέγεις.

ΖΕΦΥΡΟΣ

Ἀλλὰ τὸν Σιδώνιόν γε Ἀγήνορα οἶδας;

ΝΟΤΟΣ

Ναί· τὸν τῆς Εὐρώπης πατέρα. τί μήν;

ΖΕΦΥΡΟΣ

Περὶ αὐτῆς ἐκείνης διηγήσομαί σοι.

ΝΟΤΟΣ

Μῶν ὅτι ὁ Ζεὺς ἐραστὴς τῆς παιδὸς ἐκ πολλοῦ; τοῦτο γὰρ καὶ πάλαι ἠπιστάμην.

DIALOGUES OF THE SEA-GODS

15

WEST WIND AND SOUTH WIND

WEST WIND

I've never seen a more magnificent pageant on the sea, ever since I began to live and blow. Didn't you see it, Notus ?

SOUTH WIND

What pageant do you mean, Zephyrus ? Who were in it?

WEST WIND

You missed a most delightful spectacle, the like of which you'll never see again.

SOUTH WIND

Well, I was at work about the Red Sea, and I blew also over the parts of India near the coast. So I've no idea what you're talking about.

WEST WIND

But you do know Agenor of Sidon ?

SOUTH WIND

Yes, Europa's father. Of course I do.

WEST WIND

I'll tell you something about the girl herself.

SOUTH WIND

Not that Zeus has long been in love with her ? I've known that for ages.

ΖΕΦΥΡΟΣ

Οὐκοῦν τὸν μὲν ἔρωτα οἶσθα, τὰ μετὰ ταῦτα δὲ ἤδη ἄκουσον. 2. ἡ μὲν Εὐρώπη κατεληλύθει ἐπὶ τὴν ἠϊόνα παίζουσα τὰς ἡλικιώτιδας παραλαβοῦσα, ὁ
326 Ζεὺς δὲ ταύρῳ εἰκάσας ἑαυτὸν συνέπαιζεν αὐταῖς κάλλιστος φαινόμενος· λευκός τε γὰρ ἦν ἀκριβῶς καὶ τὰ κέρατα εὐκαμπὴς[1] καὶ τὸ βλέμμα ἥμερος· ἐσκίρτα οὖν καὶ αὐτὸς ἐπὶ τῆς ἠϊόνος καὶ ἐμυκᾶτο ἥδιστον, ὥστε τὴν Εὐρώπην τολμῆσαι καὶ ἀναβῆναι αὐτόν. ὡς δὲ τοῦτο ἐγένετο, δρομαῖος μὲν ὁ Ζεὺς ὥρμησεν ἐπὶ τὴν θάλασσαν φέρων αὐτὴν καὶ ἐνήχετο ἐμπεσών, ἡ δὲ πάνυ ἐκπλαγὴς τῷ πράγματι τῇ λαιᾷ μὲν εἴχετο τοῦ κέρατος, ὡς μὴ ἀπολισθάνοι,[2] τῇ ἑτέρᾳ δὲ ἠνεμωμένον τὸν πέπλον συνεῖχεν.

ΝΟΤΟΣ

3. Ἡδὺ τοῦτο θέαμα εἶδες, ὦ Ζέφυρε, καὶ ἐρωτικόν, νηχόμενον τὸν Δία καὶ φέροντα τὴν ἀγαπωμένην.

ΖΕΦΥΡΟΣ

Καὶ μὴν τὰ μετὰ ταῦτα ἡδίω παρὰ πολύ, ὦ Νότε· ἥ τε γὰρ θάλασσα εὐθὺς ἀκύμων ἐγένετο καὶ τὴν γαλήνην ἐπισπασαμένη λείαν παρεῖχεν ἑαυτήν, ἡμεῖς δὲ πάντες ἡσυχίαν ἄγοντες οὐδὲν ἄλλο ἢ θεαταὶ μόνον τῶν γιγνομένων παρηκολουθοῦμεν, Ἔρωτες δὲ παραπετόμενοι μικρὸν ὑπὲρ τὴν θάλασσαν,[3] ὡς ἐνίοτε ἄκροις τοῖς ποσὶν ἐπιψαύειν τοῦ ὕδατος, ἡμμένας τὰς δᾷδας φέροντες ᾖδον ἅμα τὸν ὑμέναιον, αἱ Νηρεΐδες δὲ ἀναδῦσαι παρίππευον

[1] εὐκαμπῆ γ.
[2] ἀπολισθοίη νέοντος γ.
[3] ἐκ τῆς θαλάσσης β.

WEST WIND

Well, you may know about his love, but let me now tell you what followed. Europa in her play had come down to the beach with her companions, and Zeus took the shape of a bull, and started playing with them, looking magnificent, for he was all white with nice curly horns and gentle eyes. Well, he too started skipping about on the beach, and bellowed most charmingly, so that Europa even dared to climb up on to him. Thereupon Zeus galloped off to the sea with her on his back, plunged in and began to swim ; she was quite terrified, and clutched his horn with her left hand so as not to slip off, while she held her robe down against the wind with her right hand.

SOUTH WIND

Indeed a delightful spectacle for you, my dear Zephyrus—a real love-scene ! Zeus swimming along and carrying off his beloved !

WEST WIND

But what followed was far more delightful, Notus. The sea became waveless at once, and draping herself in calm, made herself smooth ; we all kept quiet, and followed beside them, just watching what was going on, while the Loves fluttered alongside just above the sea, occasionally just touching the water with their feet, carrying lighted torches, and singing the marriage hymn, and the Nereids, coming

327 ἐπὶ τῶν δελφίνων ἐπικροτοῦσαι ἡμίγυμνοι τὰ πολλά, τό τε τῶν Τριτώνων γένος καὶ εἴ τι ἄλλο μὴ φοβερὸν ἰδεῖν[1] τῶν θαλασσίων ἅπαντα περιεχόρευε[2] τὴν παῖδα· ὁ μὲν γὰρ Ποσειδῶν ἐπιβεβηκὼς ἅρματος, παροχουμένην τὴν Ἀμφιτρίτην ἔχων, προῆγε[3] γεγηθὼς ὁδοποιῶν[4] νηχομένῳ τῷ ἀδελφῷ· ἐπὶ πᾶσι δὲ τὴν Ἀφροδίτην δύο Τρίτωνες ἔφερον ἐπὶ κόγχης κατακειμένην, ἄνθη παντοῖα ἐπιπάττουσαν τῇ νύμφῃ. 4. ταῦτα ἐκ Φοινίκης ἄχρι τῆς Κρήτης ἐγένετο· ἐπεὶ δὲ ἐπέβη τῇ νήσῳ[5] ὁ μὲν ταῦρος οὐκέτι ἐφαίνετο, ἐπιλαβόμενος δὲ τῆς χειρὸς ὁ Ζεὺς ἀπῆγε τὴν Εὐρώπην εἰς τὸ Δικταῖον ἄντρον ἐρυθριῶσαν καὶ κάτω ὁρῶσαν· ἠπίστατο γὰρ ἤδη ἐφ' ὅτῳ ἄγοιτο. ἡμεῖς δὲ ἐμπεσόντες ἄλλο ἄλλος τοῦ πελάγους μέρος διεκυμαίνομεν.

ΝΟΤΟΣ

Ὦ μακάριε[6] Ζέφυρε τῆς θέας· ἐγὼ δὲ γρῦπας καὶ ἐλέφαντας καὶ μέλανας ἀνθρώπους ἑώρων.

[1] ἰδεῖν β: ὀφθῆναι γ.
[2] περιεχόρευον γ.
[3] προῄει γ.
[4] προοδοιπορῶν β.
[5] ἐπεὶ . . . νήσῳ β: ἐπὶ δὲ τῆς νήσου γ
[6] ὢς μακάριος γ.

to the surface, rode alongside on dolphins, clapping their hands, pretty well half-naked. The Tritons and all other creatures of the sea that do not frighten the eye, were dancing round the girl. Poseidon astride his car, with Amphitrite beside him, was driving in front, delighted to lead the way for his brother as he swam. To cap all, two Tritons were carrying Aphrodite reclining on a shell, and sprinkling all manner of flowers over the bride. This went on all the way from Phoenicia to Crete ; but when he set foot on his island, the bull was no more to be seen, but Zeus took Europa's hand and led her to the cave on Mount Dicte—blushing she was, and looking on the ground, for now she knew why she was being carried off. But we each assailed a different part of the sea, and stirred up the waves.

SOUTH WIND

How lucky you are, Zephyrus to have seen all that! All I saw was griffins and elephants and black men.

DIALOGUES OF THE GODS

To many this collection of minor dialogues (the *Dearum Iudicium* is to be found in vol. 3) is Lucian's most attractive, if not his greatest, work. Criticisms of the gods as described by Homer, Hesiod and the Homeric Hymns had been made by many earlier thinkers, and scarcely any educated or intelligent men of Lucian's day could still believe in these traditional myths. Lucian's primary purpose, then, in this collection would seem to be to amuse, and in this he is brilliantly successful. Nevertheless Lucian's "reductio ad absurdum" of Homer's Olympians is a no less effective criticism than the more serious strictures of Xenophanes and Plato.

ΘΕΩΝ ΔΙΑΛΟΓΟΙ

1 (21)

ΑΡΕΩΣ ΚΑΙ ΕΡΜΟΥ

ΑΡΗΣ

1. Ἤκουσας, ὦ Ἑρμῆ, οἷα ἠπείλησεν ἡμῖν ὁ Ζεύς, ὡς ὑπεροπτικὰ καὶ ὡς ἀπίθανα; Ἢν ἐθελήσω, φησίν, ἐγὼ μὲν ἐκ τοῦ οὐρανοῦ σειρὰν καθήσω, ὑμεῖς δὲ ἀποκρεμασθέντες κατασπᾶν βιάσεσθέ με, ἀλλὰ μάτην πονήσετε· οὐ γὰρ δὴ καθελκύσετε· εἰ δὲ ἐγὼ θελήσαιμι ἀνελκύσαι, οὐ μόνον ὑμᾶς, ἀλλὰ καὶ τὴν γῆν ἅμα καὶ τὴν θάλασσαν συναναστάσας[1] μετεωριῶ· καὶ τἆλλα ὅσα καὶ σὺ ἀκήκοας. ἐγὼ 268 δὲ ὅτι μὲν καθ' ἕνα πάντων ἀμείνων καὶ ἰσχυρότερός ἐστιν οὐκ ἂν ἀρνηθείην, ὁμοῦ δὲ τῶν τοσούτων ὑπερφέρειν, ὡς μὴ καταβαρήσειν[2] αὐτόν, ἢν καὶ τὴν γῆν καὶ τὴν θάλασσαν προσλάβωμεν, οὐκ ἂν πεισθείην.

ΕΡΜΗΣ

2. Εὐφήμει, ὦ Ἄρες· οὐ γὰρ ἀσφαλὲς λέγειν τὰ τοιαῦτα, μὴ καί τι κακὸν ἀπολαύσωμεν τῆς φλυαρίας.

ΑΡΗΣ

Οἴει γάρ με πρὸς πάντας ἂν ταῦτα εἰπεῖν, οὐχὶ δὲ πρὸς μόνον σέ, ὃν ἐχεμυθήσειν ἠπιστάμην; ὃ

[1] συναρτήσας β. [2] καταπονήσειν β.

DIALOGUES OF THE GODS

1 (21)

ARES AND HERMES

ARES

My dear Hermes, have you heard Zeus' threats? How proud and preposterous they are! "If I please", says he, "I'll let a cord[1] down from heaven; you'll be hanging on it, trying with all your might to pull me down, but you'll be wasting all your efforts, for you'll never succeed. And, if I choose to tug up, it won't be only you, but I'll pull up the earth and the sea into the bargain, and leave the lot dangling in mid-air." He goes on and on like that. You've heard it all too. I'll admit that he's more than a match and too strong for any one of us, but that he's too much for all of us put together, so that, even if we have the earth and the sea with us, our weight wouldn't overpower him—that I'll never believe.

HERMES

Hush, Ares. It isn't safe to talk like that, or we may be sorry for our silly chatter.

ARES

Do you think I'd have said that to just anyone, or only to you? I knew you would hold your

[1] Cf. *Iliad*, VIII, 17-27, also referred to in *Zeus Catechized* 4.

γοῦν μάλιστα γελοῖον ἔδοξέ μοι ἀκούοντι μεταξὺ τῆς ἀπειλῆς, οὐκ ἂν δυναίμην σιωπῆσαι πρὸς σέ· μέμνημαι γὰρ οὐ πρὸ πολλοῦ, ὁπότε ὁ Ποσειδῶν καὶ ἡ Ἥρα καὶ ἡ Ἀθηνᾶ ἐπαναστάντες ἐπεβούλευον ξυνδῆσαι λαβόντες αὐτόν, ὡς παντοῖος ἦν δεδιώς, καὶ ταῦτα τρεῖς ὄντας, καὶ εἰ μή γε ἡ Θέτις κατελεήσασα ἐκάλεσεν αὐτῷ σύμμαχον Βριάρεων ἑκατόγχειρα ὄντα, κἂν ἐδέδετο αὐτῷ κεραυνῷ καὶ βροντῇ. ταῦτα λογιζομένῳ ἐπῄει μοι γελᾶν ἐπὶ τῇ καλλιρρημοσύνῃ αὐτοῦ.

ΕΡΜΗΣ

Σιώπα, φημί· οὐ γὰρ ἀσφαλὲς οὔτε σοὶ λέγειν οὔτ' ἐμοὶ ἀκούειν τὰ τοιαῦτα.

2 (22)

269 ΠΑΝΟΣ ΚΑΙ ΕΡΜΟΥ

ΠΑΝ

1. Χαῖρε, ὦ πάτερ Ἑρμῆ.

ΕΡΜΗΣ

Μὴ καὶ σύ γε.[1] ἀλλὰ πῶς ἐγὼ σὸς πατήρ;

ΠΑΝ

Οὐχ ὁ Κυλλήνιος Ἑρμῆς ὢν τυγχάνεις;

ΕΡΜΗΣ

Καὶ μάλα. πῶς οὖν υἱὸς ἐμὸς εἶ;

[1] Καὶ σύ γε β. cf. p. 28.

tongue. But I must tell you what struck me as most ridiculous as I listened to his threats. I remember, just the other day, when Poseidon and Hera and Athena rebelled,[1] and were plotting to catch him and clap him in irons, he was crazy with terror though there were only three of them. And in irons he would have been, thunder and lightning and all, if Thetis had not been sorry for him, and called in to his help Briareos with his hundred hands. When I thought of that, I had to laugh at his fine talk.

HERMES

Quiet, I tell you. It's dangerous for you to talk like that, and for me to listen.

2 (22)

PAN AND HERMES

PAN

Good day to you, Hermes, Daddy mine.

HERMES

And a bad day to you. But how am I your daddy?

PAN

Aren't you Hermes of Cyllene?

HERMES

Yes. How, then, are you my son?

[1] Cf. *Iliad*, I, 396 ff.

ΠΑΝ

Μοιχίδιός εἰμι, ἐξ ἔρωτός [1] σοι γενόμενος.

ΕΡΜΗΣ

Νὴ Δία, τράγου ἴσως τινὸς μοιχεύσαντος αἶγα· ἐμοὶ γὰρ πῶς, κέρατα ἔχων καὶ ῥῖνα τοιαύτην καὶ πώγωνα λάσιον καὶ σκέλη διχαλὰ καὶ τραγικὰ καὶ οὐρὰν ὑπὲρ τὰς πυγάς;

ΠΑΝ

Ὅσα ἂν ἀποσκώψῃς με, τὸν σεαυτοῦ υἱόν, ὦ πάτερ, ἐπονείδιστον ἀποφαίνεις, μᾶλλον δὲ σεαυτόν, ὃς τοιαῦτα γεννᾷς καὶ παιδοποιεῖς, ἐγὼ δὲ ἀναίτιος.

ΕΡΜΗΣ

Τίνα καὶ φῄς σου μητέρα; ἤ που ἔλαθον αἶγα μοιχεύσας ἔγωγε;

ΠΑΝ

Οὐκ αἶγα ἐμοίχευσας, ἀλλ' ἀνάμνησον σεαυτόν, εἴ ποτε ἐν Ἀρκαδίᾳ παῖδα ἐλευθέραν ἐβιάσω. τί δακὼν τὸν δάκτυλον ζητεῖς καὶ ἐπὶ πολὺ ἀπορεῖς; τὴν Ἰκαρίου λέγω Πηνελόπην.

ΕΡΜΗΣ

270 Εἶτα τί παθοῦσα ἐκείνη ἀντ' ἐμοῦ τράγῳ σε ὅμοιον ἔτεκεν;

[1] ἐξαίρετός B.

PAN

I'm your bastard boy, your love-child.

HERMES

Oh quite so, when some billy-goat, I suppose, led a nanny astray! How could you be mine, you with your horns and ugly snout and shaggy beard and a goat's cloven hooves and a tail over your behind?

PAN

When you jeer at me, daddy, you're mocking your own son, or rather yourself for producing such creatures as your children. It's not my fault.

HERMES

Who do you say your mother was? Perhaps I led a nanny astray without knowing it.

PAN

No, not a nanny. But try to remember if you ever forced your attentions on a freeborn girl in Arcadia. Why are you biting your nails and thinking so hard? Why so puzzled? I'm speaking of Icarius' girl, Penelope.[1]

HERMES

Then what possessed her to produce in you a child not like me but like a goat?

[1] Lucian (with Cicero, *De Natura Deorum*, III, 22) follows Herodotus, II, 145 in making Pan the son of Penelope. There are other versions of his birth, of which the most important is the Homeric *Hymn to Pan* 34, where his mother is the daughter of Dryops.

ΠΑΝ

2. *Αὐτῆς ἐκείνης λόγον σοι ἐρῶ· ὅτε γάρ με ἐξέπεμπεν ἐπὶ τὴν Ἀρκαδίαν, Ὦ παῖ, μήτηρ μέν σοι, ἔφη, ἐγώ εἰμι, Πηνελόπη ἡ Σπαρτιᾶτις, τὸν πατέρα δὲ γίνωσκε θεὸν ἔχων Ἑρμῆν Μαίας καὶ Διός. εἰ δὲ κερασφόρος καὶ τραγοσκελὴς εἶ, μὴ λυπείτω σε· ὁπότε γάρ μοι συνῄει ὁ πατὴρ ὁ σός, τράγῳ ἑαυτὸν ἀπείκασεν, ὡς λάθοι, καὶ διὰ τοῦτο ὅμοιος ἀπέβης τῷ τράγῳ.*

ΕΡΜΗΣ

Νὴ Δία, μέμνημαι ποιήσας τοιοῦτόν τι. ἐγὼ οὖν 271 *ὁ ἐπὶ κάλλει μέγα φρονῶν, ἔτι ἀγένειος αὐτὸς ὢν σὸς πατὴρ κεκλήσομαι καὶ γέλωτα ὀφλήσω παρὰ πᾶσιν ἐπὶ τῇ εὐπαιδίᾳ;*

ΠΑΝ

3. *Καὶ μὴν οὐ καταισχυνῶ σε, ὦ πάτερ· μουσικός τε γάρ εἰμι καὶ συρίζω πάνυ καπυρόν, καὶ ὁ Διόνυσος οὐδὲν ἐμοῦ ἄνευ ποιεῖν δύναται, ἀλλὰ ἑταῖρον καὶ θιασώτην πεποίηταί με, καὶ ἡγοῦμαι αὐτῷ τοῦ χοροῦ· καὶ τὰ ποίμνια δὲ εἰ θεάσαιό μου, ὁπόσα*[1] *περὶ Τεγέαν καὶ ἀνὰ τὸ Παρθένιον ἔχω,*[2] *πάνυ ἡσθήσῃ· ἄρχω δὲ καὶ τῆς Ἀρκαδίας ἁπάσης· πρῴην δὲ καὶ Ἀθηναίοις συμμαχήσας οὕτως* 272 *ἠρίστευσα Μαραθῶνι, ὥστε καὶ ἀριστεῖον ᾑρέθη μοι τὸ ὑπὸ τῇ ἀκροπόλει σπήλαιον. ἢν γοῦν εἰς Ἀθήνας ἔλθῃς, εἴσῃ ὅσον ἐκεῖ τοῦ Πανὸς ὄνομα.*

[1] *ὁπόσα* β : *ὅσα τε* γ.
[2] *ἀνὰ . . . ἔχω* om. γ.

PAN

I'll tell you what she said herself. When she was packing me off to Arcadia, she said, "My boy, I, Penelope, a true blue Spartan, am your mother, but your father, let me tell you, is a god, Hermes, son of Maia and Zeus. Don't worry because you have horns and a goat's shanks, for when your father came courting me, he made himself into a goat so that no one would notice him. That's why you've turned out like the goat."

HERMES

Ah, yes. I do remember doing something like that. Am I, then, to be called your father ? I, who am so proud of my good looks ! I, who've still got a smooth chin ! Am I to be laughed at by all for having such a bonny boy ?

PAN

But I won't disgrace you, father. I'm a musician and play the pipe loud and true. Dionysus is lost without me, and has made me his companion and fellow-reveller ; I'm his dance-leader, and if you could see how many flocks I have around Tegea and on Parthenium, you'd be delighted. I'm lord and master of all Arcadia. Besides that, the other day, I fought so magnificently on the side of the Athenians at Marathon that a prize of valour was chosen for me—the cave under the Acropolis.[1] Anyhow, go to Athens and you'll soon find out what a great name Pan has there.

[1] Cf. Herodotus, VI, 105, Euripides, *Ion*, 492 ff., Lucian, *Double Indictment* 9, and *Lover of Lies* 3.

ΕΡΜΗΣ

4. Εἰπὲ δέ μοι, γεγάμηκας, ὦ Πάν, ἤδη; τοῦτο γάρ, οἶμαι, καλοῦσίν σε.

ΠΑΝ

Οὐδαμῶς, ὦ πάτερ· ἐρωτικὸς γάρ εἰμι καὶ οὐκ ἂν ἀγαπήσαιμι συνὼν μιᾷ.

ΕΡΜΗΣ

Ταῖς οὖν αἰξὶ[1] δηλαδὴ ἐπιχειρεῖς.

ΠΑΝ

Σὺ μὲν σκώπτεις, ἐγὼ δὲ τῇ τε Ἠχοῖ καὶ τῇ Πίτυϊ σύνειμι καὶ ἁπάσαις ταῖς τοῦ Διονύσου Μαινάσι καὶ πάνυ σπουδάζομαι πρὸς αὐτῶν.

ΕΡΜΗΣ

Οἶσθα οὖν, ὦ τέκνον, ὅ τι χαρίσῃ τὸ πρῶτον αἰτοῦντί μοι;

ΠΑΝ

Πρόσταττε, ὦ πάτερ· ἡμεῖς μὲν ἴδωμεν ταῦτα.

ΕΡΜΗΣ

Καὶ πρόσιθί μοι καὶ φιλοφρονοῦ· πατέρα δὲ ὅρα μὴ καλέσῃς με ἄλλου ἀκούοντος.

3 (23)

273

ΑΠΟΛΛΩΝΟΣ ΚΑΙ ΔΙΟΝΥΣΟΥ

ΑΠΟΛΛΩΝ

1. Τί ἂν λέγοιμεν; ὁμομητρίους, ὦ Διόνυσε, ἀδελφοὺς ὄντας Ἔρωτα καὶ Ἑρμαφρόδιτον καὶ

[1] ταῖς γυναιξὶ γ.

HERMES

Tell me, are you married yet, Pan? Pan's the name they give you, isn't it?

PAN

Of course not, daddy. I'm romantically inclined, and wouldn't like to have to confine my attentions to just one.

HERMES

No doubt, then, you try your luck with the nanny-goats?

PAN

A fine jest coming from you! My lady-friends are Echo and Pitys and all the Maenads of Dionysus, and I'm in great demand with them.

HERMES

Please do me a favour, son. I've never asked one from you before.

PAN

Tell me what you want, daddy, and let me see to it.

HERMES

You may come here and pay your respects to me, but please don't call me daddy when anyone can hear.

3 (23)

APOLLO AND DIONYSUS

APOLLO

What can we make of it? Won't we have to admit that Eros and Hermaphroditus and Priapus,

Πρίαπον, ἀνομοιοτάτους εἶναι τὰς μορφὰς καὶ τὰ ἐπιτηδεύματα; ὁ μὲν γὰρ πάγκαλος καὶ τοξότης καὶ δύναμιν οὐ μικρὰν περιβεβλημένος ἁπάντων ἄρχων, ὁ δὲ θῆλυς καὶ ἡμίανδρος καὶ ἀμφίβολος τὴν ὄψιν· οὐκ ἂν διακρίναις εἴτ' ἔφηβός ἐστιν εἴτε καὶ παρθένος· ὁ δὲ καὶ πέρα τοῦ εὐπρεποῦς ἀνδρικὸς ὁ Πρίαπος.

ΔΙΟΝΥΣΟΣ

Μηδὲν θαυμάσῃς, ὦ Ἄπολλον· οὐ γὰρ Ἀφροδίτη αἰτία τούτου, ἀλλὰ οἱ πατέρες διάφοροι γεγε-
274 *νημένοι, ὅπου γε καὶ ὁμοπάτριοι πολλάκις ἐκ μιᾶς γαστρός, ὁ μὲν ἄρσην, ἡ δὲ θήλεια, ὥσπερ ὑμεῖς, γίνονται.*

ΑΠΟΛΛΩΝ

Ναί· ἀλλ' ἡμεῖς ὅμοιοί ἐσμεν καὶ ταὐτὰ ἐπιτηδεύομεν· τοξόται γὰρ ἄμφω.

ΔΙΟΝΥΣΟΣ

Μέχρι μὲν τόξου τὰ αὐτά, ὦ Ἄπολλον, ἐκεῖνα δὲ οὐχ ὅμοια, ὅτι ἡ μὲν Ἄρτεμις ξενοκτονεῖ ἐν Σκύθαις, σὺ δέ μαντεύῃ καὶ ἰᾷ [1] τοὺς κάμνοντας.

ΑΠΟΛΛΩΝ

Οἴει γὰρ τὴν ἀδελφὴν χαίρειν τοῖς Σκύθαις, ἥ γε καὶ παρεσκεύασται, ἤν τις Ἕλλην ἀφίκηταί ποτε εἰς τὴν Ταυρικήν, συνεκπλεῦσαι μετ' αὐτοῦ μυσαττομένη τὰς σφαγάς;

[1] ἰᾷ β: θεραπεύεις γ.

---

[1] Hermaphroditus was the son of Hermes and Priapus of Dionysus ; Eros is variously described as the son of Ares or Zeus or indeed Hermes ; he is probably regarded by Lucian as the son of Ares rather than of Zeus.

though sons of the same mother, are utterly different in appearance and habits? Eros is really handsome, and an archer invested with great power, and lord of all. Hermaphroditus is an effeminate pansy, half one thing and half the other in appearance, for you can't tell whether he's boy or girl; whereas Priapus is quite indecently masculine.

DIONYSUS

There's no need to be surprised, Apollo. It's not Aphrodite's fault, but the fathers were different.[1] Why, even when the father's the same, the one mother often has both boys and girls in her family. Take for example your sister and yourself.

APOLLO

Quite so, but we are alike and have the same interests. We're both archers.

DIONYSUS

The same as far as the bow goes, Apollo, but no farther, for Artemis kills visitors in Scythia, while you are a prophet and healer of the sick.

APOLLO

What? Do you think my sister likes her Scythians? Why, the moment a Greek reaches Taurica, she's all ready and waiting to sail off with him, in disgust at their human sacrifices.[2]

[2] A reference to the *Iphigenia in Tauris* of Euripides, where Iphigenia, as priestess of Artemis, is compelled to sacrifice foreigners to the goddess, but sails off with Orestes and Pylades, who carry off with them the statue of Artemis. Cf. *On Sacrifices* 13.

ΔΙΟΝΥΣΟΣ

2. Εὖ γε ἐκείνη ποιοῦσα. ὁ μέντοι Πρίαπος, γελοῖον γάρ τί σοι διηγήσομαι, πρῴην ἐν Λαμψάκῳ γενόμενος, ἐγὼ μὲν παρῄειν τὴν πόλιν, ὁ δὲ ὑποδεξάμενός με καὶ ξενίσας παρ' αὑτῷ, ἐπειδὴ ἀνεπαυσάμεθα ἐν τῷ συμποσίῳ ἱκανῶς ὑποβεβρεγμένοι, κατ' αὐτάς που μέσας νύκτας ἐπαναστὰς ὁ γενναῖος —αἰδοῦμαι δὲ λέγειν.

ΑΠΟΛΛΩΝ

Ἐπείρα σε, Διόνυσε;

ΔΙΟΝΥΣΟΣ

Τοιοῦτόν ἐστι.

ΑΠΟΛΛΩΝ

Σὺ δὲ τί πρὸς ταῦτα;

ΔΙΟΝΥΣΟΣ

Τί γὰρ ἄλλο ἢ ἐγέλασα;

ΑΠΟΛΛΩΝ

Εὖ γε, τὸ μὴ χαλεπῶς μηδὲ ἀγρίως· συγγνωστὸς γάρ, εἰ καλόν σε οὕτως ὄντα ἐπείρα.

ΔΙΟΝΥΣΟΣ

Τούτου μὲν ἕνεκα καὶ ἐπὶ σὲ ἄν, ὦ Ἄπολλον, 275 ἀγάγοι τὴν πεῖραν· καλὸς γὰρ σὺ καὶ κομήτης, ὡς καὶ νήφοντα ἄν σοι τὸν Πρίαπον ἐπιχειρῆσαι.

ΑΠΟΛΛΩΝ

Ἀλλ' οὐκ ἐπιχειρήσει γε, ὦ Διόνυσε· ἔχω γὰρ μετὰ τῆς κόμης καὶ τόξα.

DIONYSUS

And the best thing she could do. But now as for Priapus—I'll tell you something really funny. The other day—it was in Lampsacus—I was passing the city, when he invited me home with him, and put me up for the night. Now we'd gone to sleep in his dining-room, after and were pretty well soaked, when about midnight up gets our bold lad—but I'm ashamed to tell you.

APOLLO

And made an attempt on you, Dionysus ?

DIONYSUS

Something like that.

APOLLO

How did you deal with the situation ?

DIONYSUS

What could I do but laugh ?

APOLLO

The best thing too, no bad temper or violence. He'd some excuse for making an attempt on you. You're so good-looking.

DIONYSUS

As far as that goes, he might make an attempt on you too, Apollo. You're so handsome and have such a fine head of hair, that he might assault you, even when he was sober.

APOLLO

Oh no, he won't. I have arrows as well as long hair.

4 (24)

ΕΡΜΟΥ ΚΑΙ ΜΑΙΑΣ

ΕΡΜΗΣ

1. Ἔστι γάρ τις, ὦ μῆτερ, ἐν οὐρανῷ θεὸς ἀθλιώτερος ἐμοῦ;

ΜΑΙΑ

Μὴ λέγε, ὦ Ἑρμῆ, τοιοῦτον μηδέν.

ΕΡΜΗΣ

Τί μὴ λέγω, ὃς τοσαῦτα πράγματα ἔχω μόνος κάμνων καὶ πρὸς τοσαύτας ὑπηρεσίας διασπώμενος; ἕωθεν μὲν γὰρ ἐξαναστάντα σαίρειν τὸ συμπόσιον δεῖ καὶ διαστρώσαντα τὴν κλισίαν εὐθετίσαντά τε ἕκαστα[1] παρεστάναι τῷ Διὶ καὶ διαφέρειν τὰς ἀγγελίας τὰς παρ᾽ αὐτοῦ ἄνω καὶ κάτω ἡμεροδρομοῦντα, καὶ ἐπανελθόντα ἔτι κεκονιμένον παρατιθέναι τὴν ἀμβροσίαν· πρὶν δὲ τὸν νεώνητον τοῦτον οἰνοχόον ἥκειν, καὶ τὸ νέκταρ ἐγὼ ἐνέχεον. τὸ δὲ πάντων δεινότατον, ὅτι μηδὲ νυκτὸς καθεύδω μόνος τῶν
276 ἄλλων, ἀλλὰ δεῖ με καὶ τότε τῷ Πλούτωνι ψυχαγωγεῖν καὶ νεκροπομπὸν εἶναι καὶ παρεστάναι τῷ δικαστηρίῳ· οὐ γὰρ ἱκανά μοι τὰ τῆς ἡμέρας ἔργα, ἐν παλαίστραις εἶναι καὶ ταῖς ἐκκλησίαις κηρύττειν καὶ ῥήτορας ἐκδιδάσκειν, ἀλλ᾽ ἔτι καὶ νεκρικὰ συνδιαπράττειν μεμερισμένον. 2. καίτοι τὰ μὲν τῆς Λήδας τέκνα παρ᾽ ἡμέραν ἑκάτερος ἐν οὐρανῷ ἢ ἐν ᾅδου εἰσίν, ἐμοὶ δὲ καθ᾽ ἑκάστην ἡμέραν

[1] τὴν ἐκκλησίαν εὖ εἶτα ἔχοντα ἕκαστα γ.

DIALOGUES OF THE GODS

4 (24)

HERMES AND MAIA

HERMES

Is there a god in heaven, mother, more miserable than I am?

MAIA

Hermes, dear, you mustn't talk like that.

HERMES

Why shouldn't I, when I'm so busy—and the only one that does a hand's turn, too—quite distracted with so many different jobs? I must be up at crack of dawn, and sweep the dining-room, seeing to the cushions on the couch and tidying everything up, and then be at Zeus' beck and call, a courier to carry his messages high and low, and the moment I'm back, I've to lay out the ambrosia, without even time for a wash; and before his latest acquisition, this wine waiter, arrived, I used to pour out the nectar as well. But worst of all, it's just the same at night. I'm the only one that loses his sleep, and must be busy then too—for Pluto, this time, acting as guide of souls and usher of the dead, and then be on duty with Justice Rhadamanthys. My day's work isn't enough for me, it seems, on the go in the wrestling schools, announcing in parliament, and training speakers, but I've to help out with the dead as well, for they all want their share of me. Yet Leda's children[1] can take turns at being in heaven and Hades on alternate days, but I

[1] Castor and Pollux; cf. pp. 351-353.

κἀκεῖνα καὶ ταῦτα ποιεῖν ἀναγκαῖον, καὶ οἱ μὲν Ἀλκμήνης καὶ Σεμέλης ἐκ γυναικῶν δυστήνων γενόμενοι εὐωχοῦνται ἀφρόντιδες, ὁ δὲ Μαίας τῆς Ἀτλαντίδος[1] διακονοῦμαι αὐτοῖς. καὶ νῦν ἄρτι ἥκοντά με ἀπὸ Σιδῶνος παρὰ τῆς Κάδμου θυγατρός, ἐφ' ἣν πέπομφέ με ὀψόμενον ὅ τι πράττει ἡ παῖς, μηδὲ ἀναπνεύσαντα πέπομφεν αὖθις εἰς τὸ Ἄργος ἐπισκεψόμενον τὴν Δανάην, εἶτ' ἐκεῖθεν εἰς 277 Βοιωτίαν, φησίν, ἐλθὼν ἐν παρόδῳ τὴν Ἀντιόπην ἰδέ. καὶ ὅλως ἀπηγόρευκα ἤδη. εἰ γοῦν δυνατὸν ἦν, ἡδέως ἂν ἠξίωσα πεπρᾶσθαι, ὥσπερ οἱ ἐν γῇ κακῶς δουλεύοντες.

ΜΑΙΑ

Ἔα ταῦτα, ὦ τέκνον· χρὴ γὰρ πάντα ὑπηρετεῖν τῷ πατρὶ νεανίαν ὄντα. καὶ νῦν ὥσπερ ἐπέμφθης σόβει εἰς Ἄργος, εἶτα εἰς τὴν Βοιωτίαν, μὴ καὶ πληγὰς βραδύνων λάβῃς· ὀξύχολοι γὰρ οἱ ἐρῶντες.

5 (1)

ΠΡΟΜΗΘΕΩΣ ΚΑΙ ΔΙΟΣ

ΠΡΟΜΗΘΕΥΣ

1. Λῦσόν με, ὦ Ζεῦ· δεινὰ γὰρ ἤδη πέπονθα.

[1] Ἄτλαντος γ.

[1] Heracles and Dionysus respectively. See *Odyssey*, XI, 602.

[2] Lucian seems to have made a mistake here and to be referring to Europa. In *Dea Syria* 4 and *D. Mar.* 15 he more correctly makes her the sister of Cadmus and daughter of Agenor (cf. Herodotus, 4.147, etc., although the version of *Iliad*, XIV, 321 makes her the daughter of Phoenix). He can scarcely be referring to Ino, the

must carry out all those jobs every day in both places. Yes, and the sons of Alcmena and Semele,[1] whose mothers were only women, and came to a bad end, can gorge themselves without a care in the world, while I, the son of Maia, the daughter of Atlas, must wait on them hand and foot. Now I'm just back from Cadmus' daughter at Sidon,[2] where he sent me to see how things were with her, and, without giving me time to get my breath back, he's sent me off again to Argos to have a look at Danae, and " Then ", says he, " you'd better go on from there to Boeotia, and take a peep at Antiope on your way ". But I'm quite fagged out already. If only it were possible, I'd gladly have asked to be sold in the market, like slaves on earth who find their lot too bad.[3]

MAIA

Enough of that, my lad. You must do everything your father wants. You're still a youngster. Off with you now to Argos, as you were told, and then to Boeotia, or you may get a whipping for dawdling. Lovers have sharp tempers.

5 (1)

PROMETHEUS AND ZEUS

PROMETHEUS

Free me, Zeus. I've suffered terribly already.

daughter of Cadmus, who (cf. p. 201, Apollodorus, 3.4.3 and Ovid, *Met.* 3.313) was entrusted with the care of the infant Dionysus. Dionysus earlier in the dialogue is at a later stage of his development as he is already able to feast with Heracles, presumably in heaven.

[3] Discontented slaves could ask to be sold. Cf. Plutarch, *De Superstitione*, 166 D, and Pollux, 7.13 (quoting Eupolis).

ΖΕΥΣ

Λύσω σε, φῄς, ὃν ἐχρῆν βαρυτέρας πέδας ἔχοντα καὶ τὸν Καύκασον ὅλον ὑπὲρ κεφαλῆς ἐπικείμενον ὑπὸ ἑκκαίδεκα γυπῶν μὴ μόνον κείρεσθαι τὸ ἧπαρ, ἀλλὰ καὶ τοὺς ὀφθαλμοὺς ἐξορύττεσθαι, ἀνθ' ὧν τοιαῦθ' ἡμῖν ζῷα τοὺς ἀνθρώπους ἔπλασας καὶ τὸ πῦρ ἔκλεψας καὶ γυναῖκας ἐδημιούργησας; ἃ μὲν γὰρ ἐμὲ ἐξηπάτησας ἐν τῇ νομῇ τῶν κρεῶν ὀστᾶ πιμελῇ κεκαλυμμένα παραθεὶς καὶ τὴν ἀμείνω τῶν μοιρῶν σεαυτῷ φυλάττων, τί χρὴ λέγειν;

ΠΡΟΜΗΘΕΥΣ

Οὔκουν ἱκανὴν ἤδη τὴν δίκην ἐκτέτικα τοσοῦτον 205 *χρόνον τῷ Καυκάσῳ προσηλωμένος τὸν κάκιστα ὀρνέων ἀπολούμενον ἀετὸν τρέφων τῷ ἥπατι;*

ΖΕΥΣ

Οὐδὲ πολλοστημόριον τοῦτο ὧν σε δεῖ παθεῖν.

ΠΡΟΜΗΘΕΥΣ

Καὶ μὴν οὐκ ἀμισθί με λύσεις, ἀλλά σοι μηνύσω τι, ὦ Ζεῦ, πάνυ ἀναγκαῖον.

ΖΕΥΣ

2\. *Κατασοφίζῃ με, ὦ Προμηθεῦ.*

ΠΡΟΜΗΘΕΥΣ

Καὶ τί[1] *πλέον ἕξω; οὐ γὰρ ἀγνοήσεις αὖθις ἔνθα ὁ Καύκασός ἐστιν, οὐδὲ ἀπορήσεις δεσμῶν, ἤν τι τεχνάζων ἁλίσκωμαι.*

[1] *καὶ τί* β: *τί γάρ τι* γ.

ZEUS

I'm to free you, am I? You ought to have had heavier chains, and all of Caucasus on your head, and a whole sixteen vultures to tear at your liver, and dig your eyes out too, for making such creatures as humans to plague us, and stealing fire and producing women.[1] For need I mention how you tricked me in serving out the meat, by serving me with bones wrapped in fat, and keeping the better portion for yourself? [2]

PROMETHEUS

Well, haven't I already been punished enough for that, nailed all this time to Caucasus, with that accursed eagle feeding on my liver?

ZEUS

That's not the tiniest fraction of what you deserve.

PROMETHEUS

But you shall have your reward for my freedom. I'll give you some very vital information, Zeus.

ZEUS

You're trying to trick me, Prometheus.

PROMETHEUS

What good will that do me? You'll still know where Caucasus is, and still have plenty of chains left, if I'm caught up to any tricks.

[1] Cf. Hesiod, *Theogony*, 560 ff.
[2] Cf. *ibid.* 637 ff.

ΖΕΥΣ

Εἰπὲ πρότερον ὅντινα μισθὸν ἀποτίσεις ἀναγκαῖον ἡμῖν ὄντα.

ΠΡΟΜΗΘΕΥΣ

Ἢν εἴπω ἐφ' ὅ τι βαδίζεις νῦν, ἀξιόπιστος ἔσομαί σοι καὶ περὶ τῶν ὑπολοίπων μαντευόμενος;

ΖΕΥΣ

Πῶς γὰρ οὔ;

ΠΡΟΜΗΘΕΥΣ

Παρὰ τὴν Θέτιν, συνεσόμενος αὐτῇ.

ΖΕΥΣ

Τουτὶ μὲν ἔγνως· τί δ' οὖν τὸ ἐπὶ τούτῳ; δοκεῖς γὰρ ἀληθές τι ἐρεῖν.

ΠΡΟΜΗΘΕΥΣ

Μηδέν, ὦ Ζεῦ, κοινωνήσῃς τῇ Νηρεΐδι· ἢν γὰρ αὕτη κυοφορήσῃ ἐκ σοῦ, τὸ τεχθὲν ἴσα ἐργάσεταί σε οἷα καὶ σὺ ἔδρασας [1]—

ΖΕΥΣ

Τοῦτο φῄς, ἐκπεσεῖσθαί με τῆς ἀρχῆς;

ΠΡΟΜΗΘΕΥΣ

Μὴ γένοιτο, ὦ Ζεῦ. πλὴν τοιοῦτό γε ἡ μῖξις αὐτῆς ἀπειλεῖ.

ΖΕΥΣ

Χαιρέτω τοιγαροῦν ἡ Θέτις· σὲ δὲ ὁ Ἥφαιστος ἐπὶ τούτοις λυσάτω.

[1] *ἔδρασας τὸν Κρόνον* γ.

ZEUS

Tell me first what is this vital reward I'll have from you?

PROMETHEUS

Suppose I tell you what you're after in your present expedition, will you trust the rest of my prophecies?

ZEUS

Yes, indeed.

PROMETHEUS

You're off to Thetis, to make love to her.

ZEUS

So far you're right, but what's to follow? For I think what you say will prove true.

PROMETHEUS

Have nothing to do with that daughter of Nereus, for if she brings you a child,[1] it will treat you just as you treated——

ZEUS

Do you mean that I'll be cast out of my kingdom?[2]

PROMETHEUS

I hope not, Zeus, but something of the sort threatens if you tamper with her.

ZEUS

Goodbye, then, to Thetis; and you, Prometheus, must be released by Hephaestus for this.

[1] Cf. Pindar, *Isthmians*, 7.27 and Aeschylus, *P.V.* 907 ff.

[2] A reference to Zeus' dethronement of his father Cronos. Cf. *On Sacrifices* 5 and *Zeus Catechized* 8.

6 (2)

ΕΡΩΤΟΣ ΚΑΙ ΔΙΟΣ

ΕΡΩΣ

1. *Ἀλλ' εἰ καί τι ἥμαρτον, ὦ Ζεῦ, σύγγνωθί μοι· παιδίον γάρ εἰμι καὶ ἔτι ἄφρων.*

ΖΕΥΣ

Σὺ παιδίον ὁ Ἔρως, ὃς ἀρχαιότερος εἶ πολὺ Ἰαπετοῦ; ἢ διότι μὴ πώγωνα μηδὲ πολιὰς ἔφυσας, διὰ ταῦτα καὶ βρέφος ἀξιοῖς νομίζεσθαι γέρων καὶ πανοῦργος ὤν;

ΕΡΩΣ

Τί δαί σε μέγα ἠδίκησα ὁ γέρων ὡς φῄς ἐγώ, διότι με καὶ πεδῆσαι διανοῇ;

ΖΕΥΣ

Σκόπει, ὦ κατάρατε, εἰ μικρά, ὃς ἐμοὶ μὲν οὕτως ἐντρυφᾷς, ὥστε οὐδέν ἐστιν ὃ μὴ πεποίηκάς με, σάτυρον, ταῦρον, χρυσόν, κύκνον, ἀετόν· ἐμοῦ δὲ ὅλως οὐδεμίαν ἥντινα ἐρασθῆναι πεποίηκας, οὐδὲ συνῆκα [1] ἡδὺς γυναικὶ διὰ σὲ γεγενημένος, ἀλλά με δεῖ μαγγανεύειν ἐπ' αὐτὰς καὶ κρύπτειν ἐμαυτόν· αἱ δὲ τὸν μὲν ταῦρον ἢ κύκνον φιλοῦσιν, ἐμὲ δὲ ἢν ἴδωσι, τεθνᾶσιν ὑπὸ τοῦ δέους.

[1] *συνῆκα* β: *συνῆλθον* γ.

6 (2)

EROS AND ZEUS

EROS

Even if I have done something wrong, Zeus, please forgive me, for I'm only a child, and still without sense.

ZEUS

You a child, you Eros, who are far older than Iapetus[1]! Just because you have no beard or grey hairs, do you really think you should be considered a babe in arms, you old villain?

EROS

What great harm have I, old villain as you call me, done you, that you even think of putting me in chains?

ZEUS

Curse you, do you think it no great harm when you make such a fool of me that you've turned me into everything under the sun—satyr, bull, shower of gold, swan, eagle?[2] Yet you've never made one woman fall for me in my true colours, and, as far as I know, I've not got you to thank for any of my conquests, but I've to practise black magic to win the ladies, hiding my true self. They've plenty of affection for the bull or the swan, but if they see me as I really am, they're frightened to death.

[1] Cf. Hesiod, *Theogony*, 120 and 134, and, for the proverbial expression, p. 293.

[2] I.e. when in pursuit of Antiope, Europa, Danae, Leda and Ganymede respectively.

ΕΡΩΣ

2. Εἰκότως· οὐ γὰρ φέρουσιν, ὦ Ζεῦ, θνηταὶ οὖσαι τὴν σὴν πρόσοψιν.

ΖΕΥΣ

Πῶς οὖν τὸν Ἀπόλλω ὁ Βράγχος καὶ ὁ Ὑάκινθος φιλοῦσιν;

ΕΡΩΣ

Ἀλλὰ ἡ Δάφνη κἀκεῖνον ἔφευγε καίτοι κομήτην καὶ ἀγένειον ὄντα. εἰ δ' ἐθέλεις ἐπέραστος εἶναι, μὴ ἐπίσειε τὴν αἰγίδα μηδὲ τὸν κεραυνὸν φέρε, ἀλλ' ὡς ἥδιστον ποίει σεαυτὸν, ἁπαλὸν ὀφθῆναι,[1] καθειμένος[2] βοστρύχους, τῇ μίτρᾳ τούτους ἀνειλημμένος, πορφυρίδα ἔχε, ὑποδέου χρυσίδας, ὑπ' αὐλῷ καὶ τυμπάνοις εὔρυθμα βαῖνε, καὶ 207 ὄψει ὅτι πλείους ἀκολουθήσουσί σοι τῶν Διονύσου Μαινάδων.

ΖΕΥΣ

Ἄπαγε· οὐκ ἂν δεξαίμην ἐπέραστος εἶναι τοιοῦτος γενόμενος.

ΕΡΩΣ

Οὐκοῦν, ὦ Ζεῦ, μηδὲ ἐρᾶν θέλε· ῥᾴδιον γὰρ τοῦτό γε.

ΖΕΥΣ

Οὔκ, ἀλλὰ ἐρᾶν μέν, ἀπραγμονέστερον δὲ αὐτῶν ἐπιτυγχάνειν· ἐπὶ τούτοις αὐτοῖς ἀφίημί σε.

[1] ποίει σεαυτὸν ἁπαλὸν ὀφθῆναι Ω: ἁπαλὸν ποίει σεαυτὸν καλὸν ὀφθῆναι Γ: ποίει σεαυτὸν ἄπολλον ἑκατέρωθεν B.
[2] καθειμένον codd. vett..

EROS

That's only natural. The sight of your face is too much for mortal women like them.

ZEUS

How, then, is Apollo so popular with Branchus and Hyacinthus ?

EROS

And yet even he had Daphne run from him, for all his flowing locks and beardless face. But if you want them to fall for you, you mustn't go shaking that shield of yours or carrying your thunderbolt around with you, but make yourself as attractive as you can and tender to behold. Let your hair grow down in curls, do them up with a ribbon like Bacchus, wear a purple robe and golden slippers, and come dancing in to the music of pipes and timbrels, and you'll find you have more of them running after you than all his Bacchantes put together.

ZEUS

Be off with you. I'd rather they didn't fall for me, if I've to be like that.

EROS

Then give up all ideas of romance, Zeus. That's a simple enough way out.

ZEUS

Oh, no ! I want my women, but I want success with them without so much trouble. Promise me just that, and I'll let you go.

7 (3)

ΔΙΟΣ ΚΑΙ ΕΡΜΟΥ

ΖΕΥΣ

Τὴν τοῦ Ἰνάχου παῖδα τὴν καλὴν οἶσθα, ὦ Ἑρμῆ;

ΕΡΜΗΣ

Ναί· τὴν Ἰὼ λέγεις;

ΖΕΥΣ

Οὐκέτι παῖς ἐκείνη ἐστίν, ἀλλὰ δάμαλις.

ΕΡΜΗΣ

Τεράστιον τοῦτο· τῷ τρόπῳ δ' ἐνηλλάγη;

ΖΕΥΣ

Ζηλοτυπήσασα ἡ Ἥρα μετέβαλεν αὐτήν. ἀλλὰ καὶ καινὸν[1] *ἄλλο τι δεινὸν ἐπιμεμηχάνηται τῇ κακοδαίμονι· βουκόλον τινὰ πολυόμματον Ἄργον τοὔνομα ἐπέστησεν, ὃς νέμει τὴν δάμαλιν ἄϋπνος ὤν.*

ΕΡΜΗΣ

Τί οὖν ἡμᾶς χρὴ ποιεῖν;

ΖΕΥΣ

Καταπτάμενος ἐς τὴν Νεμέαν—ἐκεῖ δέ που ὁ Ἄργος βουκολεῖ—ἐκεῖνον ἀπόκτεινον, τὴν δὲ Ἰὼ 208 *διὰ τοῦ πελάγους ἐς τὴν Αἴγυπτον ἀγαγὼν Ἶσιν ποίησον· καὶ τὸ λοιπὸν ἔστω θεὸς τῶν ἐκεῖ καὶ τὸν Νεῖλον ἀναγέτω καὶ τοὺς ἀνέμους ἐπιπεμπέτω καὶ σῳζέτω τοὺς πλέοντας.*

[1] *καὶ καινὸν β: καὶ νῦν γ.*

7 (3)

ZEUS AND HERMES

ZEUS

Hermes, do you know Inachus' daughter, the one that's so pretty?

HERMES

Yes. You mean Io,[1] don't you?

ZEUS

She's not a girl, but a heifer now.

HERMES

Wonders will never cease! How this change?

ZEUS

Hera did it out of jealousy. But that's not all. She's played another nasty unheard-of trick on the poor girl. She's put a herdsman called Argus with ever so many eyes in charge of her. He keeps an eye on her as she grazes, and he never goes to sleep.

HERMES

Well, what are we to do about it?

ZEUS

You must fly down to Nemea—Argus is on his beat thereabouts—and kill him. Then take Io over the sea to Egypt, and make her into Isis. Hereafter let her be goddess of the folk there, raising the waters of the Nile, sending them their winds, and preserving seafarers from harm.

[1] For Io see pp. 217-219.

8 (5)

213

ΗΡΑΣ ΚΑΙ ΔΙΟΣ

ΗΡΑ

1. Ἐξ οὗ τὸ μειράκιον τοῦτο, ὦ Ζεῦ, τὸ Φρύγιον ἀπὸ τῆς Ἴδης ἁρπάσας δεῦρο ἀνήγαγες, ἔλαττόν μοι τὸν νοῦν προσέχεις.

ΖΕΥΣ

Καὶ τοῦτο γάρ, ὦ Ἥρα, ζηλοτυπεῖς ἤδη ἀφελὲς οὕτω καὶ ἀλυπότατον; ἐγὼ δὲ ᾤμην ταῖς γυναιξὶ μόναις χαλεπήν σε εἶναι, ὁπόσαι ἂν ὁμιλήσωσί μοι.

ΗΡΑ

2. Οὐδ᾽ ἐκεῖνα μὲν εὖ ποιεῖς οὐδὲ πρέποντα σεαυτῷ ὃς ἁπάντων θεῶν δεσπότης ὢν ἀπολιπὼν ἐμὲ τὴν νόμῳ γαμετὴν ἐπὶ τὴν γῆν κάτει μοιχεύσων, χρυσίον ἢ σάτυρος ἢ ταῦρος γενόμενος. πλὴν ἀλλ᾽ ἐκεῖναι μέν σοι κἂν ἐν γῇ μένουσι, τὸ δὲ τουτὶ Ἰδαῖον[1] παιδίον ἁρπάσας ἀνέπτης, ὦ γενναιότατε ἀετῶν,[2] καὶ συνοικεῖ ἡμῖν ἐπὶ κεφαλήν μοι ἐπαχθέν,[3] οἰνοχοοῦν δὴ τῷ λόγῳ. οὕτως ἠπόρεις οἰνοχόων, καὶ ἀπηγορεύκασιν ἄρα ἥ τε Ἥβη καὶ ὁ Ἥφαιστος
214 διακονούμενοι; σὺ δὲ καὶ τὴν κύλικα οὐκ ἂν ἄλλως λάβοις παρ᾽ αὐτοῦ ἢ φιλήσας πρότερον αὐτὸν ἁπάντων ὁρώντων, καὶ τὸ φίλημά σοι ἥδιον τοῦ νέκταρος, καὶ διὰ τοῦτο οὐδὲ διψῶν πολλάκις αἰτεῖς πιεῖν· ὁτὲ δὲ[4] καὶ ἀπογευσάμενος μόνον

[1] Ἰδαῖον γ: εἰκαῖον β.
[2] ἀετῶν γ: θεῶν β.
[3] ἐπαχθέν β: ἀνενεχθέν γ.
[4] ὁτὲ δὲ β: ἐνίοτέ γε γ.

DIALOGUES OF THE GODS

8 (5)

ZEUS AND HERA

HERA

Since you've brought this lad[1] up here, Zeus, this Phrygian you carried off from Ida, you've been neglecting me.

ZEUS

What, Hera? Jealous already? Of him too, though he's so simple and harmless? I thought you were only down on my various lady friends.

HERA

It's bad enough and quite out of place for you, the master of all gods, to desert me, your lawful wife, and go down to earth, turning into gold or satyr or bull, to commit adultery.[2] But your women do stay on the earth, but as for this boy from Ida, you grabbed hold of him and flew him up here, my fine king of the birds, and you've brought him into our family over my head, "as wine-waiter", you say. Were you so badly in need of wine-waiters? Have Hebe and Hephaestus, then, gone on strike? And you can't take the cup from him, without kissing him first before all our eyes, and you find his kiss sweeter than the nectar, and so you keep on and on asking for a drink, even when you're not thirsty. Sometimes, too, you just take a sip, and give him

[1] Ganymede. Cf. p. 281. [2] Cf. p. 263.

ἔδωκας ἐκείνῳ, καὶ πιόντος ἀπολαβὼν τὴν κύλικα ὅσον ὑπόλοιπον ἐν αὐτῇ πίνεις, ὅθεν καὶ ὁ παῖς ἔπιε καὶ ἔνθα προσήρμοσε τὰ χείλη, ἵνα καὶ πίνῃς ἅμα καὶ φιλῇς· πρῴην δὲ ὁ βασιλεὺς καὶ ἁπάντων πατὴρ ἀποθέμενος τὴν αἰγίδα καὶ τὸν κεραυνὸν ἐκάθησο ἀστραγαλίζων μετ᾽ αὐτοῦ ὁ πώγωνα τηλικοῦτον καθειμένος. ἅπαντα οὖν ὁρῶ ταῦτα, ὥστε μὴ οἴου λανθάνειν.

ΖΕΥΣ

3. Καὶ τί δεινόν, ὦ Ἥρα, μειράκιον οὕτω καλὸν μεταξὺ πίνοντα καταφιλεῖν καὶ ἥδεσθαι ἀμφοῖν καὶ τῷ φιλήματι καὶ τῷ νέκταρι; ἢν γοῦν ἐπιτρέψω αὐτῷ κἂν ἅπαξ φιλῆσαί σε, οὐκέτι μέμψῃ μοι προτιμότερον [1] τοῦ νέκταρος οἰομένῳ τὸ φίλημα εἶναι.

ΗΡΑ

Παιδεραστῶν οὗτοι λόγοι. ἐγὼ δὲ μὴ οὕτω μανείην ὡς τὰ χείλη προσενεγκεῖν τῷ μαλθακῷ τούτῳ Φρυγὶ οὕτως ἐκτεθηλυμένῳ.

ΖΕΥΣ

Μή μοι λοιδοροῦ, ὦ γενναιοτάτη, τοῖς παιδικοῖς·
215 οὑτοσὶ γὰρ ὁ θηλυδρίας, ὁ βάρβαρος, ὁ μαλθακός, ἡδίων ἐμοὶ καὶ ποθεινότερος—οὐ βούλομαι δὲ εἰπεῖν, μή σε παροξύνω ἐπὶ πλέον.

ΗΡΑ

4. Εἴθε καὶ γαμήσειας αὐτὸν ἐμοῦ γε οὕνεκα· μέμνησο γοῦν οἷά μοι διὰ τὸν οἰνοχόον τοῦτον ἐμπαροινεῖς.

[1] ποτιμώτερον γ.

the cup, and when he has drunk, you take it back and drain it, from the side he's drunk from and touched with his lips, so that you can be drinking and kissing at the same time. And the other day, you, the king and father of all, laid aside your aegis and thunderbolt, and sat down playing dice with him, you with that great beard on your face! I see it all. Don't think you're hoodwinking me.

ZEUS

And what's so terrible, my dear, in kissing a pretty boy like that while I'm drinking, and enjoying both the kiss and the nectar? Why, if I let him kiss you just once, you'll never again blame me for preferring his kiss to the nectar.

HERA

Admirers of boys may talk like that, but I hope I'll never be so mad as to give my lips to that Phrygian softie. Oh, the effeminate creature!

ZEUS

Please don't abuse my little darling, noble Hera. This effeminate foreigner, this softie, is more delightful and desirable to me than—I won't say it, for fear that I make you still angrier.

HERA

Well, you can go ahead and marry him, for all I care. But I hope you remember how you're showering tipsy abuse on me because of this wine-boy.

ΖΕΥΣ

Οὔκ, ἀλλὰ τὸν Ἥφαιστον ἔδει τὸν σὸν υἱὸν οἰνοχοεῖν ἡμῖν χωλεύοντα, ἐκ τῆς καμίνου ἥκοντα, ἔτι τῶν σπινθήρων ἀνάπλεων, ἄρτι τὴν πυράγραν ἀποτεθειμένον, καὶ ἀπ᾽ ἐκείνων αὐτοῦ τῶν δακτύλων λαμβάνειν ἡμᾶς τὴν κύλικα καὶ ἐπισπασαμένους γε φιλῆσαι μεταξύ, ὃν οὐδ᾽ ἂν ἡ μήτηρ σὺ ἡδέως φιλήσειας ὑπὸ τῆς ἀσβόλου κατῃθαλωμένον τὸ πρόσωπον. ἡδίω ταῦτα· οὐ γάρ; καὶ παρὰ πολὺ ὁ οἰνοχόος ἐκεῖνος ἔπρεπε[1] τῷ συμποσίῳ τῶν θεῶν, ὁ Γανυμήδης δὲ καταπεμπτέος[2] αὖθις ἐς τὴν Ἴδην· καθάριος γὰρ καὶ ῥοδοδάκτυλος καὶ ἐπισταμένως ὀρέγει τὸ ἔκπωμα, καὶ ὅ σε λυπεῖ μάλιστα, καὶ φιλεῖ ἥδιον τοῦ νέκταρος.

ΗΡΑ

5. Νῦν καὶ χωλός, ὦ Ζεῦ, ὁ Ἥφαιστος καὶ οἱ δάκτυλοι αὐτοῦ ἀνάξιοι τῆς σῆς κύλικος καὶ ἀσβόλου μεστός ἐστι, καὶ ναυτιᾷς ὁρῶν αὐτόν, ἐξ ὅτου τὸν καλὸν κομήτην τοῦτον ἡ Ἴδη ἀνέθρεψε· πάλαι δὲ οὐχ ἑώρας ταῦτα, οὐδ᾽ οἱ σπινθῆρες 216 οὐδὲ ἡ κάμινος ἀπέτρεπόν σε μὴ οὐχὶ πίνειν παρ᾽ αὐτοῦ.

ΖΕΥΣ

Λυπεῖς, ὦ Ἥρα, σεαυτήν, οὐδὲν ἄλλο, κἀμοὶ ἐπιτείνεις τὸν ἔρωτα ζηλοτυποῦσα· εἰ δὲ ἄχθῃ παρὰ παιδὸς ὡραίου δεχομένη τὸ ἔκπωμα, σοὶ μὲν ὁ υἱὸς οἰνοχοείτω, σὺ δέ, ὦ Γανύμηδες, ἐμοὶ μόνῳ ἀναδίδου[3] τὴν κύλικα καὶ ἐφ᾽ ἑκάστῃ δὶς φίλει με

[1] ἐμπρέπει β.
[2] κατάπεμπτος γ.
[3] δίδου γ.

ZEUS

What nonsense! I suppose we ought to have our wine from your son, Hephaestus, hobbling about, straight from the forge, still filthy from the sparks, having just put down his tongs. I suppose I should take the cup from those dirty fingers of his, and between each mouthful of wine give him a kiss? Why, even you, his own mother, wouldn't want to kiss his face, all black with soot. That would be nicer, wouldn't it? Hephaestus was a much more suitable wine-waiter for the table of the gods, I suppose, and Ganymede should be packed off home to Ida? He's too clean, and has rosy fingers, he's not clumsy when he offers the drink, and what annoys you most of all, his kiss is sweeter than the nectar.

HERA

Oh, so now you complain that Hephaestus is lame, and his fingers aren't good enough for your cup, and he is all sooty, and that the sight of him turns your stomach? You've been like that ever since Ida produced this long-haired darling. In the old days, you didn't notice these things. The sparks and the forge didn't stop you from taking your wine from him.

ZEUS

You're only making yourself miserable, my dear, and me fonder of him, by being jealous. If you don't like taking your drink from a lovely boy, you can have your own son serve you, and I'll have you, Ganymede, all to myself, waiting on me, and giving me two kisses with each cup, one when you hold it

καὶ ὅτε πλήρη ὀρέγοις κᾆτα αὖθις ὁπότε παρ' ἐμοῦ ἀπολαμβάνοις. τί τοῦτο; δακρύεις; μὴ δέδιθι· οἰμώξεται γάρ, ἤν τίς σε λυπεῖν θέλῃ.

9 (6)

ΗΡΑΣ ΚΑΙ ΔΙΟΣ

ΗΡΑ

1. *Τὸν Ἰξίονα τοῦτον, ὦ Ζεῦ, ποῖόν τινα τὸν τρόπον ἡγῇ;*

ΖΕΥΣ

Ἄνθρωπον εἶναι χρηστόν, ὦ Ἥρα, καὶ συμποτικόν· οὐ γὰρ ἂν συνῆν ἡμῖν ἀνάξιος τοῦ συμποσίου ὤν.

ΗΡΑ

Ἀλλὰ ἀνάξιός ἐστιν, ὑβριστής γε ὤν· ὥστε μηκέτι συνέστω.

ΖΕΥΣ

Τί δαὶ ὕβρισε; χρὴ γάρ, οἶμαι, κἀμὲ εἰδέναι.

ΗΡΑ

217 *Τί γὰρ ἄλλο;—καίτοι αἰσχύνομαι εἰπεῖν αὐτό· τοιοῦτόν ἐστιν ὃ ἐτόλμησεν.*

ΖΕΥΣ

Καὶ μὴν διὰ τοῦτο καὶ μᾶλλον εἴποις ἄν, ὅσῳ καὶ αἰσχροῖς ἐπεχείρησε. μῶν δ' οὖν ἐπείρα τινά; συνίημι γὰρ ὁποῖόν τι τὸ αἰσχρόν, ὅπερ ἂν σὺ ὀκνήσειας εἰπεῖν.

out to me full, and a second when I give you it back. Hullo, not crying, are you ? Don't be afraid. Anyone that chooses to hurt you will regret it.

9 (6)

HERA AND ZEUS

HERA

This Ixion, Zeus, what sort of a fellow do you think he is ?

ZEUS

Why, an honest man, my dear, and grand company. He wouldn't be our guest, if he were unworthy of our table.

HERA

But he isn't worthy, for his behaviour's outrageous. So don't invite him again.

ZEUS

How's it been outrageous ? I think I should be in the know too.

HERA

Of course you should. But I'm ashamed to mention it. Such a thing to dare !

ZEUS

But if he's tried to do anything shameful, that's all the more reason for telling me about it. He's not been making attempts on anyone, has he ? I think I can guess the sort of shameful thing you wouldn't like to mention.

ΗΡΑ

2. *Αὐτὴν ἐμέ, οὐκ ἄλλην τινά, ὦ Ζεῦ, πολὺν ἤδη χρόνον. καὶ τὸ μὲν πρῶτον ἠγνόουν τὸ πρᾶγμα, διότι ἀτενὲς ἀφεώρα εἰς ἐμέ· ὁ δὲ καὶ ἔστενε καὶ ὑπεδάκρυε, καὶ εἴ ποτε πιοῦσα παραδοίην τῷ Γανυμήδει τὸ ἔκπωμα, ὁ δὲ ᾔτει ἐν αὐτῷ ἐκείνῳ πιεῖν καὶ λαβὼν ἐφίλει μεταξὺ καὶ πρὸς τοὺς ὀφθαλμοὺς προσῆγε καὶ αὖθις ἀφεώρα ἐς ἐμέ· ταῦτα δὲ ἤδη συνίην ἐρωτικὰ ὄντα. καὶ ἐπὶ πολὺ μὲν ᾐδούμην λέγειν πρὸς σὲ καὶ ᾤμην παύσεσθαι τῆς μανίας τὸν ἄνθρωπον· ἐπεὶ δὲ καὶ λόγους ἐτόλμησέ μοι προσενεγκεῖν, ἐγὼ μὲν ἀφεῖσα αὐτὸν ἔτι δακρύοντα καὶ προκυλινδούμενον, ἐπιφραξαμένη τὰ ὦτα, ὡς μηδὲ ἀκούσαιμι αὐτοῦ ὑβριστικὰ ἱκετεύοντος, ἀπῆλθον σοὶ φράσουσα· σὺ δὲ αὐτὸς ὅρα, ὅπως μέτει τὸν ἄνδρα.*

ΖΕΥΣ

3. *Εὖ γε ὁ κατάρατος· ἐπ' ἐμὲ αὐτὸν καὶ μέχρι* 218 *τῶν Ἥρας γάμων; τοσοῦτον ἐμεθύσθη τοῦ νέκταρος; ἀλλ' ἡμεῖς τούτων αἴτιοι καὶ πέρα τοῦ μετρίου φιλάνθρωποι, οἵ γε καὶ συμπότας αὐτοὺς ἐποιησάμεθα. συγγνωστοὶ οὖν, εἰ πιόντες ὅμοια ἡμῖν καὶ ἰδόντες οὐράνια κάλλη καὶ οἷα οὔ ποτε εἶδον ἐπὶ γῆς, ἐπεθύμησαν ἀπολαῦσαι αὐτῶν ἔρωτι ἁλόντες· ὁ δ' ἔρως βίαιόν τί ἐστι καὶ οὐκ ἀνθρώπων μόνον ἄρχει, ἀλλὰ καὶ ἡμῶν αὐτῶν ἐνίοτε.*

ΗΡΑ

Σοῦ μὲν καὶ πάνυ οὗτός γε δεσπότης ἐστὶ καὶ ἄγει σε καὶ φέρει τῆς ῥινός, φασίν, ἕλκων, καὶ σὺ

HERA

It's *me* he's been after. *Me* of all people! And for a long time too! At first I didn't know what it all meant, when he kept gazing hard at me. He would sigh and whimper, and whenever I gave the cup to Ganymede after drinking, he would ask for a drink from the same cup, and when he got it, would stop in the middle of his drink and kiss the cup, bringing it up to his eyes, and staring at me again. Presently I realised these were signs of love, and for a long time I was ashamed to mention the matter to you, thinking the man would get over his madness. But now that he's actually dared to broach the subject with me, I've left him still weeping and grovelling on the ground, and, stopping up my ears so that I wouldn't even hear his outrageous pleas, I've come to tell you. I leave his punishment in your own hands.

ZEUS

The enterprising old devil! Supplanting me! Aspiring to Hera's affections! So drunk with the nectar! Well, it's our own fault; we've been far too good to men, inviting them up to drink with us. So you can't blame them, when they've had the same to drink as us, and seen the beauty of heaven's ladies, the like of which they never saw on earth, if they fall in love and want such beauties for themselves. After all, Love's a pretty violent thing, and gets the mastery not only of men, but sometimes even of us gods.

HERA

Love's your master, good and proper. He drags you along, pulling you by the nose, as they say, and

ἕπῃ αὐτῷ ἔνθα ἂν ἡγῆταί σοι, καὶ ἀλλάττῃ ῥᾳδίως ἐς ὅ τι ἂν κελεύσῃ, καὶ ὅλως κτῆμα καὶ παιδιὰ τοῦ ἔρωτος σύ γε· καὶ νῦν τῷ Ἰξίονι οἶδα καθότι συγγνώμην ἀπονέμεις ἅτε καὶ αὐτὸς μοιχεύσας ποτὲ αὐτοῦ τὴν γυναῖκα, ἥ σοι τὸν Πειρίθουν ἔτεκεν.

ΖΕΥΣ

4. Ἔτι γὰρ σὺ μέμνησαι ἐκείνων, εἴ τι ἐγὼ ἔπαιξα εἰς γῆν κατελθών; ἀτὰρ οἶσθα ὅ μοι δοκεῖ περὶ τοῦ Ἰξίονος; κολάζειν μὲν μηδαμῶς αὐτὸν μηδὲ ἀπωθεῖν τοῦ συμποσίου· σκαιὸν γάρ· ἐπεὶ δὲ ἐρᾷ καὶ ὡς φῂς δακρύει καὶ ἀφόρητα πάσχει—

ΗΡΑ

Τί, ὦ Ζεῦ; δέδια γάρ, μή τι ὑβριστικὸν καὶ σὺ εἴπῃς.

ΖΕΥΣ

Οὐδαμῶς· ἀλλ' εἴδωλον ἐκ νεφέλης πλασάμενοι αὐτῇ σοι ὅμοιον, ἐπειδὰν λυθῇ τὸ συμπόσιον κἀκεῖνος ἀγρυπνῇ, ὡς τὸ εἰκός, ὑπὸ τοῦ ἔρωτος, παρακατακλίνωμεν αὐτῷ φέροντες· οὕτω γὰρ ἂν παύσαιτο ἀνιώμενος οἰηθεὶς τετυχηκέναι τῆς ἐπιθυμίας.

219

ΗΡΑ

Ἄπαγε, μὴ ὤρασιν ἵκοιτο τῶν ὑπὲρ αὐτὸν ἐπιθυμῶν.

ΖΕΥΣ

Ὅμως ὑπόμεινον, ὦ Ἥρα. ἢ τί γὰρ ἂν καὶ πάθοις δεινὸν ἀπὸ τοῦ πλάσματος,[1] εἰ νεφέλῃ ὁ Ἰξίων συνέσται;

[1] πράγματος γ.

you follow wherever he leads you, and don't mind changing into anything he bids you. Why, you're nothing but love's chattel and plaything. I can see already that you sympathise with Ixion, because you yourself once made free with his wife,[1] and she brought you Peirithous.

ZEUS

What? Do you still remember every time I went down to earth to have some fun? Do you know what I think we should do with Ixion? We shouldn't punish him or forbid him our table. That would be ill-bred. No, since he's in love, and reduced to tears and suffers intolerable torment——

HERA

Quick, out with it; for I'm afraid you too will make some outrageous suggestion.

ZEUS

Nothing of the sort. No, let's make a model of you out of cloud, and every night after dinner, when he can't get to sleep for love, as is only natural, we can bring it and put it beside him. Thus he could be out of his misery, and imagine he's got what he longs for.

HERA

Never! Curse him for lusting after what's above him.

ZEUS

Still you must put up with it, my dear. What harm will the model do you, if Ixion makes love to a cloud?

[1] Dia.

ΗΡΑ

5. Ἀλλὰ ἡ νεφέλη ἐγὼ εἶναι δόξω, καὶ τὸ αἰσχρὸν ἐπ᾽ ἐμὲ ἥξει[1] διὰ τὴν ὁμοιότητα.

ΖΕΥΣ

Οὐδὲν τοῦτο φής· οὔτε γὰρ ἡ νεφέλη ποτὲ Ἥρα γένοιτ᾽ ἂν οὔτε σὺ νεφέλη· ὁ δ᾽ Ἰξίων μόνον ἐξαπατηθήσεται.

ΗΡΑ

Ἀλλὰ οἱ πάντες ἄνθρωποι ἀπειρόκαλοί εἰσιν· αὐχήσει κατελθὼν ἴσως καὶ διηγήσεται ἅπασι λέγων συγγεγενῆσθαι τῇ Ἥρᾳ καὶ σύλλεκτρος εἶναι τῷ Διί, καί που τάχα[2] ἐρᾶν με φήσειεν αὐτοῦ, οἱ δὲ πιστεύσουσιν οὐκ εἰδότες ὡς νεφέλῃ συνῆν.

ΖΕΥΣ

Οὐκοῦν, ἤν τι τοιοῦτον εἴπῃ, ἐς τὸν ᾅδην ἐμπεσὼν τροχῷ ἄθλιος προσδεθεὶς συμπεριενεχθήσεται μετ᾽ αὐτοῦ ἀεὶ καὶ πόνον ἄπαυστον ἕξει δίκην διδοὺς οὐ τοῦ ἔρωτος—οὐ γὰρ δεινὸν τοῦτό γε—ἀλλὰ τῆς μεγαλαυχίας.

10 (4)

ΔΙΟΣ ΚΑΙ ΓΑΝΥΜΗΔΟΥΣ

ΖΕΥΣ

1. Ἄγε, ὦ Γανύμηδες—ἥκομεν γὰρ ἔνθα ἐχρῆν—φίλησόν με ἤδη, ὅπως εἰδῇς[3] οὐκέτι ῥάμφος

[1] ἥξει γ: ποιήσει β.
[2] τάχ᾽ ἂν edd..
[3] ἴδῃς γ.

HERA

But I'll be mistaken for the cloud and so be put to shame, because we can't be told apart.

ZEUS

What nonsense! The cloud could never become Hera or you a cloud. Ixion will be deceived, that's all.

HERA

But humans are all so ill-bred. Perhaps he'll start boasting down on earth, telling his story to everyone and claiming that he's been keeping company with Hera, and sharing Zeus' bed; perhaps he may even say I'm in love with him, and they'll believe him, not knowing he was with a cloud.

ZEUS

Very well, if he says anything like that, he'll be thrown down to Hades and tied to a wheel—he won't like that a bit—and carried round and round with the wheel for ever, and suffer torment without end, not as a punishment for his love—for that's no crime—but for boasting.

10 (4)

ZEUS AND GANYMEDE

ZEUS

Come now, Ganymede. We've got there, so you can give me a kiss right away, and you'll know I've

ἀγκύλον ἔχοντα οὐδ' ὄνυχας ὀξεῖς οὐδὲ πτερά, οἷος ἐφαινόμην σοι πτηνὸς εἶναι δοκῶν.

ΓΑΝΥΜΗΔΗΣ

Ἄνθρωπε, οὐκ ἀετὸς ἄρτι ἦσθα καὶ καταπτάμενος ἥρπασάς με ἀπὸ μέσου τοῦ ποιμνίου; 209 πῶς οὖν τὰ μὲν πτερά σοι ἐκεῖνα ἐξερρύηκε, σὺ δὲ ἄλλος ἤδη ἀναπέφηνας;

ΖΕΥΣ

Ἀλλ' οὔτε ἄνθρωπον ὁρᾷς, ὦ μειράκιον, οὔτε ἀετὸν, ὁ δὲ πάντων βασιλεὺς τῶν θεῶν οὗτός εἰμι πρὸς τὸν καιρὸν ἀλλάξας ἐμαυτόν.

ΓΑΝΥΜΗΔΗΣ

Τί φῄς; σὺ γὰρ εἶ ὁ Πὰν ἐκεῖνος; εἶτα πῶς σύριγγα οὐκ ἔχεις οὐδὲ κέρατα οὐδὲ λάσιος εἶ τὰ σκέλη;

ΖΕΥΣ

Μόνον γὰρ ἐκεῖνον ἡγῇ θεόν;

ΓΑΝΥΜΗΔΗΣ

Ναί· καὶ θύομέν γε αὐτῷ ἔνορχιν τράγον ἐπὶ τὸ σπήλαιον ἄγοντες, ἔνθα ἕστηκε· σὺ δὲ ἀνδραποδιστής τις εἶναί μοι δοκεῖς.

ΖΕΥΣ

2. Εἰπέ μοι, Διὸς δὲ οὐκ ἤκουσας ὄνομα οὐδὲ βωμὸν εἶδες ἐν τῷ Γαργάρῳ τοῦ ὕοντος καὶ βροντῶντος καὶ ἀστραπὰς ποιοῦντος;

no crooked beak now, or sharp claws or wings, as you thought when you took me for a bird.

GANYMEDE

Mister man, weren't you an eagle just now? Didn't you swoop down, and carry me away from the middle of my flock? How, then, have your feathers moulted? You look quite different now.

ZEUS

It's no man you see here, my lad, nor eagle either. No, I'm the king of all the gods, but I've changed my shape for the moment.

GANYMEDE

What's that? Are you Pan himself? How is it, then, you've no pipe or horns or shaggy legs?

ZEUS

Is he your only god?

GANYMEDE

Yes, and we sacrifice one of our best billies to him, taking it to the cave where he has his statue. But you're just a kidnapper, if you ask me.

ZEUS

Tell me, have you never heard the name of Zeus? Never seen his altar on Gargaron[1]—the one who sends rain, thunder and lightning?

[1] A peak on Mount Ida. Cf. *Iliad,* VIII, 48 and *Judgement of the Goddesses,* 1 and 5.

ΓΑΝΥΜΗΔΗΣ

Σύ, ὦ βέλτιστε, φῄς εἶναι, ὃς πρῴην κατέχεας ἡμῖν τὴν πολλὴν χάλαζαν, ὁ οἰκεῖν ὑπεράνω λεγό-
210 *μενος, ὁ ποιῶν τὸν ψόφον, ᾧ τὸν κριὸν ὁ πατὴρ ἔθυσεν; εἶτα τί ἀδικήσαντά με ἀνήρπασας, ὦ βασιλεῦ τῶν θεῶν; τὰ δὲ πρόβατα ἴσως οἱ λύκοι διαρπάσονται* [1] *ἤδη ἐρήμοις ἐπιπεσόντες.*

ΖΕΥΣ

Ἔτι γὰρ μέλει σοι τῶν προβάτων ἀθανάτῳ γεγενημένῳ καὶ ἐνταῦθα συνεσομένῳ μεθ' ἡμῶν;

ΓΑΝΥΜΗΔΗΣ

Τί λέγεις; οὐ γὰρ κατάξεις με ἤδη ἐς τὴν Ἴδην τήμερον;

ΖΕΥΣ

Οὐδαμῶς· ἐπεὶ μάτην ἀετὸς ἂν εἴην ἀντὶ θεοῦ γεγενημένος.

ΓΑΝΥΜΗΔΗΣ

Οὐκοῦν ἐπιζητήσει με ὁ πατὴρ καὶ ἀγανακτήσει μὴ εὑρίσκων, καὶ πληγὰς ὕστερον λήψομαι καταλιπὼν τὸ ποίμνιον.

ΖΕΥΣ

Ποῦ γὰρ ἐκεῖνος ὄψεταί σε;

ΓΑΝΥΜΗΔΗΣ

Μηδαμῶς· ποθῶ γὰρ ἤδη αὐτόν. εἰ δὲ ἀπάξεις με, ὑπισχνοῦμαί σοι καὶ ἄλλον παρ' αὐτοῦ κριὸν τυθήσεσθαι λύτρα ὑπὲρ ἐμοῦ. ἔχομεν δὲ τὸν τριετῆ, τὸν μέγαν, ὃς ἡγεῖται πρὸς τὴν νομήν.

[1] διηρπάσαντο γ.

GANYMEDE

Oh, sir, do you mean you're the one that poured down that tremendous hailstorm on us the other day, the one they say lives up top and makes all the noise, the one my father sacrificed the ram to? What harm have I done you, mister king of the gods, that you've carried me off up here? Perhaps the wolves will fall on my sheep now that they're unprotected, and tear them to pieces.

ZEUS

What? Still worrying about your sheep? You're an immortal now and will be living up here with us.

GANYMEDE

What's that? Won't you be taking me back to Ida today?

ZEUS

Of course not. That would mean I'd changed from god to eagle all for nothing.

GANYMEDE

Then my daddy will be looking everywhere for me and getting cross if he doesn't find me, and I'll get a thrashing by and by for leaving my flock.

ZEUS

How so? Where will he see you?

GANYMEDE

Please don't go on with it, for I miss him already. If only you take me back, I promise you you'll get another ram from him, sacrificed as my ransom. We have the three-year-old one, the big one that leads the way to the pasture.

ΖΕΥΣ

3. Ὡς ἀφελὴς ὁ παῖς ἐστι καὶ ἁπλοϊκὸς καὶ αὐτὸ δὴ τοῦτο παῖς ἔτι.—ἀλλ', ὦ Γανύμηδες, ἐκεῖνα μὲν πάντα χαίρειν ἔα καὶ ἐπιλάθου αὐτῶν, τοῦ ποιμνίου καὶ τῆς Ἴδης. σὺ δὲ—ἤδη γὰρ ἐπουράνιος εἶ—πολλὰ εὖ ποιήσεις ἐντεῦθεν καὶ τὸν πατέρα καὶ πατρίδα, καὶ ἀντὶ μὲν τυροῦ καὶ γάλακτος ἀμβροσίαν ἔδῃ καὶ νέκταρ πίῃ· τοῦτο 211 μέντοι καὶ τοῖς ἄλλοις ἡμῖν αὐτὸς παρέξεις ἐγχέων· τὸ δὲ μέγιστον, οὐκέτι ἄνθρωπος, ἀλλ' ἀθάνατος γενήσῃ, καὶ ἀστέρα σου φαίνεσθαι ποιήσω κάλλιστον, καὶ ὅλως εὐδαίμων ἔσῃ.

ΓΑΝΥΜΗΔΗΣ

Ἢν δὲ παίζειν ἐπιθυμήσω, τίς συμπαίξεταί μοι; ἐν γὰρ τῇ Ἴδῃ πολλοὶ ἡλικιῶται ἦμεν.

ΖΕΥΣ

Ἔχεις κἀνταῦθα τὸν συμπαιξόμενόν σοι τουτονὶ τὸν Ἔρωτα καὶ ἀστραγάλους μάλα πολλούς. θάρρει μόνον καὶ φαιδρὸς ἴσθι καὶ μηδὲν ἐπιπόθει τῶν κάτω.

ΓΑΝΥΜΗΔΗΣ

4. Τί δαὶ ὑμῖν χρήσιμος ἂν γενοίμην; ἢ ποιμαίνειν δεήσει κἀνταῦθα;

ΖΕΥΣ

Οὔκ, ἀλλ' οἰνοχοήσεις καὶ ἐπὶ τοῦ νέκταρος τετάξῃ καὶ ἐπιμελήσῃ τοῦ συμποσίου.

ZEUS

How simple the child is, how innocent he is! Still just a child, that's what he is. Look here, Ganymede, you can say good-bye to all those things and forget all about them—about your flock and about Ida. You're one of heaven's company now, and can do a lot of good to your father and country from here. Instead of your cheese and milk, you'll have ambrosia to eat and nectar to drink, only you'll have to serve the nectar to the rest of us too with your own fair hand. And most important of all, you won't be human any more, but immortal, and I'll make your own star—the prettiest one shining in the sky—and you'll enjoy perfect happiness.

GANYMEDE

But what if I want to play? Who will play with me? There were a lot of us who were of my age on Ida.

ZEUS

You have someone to play with here too—there's Eros over there—and lots and lots of knucklebones [1] as well. Only you must cheer up and be a bit more pleased with life, and stop longing for things below.

GANYMEDE

But how could I possibly be any use to you? Will I have to look after a flock here too?

ZEUS

No, you'll pour wine, and be in charge of the nectar, looking after us at table.

[1] Cf. Apollonius Rhodius, 3, 114 ff.

ΓΑΝΥΜΗΔΗΣ

Τοῦτο μὲν οὐ χαλεπόν· οἶδα γὰρ ὡς χρὴ ἐγχέαι τὸ γάλα καὶ ἀναδοῦναι τὸ κισσύβιον.

ΖΕΥΣ

Ἰδού, πάλιν οὗτος γάλακτος μνημονεύει καὶ ἀνθρώποις διακονήσεσθαι οἴεται· ταυτὶ δ' ὁ οὐρανός ἐστι, καὶ πίνομεν, ὥσπερ ἔφην, τὸ νέκταρ.

ΓΑΝΥΜΗΔΗΣ

Ἥδιον, ὦ Ζεῦ, τοῦ γάλακτος;

ΖΕΥΣ

Εἴσῃ μετ' ὀλίγον καὶ γευσάμενος οὐκέτι ποθήσεις τὸ γάλα.

ΓΑΝΥΜΗΔΗΣ

Κοιμήσομαι δὲ ποῦ τῆς νυκτός; ἢ μετὰ τοῦ ἡλικιώτου Ἔρωτος;

ΖΕΥΣ

Οὔκ, ἀλλὰ διὰ τοῦτό σε ἀνήρπασα, ὡς ἅμα καθεύδοιμεν.

ΓΑΝΥΜΗΔΗΣ

212 *Μόνος γὰρ οὐκ ἂν δύναιο, ἀλλὰ ἥδιόν σοι καθεύδειν μετ' ἐμοῦ;*

ΖΕΥΣ

Ναί, μετά γε τοιούτου οἷος εἶ σύ, Γανύμηδες, οὕτω καλός.

GANYMEDE

That's quite simple. I know how to pour milk, and hand round the milk bowl.

ZEUS

There he goes again. Keeps harping on his milk! Think's he'll be waiting on men! This is heaven, let me tell you, and, as I said just now, our drink is nectar.

GANYMEDE

Is that nicer than milk, Zeus?

ZEUS

You'll know very soon, and once you've tasted it, you won't miss your milk any more.

GANYMEDE

Where shall I sleep at night? With Eros, my playmate?

ZEUS

No, that's why I carried you off up here; I wanted us to sleep together.

GANYMEDE

Can't you sleep alone? Will you prefer sleeping with me?

ZEUS

Yes, when it's with a beautiful boy like you.

ΓΑΝΥΜΗΔΗΣ

5. Τί γάρ σε πρὸς τὸν ὕπνον ὀνήσει τὸ κάλλος;

ΖΕΥΣ

Ἔχει τι θέλγητρον ἡδὺ καὶ μαλακώτερον ἐπάγει αὐτόν.

ΓΑΝΥΜΗΔΗΣ

Καὶ μὴν ὅ γε πατὴρ ἤχθετό μοι συγκαθεύδοντι καὶ διηγεῖτο ἕωθεν, ὡς ἀφεῖλον αὐτοῦ τὸν ὕπνον στρεφόμενος καὶ λακτίζων καί τι φθεγγόμενος μεταξὺ ὁπότε καθεύδοιμι· ὥστε παρὰ τὴν μητέρα ἔπεμπέ με κοιμησόμενον ὡς τὰ πολλά. ὥρα δή σοι, εἰ διὰ τοῦτο, ὡς φῄς, ἀνήρπασάς με, καταθεῖναι αὖθις εἰς τὴν γῆν, ἢ πράγματα ἕξεις ἀγρυπνῶν· ἐνοχλήσω γάρ σε συνεχῶς στρεφόμενος.

ΖΕΥΣ

Τοῦτ' αὐτό μοι τὸ ἥδιστον ποιήσεις, εἰ ἀγρυπνήσαιμι μετὰ σοῦ φιλῶν πολλάκις καὶ περιπτύσσων.

ΓΑΝΥΜΗΔΗΣ

Αὐτὸς ἂν εἰδείης· ἐγὼ δὲ κοιμήσομαι σοῦ καταφιλοῦντος.

ΖΕΥΣ

Εἰσόμεθα τότε ὃ πρακτέον. νῦν δὲ ἄπαγε αὐτόν, ὦ Ἑρμῆ, καὶ πιόντα τῆς ἀθανασίας ἄγε οἰνοχοήσοντα ἡμῖν διδάξας πρότερον ὡς χρὴ ὀρέγειν τὸν σκύφον.

GANYMEDE

But how will you sleep better because of my beauty?

ZEUS

It's sweet and soothing, and brings softer sleep.

GANYMEDE

But Daddy would get annoyed with me when I slept with him, and kept telling us first thing in the morning how he couldn't sleep for me tossing and turning, kicking out and talking in my sleep; so he usually sent me to sleep with mummy. So, if that's why you brought me up here, as you say it is, the sooner you put me back down on earth again, the better, or you'll have a terrible time with sleepless nights. For I'll be an awful nuisance to you, tossing and turning all night long.

ZEUS

That's just what I'll like best—staying awake with you, kissing and hugging you again and again.

GANYMEDE

You can find out by yourself. *I'll* go to sleep and leave the kissing *to you.*

ZEUS

We'll find out how to manage, when the time comes. Take him off now, Hermes, and let him have a draught of immortality, and when you've shown him how to offer the cup, bring him back to serve our wine.

11 (7)

ΗΦΑΙΣΤΟΥ ΚΑΙ ΑΠΟΛΛΩΝΟΣ

ΗΦΑΙΣΤΟΣ

220 1. Ἑώρακας, ὦ Ἄπολλον, τὸ τῆς Μαίας βρέφος τὸ ἄρτι τεχθέν, ὡς καλόν τέ ἐστι καὶ προσγελᾷ[1] πᾶσι καὶ δηλοῖ ἤδη μέγα τι ἀγαθὸν ἀποβησόμενον;

ΑΠΟΛΛΩΝ

Ἐκεῖνο τὸ βρέφος, ὦ Ἥφαιστε, ἢ μέγα ἀγαθόν, ὃ τοῦ Ἰαπετοῦ πρεσβύτερόν ἐστιν ὅσον ἐπὶ τῇ πανουργίᾳ;

ΗΦΑΙΣΤΟΣ

Καὶ τί[2] ἂν ἀδικῆσαι δύναιτο ἀρτίτοκον ὄν;

ΑΠΟΛΛΩΝ

Ἐρώτα τὸν Ποσειδῶνα, οὗ τὴν τρίαιναν ἔκλεψεν, ἢ τὸν Ἄρη· καὶ τούτου γὰρ ἐξείλκυσε λαθὸν ἐκ τοῦ κολεοῦ τὸ ξίφος, ἵνα μὴ ἐμαυτὸν λέγω, ὃν ἀφώπλισε τοῦ τόξου καὶ τῶν βελῶν.

ΗΦΑΙΣΤΟΣ

221 2. Τὸ νεογνὸν ταῦτα, ὃ μόλις ἕστηκε,[3] τὸ ἐν τοῖς σπαργάνοις;

ΑΠΟΛΛΩΝ

Εἴσῃ, ὦ Ἥφαιστε, ἤν[4] σοι προσέλθῃ μόνον.

[1] προσμειδιᾷ β.
[2] καὶ τίνα γ.
[3] μόγις ἐκινεῖτο γ.
[4] ἢν β: εἰ γ.

11 (7)

HEPHAESTUS AND APOLLO

HEPHAESTUS

Have you seen how bonny Maia's newborn baby [1] is, Apollo, and what a nice smile it has for everyone ? You can see already it'll be a real treasure.

APOLLO

That baby a real treasure, Hephaestus ? Why, it's already older than Iapetus [2] when it comes to mischief.

HEPHAESTUS

What harm could it do ? It was born only the other day.

APOLLO

Ask Poseidon—it stole his trident—or Ares—it filched his sword out of his scabbard—not to mention myself—it disarmed me of my bow and arrows.

HEPHAESTUS

What ? That newborn infant, which can hardly stand up, and is still in its baby-clothes ?

APOLLO

You'll see for yourself, my dear fellow, if he gets near you.

[1] Hermes. For the subject-matter, cf. Homeric *Hymn to Hermes* and Sophocles' *Ichneutae*.

[2] Cf. Hesiod, *Theogony*, 134, and note on p. 263.

ΗΦΑΙΣΤΟΣ

Καὶ μὴν προσῆλθεν ἤδη.

ΑΠΟΛΛΩΝ

Τί οὖν; πάντα ἔχεις τὰ ἐργαλεῖα καὶ οὐδὲν ἀπόλωλεν [1] αὐτῶν;

ΗΦΑΙΣΤΟΣ

Πάντα, ὦ Ἄπολλον.

ΑΠΟΛΛΩΝ

Ὅμως ἐπίσκεψαι ἀκριβῶς.

ΗΦΑΙΣΤΟΣ

Μὰ Δία, τὴν πυράγραν οὐχ ὁρῶ.

ΑΠΟΛΛΩΝ

Ἀλλ' ὄψει που ἐν τοῖς σπαργάνοις αὐτὴν τοῦ βρέφους.

ΗΦΑΙΣΤΟΣ

Οὕτως ὀξύχειρ ἐστὶ καθάπερ ἐν τῇ γαστρὶ ἐκμελετήσας τὴν κλεπτικήν;

ΑΠΟΛΛΩΝ

3. *Οὐ γὰρ ἤκουσας αὐτοῦ καὶ λαλοῦντος ἤδη στωμύλα καὶ ἐπίτροχα· ὁ δὲ καὶ διακονεῖσθαι ἡμῖν ἐθέλει. χθὲς δὲ προκαλεσάμενος [2] τὸν Ἔρωτα κατεπάλαισεν εὐθὺς οὐκ οἶδ' ὅπως ὑφελὼν [3] τὼ πόδε· εἶτα μεταξὺ ἐπαινούμενος τῆς Ἀφροδίτης μὲν τὸν κεστὸν ἔκλεψε προσπτυξαμένης αὐτὸν ἐπὶ τῇ νίκῃ, τοῦ Διὸς δὲ γελῶντος ἔτι [4] τὸ σκῆπτρον· εἰ δὲ μὴ βαρύτερος ὁ κεραυνὸς ἦν καὶ πολὺ τὸ πῦρ εἶχε, κἀκεῖνον ἂν ὑφείλετο.*

222

[1] διόλωλεν γ.
[2] προσκαλεσάμενος γ.
[3] ὑφέλκων γ.
[4] ἔτι β: ἦλθεν ἐπὶ γ.

HEPHAESTUS

But he's already been near me.

APOLLO

And what happened? Still got all your tools? None gone?

HEPHAESTUS

All present and correct, Apollo.

APOLLO

All the same, have a really good look.

HEPHAESTUS

Good heavens, I can't see my tongs.

APOLLO

No, you'll see them in his baby-clothes.

HEPHAESTUS

Can he have been practising stealing in his mother's womb, that he's so light-fingered?

APOLLO

Well, haven't you heard him speaking? He already has a glib and fluent tongue. And he wants to be our message boy. And yesterday he challenged Eros to wrestle with him, and in no time at all took his feet from under him somehow and had him on the ground. When they were still congratulating him and Aphrodite gave him a hug for winning, he stole her girdle, and, before Zeus had stopped laughing, his sceptre into the bargain; and if his thunderbolt hadn't been too heavy and scorching hot, he'd have had that too and nobody any the wiser.

ΗΦΑΙΣΤΟΣ

Ὑπέρδριμύν[1] τινα τὸν παῖδα φῄς.

ΑΠΟΛΛΩΝ

Οὐ μόνον, ἀλλ' ἤδη καὶ μουσικόν.

ΗΦΑΙΣΤΟΣ

Τῷ τοῦτο τεκμαίρεσθαι ἔχεις;

ΑΠΟΛΛΩΝ

223 4. Χελώνην που νεκρὰν[2] εὑρὼν ὄργανον ἀπ' αὐτῆς συνεπήξατο· πήχεις γὰρ ἐναρμόσας καὶ ζυγώσας, ἔπειτα κολλάβους ἐμπήξας καὶ μαγάδιον[3]
224 ὑποθεὶς καὶ ἐντεινάμενος ἑπτὰ χορδὰς μελῳδεῖ πάνυ γλαφυρόν, ὦ Ἥφαιστε, καὶ ἐναρμόνιον, ὡς κἀμὲ αὐτῷ φθονεῖν πάλαι κιθαρίζειν ἀσκοῦντα.[4] ἔλεγε δὲ ἡ Μαῖα, ὡς μηδὲ μένοι τὰς νύκτας ἐν τῷ οὐρανῷ, ἀλλ' ὑπὸ περιεργίας ἄχρι τοῦ ᾅδου κατίοι, κλέψων τι κἀκεῖθεν δηλαδή. ὑπόπτερος δ' ἐστὶ καὶ ῥάβδον τινὰ πεποίηται θαυμασίαν τὴν δύναμιν, ᾗ ψυχαγωγεῖ καὶ κατάγει τοὺς νεκρούς.

ΗΦΑΙΣΤΟΣ

Ἐγὼ ἐκείνην ἔδωκα αὐτῷ παίγνιον εἶναι.

ΑΠΟΛΛΩΝ

Τοιγαροῦν ἀπέδωκέ σοι τὸν μισθόν, τὴν πυάγραν—

ΗΦΑΙΣΤΟΣ

Εὖ γε ὑπέμνησας· ὥστε βαδιοῦμαι ἀποληψόμενος αὐτήν, εἴ που ὡς φῂς εὑρεθείη ἐν τοῖς σπαργάνοις.

[1] ὑπέρδριμύν γ : γοργόν β
[2] χελώνης που νεκρὸν γ.
[3] μαγάδα β.
[4] ἀκούσαντα γ.

HEPHAESTUS

The child's too sharp for words, by your account.

APOLLO

Yes, and he's already shown he's musical.

HEPHAESTUS

How can you tell that ?

APOLLO

He picked up a dead tortoise somewhere, and made himself a musical instrument out of it ; he's fitted arms to it, with a yoke across, then driven in pegs, fitted a bridge, and stretched seven strings across ; he plays a dainty melody with it, Hephaestus, well in tune, so that even I am green with envy for all my years of practice on the harp. Even at night, Maia was telling me, he wouldn't stay in heaven, but would go all the way down to Hades out of curiosity—to steal something from there, I've no doubt. He has wings on his feet, and has had someone make him a rod with marvellous powers, and with it leads down the souls of the dead.

HEPHAESTUS

I gave him that for a toy.

APOLLO

Well, he's paid you back for that good and proper —the tongs, you know.

HEPHAESTUS

Thanks for reminding me. I'll go and get them back, if they're to be found, as you say, in his baby-clothes.

12 (9)

ΠΟΣΕΙΔΩΝΟΣ ΚΑΙ ΕΡΜΟΥ

ΠΟΣΕΙΔΩΝ

227 1. Ἔστιν, ὦ Ἑρμῆ, νῦν ἐντυχεῖν τῷ Διί;

ΕΡΜΗΣ

Οὐδαμῶς, ὦ Πόσειδον.

ΠΟΣΕΙΔΩΝ

Ὅμως προσάγγειλον αὐτῷ.

ΕΡΜΗΣ

Μὴ ἐνόχλει, φημί· ἄκαιρον γάρ ἐστιν, ὥστε οὐκ ἂν ἴδοις αὐτὸν ἐν τῷ παρόντι.

ΠΟΣΕΙΔΩΝ

Μῶν τῇ Ἥρᾳ σύνεστιν;

ΕΡΜΗΣ

Οὔκ, ἀλλ' ἑτεροῖόν τί ἐστιν.

ΠΟΣΕΙΔΩΝ

Συνίημι· ὁ Γανυμήδης ἔνδον.

ΕΡΜΗΣ

Οὐδὲ τοῦτο· ἀλλὰ μαλακῶς ἔχει αὐτός.

ΠΟΣΕΙΔΩΝ

Πόθεν, ὦ Ἑρμῆ; δεινὸν γὰρ τοῦτο φής.

ΕΡΜΗΣ

Αἰσχύνομαι εἰπεῖν, τοιοῦτόν ἐστιν.

DIALOGUES OF THE GODS

12 (9)

POSEIDON AND HERMES

POSEIDON

May I have a word with Zeus, Hermes ?

HERMES

Impossible, Poseidon.

POSEIDON

Just tell him I'm here.

HERMES

Don't bother us, I tell you. It's not convenient. You can't see him just now.

POSEIDON

He's not with Hera, is he ?

HERMES

No, it's something quite different.

POSEIDON

I know what you mean. He's got Ganymede in there.

HERMES

No, it's not that either. He's poorly.

POSEIDON

How come, Hermes ? That's surprising.

HERMES

I'm ashamed to tell you ; it's so awful.

ΠΟΣΕΙΔΩΝ

Ἀλλὰ οὐ χρὴ[1] πρὸς ἐμὲ θεῖόν γε ὄντα.

ΕΡΜΗΣ

Τέτοκεν ἀρτίως, ὦ Πόσειδον.

ΠΟΣΕΙΔΩΝ

228 Ἄπαγε, τέτοκεν ἐκεῖνος; ἐκ τίνος; οὐκοῦν ἐλελήθει ἡμᾶς ἀνδρόγυνος ὤν; ἀλλὰ οὐδὲ ἐπεσήμανεν ἡ γαστὴρ αὐτῷ ὄγκον τινά.

ΕΡΜΗΣ

Εὖ λέγεις· οὐ γὰρ ἐκείνη εἶχε τὸ ἔμβρυον.

ΠΟΣΕΙΔΩΝ

Οἶδα· ἐκ τῆς κεφαλῆς ἔτεκεν αὖθις ὥσπερ τὴν Ἀθηνᾶν· τοκάδα γὰρ τὴν κεφαλὴν ἔχει.

ΕΡΜΗΣ

Οὔκ, ἀλλὰ ἐν τῷ μηρῷ ἐκύει[2] τὸ τῆς Σεμέλης βρέφος.

ΠΟΣΕΙΔΩΝ

Εὖ γε ὁ γενναῖος, ὡς ὅλος ἡμῖν κυοφορεῖ καὶ πανταχόθι τοῦ σώματος. ἀλλὰ τίς ἡ Σεμέλη ἐστί;

ΕΡΜΗΣ

2. Θηβαία, τῶν Κάδμου θυγατέρων μία. ταύτῃ συνελθὼν ἐγκύμονα ἐποίησεν.

ΠΟΣΕΙΔΩΝ

Εἶτα ἔτεκεν, ὦ Ἑρμῆ, ἀντ᾿ ἐκείνης;

[1] οὐ χρὴ β: οὐχὶ γ.
[2] ἐκύει β: κατεῖχε Ω: κατέχει Γ.

POSEIDON

There's nothing wrong with telling Uncle Poseidon.

HERMES

He's just had a baby, uncle.

POSEIDON

Nonsense. How could he? Who's the father? Was he a man-woman, then, without us knowing? His belly didn't show he was pregnant.

HERMES

True enough; the child wasn't there.

POSEIDON

Oh, I've got it. He produced it out of his head again, just as he did Athena.[1] He's got a prolific head.

HERMES

No, it was from his thigh that Semele's child[2] came.

POSEIDON

Bravo! He's a fine one for you. Gets pregnant from head to toe. Breeds all over his body. But who is Semele?

HERMES

She's from Thebes—one of Cadmus' daughters. He got her into trouble.

POSEIDON

And then had the baby himself, instead of her?

[1] Cf. *Theogony*, 886 ff. and 924, where Hesiod tells how Zeus swallowed his pregnant paramour Metis (or Thought) and then gave birth to their child, Athena, from his head.

[2] Dionysus.

ΕΡΜΗΣ

Καὶ μάλα, εἰ καὶ παράδοξον εἶναί σοι δοκεῖ· τὴν μὲν γὰρ Σεμέλην ὑπελθοῦσα ἡ Ἥρα—οἶσθα ὡς ζηλότυπός ἐστι—πείθει αἰτῆσαι παρὰ τοῦ Διὸς μετὰ βροντῶν καὶ ἀστραπῶν ἥκειν παρ' αὐτήν· ὡς δὲ ἐπείσθη καὶ ἧκεν ἔχων καὶ τὸν κεραυνόν, ἀνεφλέγη [1] ὁ ὄροφος, καὶ ἡ Σεμέλη μὲν διαφθείρεται ὑπὸ τοῦ πυρός, ἐμὲ δὲ κελεύει ἀνατεμόντα τὴν γαστέρα τῆς γυναικὸς ἀνακομίσαι ἀτελὲς ἔτι αὐτῷ τὸ ἔμβρυον ἑπτάμηνον· καὶ ἐπειδὴ ἐποίησα, διελὼν τὸν ἑαυτοῦ μηρὸν ἐντίθησιν, ὡς ἀποτελεσθείη ἐνταῦθα, καὶ νῦν τρίτῳ ἤδη μηνὶ ἐξέτεκεν αὐτὸ καὶ μαλακῶς ἀπὸ τῶν ὠδίνων ἔχει.

ΠΟΣΕΙΔΩΝ

Νῦν οὖν ποῦ τὸ βρέφος ἐστίν;

ΕΡΜΗΣ

229 *Ἐς τὴν Νῦσαν ἀποκομίσας παρέδωκα ταῖς Νύμφαις ἀνατρέφειν Διόνυσον αὐτὸν [2] ἐπονομασθέντα.*

ΠΟΣΕΙΔΩΝ

Οὐκοῦν ἀμφότερα τοῦ Διονύσου τούτου καὶ μήτηρ καὶ πατὴρ ὁ ἀδελφός ἐστιν;

ΕΡΜΗΣ

Ἔοικεν. ἄπειμι δ' οὖν ὕδωρ αὐτῷ πρὸς τὸ τραῦμα οἴσων καὶ τὰ ἄλλα ποιήσων ἃ νομίζεται ὥσπερ λεχοῖ.

[1] ἀνεφλέχθη β.
[2] αὐτὸν om. β.

HERMES

Exactly, even if you do think it odd. The fact is that Hera—you know how jealous she is—talked Semele into persuading Zeus to visit her complete with thunder and lightning. He agreed, and came with his thunderbolt too; the roof caught fire, and Semele was burnt up, and he told me to cut open her womb, and bring him the half-formed seven-month child. When I did so, he cut a slit in his own thigh, and slipped it in to finish its growth there; now, two months later, he's brought it into the world, and he's ill from the birth-pains.

POSEIDON

Then, where's the baby now?

HERMES

I took him to Nysa, and gave him to the Nymphs to bring up. His name is Dionysus.

POSEIDON

Is my brother, then, both father and mother of Dionysus?

HERMES

So it seems. But I'll be off now to bring him water for his wound, and give him the other attentions usual after a confinement.

13 (8)

ΗΦΑΙΣΤΟΥ ΚΑΙ ΔΙΟΣ

ΗΦΑΙΣΤΟΣ

Τί με, ὦ Ζεῦ, δεῖ ποιεῖν; ἥκω γάρ, ὡς ἐκέ-
225 λευσας, ἔχων τὸν πέλεκυν ὀξύτατον, εἰ καὶ λίθους δέοι μιᾷ πληγῇ διατεμεῖν.[1]

ΖΕΥΣ

Εὖ γε, ὦ Ἥφαιστε· ἀλλὰ δίελέ μου τὴν κεφαλὴν εἰς δύο κατενεγκών.

ΗΦΑΙΣΤΟΣ

Πειρᾷ μου, εἰ μέμηνα; πρόσταττε δ' οὖν τἀληθὲς[2] ὅπερ θέλεις σοι γενέσθαι.

ΖΕΥΣ

Τοῦτο αὐτό, διαιρεθῆναί μοι τὸ κρανίον· εἰ δὲ ἀπειθήσεις, οὐ νῦν πρῶτον ὀργιζομένου πειράσῃ μου. ἀλλὰ χρὴ καθικνεῖσθαι παντὶ τῷ θυμῷ μηδὲ μέλλειν· ἀπόλλυμαι γὰρ ὑπὸ τῶν ὠδίνων, αἵ μοι τὸν ἐγκέφαλον ἀναστρέφουσιν.

ΗΦΑΙΣΤΟΣ

Ὅρα, ὦ Ζεῦ, μὴ κακόν τι ποιήσωμεν· ὀξὺς γὰρ ὁ πέλεκύς ἐστι καὶ οὐκ ἀναιμωτὶ οὐδὲ κατὰ τὴν Εἰλήθυιαν μαιώσεταί σε.

[1] λίθους . . διατεμεῖν γ: λίθον . . . διακόψαι β.
[2] τἀληθὲς γ: τι ἄλλο β.

13 (8)

HEPHAESTUS AND ZEUS

HEPHAESTUS

What do you want me to do, Zeus? Here I am, as you ordered, all ready with my axe at its sharpest, even if I must chop through stones with a single blow.

ZEUS

That's grand, Hephaestus. Now, down with it on my head and cut it in two.[1]

HEPHAESTUS

Are you trying to see if I'm mad? Tell me what you really want me to do.

ZEUS

You heard. I want my skull split. If you don't obey, I'll be angry—and you know what that's like already.[2] Hit away with all your might. Come on, hurry up. The birth-pangs shooting through my brain are killing me.

HEPHAESTUS

Take care, Zeus, or I may hurt you. My axe is sharp. You'll find her a midwife that draws blood and quite different from Ilithyia.[3]

[1] Cf. Pindar, *Olympians*, 7, 35.

[2] When Zeus in anger threw Hephaestus out of heaven and he landed in Lemnos (*Iliad*, I, 589 ff.). Cf. *On Sacrifices* 6 and *Charon* 1.

[3] The goddess who helps in childbirth. See note on pp. 326-327.

ΖΕΥΣ

Κατένεγκε μόνον, ὦ Ἥφαιστε, θαρρῶν· οἶδα γὰρ ἐγὼ τὸ σύμφερον.

ΗΦΑΙΣΤΟΣ

Κατοίσω·[1] *τί γὰρ χρὴ ποιεῖν σοῦ κελεύοντος; τί τοῦτο; κόρη ἔνοπλος; μέγα, ὦ Ζεῦ, κακὸν εἶχες ἐν τῇ κεφαλῇ· εἰκότως γοῦν ὀξύθυμος ἦσθα τηλικαύτην ὑπὸ τὴν μήνιγγα*[2] *παρθένον ζωογονῶν καὶ ταῦτα ἔνοπλον· ἦ που στρατόπεδον, οὐ κεφαλὴν ἐλελήθεις ἔχων. ἡ δὲ πηδᾷ*[3] *καὶ πυρ-*
226 *ριχίζει καὶ τὴν ἀσπίδα τινάσσει καὶ τὸ δόρυ πάλλει*[4] *καὶ ἐνθουσιᾷ καὶ τὸ μέγιστον, καλὴ πάνυ καὶ ἀκμαία γεγένηται δὴ ἐν βραχεῖ· γλαυκῶπις μέν, ἀλλὰ κοσμεῖ τοῦτο ἡ κόρυς. ὥστε, ὦ Ζεῦ, μαίωτρά μοι ἀπόδος ἐγγυήσας ἤδη αὐτήν.*

ΖΕΥΣ

Ἀδύνατα αἰτεῖς, ὦ Ἥφαιστε· παρθένος γὰρ ἀεὶ ἐθελήσει μένειν. ἐγὼ δ' οὖν[5] *τό γε ἐπ' ἐμοὶ οὐδὲν ἀντιλέγω.*

ΗΦΑΙΣΤΟΣ

Τοῦτ' ἐβουλόμην· ἐμοὶ μελήσει τὰ λοιπά, καὶ ἤδη συναρπάσω αὐτήν.

ΖΕΥΣ

Εἴ σοι ῥᾴδιον, οὕτω ποίει· πλὴν οἶδα ὅτι ἀδυνάτων ἐρᾷς.

[1] Ἄκων μεν, κατοίσω δέ· β.
[2] τῇ μήνιγγι β.
[3] ἡ δὲ πηδᾷ β: ἤδη γ.
[4] καὶ τὸ δόρυ πάλλει om. γ.
[5] γοῦν γ.

ZEUS

Hit away, Hephaestus. Don't be afraid; I know what's good for me.

HEPHAESTUS

All right, here goes. How can I help it, when it's your orders? Hullo, what's this? A girl in armour?[1] That was no small trouble you had in your head. No wonder you were short-tempered, breeding a big girl like that in your brain—and her with armour into the bargain. It wasn't a head you had but a barracks, though we didn't know it. She's leaping up and down in a war-dance, shaking her shield and poising her spear, full of the spirit of battle; and, most wonderful of all, see how good-looking and grown-up she's become in this short time; she's got grey eyes, but they go very well with her helmet. So, Zeus, pay me for my services as midwife, by betrothing her to me this minute.

ZEUS

That's impossible. She'll want to remain single for ever, though for my part I've no objection to your request.

HEPHAESTUS

That's all I wanted to hear. Leave the rest to me. I'll be off with her right away.

ZEUS

Do so, if you can manage it, but I know that what you want is impossible.

[1] Athena. See previous dialogue.

14 (10)

ΕΡΜΟΥ ΚΑΙ ΗΛΙΟΥ

ΕΡΜΗΣ

1. Ὦ Ἥλιε, μὴ ἐλάσῃς τήμερον, ὁ Ζεύς φησι, μηδὲ αὔριον [1] μηδὲ εἰς τρίτην ἡμέραν, ἀλλὰ ἔνδον μένε, καὶ τὸ μεταξὺ μία τις ἔστω νὺξ μακρά· ὥστε λυέτωσαν μὲν αἱ Ὧραι αὖθις τοὺς ἵππους, σὺ δὲ σβέσον τὸ πῦρ καὶ ἀνάπαυε διὰ μακροῦ σεαυτόν.

ΗΛΙΟΣ

Καινὰ ταῦτα, ὦ Ἑρμῆ, καὶ ἀλλόκοτα ἥκεις παραγγέλλων. ἀλλὰ μὴ παραβαίνειν τι ἔδοξα ἐν τῷ δρόμῳ καὶ ἔξω ἐλάσαι τῶν ὅρων, κᾆτά μοι ἄχθεται καὶ τὴν νυκτα τριπλασίαν τῆς ἡμέρας ποιῆσαι διέγνωκεν;

ΕΡΜΗΣ

Οὐδὲν τοιοῦτον, οὐδὲ ἐς ἀεὶ τοῦτο ἔσται· δεῖται δέ τι νῦν [2] αὐτὸς ἐπιμηκεστέραν γενέσθαι οἱ τὴν νύκτα.

ΗΛΙΟΣ

230 Ποῦ δὲ καὶ ἔστιν ἢ πόθεν ἐξεπέμφθης ταῦτα διαγγελῶν μοι;

ΕΡΜΗΣ

Ἐκ Βοιωτίας, ὦ Ἥλιε, παρὰ τῆς Ἀμφιτρύωνος, ᾗ σύνεστιν ἐρῶν αὐτῆς.

[1] ὁ Ζεὺς . . . αὔριον om. γ. [2] δέ τι νῦν β: δὲ νῦν ἔτι γ.

14 (10)

HERMES AND HELIOS

HERMES

Zeus says you're not to go out driving today, Mr. Sun-god, or tomorrow or the next day. You've to stay at home, and all that time's to be one long night; so the Hours [1] can unyoke your horses, and you can put out your fire and have a nice long rest.

HELIOS

A strange message you've brought, Hermes. Why, I've never heard the like of it! He doesn't think I've been going off my course and breaking bounds, does he? He's not annoyed with me, that he's decided to make the night three times as long as the day?

HERMES

Not a bit of it. This won't go on for ever; but for this once, it's his personal wish that he should get a longer night at this time.

HELIOS

Where is he? Where were you sent from with this message?

HERMES

From Boeotia, Mr. Sun, from Amphitryon's wife.[2] He's been keeping company with her. He's in love with her.

[1] The goddesses of the seasons and doorkeepers of heaven (*Iliad*, 5, 749 and 8, 393; *Zeus Rants* 33, *On Sacrifices* 8. Cf. also Ovid, *Met.* 2, 118).

[2] Alcmena, mother of Heracles.

ΗΛΙΟΣ

Εἶτα οὐχ ἱκανὴ νὺξ μία;

ΕΡΜΗΣ

Οὐδαμῶς· τεχθῆναι γάρ τινα δεῖ ἐκ τῆς ὁμιλίας ταύτης μέγαν καὶ πολύμοχθον·[1] τοῦτον οὖν ἐν μιᾷ νυκτὶ ἀποτελεσθῆναι ἀδύνατον.

ΗΛΙΟΣ

2. Ἀλλὰ τελεσιουργείτω μὲν ἀγαθῇ τύχῃ. ταῦτα δ᾽ οὖν, ὦ Ἑρμῆ, οὐκ ἐγίνετο ἐπὶ τοῦ Κρόνου—αὐτοὶ[2] γὰρ ἡμεῖς ἐσμεν—οὐδὲ ἀπόκοιτός ποτε ἐκεῖνος παρὰ τῆς Ῥέας ἦν οὐδὲ ἀπολιπὼν ἂν τὸν οὐρανὸν ἐν Θήβαις ἐκοιμᾶτο, ἀλλὰ ἡμέρα μὲν ἦν ἡ ἡμέρα, νὺξ δὲ κατὰ μέτρον τὸ αὐτῆς ἀνάλογον[3] ταῖς ὥραις, ξένον δὲ ἢ παρηλλαγμένον οὐδέν, οὐδ᾽ ἂν ἐκοινώνησέ ποτε ἐκεῖνος θνητῇ γυναικί· νῦν δὲ δυστήνου γυναίου ἕνεκα χρὴ ἀνεστράφθαι τὰ πάντα καὶ ἀκαμπεστέρους μὲν γενέσθαι τοὺς ἵππους ὑπὸ τῆς ἀργίας, δύσπορον δὲ τὴν ὁδὸν ἀτριβῆ μένουσαν τριῶν ἑξῆς ἡμερῶν, τοὺς δὲ ἀνθρώπους ἀθλίους[4] ἐν σκοτεινῷ διαβιοῦν. τοιαῦτα ἀπολαύσονται τῶν Διὸς ἐρώτων καὶ καθεδοῦνται περιμένοντες, ἔστ᾽ ἂν ἐκεῖνος ἀποτελέσῃ τὸν ἀθλητήν, ὃν λέγεις, ὑπὸ μακρῷ τῷ ζόφῳ.

ΕΡΜΗΣ

231 Σιώπα, ὦ Ἥλιε, μή τι κακὸν ἀπολαύσῃς τῶν λόγων. ἐγὼ δὲ παρὰ τὴν Σελήνην ἀπελθὼν καὶ τὸν

[1] πολύμοχθον γ: πολύαθλον θεόν β. [2] αὐτοὶ β: μόνοι γ.
[3] ἀναλόγως γ. [4] ἀθλίως β.

HELIOS

Isn't one night enough, then?

HERMES

Not at all. From this romance must come one who is mighty and fit for many labours; so they can't do justice to him in a single night.

HELIOS

Well, I hope he makes a success of the job, though I must say, Hermes, this sort of thing didn't happen in *Cronos*' day. (It's all right, we're alone.) *He* would never sleep away from Rhea,[1] or leave heaven for a bed in Thebes, but day was day, and night night, varying only within their proper limits with the seasons of the year, with none of these strange upheavals. No, *Cronos* would never have had anything to do with a mortal woman. Now, however, for some poor miserable woman, everything must be turned topsy-turvy, my horses become stiff for want of exercise, the road grows difficult, left untrodden for three days on end, and men must spend a miserable time in the dark. That's what they'll get from Zeus' love-affairs. Why, they'll have to sit waiting in darkness for hours, till he finishes his job on the labouring fellow you've been telling me about.

HERMES

Quiet, Mr. Sun, or your words may get you into trouble. I'll be off now to the Moon and to Sleep,

[1] Cf. however, Pindar, *Nemeans* 3, 75 and Apollonius Rhodius 2, 1235 ff., for the love of Cronos for Philyra, daughter of Oceanus, and the birth of their son Chiron.

Ὕπνον ἀπαγγελῶ κἀκείνοις ἅπερ ὁ Ζεὺς ἐπέστειλε, τὴν μὲν σχολῇ προβαίνειν, τὸν δὲ Ὕπνον[1] μὴ ἀνεῖναι[2] τοὺς ἀνθρώπους, ὡς ἀγνοήσωσι μακρὰν οὕτω τὴν νύκτα γεγενημένην.

15 (13)

ΔΙΟΣ, ΑΣΚΛΗΠΙΟΥ ΚΑΙ ΗΡΑΚΛΕΟΥΣ

ΖΕΥΣ

1. Παύσασθε, ὦ Ἀσκληπιὲ καὶ Ἡράκλεις, ἐρίζοντες πρὸς ἀλλήλους ὥσπερ ἄνθρωποι· ἀπρεπῆ γὰρ ταῦτα καὶ ἀλλότρια τοῦ συμποσίου τῶν θεῶν.

ΗΡΑΚΛΗΣ

Ἀλλὰ θέλεις, ὦ Ζεῦ, τουτονὶ τὸν φαρμακέα προκατακλίνεσθαί μου;

ΑΣΚΛΗΠΙΟΣ

Νὴ Δία· καὶ γάρ ἀμείνων εἰμί.

ΗΡΑΚΛΗΣ

236 Κατὰ τί, ὦ ἐμβρόντητε; ἢ ὅτι σε ὁ Ζεὺς ἐκεραύνωσεν ἃ μὴ θέμις ποιοῦντα, νῦν δὲ κατ' ἔλεον αὖθις ἀθανασίας μετείληφας;

ΑΣΚΛΗΠΙΟΣ

Ἐπιλέλησαι γὰρ καὶ σύ, ὦ Ἡράκλεις, ἐν τῇ Οἴτῃ καταφλεγείς, ὅτι μοι ὀνειδίζεις τὸ πῦρ;

[1] ἀπαγγελῶ . . . Ὕπνον β: κελεύσω γ.
[2] ἀνιέναι β.

---

[1] In resurrecting men from the dead (cf. Pindar, *Pythians*, 3, 54). According to Lucian, *The Dance* 45, one of these was Tyndareus, while other authorities (see Apollodorus, 3.10.3) mention Capaneus, Lycurgus, Hippolytus, Hy-

and pass on Zeus' instructions to them too, telling her to take her time, and Sleep not to leave men, so that they may not know the night's been so long.

15 (13)

ZEUS, ASCLEPIUS AND HERACLES

ZEUS

Stop quarrelling, you two; you're just like a couple of men. It's quite improper and out of place at the table of the gods.

HERACLES

But, Zeus, do you really mean this medicine man to have a place above me?

ASCLEPIUS

He does, by Zeus, for I'm your better.

HERACLES

How, you crackbrain? Because Zeus blasted you with his thunderbolt for your impious doings,[1] and you've now received immortality because he relented and pitied you?

ASCLEPIUS

You must have forgotten, Heracles, how you too were scorched to death on Oeta,[2] that you taunt me with getting burned.

menaeus and Glaucus. The version of Diodorus (4.71.1-3) is that Asclepius' skill so lowered the death-rate that Hades accused him before Zeus of trespassing on his preserves, and Zeus in anger struck him down with the thunderbolt.

[2] For the suicide of Heracles on Mount Oeta see the *Trachiniae* of Sophocles.

ΗΡΑΚΛΗΣ

Οὔκουν ἴσα καὶ ὅμοια βεβίωται ἡμῖν, ὃς Διὸς μὲν υἱός εἰμι, τοσαῦτα δὲ πεπόνηκα ἐκκαθαίρων τὸν βίον, θηρία καταγωνιζόμενος καὶ ἀνθρώπους ὑβριστὰς τιμωρούμενος· σὺ δὲ ῥιζοτόμος εἶ καὶ ἀγύρτης, ἐν ἀθλίοις δὲ [1] ἴσως ἀνθρώποις χρήσιμος ἐπιθέσει [2] τῶν φαρμάκων, ἀνδρῶδες δὲ οὐδὲν ἐπιδεδειγμένος.

ΑΣΚΛΗΠΙΟΣ

237 Οὐ [3] λέγεις, ὅτι σου τὰ ἐγκαύματα ἰασάμην, ὅτε πρῴην ἀνῆλθες ἡμίφλεκτος ὑπ' ἀμφοῖν διεφθορὼς τὸ σῶμα,[4] καὶ τοῦ χιτῶνος καὶ μετὰ τοῦτο τοῦ πυρός; ἐγὼ δὲ εἰ καὶ μηδὲν ἄλλο, οὔτε ἐδούλευσα ὥσπερ σὺ οὔτε ἔξαινον ἔρια ἐν Λυδίᾳ πορφυρίδα ἐνδεδυκὼς [5] καὶ παιόμενος ὑπὸ τῆς Ὀμφάλης χρυσῷ σανδάλῳ, ἀλλὰ οὐδὲ μελαγχολήσας ἀπέκτεινα τὰ τέκνα καὶ τὴν γυναῖκα.

ΗΡΑΚΛΗΣ

Εἰ μὴ παύσῃ λοιδορούμενός μοι, αὐτίκα μάλα εἴσῃ ὅτι οὐ πολύ σε ὀνήσει ἡ ἀθανασία, ἐπεὶ ἀράμενός σε ῥίψω ἐπὶ κεφαλὴν ἐκ τοῦ οὐρανοῦ, 238 ὥστε μηδὲ τὸν Παιῶνα ἰάσασθαί σε τὸ κρανίον συντριβέντα.

ΖΕΥΣ

Παύσασθε, φημί, καὶ μὴ ἐπιταράττετε ἡμῖν τὴν εὐωχίαν,[6] ἢ ἀμφοτέρους ὑμᾶς ἀποπέμψομαι

[1] ἐν ἀθλίοις δὲ γ: νοσοῦσι μὲν β. [2] ἐπιθήσειν β.
[3] Οὐ . . .; γ: Εὖ . . .· β. [4] διεφθαρμένος τῷ σώματι β.
[5] ἐν Λυδίᾳ . . . ἐνδεδυκὼς β: ἐνδεδοικὼς ποδήρη ἢ πορφυρίδα γ.
[6] εὐωχίαν γ: ξυνουσίαν β.

HERACLES

That doesn't mean our lives were the same. I'm the son of Zeus, and performed all those labours cleaning up the world, by overcoming monsters, and punishing men of violence; but you're just a herb-chopper and quack, useful perhaps among suffering humanity for administering potions, but without one manly deed to show.

ASCLEPIUS

Have you nothing to say of how I healed your burns, when you came up half-scorched the other day? Between the tunic and the fire after it, your body was in a fine mess. Besides, if nothing else, I was never a slave like you, carding wool in Lydia, wearing purple, and being beaten with Omphale's [1] golden sandal. What's more, I never killed my wife [2] and children in a fit of spleen.

HERACLES

If you don't stop insulting me, you'll pretty soon find out that your immortality won't help you much. I'll pick you up and throw you head first out of heaven, so that you'll crack your skull, and not even Apollo the Healer will be able to do anything for you.

ZEUS

Stop it, I say; don't disturb our dinner-party, or I'll send you both from the table. But it's only

[1] A queen of Lydia, as whose slave Heracles had to serve for three years. Lucian describes a painting on this topic in *How to Write History* 10.

[2] Megara. Cf. Euripides' *Hercules Furens*.

τοῦ συμποσίου. καίτοι εὔγνωμον, ὦ Ἡράκλεις, προκατακλίνεσθαί σου τὸν Ἀσκληπιὸν ἅτε καὶ πρότερον ἀποθανόντα.

16 (14)

ΕΡΜΟΥ ΚΑΙ ΑΠΟΛΛΩΝΟΣ

ΕΡΜΗΣ

1. *Τί κατηφὴς εἶ,*[1] *ὦ Ἄπολλον;*

ΑΠΟΛΛΩΝ

Ὅτι, ὦ Ἑρμῆ, δυστυχῶ ἐν τοῖς ἐρωτικοῖς.

ΕΡΜΗΣ

Ἄξιον μὲν λύπης τὸ τοιοῦτο· σὺ δὲ τί δυστυχεῖς; ἢ τὸ κατὰ τὴν Δάφνην σε λυπεῖ ἔτι;

ΑΠΟΛΛΩΝ

239 *Οὐδαμῶς· ἀλλὰ ἐρώμενον πενθῶ τὸν Λάκωνα τὸν Οἰβάλου.*[2]

ΕΡΜΗΣ

Τέθνηκε γάρ, εἰπέ μοι, ὁ Ὑάκινθος;

ΑΠΟΛΛΩΝ

Καὶ μάλα.

ΕΡΜΗΣ

Πρὸς τίνος, ὦ Ἄπολλον; ἢ τίς οὕτως ἀνέραστος ἦν ὡς ἀποκτεῖναι τὸ καλὸν ἐκεῖνο μειράκιον;

ΑΠΟΛΛΩΝ

Αὐτοῦ ἐμοῦ τὸ ἔργον.

[1] *κατηφὴς εἶ γ: σκυθρωπός β.*
[2] *Οἰβάλου ἐκεῖνον. γ.*

reasonable, Heracles, that Asclepius should have a place above you, as he died before you.

16 (14)

HERMES AND APOLLO

HERMES

Why so down in the mouth, Apollo ?

APOLLO

It's my bad luck in love, Hermes.

HERMES

Ah, yes, that could well make a chap sad. But what's your bad luck ? Still sore about Daphne ?

APOLLO

Oh, no ; I'm in mourning for my Laconian darling, Oebalus' son.

HERMES

Is Hyacinthus dead then ?

APOLLO

He certainly is.

HERMES

Who did it, Apollo ? Who was so insensible to charm as to kill that lovely boy ?

APOLLO

I did it with my own hand.

ΕΡΜΗΣ

Οὐκοῦν ἐμάνης, ὦ Ἄπολλον;

ΑΠΟΛΛΩΝ

Οὔκ, ἀλλὰ δυστύχημά τι ἀκούσιον ἐγένετο.

ΕΡΜΗΣ

Πῶς; ἐθέλω γὰρ ἀκοῦσαι τὸν τρόπον.

ΑΠΟΛΛΩΝ

2. Δισκεύειν ἐμάνθανε κἀγὼ συνεδίσκευον αὐτῷ, ὁ δὲ κάκιστα ἀνέμων ἀπολούμενος ὁ Ζέφυρος ἤρα μὲν ἐκ πολλοῦ καὶ αὐτός, ἀμελούμενος δὲ καὶ μὴ φέρων τὴν ὑπεροψίαν ταῦτα εἰργάσατο·[1] ἐγὼ μὲν ἀνέρριψα, ὥσπερ εἰώθειμεν, τὸν δίσκον εἰς τὸ ἄνω, ὁ δὲ ἀπὸ τοῦ Ταϋγέτου καταπνεύσας ἐπὶ κεφαλὴν τῷ παιδὶ ἐνέσεισε φέρων[2] αὐτόν, ὥστε ἀπὸ τῆς 240 πληγῆς αἷμα ῥυῆναι πολὺ καὶ τὸν παῖδα εὐθὺς ἀποθανεῖν. ἀλλὰ ἐγὼ τὸν μὲν Ζέφυρον αὐτίκα ἠμυνάμην κατατοξεύσας, φεύγοντι ἐπισπόμενος ἄχρι τοῦ ὄρους, τῷ παιδὶ δὲ καὶ τὸν τάφον μὲν ἐχωσάμην ἐν Ἀμύκλαις, ὅπου ὁ δίσκος αὐτὸν κατέβαλε, καὶ ἀπὸ τοῦ αἵματος ἄνθος ἀναδοῦναι τὴν γῆν ἐποίησα ἥδιστον, ὦ Ἑρμῆ, καὶ εὐανθέστατον ἀνθῶν ἁπάντων, ἔτι καὶ γράμματα ἔχον ἐπαιάζοντα τῷ νεκρῷ. ἆρά σοι ἀλόγως λελυπῆσθαι δοκῶ;

ΕΡΜΗΣ

Ναί, ὦ Ἄπολλον· ᾔδεις γὰρ θνητὸν πεποιημένος τὸν ἐρώμενον·[3] ὥστε μὴ ἄχθου ἀποθανόντος.

[1] ταῦτα εἰργάσατο om. β.
[2] ἐνέσεισε φέρων β: ἐνσείσας ἐφόνευσεν γ.
[3] τὸν ἐρώμενον om. γ.

HERMES

What! Were you mad, Apollo?

APOLLO

No, it was an unlucky accident.

HERMES

How? I'd like to hear how it happened.

APOLLO

He was learning to throw the quoit, and I was throwing it with him, when Zephyrus did it—curse that wind above them all—Zephyrus, too, had been in love with him for a long time, but the boy wouldn't look at him, and he couldn't stand his contempt. Well, I threw my quoit as usual, and Zephyrus blew down from Taygetus, and dashed it down on the boy's head. Blood poured out where it hit him, and he died on the spot, poor lad. I shot back at Zephyrus with my arrows and chased him hard, all the way back to the mountain. The boy I've had buried in Amyclae, where he was struck down by the discus, and I've made the earth send up from his blood the sweetest and fairest flower of them all, one which bears lettering [1] of mourning for the dead one. Do you think it's unreasonable of me to have a broken heart?

HERMES

Yes I do, my good chap. You knew you'd chosen a mortal to love; so you mustn't be vexed at his death.

[1] A sort of iris forming the letters of AIAI (alas); cf. Ovid, *Met.* 10, 215 and *The Dance* 45.

17 (15)

ΕΡΜΟΥ ΚΑΙ ΑΠΟΛΛΩΝΟΣ

ΕΡΜΗΣ

1. *Τὸ δὲ καὶ χωλὸν αὐτὸν ὄντα καὶ τέχνην ἔχοντα βάναυσον,*[1] *ὦ Ἄπολλον, τὰς καλλίστας γεγαμηκέναι, τὴν Ἀφροδίτην καὶ τὴν Χάριν.*

ΑΠΟΛΛΩΝ

Εὐποτμία τις, ὦ Ἑρμῆ· πλὴν ἐκεῖνό γε θαυμάζω, τὸ ἀνέχεσθαι συνούσας αὐτῷ, καὶ μάλιστα ὅταν ὁρῶσιν ἱδρῶτι ῥεόμενον, εἰς τὴν κάμινον ἐπικεκυφότα, πολλὴν αἰθάλην[2] *ἐπὶ τοῦ προσώπου ἔχοντα· καὶ ὅμως τοιοῦτον ὄντα περιβάλλουσί τε*
242 *αὐτὸν καὶ φιλοῦσι καὶ ξυγκαθεύδουσι.*

ΕΡΜΗΣ

Τοῦτο καὶ αὐτὸς ἀγανακτῶ καὶ τῷ Ἡφαίστῳ φθονῶ· σὺ δὲ κόμα, ὦ Ἄπολλον, καὶ κιθάριζε καὶ μέγα ἐπὶ τῷ κάλλει φρόνει, κἀγὼ ἐπὶ τῇ εὐεξίᾳ, καὶ τῇ λύρᾳ· εἶτα, ἐπειδὰν κοιμᾶσθαι δέῃ, μόνοι καθευδήσομεν.

ΑΠΟΛΛΩΝ

2. *Ἐγὼ μὲν καὶ ἄλλως ἀναφρόδιτός εἰμι εἰς τὰ ἐρωτικὰ καὶ δύο γοῦν, οὓς μάλιστα ὑπερηγάπησα, τὴν Δάφνην καὶ τὸν Ὑάκινθον· ἡ μὲν ἀποδιδράσκει με καὶ μισεῖ,*[3] *ὥστε εἵλετο ξύλον γενέσθαι*

[1] *τέχνην ἔχοντα βάναυσον* γ: *χαλκέα τὴν τέχνην* β.
[2] *πολὺν αἴθαλον* β.
[3] *ἀποδιδράσκει . . . μισεῖ* γ: *Δάφνη οὕτως ἐμίσησέ με* β.

17 (15)

HERMES AND APOLLO

HERMES

To think, Apollo, that a poor cripple and mere artisan like him has married the two fairest of the fair, Aphrodite and Charis ! [1]

APOLLO

That's just good luck, my dear fellow ; but what does surprise me is that they can stand living with him, especially when they see him bathed in sweat, bending over his furnace, with soot all over his face. And yet they embrace a creature like that and kiss him and sleep with him.

HERMES

That annoys me too, and makes me jealous of Hephaestus. You can show off your fine hair, Apollo, and play on your harp, and be proud of your beauty, and I of my fine physique and my lyre, but when it comes to bedtime, we've got to sleep alone.

APOLLO

I'm generally unlucky in love ; at least I lost my two special sweethearts, Daphne and Hyacinthus. Daphne so loathes and shuns me that she's chosen to turn into a tree rather than share my company,

[1] Cf. *Iliad*, XVIII, 382. Hesiod, *Theogony*, 945-946 calls her Aglaea, youngest of the Charites (Graces).

μᾶλλον ἢ ἐμοὶ ξυνεῖναι, ὁ δὲ ἀπώλετο ὑπὸ τοῦ δίσκου,[1] καὶ νῦν ἀντ᾽ ἐκείνων στεφάνους ἔχω.

ΕΡΜΗΣ

Ἐγὼ δὲ ἤδη ποτὲ τὴν Ἀφροδίτην—ἀλλὰ οὐ χρὴ αὐχεῖν.

ΑΠΟΛΛΩΝ

Οἶδα, καὶ τὸν Ἑρμαφρόδιτον ἐκ σοῦ λέγεται τετοκέναι. πλὴν ἐκεῖνό μοι εἰπέ,[2] εἴ τι οἶσθα, πῶς οὐ ζηλοτυπεῖ ἡ Ἀφροδίτη τὴν Χάριν ἢ ἡ Χάρις αὐτήν.

ΕΡΜΗΣ

3. Ὅτι, ὦ Ἄπολλον, ἐκείνη μὲν αὐτῷ ἐν τῇ Λήμνῳ σύνεστιν, ἡ δὲ Ἀφροδίτη ἐν τῷ οὐρανῷ· ἄλλως τε περὶ τὸν Ἄρη ἔχει τὰ πολλὰ κἀκείνου ἐρᾷ, ὥστε ὀλίγον αὐτῇ τοῦ χαλκέως τούτου μέλει.

ΑΠΟΛΛΩΝ

Καὶ ταῦτα οἴει τὸν Ἥφαιστον εἰδέναι;

ΕΡΜΗΣ

243 Οἶδεν· ἀλλὰ τί ἂν δρᾶσαι δύναιτο γενναῖον ὁρῶν νεανίαν καὶ στρατιώτην αὐτόν; ὥστε τὴν ἡσυχίαν ἄγει· πλὴν ἀπειλεῖ γε δεσμά τινα ἐπιμηχανήσεσθαι[3] αὐτοῖς καὶ συλλήψεσθαι σαγηνεύσας ἐπὶ τῆς εὐνῆς.

ΑΠΟΛΛΩΝΟΣ

Οὐκ οἶδα· εὐξαίμην[4] δ᾽ ἂν αὐτὸς ὁ ξυλληφθησόμενος εἶναι.

[1] ὁ . . . δίσκου γ: τὸν Ὑάκινθον δὲ ὑπὸ τοῦ δίσκου ἀπώλεσα β.
[2] πλὴν . . . εἰπέ om. γ.
[3] μηχανήσασθαι γ.
[4] οὐκ οἶδα· εὐξαίμην β: εὐξάμην γ.

and Hyacinthus was killed by that quoit. All that's left of them for me is wreaths.

HERMES

And I once with Aphrodite—but I mustn't boast.

APOLLO

I know. They say she presented you with Hermaphroditus. But tell me, if you can, why Aphrodite and Charis are not jealous of each other.

HERMES

Because, my dear fellow, Charis keeps company with him in Lemnos, and Aphrodite in heaven. Besides, Aphrodite is most wrapped up in Ares, and in love with him, and so doesn't trouble much about this blacksmith fellow.

APOLLO

Do you think Hephaestus knows of this ?

HERMES

Of course he does, but what can he do when he sees Ares is such a fine strapping young fellow, and a man of war ? So he keeps quiet. But he's threatening to invent some sort of trap [1] for them, and to catch them in a net on the bed.

APOLLO

That's news to me ; but I know I'd like to be destined to fall into that trap myself.

[1] Cf. pp. 335-337.

18 (16)

ΗΡΑΣ ΚΑΙ ΛΗΤΟΥΣ

ΗΡΑ

1. *Καλὰ μέν, ὦ Λητοῖ, καὶ τὰ τέκνα*[1] *ἔτεκες τῷ Διί.*

ΛΗΤΩ

Οὐ πᾶσαι γάρ, ὦ Ἥρα, τοιούτους τίκτειν δυνάμεθα, οἷος ὁ Ἥφαιστός ἐστιν.

ΗΡΑ

Ἀλλ' οὖν οὗτος, εἰ καὶ χωλός, ἀλλ' ὅμως[2] *χρήσιμός γέ ἐστι τεχνίτης ὢν ἄριστος καὶ κατακεκόσμηκεν ἡμῖν τὸν οὐρανὸν καὶ τὴν Ἀφροδίτην γεγάμηκε καὶ σπουδάζεται πρὸς αὐτῆς, οἱ δὲ σοὶ παῖδες ἡ μὲν αὐτῶν ἀρρενικὴ πέρα τοῦ μετρίου καὶ ὄρειος, καὶ τὸ τελευταῖον ἐς τὴν Σκυθίαν ἀπελθοῦσα πάντες ἴσασιν οἷα ἐσθίει ξενοκτονοῦσα καὶ μιμουμένη τοὺς Σκύθας αὐτοὺς ἀνθρωποφάγους ὄντας·* 244 *ὁ δὲ Ἀπόλλων προσποιεῖται μὲν πάντα εἰδέναι καὶ τοξεύειν καὶ κιθαρίζειν καὶ ἰατρὸς εἶναι καὶ μαντεύεσθαι καὶ καταστησάμενος ἐργαστήρια τῆς μαντικῆς τὸ μὲν ἐν Δελφοῖς, τὸ δὲ ἐν Κλάρῳ καὶ ἐν Κολοφῶνι καὶ ἐν Διδύμοις ἐξαπατᾷ τοὺς χρωμένους αὐτῷ λοξὰ καὶ ἐπαμφοτερίζοντα πρὸς ἑκάτερον*[3] *τῆς ἐρωτήσεως ἀποκρινόμενος, πρὸς τὸ*[4] *ἀκίνδυνον εἶναι τὸ σφάλμα. καὶ πλουτεῖ μὲν ἀπὸ τοῦ τοιούτου· πολλοὶ γὰρ οἱ ἀνόητοι καὶ παρέχοντες*

[1] *τέκνα* ἃ *γ*.
[2] *Ἀλλὰ οὗτος μὲν ὁ χωλὸς ὅμως β*.
[3] *πρὸς ἑκάτερον* om. *γ*.
[4] *πρὸς τὸ γ* : *ὡς β*.

18 (16)

HERA AND LETO

HERA

My dear Leto, the children [1] you've given to Zeus are beautiful too.

LETO

My dear Hera, we can't all have children like Hephaestus.

HERA

Cripple though he is, he's certainly useful; he's an excellent craftsman, and has done a fine job of work on our heaven; what's more, he's married Aphrodite, and she thinks the world of him, but as for your children—the girl's far too much of a tomboy and roamer of the mountains, and now, to cap it all, she's gone off to Scythia, and everyone knows about her diet there, how she murders visitors and eats them, just like the Scythian cannibals [2] themselves; while Apollo pretends to know everything, be it archery, harping, medicine or prophecy, and has set up prophecy factories in Delphi, Claros, Colophon and Didyma, deceiving his customers by giving crooked replies, hedging between two possible answers, so that there's no risk of a slip-up. He gets rich in this way, for there are plenty of fools as willing victims of his quackery. However, the more

[1] Artemis and Apollo.
[2] See note on p. 251.

αὐτοὺς καταγοητεύεσθαι· πλὴν οὐκ ἀγνοεῖταί γε ὑπὸ τῶν ξυνετωτέρων τὰ πολλὰ τερατευόμενος· αὐτὸς γοῦν ὁ μάντις ἠγνόει μὲν ὅτι φονεύσει τὸν ἐρώμενον τῷ δίσκῳ, οὐ προεμαντεύετο δὲ ὡς φεύξεται αὐτὸν ἡ Δάφνη, καὶ ταῦτα οὕτω καλὸν καὶ κομήτην ὄντα· ὥστε οὐχ ὁρῶ καθότι καλλιτεκνοτέρα τῆς Νιόβης ἔδοξας.

ΛΗΤΩ

2. Ταῦτα μέντοι[1] τὰ τέκνα, ἡ ξενοκτόνος καὶ ὁ ψευδόμαντις, οἶδα, ὅπως λυπεῖ σε ὁρώμενα ἐν τοῖς θεοῖς, καὶ μάλιστα ὁπόταν ἡ μὲν ἐπαινῆται ἐς τὸ κάλλος, ὁ δὲ κιθαρίζῃ ἐν τῷ συμποσίῳ θαυμαζόμενος ὑφ' ἁπάντων.

ΗΡΑ

Ἐγέλασα, ὦ Λητοῖ· ἐκεῖνος θαυμαστός, ὃν ὁ Μαρσύας, εἰ τὰ δίκαια αἱ Μοῦσαι δικάσαι ἤθελον, ἀπέδειρεν ἂν αὐτὸς κρατήσας τῇ μουσικῇ· νῦν δὲ κατασοφισθεὶς ἄθλιος ἀπόλωλεν ἀδίκως ἁλούς· ἡ δὲ καλή σου παρθένος οὕτω καλή ἐστιν, ὥστε ἐπεὶ

245 ἔμαθεν ὀφθεῖσα ὑπὸ τοῦ Ἀκταίωνος, φοβηθεῖσα μὴ ὁ νεανίσκος ἐξαγορεύσῃ τὸ αἶσχος αὐτῆς, ἐπαφῆκεν αὐτῷ τοὺς κύνας· ἐῶ γὰρ λέγειν ὅτι οὐδὲ τὰς τεκούσας ἐμαιοῦτο παρθένος γε αὐτὴ οὖσα.

ΛΗΤΩ

Μέγα, ὦ Ἥρα, φρονεῖς, ὅτι ξύνει τῷ Διὶ καὶ συμβασιλεύεις αὐτῷ, καὶ διὰ τοῦτο ὑβρίζεις ἀδεῶς·

[1] ταῦτα μέντοι ad. fin. om. γ.

---

[1] Hyacinthus. See pp. 317-319.

[2] One of the epithets of Artemis was *Εἰλείθυια* (goddess who helps in childbirth) though earlier Homer in *Iliad*, XI,

intelligent people see through most of his mystery-mongering. The prophet himself didn't know he was going to kill his darling[1] with that quoit, and didn't foretell that Daphne would run away from him, for all his beauty and fine hair. So I can't see why you thought you had better children than Niobe.

LETO

Anyway, I know how it vexes you to see my children among the gods, murderer and false prophet though you call them—particularly when they praise my daughter for her beauty, and all admire my son for his harp-playing at dinner.

HERA

You make me laugh, Leto. Who could admire one that Marsyas would have beaten at music and skinned alive with *his* own hands, if the Muses had chosen to judge fairly? But as it was, he was tricked and wrongly lost the vote, poor fellow, and had to die. And your pretty maid is so pretty that, when she found out that Actaeon had seen her, she was afraid the young fellow would tell everyone how hideous she was, and set her hounds on him. I won't bother pointing out she could never have been a midwife,[2] if she were a virgin herself.

LETO

Living with Zeus and sharing his throne has swollen your head, Hera, and so you don't mind

270 and XIX, 119 talks of *Εἰλείθυιαι* the daughters of Hera, while Hesiod *Theogony* 922 also calls *Εἰλείθυια* the daughter of Hera and Zeus.

πλὴν ἀλλ' ὄψομαί σε μετ' ὀλίγον αὖθις δακρύουσαν, ὁπόταν σε καταλιπὼν ἐς τὴν γῆν κατίῃ ταῦρος ἢ κύκνος γενόμενος.

19 (11)

ΑΦΡΟΔΙΤΗΣ ΚΑΙ ΣΕΛΗΝΗΣ

ΑΦΡΟΔΙΤΗ

1. *Τί ταῦτα, ὦ Σελήνη, φασὶ ποιεῖν σε; ὁπόταν κατὰ τὴν Καρίαν γένῃ, ἱστάναι μέν σε τὸ ζεῦγος ἀφορῶσαν ἐς τὸν Ἐνδυμίωνα καθεύδοντα ὑπαίθριον ἅτε κυνηγέτην ὄντα, ἐνίοτε δὲ καὶ καταβαίνειν παρ' αὐτὸν ἐκ μέσης τῆς ὁδοῦ;*

ΣΕΛΗΝΗ

Ἐρώτα, ὦ Ἀφροδίτη, τὸν σὸν υἱόν, ὅς μοι τούτων αἴτιος.

ΑΦΡΟΔΙΤΗ

Ἔα· ἐκεῖνος ὑβριστής ἐστιν· ἐμὲ γοῦν αὐτὴν τὴν μητέρα οἷα δέδρακεν, ἄρτι μὲν ἐς τὴν Ἴδην κατάγων Ἀγχίσου ἕνεκα τοῦ Ἰλιέως, ἄρτι δὲ ἐς τὸν Λίβανον ἐπὶ τὸ Ἀσσύριον ἐκεῖνο μειράκιον, ὃ καὶ τῇ Φερσεφάττῃ ἐπέραστον ποιήσας ἐξ ἡμισείας ἀφείλετό με τὸν ἐρώμενον· ὥστε 232 *πολλάκις ἠπείλησα, εἰ μὴ παύσεται τοιαῦτα ποιῶν, κλάσειν μὲν αὐτοῦ τὰ τόξα καὶ τὴν φαρέτραν, περιαιρήσειν δὲ καὶ τὰ πτερά· ἤδη δὲ καὶ πληγὰς αὐτῷ ἐνέτεινα ἐς τὰς πυγὰς τῷ σανδάλῳ· ὁ δὲ οὐκ οἶδ' ὅπως τὸ παραυτίκα δεδιὼς καὶ ἱκετεύων*

how you insult others. But it won't be long before I see you in tears again—the next time he leaves you and goes down to earth as a bull or swan.

19 (11)

APHRODITE AND SELENE

APHRODITE

What's this I hear you're up to, Mistress Moon? They say that every time you get over Caria, you stop your team and gaze at Endymion sleeping out of doors in hunter's fashion, and sometimes even leave your course and go down to him.

SELENE

Ask your own son,[1] Aphrodite; it's his fault.

APHRODITE

You needn't tell me. He's got a cheek right enough. See what he's done to me, his own mother. First he brought me down to Ida after Anchises the Trojan, and then to Mount Libanus after that Assyrian lad[2]; and then he made Persephone fall in love with the boy and robbed me of half my sweetheart. So I've threatened him time and again, if he doesn't stop it, I'll smash his archery set and strip off his wings. Last time I even took my sandal to his behind. But somehow or other, though he's scared for the moment and begs for

[1] Eros. [2] Adonis.

μετ' ὀλίγον ἐπιλέλησται ἁπάντων. 2. ἀτὰρ εἰπέ μοι, καλὸς ὁ Ἐνδυμίων ἐστίν; ἀπαραμύθητον[1] γὰρ οὕτως τὸ δεινόν.

ΣΕΛΗΝΗ

Ἐμοὶ μὲν καὶ πάνυ καλός, ὦ Ἀφροδίτη, δοκεῖ, καὶ μάλιστα ὅταν ὑποβαλλόμενος ἐπὶ τῆς πέτρας τὴν χλαμύδα καθεύδῃ τῇ λαιᾷ μὲν ἔχων τὰ ἀκόντια ἤδη ἐκ τῆς χειρὸς ὑπορρέοντα, ἡ δεξιὰ δὲ περὶ τὴν κεφαλὴν ἐς τὸ ἄνω ἐπικεκλασμένη ἐπιπρέπῃ τῷ προσώπῳ περικειμένη, ὁ δὲ ὑπὸ τοῦ ὕπνου λελυμένος ἀναπνέῃ τὸ ἀμβρόσιον ἐκεῖνο ἆσθμα. τότε τοίνυν ἐγὼ ἀψοφητὶ κατιοῦσα ἐπ' ἄκρων τῶν δακτύλων βεβηκυῖα ὡς ἂν μὴ ἀνεγρόμενος ἐκταραχθείη—οἶσθα· τί οὖν ἄν σοι λέγοιμι τὰ μετὰ ταῦτα; πλὴν ἀπόλλυμαί γε ὑπὸ τοῦ ἔρωτος.

20 (12)

233 ΑΦΡΟΔΙΤΗΣ ΚΑΙ ΕΡΩΤΟΣ

ΑΦΡΟΔΙΤΗ

1. Ὦ τέκνον Ἔρως, ὅρα οἷα ποιεῖς· οὐ τὰ ἐν τῇ γῇ λέγω, ὁπόσα τοὺς ἀνθρώπους ἀναπείθεις καθ' αὑτῶν ἢ κατ' ἀλλήλων ἐργάζεσθαι, ἀλλὰ καὶ τὰ ἐν τῷ οὐρανῷ, ὃς τὸν μὲν Δία πολύμορφον ἐπιδεικνύεις ἀλλάττων ἐς ὅ τι ἂν σοι ἐπὶ τοῦ καιροῦ δοκῇ, τὴν Σελήνην δὲ καθαιρεῖς ἐκ τοῦ οὐρανοῦ, τὸν Ἥλιον δὲ παρὰ τῇ Κλυμένῃ βραδύνειν ἐνίοτε ἀναγκάζεις ἐπιλελησμένον τῆς ἱππασίας· ἃ μὲν γὰρ

[1] εὐπαραμύθητον recc..

mercy, it's not long before he's forgotten all about it. But tell me, is Endymion good-looking ? If so, your plight is sorry indeed.

SELENE

I think he's very good-looking, Aphrodite, especially when he sleeps with his cloak under him on the rock, with his javelins just slipping out of his left hand as he holds them, and his right hand bent upwards round his head and framing his face makes a charming picture, while he's relaxed in sleep and breathing in the sweetest way imaginable. Then I creep down quietly on tip-toe, so as not to waken him and give him a fright, and then—but you can guess ; there's no need to tell you what happens next. You must remember I'm dying of love.

20 (12)

APHRODITE AND EROS

APHRODITE

Eros, my boy, you must watch what you're about. I don't mean on earth, when you persuade men to work against themselves or each other, but in heaven too, when you make Zeus turn into shape after shape, changing him into whatever you choose for the time, and bring Lady Moon down from the sky, and sometimes keep the Sun-god lingering at Clymene's side forgetful of his driving. You may go scot-free

ἐς ἐμὲ τὴν μητέρα ὑβρίζεις, θαρρῶν ποιεῖς. ἀλλὰ σύ, ὦ τολμηρότατε, καὶ τὴν Ῥέαν αὐτὴν γραῦν ἤδη καὶ μητέρα τοσούτων θεῶν οὖσαν ἀνέπεισας παιδεραστεῖν καὶ τὸ Φρύγιον μειράκιον ποθεῖν, καὶ νῦν ἐκείνη μέμηνεν ὑπὸ σοῦ καὶ ζευξαμένη τοὺς λέοντας, παραλαβοῦσα καὶ τοὺς Κορύβαντας ἅτε μανικοὺς καὶ αὐτοὺς ὄντας, ἄνω καὶ κάτω τὴν Ἴδην περιπολοῦσιν, ἡ μὲν ὀλολύζουσα ἐπὶ τῷ Ἄττῃ, οἱ Κορύβαντες δὲ ὁ μὲν αὐτῶν τέμνεται ξίφει τὸν πῆχυν, ὁ δὲ ἀνεὶς τὴν κόμην ἵεται μεμηνὼς διὰ τῶν ὀρῶν, ὁ
234 δὲ αὐλεῖ τῷ κέρατι, ὁ δὲ ἐπιβομβεῖ τῷ τυμπάνῳ ἢ ἐπικτυπεῖ τῷ κυμβάλῳ, καὶ ὅλως θόρυβος καὶ μανία τὰ ἐν τῇ Ἴδῃ ἅπαντά ἐστι. δέδια τοίνυν ἅπαντα, δέδια τὸ τοιοῦτο ἡ τὸ μέγα σε κακὸν ἐγὼ τεκοῦσα, μὴ ἀπομανεῖσά ποτε ἡ Ῥέα ἢ καὶ μᾶλλον ἔτι ἐν αὑτῇ οὖσα κελεύσῃ τοὺς Κορύβαντας συλλαβόντας σε διασπάσασθαι ἢ τοῖς λέουσι παραβαλεῖν· ταῦτα δέδια κινδυνεύοντά σε ὁρῶσα.

ΕΡΩΣ

2. Θάρρει, μῆτερ, ἐπεὶ καὶ τοῖς λέουσιν αὐτοῖς ἤδη ξυνήθης εἰμί, καὶ πολλάκις ἐπαναβὰς ἐπὶ τὰ νῶτα καὶ τῆς κόμης λαβόμενος ἡνιοχῶ αὐτούς, οἱ δὲ σαίνουσί με καὶ χεῖρα δεχόμενοι ἐς τὸ στόμα περιλιχμησάμενοι ἀποδιδόασί μοι. αὐτὴ μὲν γὰρ ἡ Ῥέα πότε ἂν ἐκείνη σχολὴν ἀγάγοι ἐπ' ἐμὲ ὅλη οὖσα ἐν τῷ Ἄττῃ; καίτοι τί ἐγὼ ἀδικῶ δεικνὺς τὰ καλὰ οἷά ἐστιν; ὑμεῖς δὲ μὴ ἐφίεσθε τῶν καλῶν·
235 μὴ τοίνυν ἐμὲ αἰτιᾶσθε τούτων. ἢ θέλεις σύ, ὦ μῆτερ, αὐτὴ μηκέτι ἐρᾶν μήτε σὲ τοῦ Ἄρεως μήτε ἐκεῖνον σοῦ;

for the liberties you take with me, your mother but you've had the audacity even to turn the thoughts of Rhea to love of boys and have her pining for that Phrygian lad [1]—at her time of life, too, and she the mother of so many gods! Now you've driven her mad, and she's taken her team of lions and her Corybants, who are just as mad as herself, and is wandering up and down Ida; she keeps shrieking for Attis, while the Corybants slash their arms with swords, or let down their hair and rush madly over the mountains, or blow on the horn, thunder on the drums, or bang cymbals; it's just chaotic frenzy all over Ida. So I fear everything; yes, your mother's afraid of such goings on, for you're just one big nuisance, and I'm scared that one day Rhea, in a fit of madness, or, more likely, when still in her right mind, will tell her Corybants to catch you and tear you to pieces or throw you to her lions. That's what I fear, when I see you running such risks.

EROS

Don't worry, mother; I'm quite used to the lions already; I often get up on their backs, grab hold of their manes and have a ride on them, and they make a fuss of me, letting me put my hand in their mouths, and licking it all over, and then let me take it out again. But what time will Rhea have to devote to me? She's thinking of Attis the whole time. Anyway, what harm do I do by showing what beauty is like? It's up to you to keep your hands off things of beauty; so you shouldn't blame me for this. Or would you rather stop loving Ares and have him stop loving you?

[1] Attis. Cf. *On Sacrifices* 5 and 7.

ΑΦΡΟΔΙΤΗ

Ὡς δεινὸς εἶ καὶ κρατεῖς ἁπάντων· ἀλλὰ μεμνήσῃ μού ποτε τῶν λόγων.

21 (17)

ΑΠΟΛΛΩΝΟΣ ΚΑΙ ΕΡΜΟΥ

ΑΠΟΛΛΩΝ

1. Τί γελᾷς, ὦ Ἑρμῆ;

ΕΡΜΗΣ

Ὅτι γελοιότατα, ὦ Ἄπολλον, εἶδον.

ΑΠΟΛΛΩΝ

Εἰπὲ οὖν, ὡς καὶ αὐτὸς ἀκούσας ἔχω ξυγγελᾶν.

ΕΡΜΗΣ

Ἡ Ἀφροδίτη ξυνοῦσα τῷ Ἄρει κατείληπται καὶ ὁ Ἥφαιστος ἔδησεν αὐτοὺς ξυλλαβών.

ΑΠΟΛΛΩΝ

Πῶς; ἡδὺ γάρ τι ἐρεῖν ἔοικας.

ΕΡΜΗΣ

Ἐκ πολλοῦ, οἶμαι, ταῦτα εἰδὼς ἐθήρευεν αὐτούς, καὶ περὶ τὴν εὐνὴν ἀφανῆ δεσμὰ περιθεὶς εἰργάζετο ἀπελθὼν ἐπὶ τὴν κάμινον· εἶτα ὁ μὲν Ἄρης ἐσέρχεται λαθών, ὡς ᾤετο, καθορᾷ δὲ αὐτὸν ὁ Ἥλιος καὶ λέγει πρὸς τὸν Ἥφαιστον. ἐπεὶ δὲ ἐπέβησαν τοῦ λέχους καὶ ἐν ἔργῳ ἦσαν καὶ ἐντὸς ἐγεγένηντο τῶν ἀρκύων, περιπλέκεται μὲν αὐτοῖς

APHRODITE

How smart you are. Got us all under your thumb, haven't you? But you'll remember what I've been saying one day.

21 (17)

APOLLO AND HERMES

APOLLO

What's the joke, Hermes?

HERMES

It's the funniest thing I ever saw, Apollo.

APOLLO

Well tell me, so that I too can hear and share the joke.

HERMES

Aphrodite has been surprised with Ares, and Hephaestus has caught them and tied them up.[1]

APOLLO

How? It sounds as if you have a good story to tell.

HERMES

He'd known about all this for a long time, and had been out to catch them. He put invisible cords round the bed, and went off to work at his furnace. Then Ares crept in, unnoticed, as he thought, but the Sun-god saw him and told Hephaestus. And when they'd got on the bed, and were in the act, and in his trap, the cords folded themselves round about

[1] Cf. *Odyssey*, VIII, 266 ff., also referred to in *The Cock* 3 (vol. 2, p. 177) and p. 323.

246 τὰ δεσμά, ἐφίσταται δὲ ὁ Ἥφαιστος. ἐκείνη μὲν οὖν—καὶ γὰρ ἔτυχε γυμνὴ οὖσα—οὐκ εἶχεν ὅπως ἐγκαλύψαιτο αἰδουμένη, ὁ δὲ Ἄρης τὰ μὲν πρῶτα διαφυγεῖν ἐπειρᾶτο καὶ ἤλπιζε ῥήξειν τὰ δεσμά, ἔπειτα δὲ, συνεὶς ἐν ἀφύκτῳ ἐχόμενον ἑαυτὸν, ἱκέτευεν.

ΑΠΟΛΛΩΝ

2. Τί οὖν; ἀπέλυσεν αὐτὸν [1] ὁ Ἥφαιστος;

ΕΡΜΗΣ

Οὐδέπω, ἀλλὰ ξυγκαλέσας τοὺς θεοὺς ἐπιδείκνυται τὴν μοιχείαν αὐτοῖς· οἱ δὲ γυμνοὶ ἀμφότεροι κάτω νενευκότες ξυνδεδεμένοι ἐρυθριῶσι, καὶ τὸ θέαμα ἥδιστον ἐμοὶ ἔδοξε μονονουχὶ αὐτὸ γινόμενον τὸ ἔργον.

ΑΠΟΛΛΩΝ

Ὁ δὲ χαλκεὺς ἐκεῖνος οὐκ αἰδεῖται καὶ αὐτὸς ἐπιδεικνύμενος τὴν αἰσχύνην τοῦ γάμου;

ΕΡΜΗΣ

Μὰ Δί', ὅς γε καὶ ἐπιγελᾷ ἐφεστὼς αὐτοῖς. ἐγὼ μέντοι, εἰ χρὴ τἀληθὲς εἰπεῖν, ἐφθόνουν τῷ Ἄρει μὴ μόνον μοιχεύσαντι τὴν καλλίστην θεόν, ἀλλὰ καὶ δεδεμένῳ μετ' αὐτῆς.

ΑΠΟΛΛΩΝ

247 Οὐκοῦν καὶ δεδέσθαι ἂν ὑπέμεινας ἐπὶ τούτῳ;

ΕΡΜΗΣ

Σὺ δ' οὐκ ἄν, ὦ Ἄπολλον; ἰδὲ μόνον ἐπελθών· ἐπαινέσομαι γάρ σε, ἢν μὴ τὰ ὅμοια καὶ αὐτὸς εὔξῃ ἰδών.

[1] αὐτὸν βγ: αὐτοὺς recc..

them, and Hephaestus put in an appearance. Aphrodite, being in the nude, was most embarrassed that she couldn't hide her nakedness, while Ares tried at first to escape, hoping to break the cords, but later on, realising he was prisoner and couldn't escape, kept begging for mercy.

APOLLO

And what's happened ? Has Hephaestus let him go ?

HERMES

Not yet, but he's got all the gods together, and is showing them the guilty pair. They're lying there bound together naked, hiding their faces and blushing, and I must say I found it a most delightful spectacle. Why, they're almost in the act.

APOLLO

Isn't that blacksmith ashamed himself to put on show this insult to his marriage ?

HERMES

Not a bit of it. He's standing over them, chortling. But I personally, if truth must be told, envied Ares for having made a conquest of the fairest of the goddesses, and even for being a fellow-prisoner with her.

APOLLO

Do you mean you wouldn't have minded being tied up in such circumstances ?

HERMES

Would you, my dear fellow ? Just come and have a look. If you don't make the same wish when you've seen them, you'll earn my praise.

22 (18)

ΗΡΑΣ ΚΑΙ ΔΙΟΣ

ΗΡΑ

1. *Ἐγὼ μὲν ᾐσχυνόμην ἄν, ὦ Ζεῦ, εἴ μοι τοιοῦτος υἱὸς ἦν, θῆλυς οὕτω καὶ διεφθαρμένος ὑπὸ τῆς μέθης, μίτρᾳ μὲν ἀναδεδεμένος τὴν κόμην, τὰ πολλὰ δὲ μαινομέναις γυναιξὶ συνών, ἁβρότερος αὐτῶν ἐκείνων, ὑπὸ τυμπάνοις καὶ αὐλῷ καὶ κυμβάλοις χορεύων, καὶ ὅλως παντὶ μᾶλλον ἐοικὼς ἢ σοὶ τῷ πατρί.*

ΖΕΥΣ

Καὶ μὴν οὗτός γε ὁ θηλυμίτρης, ὁ ἁβρότερος τῶν 248 *γυναικῶν οὐ μόνον, ὦ Ἥρα, τὴν Λυδίαν ἐχειρώσατο καὶ τοὺς κατοικοῦντας τὸν Τμῶλον ἔλαβε καὶ Θρᾷκας ὑπηγάγετο, ἀλλὰ καὶ ἐπ' Ἰνδοὺς ἐλάσας τῷ γυναικείῳ τούτῳ στρατιωτικῷ τούς τε ἐλέφαντας εἷλε καὶ τῆς χώρας ἐκράτησε καὶ τὸν βασιλέα πρὸς ὀλίγον ἀντιστῆναι τολμήσαντα αἰχμάλωτον ἀπήγαγε, καὶ ταῦτα πάντα ἔπραξεν ὀρχούμενος ἅμα καὶ χορεύων θύρσοις χρώμενος κιττίνοις, μεθύων, ὡς φῄς, καὶ ἐνθεάζων. εἰ δέ τις*

[*Footnote to p.* 341.]

* This seems to be a reference to Lycurgus who is frequently associated with Pentheus for his hostility to, and punishment by Dionysus. His punishment is variously described. In *Iliad*, VI, 139 he is blinded by Zeus. Other accounts say he was driven mad, killing his wife and son and cutting off one of his own legs, or even committing suicide. Apollodorus says he was bound by the Edonians and taken to Mt. Pangaeum. This is presumably the punishment to which Sophocles (*Antigone*, 955) refers. Lucian may, however, be thinking of a less common

22 (18)

HERA AND ZEUS

HERA

I'd be ashamed of such a son, if he were mine, Zeus. He's so effeminate, and such a degenerate sot, putting ribbons in his hair, spending most of his time with mad women, himself a bigger softie than any of them, and dancing to drums, pipes and cymbals. Indeed he's like anyone but you his father, Zeus.

ZEUS

Yet, Hera, this wearer of females' ribbons, this "bigger softie than the women", has subdued Lydia and the inhabitants of Tmolus, and forced the Thracians into subjection; he's been on an expedition against Indians with this army of women, capturing their elephants and seizing their country, and when their king dared to stand up to him for a little, he took him prisoner and carried him off; and while he was doing all this, he was dancing and cavorting the whole time, and used nothing but wands of ivy, drunk and possessed though you say he was. And if any one dares to scoff at his rites and

feature of the story found more in works of art than in literature, whereby Lycurgus finds himself imprisoned by vineshoots. Thus Nonnus, *Dionysiaca*, 21.30 tells how Ambrosia turns herself into a vineshoot and wraps herself around him (for this scene in art see Roscher, Lexicon col. 2202). Longus in his novel (4.3) places paintings of *Λυκοῦργος δεδεμένος* and *Πενθεὺς διαιρούμενος* in a temple of Dionysus at Mytilene. Pausanias 1.20.3 also mentions paintings (in the sanctuary of Dionysus at Athens) of the punishment of both Pentheus and Lycurgus.

ἐπεχείρησε λοιδορήσασθαι αὐτῷ ὑβρίσας ἐς τὴν τελετήν, καὶ τοῦτον ἐτιμωρήσατο ἢ καταδήσας τοῖς κλήμασιν ἢ διασπασθῆναι ποιήσας ὑπὸ τῆς μητρὸς ὥσπερ νεβρόν. ὁρᾷς ὡς ἀνδρεῖα ταῦτα καὶ οὐκ ἀνάξια τοῦ πατρός; εἰ δὲ παιδιὰ καὶ τρυφὴ πρόσεστιν αὐτοῖς, οὐδεὶς φθόνος, καὶ μάλιστα εἰ λογίσαιτό τις, οἷος ἂν οὗτος νήφων ἦν, ὅπου ταῦτα μεθύων ποιεῖ.

ΗΡΑ

2. *Σύ* μοι δοκεῖς ἐπαινέσεσθαι καὶ τὸ εὕρεμα αὐτοῦ, τὴν ἄμπελον καὶ τὸν οἶνον, καὶ ταῦτα ὁρῶν οἷα οἱ μεθυσθέντες ποιοῦσι σφαλλόμενοι καὶ πρὸς 249 ὕβριν τρεπόμενοι καὶ ὅλως μεμηνότες ὑπὸ τοῦ ποτοῦ· τὸν γοῦν Ἰκάριον, ᾧ πρώτῳ ἔδωκεν τὸ κλῆμα, οἱ ξυμπόται αὐτοὶ διέφθειραν παίοντες ταῖς δικέλλαις.

ΖΕΥΣ

Οὐδὲν τοῦτο φῄς· οὐ γάρ οἶνος ταῦτα οὐδὲ ὁ Διόνυσος ποιεῖ, τὸ δὲ ἄμετρον τῆς πόσεως καὶ τὸ πέρα τοῦ καλῶς ἔχοντος ἐμφορεῖσθαι τοῦ ἀκράτου. ὃς δ᾽ ἂν ἔμμετρα πίνῃ, ἱλαρώτερος μὲν καὶ ἡδίων γένοιτ᾽ ἄν· οἷον δὲ ὁ Ἰκάριος ἔπαθεν, οὐδὲν ἂν ἐργάσαιτο οὐδένα τῶν ξυμποτῶν . ἀλλὰ σὺ ἔτι ζηλοτυπεῖν [1] ἔοικας, ὦ Ἥρα, καὶ τῆς Σεμέλης μνημονεύειν, ἥ γε [2] διαβάλλεις τοῦ Διονύσου τὰ κάλλιστα.

[1] ἔτι ζηλ . . . recc.: ἐπιζηλ . . . γ: ἐπεὶ ζηλ . . . β.
[2] εἴ γε γ.

insult him, punishes him by tying him up with vine-twigs *, or makes the mans mother tear him to pieces as though he were a fawn.[1] Can't you see in this manly courage, worthy of his father? If these activities are accompanied by fun and soft living, why grudge him these things, especially if you imagine what he would be like if sober, when he can do this when tipsy?

HERA

It sounds as if you'll be all for his invention, too —I mean the vine and its juice—though you see how drunks behave, staggering about and turning to violence, quite maddened by their drink. Take Icarius [2], the first one to whom he gave the vine—he was killed by his boon companions with mattocks.

ZEUS

That doesn't get you anywhere. You can't blame wine or Dionysus for such things, but drinking to excess, and swilling down neat wine beyond what's decent. But the man who drinks in moderation will become more cheerful and better company, and never treat any of his cronies as Icarius was treated. I see what's wrong with you, Hera; you're still jealous and haven't forgotten Semele, judging by the way you find fault with all that's best in Dionysus.

[1] A reference to Pentheus, who was torn to pieces by his mother Agave. See Euripides' *Bacchae*.

[2] For the story see Apollodorus, 3.14.7.

23 (19)

ΑΦΡΟΔΙΤΗΣ ΚΑΙ ΕΡΩΤΟΣ

ΑΦΡΟΔΙΤΗ

1. *Τί δήποτε, ὦ Ἔρως, τοὺς μὲν ἄλλους θεοὺς κατηγωνίσω ἅπαντας, τὸν Δία, τὸν Ποσειδῶ,*
250 *τὸν Ἀπόλλω, τὴν Ῥέαν, ἐμὲ τὴν μητέρα, μόνης δὲ ἀπέχῃ τῆς Ἀθηνᾶς καὶ ἐπ' ἐκείνης ἄπυρος μέν σοι ἡ δᾴς, κενὴ δὲ οἰστῶν ἡ φαρέτρα, σὺ δὲ ἄτοξος εἶ καὶ ἄστοχος;*

ΕΡΩΣ

Δέδια, ὦ μῆτερ, αὐτήν· φοβερὰ γάρ ἐστι καὶ χαροπὴ καὶ δεινῶς ἀνδρική· ὁπόταν γοῦν ἐντεινάμενος τὸ τόξον ἴω ἐπ' αὐτήν, ἐπισείουσα τὸν λόφον ἐκπλήττει με καὶ ὑπότρομος γίνομαι καὶ ἀπορρεῖ μου τὰ τοξεύματα ἐκ τῶν χειρῶν.

ΑΦΡΟΔΙΤΗ

Ὁ Ἄρης γὰρ οὐ φοβερώτερος ἦν; καὶ ὅμως ἀφώπλισας αὐτὸν καὶ νενίκηκας.

ΕΡΩΣ

Ἀλλὰ ἐκεῖνος ἑκὼν προσίεταί με καὶ προσκαλεῖται, ἡ Ἀθηνᾶ δὲ ὑφορᾶται ἀεί, καί ποτε ἐγὼ μὲν ἄλλως παρέπτην πλησίον ἔχων τὴν λαμπάδα, ἡ δέ, Εἴ μοι πρόσει, φησί, νὴ τὸν πατέρα, τῷ δορατίῳ σε διαπείρασα ἢ τοῦ ποδὸς λαβομένη καὶ ἐς τὸν Τάρταρον ἐμβαλοῦσα ἢ αὐτὴ διασπασαμένη— πολλὰ τοιαῦτα ἠπείλησε· καὶ ὁρᾷ δὲ δριμὺ καὶ ἐπὶ τοῦ στήθους ἔχει πρόσωπόν τι φοβερὸν ἐχίδναις κατάκομον, ὅπερ ἐγὼ μάλιστα δέδια· μορμολύτ-
251 *τεται γάρ με καὶ φεύγω, ὅταν ἴδω αὐτό.*

DIALOGUES OF THE GODS

23 (19)

APHRODITE AND EROS

APHRODITE

Why is it, Eros, that though you've triumphed over all the other gods, Zeus, Poseidon, Apollo, Rhea and myself, your mother, you make an exception of Athena and keep clear of her, and for her your torch has no fire, your quiver no arrows, and you no bow or sense of aim?

EROS

I'm afraid of her, mother. She scares me with her flashing eyes, and she's terribly like a man. Why, when I string my bow and go after her, I get terrified at the first shake of her crest, and start trembling and dropping my arrows from my hands.

APHRODITE

Well, didn't you find Ares more frightening? Yet you disarmed him and conquered him.

EROS

No. He's glad to welcome and encourage me, but Athena always glowers at me. Once I just flew past with my torch near her, and says she, "If you come near me, as sure as I'm Zeus' daughter, I'll run my spear through you, or catch you by the foot and throw you into Tartarus, or I'll tear you to bits with my own hands and then"—she hurled many threats like that at me. Besides she stares at me so grimly and, oh, she's got on her breast that terrible face with the snaky hair—that's what scares me most of all. It gives me the creeps and makes me run the moment I see it.

ΑΦΡΟΔΙΤΗ

2. Ἀλλὰ τὴν μὲν Ἀθηνᾶν δέδιας, ὡς φῄς, καὶ τὴν Γοργόνα, καὶ ταῦτα μὴ φοβηθεὶς τὸν κεραυνὸν τοῦ Διός. αἱ δὲ Μοῦσαι διὰ τί σοι ἄτρωτοι καὶ ἔξω βελῶν εἰσιν; κἀκεῖναι λόφους ἐπισείουσιν καὶ Γοργόνας προφαίνουσιν;

ΕΡΩΣ

Αἰδοῦμαι αὐτάς, ὦ μῆτερ· σεμναὶ γάρ εἰσιν καὶ ἀεί τι φροντίζουσιν καὶ περὶ ᾠδὴν ἔχουσι καὶ ἐγὼ παρίσταμαι πολλάκις αὐταῖς κηλούμενος ὑπὸ τοῦ μέλους.

ΑΦΡΟΔΙΤΗ

Ἔα καὶ ταύτας, ὅτι σεμναί· τὴν δὲ Ἄρτεμιν τίνος ἕνεκα οὐ τιτρώσκεις;

ΕΡΩΣ

Τὸ μὲν ὅλον οὐδὲ καταλαβεῖν αὐτὴν οἷόν τε φεύγουσαν ἀεὶ διὰ τῶν ὀρῶν· εἶτα καὶ ἴδιόν τινα ἔρωτα ἤδη ἐρᾷ.

ΑΦΡΟΔΙΤΗ

Τίνος, ὦ τέκνον;

ΕΡΩΣ

Θήρας καὶ ἐλάφων καὶ νεβρῶν, αἱρεῖν τε διώκουσα καὶ κατατοξεύειν, καὶ ὅλως πρὸς τῷ τοιούτῳ ἐστίν· ἐπεὶ τόν γε ἀδελφὸν αὐτῆς, καίτοι τοξότην καὶ αὐτὸν ὄντα καὶ ἑκηβόλον—

ΑΦΡΟΔΙΤΗ

Οἶδα, ὦ τέκνον, πολλὰ ἐκεῖνον ἐτόξευσας.

APHRODITE

Do you mean to tell me you're afraid of Athena and her Gorgon, though you don't fear the thunderbolt of Zeus? But why do you leave the Muses unwounded? Why are they safe from your arrows? Do they too have tossing plumes and Gorgons on display?

EROS

I have respect for them, mother; they're so solemn, always with something to think about or busy with their music; I often stand beside them, bewitched by their melodies.

APHRODITE

Never mind them, then, seeing that they're so solemn; but why don't you wound Artemis?

EROS

It's quite impossible to catch her; she's always running away over the mountains. Besides, she's now got a love of her own.

APHRODITE

And its object, my child?

EROS

Hunting deer and fawn, chasing them and catching them, or shooting them down; that's all she cares about. But that brother of hers, though he's an archer too and a long shot——

APHRODITE

I know, my boy, you've hit him often enough with your arrows.

24 (25)

ΔΙΟΣ ΚΑΙ ΗΛΙΟΥ

ΖΕΥΣ

1. Οἷα πεποίηκας, ὦ Τιτάνων κάκιστε; ἀπολώλεκας τὰ ἐν τῇ γῇ ἅπαντα, μειρακίῳ ἀνοήτῳ πιστεύσας τὸ ἅρμα, ὃς τὰ μὲν κατέφλεξε πρόσγειος ἐνεχθείς,[1] τὰ δὲ ὑπὸ κρύους διαφθαρῆναι ἐποίησε πολὺ αὐτῶν ἀποσπάσας τὸ πῦρ, καὶ ὅλως οὐδὲν ὅ τι οὐ ξυνετάραξε καὶ ξυνέχεε, καὶ εἰ μὴ ἐγὼ ξυνεὶς τὸ γιγνόμενον κατέβαλον αὐτὸν τῷ κεραυνῷ, οὐδὲ λείψανον ἀνθρώπων ἐπέμεινεν ἄν· τοιοῦτον ἡμῖν τὸν καλὸν ἡνίοχον καὶ διφρηλάτην ἐκπέπομφας.

278

ΗΛΙΟΣ

Ἥμαρτον, ὦ Ζεῦ, ἀλλὰ μὴ χαλέπαινε, εἰ ἐπείσθην υἱῷ πολλὰ ἱκετεύοντι· πόθεν γὰρ ἂν καὶ ἤλπισα τηλικοῦτο γενήσεσθαι κακόν;

ΖΕΥΣ

Οὐκ ᾔδεις, ὅσης ἐδεῖτο ἀκριβείας τὸ πρᾶγμα καὶ ὡς, εἰ βραχύ τις ἐκβαίη τῆς ὁδοῦ, οἴχεται πάντα; ἠγνόεις δὲ καὶ τῶν ἵππων τὸν θυμόν, ὡς δεῖ ξυνέχειν ἀνάγκῃ [2] τὸν χαλινόν; εἰ γὰρ ἐνδοίη τις, ἀφηνιάζουσιν εὐθύς, ὥσπερ ἀμέλει καὶ τοῦτον ἐξήνεγκαν, ἄρτι μὲν ἐπὶ τὰ λαιά, μετ' ὀλίγον δὲ ἐπὶ τὰ δεξιά, καὶ ἐς τὸ ἐναντίον τοῦ δρόμου ἐνίοτε, καὶ ἄνω καὶ κάτω, ὅλως ἔνθα ἐβούλοντο αὐτοί· ὁ δὲ οὐκ εἶχεν ὅ τι χρήσαιτο αὐτοῖς.

[1] post ἐνεχθείς deficit Γ.
[2] ὡς δὴ συνέχειν ἀνάγκῃ Ω.

24 (25)

ZEUS AND THE SUN

ZEUS

See what you've done, you confounded Titan! You've destroyed everything on the earth by trusting a foolish boy[1] with your car. Some places he's scorched by driving close to the earth, and elsewhere he's frozen everything to death by taking the heat right away, bringing chaos and confusion on the whole wide world. Why, if I hadn't realised what was afoot, and brought him down with my thunderbolt, there'd have been nothing left of mankind. A pretty poor driver of the chariot you sent us out—for all his good looks!

SUN

It's all my fault, Zeus, but don't be angry with me for giving in to my boy. He kept nagging at me to let him. How could I have expected such trouble to follow?

ZEUS

Didn't you know what a delicate operation it was, how getting the least bit off course spoils everything? Didn't you know how the horses are full of mettle and need a tight rein? Let it go slack, and they take the bit in their teeth right away, as of course they did with him, running away with him, now to the left, and after a moment to the right, and sometimes right back on their tracks, and up and down, doing just what they liked, and he didn't know how to deal with them.

[1] His son Phaethon.

ΗΛΙΟΣ

2. Πάντα μὲν ἠπιστάμην ταῦτα καὶ διὰ τοῦτο
279 ἀντεῖχον ἐπὶ πολὺ καὶ οὐκ ἐπίστευον αὐτῷ τὴν ἔλασιν· ἐπεὶ δὲ κατελιπάρησε δακρύων καὶ ἡ μήτηρ Κλυμένη μετ' αὐτοῦ, ἀναβιβασάμενος ἐπὶ τὸ ἅρμα ὑπεθέμην, ὅπως μὲν χρὴ βεβηκέναι αὐτόν, ἐφ' ὁπόσον δὲ ἐς τὸ ἄνω ἀφέντα ὑπερενεχθῆναι, εἶτα ἐς τὸ κάταντες αὖθις ἐπινεύειν καὶ ὡς ἐγκρατῆ εἶναι τῶν ἡνιῶν καὶ μὴ ἐφιέναι τῷ θυμῷ τῶν ἵππων· εἶπον δὲ καὶ ἡλίκος ὁ κίνδυνος, εἰ μὴ ὀρθὴν ἐλαύνοι· ὁ δὲ—παῖς γὰρ ἦν—ἐπιβὰς τοσούτου πυρὸς καὶ ἐπικύψας ἐς βάθος ἀχανὲς ἐξεπλάγη, ὡς τὸ εἰκός· οἱ δὲ ἵπποι ὡς ᾔσθοντο οὐκ ὄντα ἐμὲ τὸν ἐπιβεβηκότα, καταφρονήσαντες τοῦ μειρακίου ἐξετράποντο τῆς ὁδοῦ καὶ τὰ δεινὰ ταῦτα ἐποίησαν· ὁ δὲ τὰς ἡνίας ἀφείς, οἶμαι δεδιὼς μὴ ἐκπέσῃ αὐτός, εἴχετο τῆς ἄντυγος. ἀλλὰ ἐκεῖνός τε ἤδη ἔχει τὴν δίκην κἀμοί, ὦ Ζεῦ, ἱκανὸν τὸ πένθος.

ΖΕΥΣ

Ἱκανὸν λέγεις τοιαῦτα τολμήσας; νῦν μὲν οὖν συγγνώμην ἀπονέμω σοι, ἐς δὲ τὸ λοιπόν, ἤν τι ὅμοιον παρανομήσῃς ἤ τινα τοιοῦτον σεαυτοῦ διάδοχον ἐκπέμψῃς, αὐτίκα εἴσῃ, ὁπόσον τοῦ σοῦ πυρὸς ὁ κεραυνὸς πυρωδέστερος. ὥστε ἐκεῖνον μὲν αἱ
280 ἀδελφαὶ θαπτέτωσαν ἐπὶ τῷ Ἠριδανῷ, ἵναπερ ἔπεσεν ἐκδιφρευθείς, ἤλεκτρον ἐπ' αὐτῷ δακρύουσαι καὶ αἴγειροι γενέσθωσαν ἐπὶ τῷ πάθει, σὺ δὲ ξυμπηξάμενος τὸ ἅρμα—κατέαγε δὲ καὶ ὁ ῥυμὸς αὐτοῦ καὶ ἅτερος τῶν τροχῶν συντέτριπται—ἔλαυνε ἐπαγαγὼν [1] τοὺς ἵππους. ἀλλὰ μέμνησο τούτων ἁπάντων.

[1] ὑπαγαγὼν recc..

SUN

I knew all that. That's why I held out for a long time and wouldn't trust him to drive. But when he started weeping and begging and imploring, and his mother Clymene joined in, I planted him in the car and told him how to stand, how long he was to climb giving the horses their head, how long to descend again, and how to be in control of the reins and keep his mettlesome team in check. Yes, and I warned him how dangerous it was not to drive straight, but the poor boy, mounted on so great a fire and looking down on yawning space, lost his nerve, and can you wonder ? Then the horses, sensing it wasn't me in the chariot, didn't care two hoots for the lad and left their course with these terrible results. He dropped the reins—I suppose he was afraid of falling out, and clung to the rail. But he's already had his punishment, Zeus, and my grief is punishment enough for me.

ZEUS

Punishment enough, you say, for such effrontery ? All right, I forgive you this time, but if ever again you commit such an offence, or send out another like him in your place, you'll soon find out my thunderbolt's a lot hotter than your fire. The boy, then, can be buried by his sisters beside the Eridanus, where he fell after the spill. They can weep tears of amber over him and become poplars in their sorrow, and you'd better patch up your car—the pole's broken and one of the wheels is in smithereens—bring up your horses and get on with your round. And I hope you won't forget all this in a hurry.

25 (26)

ΑΠΟΛΛΩΝΟΣ ΚΑΙ ΕΡΜΟΥ

ΑΠΟΛΛΩΝ

1. Ἔχεις μοι εἰπεῖν, ὦ Ἑρμῆ, πότερος ὁ Κά-
281 στωρ ἐστὶ τούτων ἢ πότερος ὁ Πολυδεύκης; ἐγὼ γὰρ οὐκ ἂν διακρίναιμι αὐτούς.

ΕΡΜΗΣ

Ὁ μὲν χθὲς ἡμῖν ξυγγενόμενος ἐκεῖνος Κάστωρ ἦν, οὗτος δὲ Πολυδεύκης.

ΑΠΟΛΛΩΝ

Πῶς διαγινώσκεις; ὅμοιοι γάρ.

ΕΡΜΗΣ

Ὅτι οὗτος μέν, ὦ Ἄπολλον, ἔχει ἐπὶ τοῦ προσώπου τὰ ἴχνη τῶν τραυμάτων ἃ ἔλαβε παρὰ τῶν ἀνταγωνιστῶν πυκτεύων, καὶ μάλιστα ὁπόσα ὑπὸ τοῦ Βέβρυκος Ἀμύκου ἐτρώθη τῷ Ἰάσονι συμπλέων, ἅτερος δὲ οὐδὲν τοιοῦτον ἐμφαίνει, ἀλλὰ καθαρός ἐστι καὶ ἀπαθὴς τὸ πρόσωπον.

ΑΠΟΛΛΩΝ

Ὤνησας διδάξας[1] τὰ γνωρίσματα, ἐπεὶ τά γε
282 ἄλλα πάντα ἴσα, τοῦ ᾠοῦ τὸ ἡμίτομον καὶ ἀστὴρ
283 ὑπεράνω καὶ ἀκόντιον ἐν τῇ χειρὶ καὶ ἵππος ἑκατέρῳ
284 λευκός, ὥστε πολλάκις ἐγὼ τὸν μὲν προσεῖπον
285 Κάστορα Πολυδεύκην ὄντα, τὸν δὲ τῷ τοῦ Πολυδεύ-
286 κους ὀνόματι. ἀτὰρ εἰπέ μοι καὶ τόδε, τί δήποτε οὐκ ἄμφω ξύνεισιν ἡμῖν, ἀλλ' ἐξ ἡμισείας ἄρτι μὲν νεκρός, ἄρτι δὲ θεός ἐστιν ἅτερος αὐτῶν;

[1] δείξας Ω. (cf. p. 346 note 1).

DIALOGUES OF THE GODS

25 (26)

APOLLO AND HERMES

APOLLO

Can you tell me, Hermes, which of these two is Castor and which is Pollux? I can't tell them apart.

HERMES

The one with us yesterday was Castor, this one is Pollux.

APOLLO

How can you tell? They look identical.

HERMES

This one, Apollo, has on his face the marks of the injuries he's got from his opponents when boxing, and especially from Bebryx, the son of Amycus,[1] when he sailed on that expedition with Jason. The other has no marks like that; his face is free from blemish.

APOLLO

Thanks for telling me the difference, for all the rest's the same, the half egg-shell on the head, and the star above it, the javelin in the hand, and a white horse each; so I've often called Pollux Castor and Castor Pollux. And there's something else you can tell me. Why don't we see them together? Why do they take turns of being dead and being a god?

[1] Cf. Theocritus, 22.26 and Apollonius Rhodius 2, 1 ff.

ΕΡΜΗΣ

Ὑπὸ φιλαδελφίας τοῦτο ποιοῦσιν· ἐπεὶ γὰρ ἔδει ἕνα μὲν τεθνάναι τῶν Λήδας υἱέων, ἕνα δὲ ἀθάνατον εἶναι, ἐνείμαντο οὕτως αὐτοὶ τὴν ἀθανασίαν.

ΑΠΟΛΛΩΝ

Οὐ ξυνετήν, ὦ Ἑρμῆ, τὴν νομήν, οἵ γε οὐδὲ ὄψονται οὕτως ἀλλήλους, ὅπερ ἐπόθουν, οἶμαι, μάλιστα· πῶς γάρ, ὁ μὲν παρὰ θεοῖς, ὁ δὲ παρὰ τοῖς φθιτοῖς ὤν; πλὴν ἀλλ᾽ ὥσπερ ἐγὼ μαντεύομαι, 287 ὁ δὲ Ἀσκληπιὸς ἰᾶται, σὺ δὲ παλαίειν διδάσκεις παιδοτρίβης ἄριστος ὤν, ἡ δὲ Ἄρτεμις μαιεύεται καὶ τῶν ἄλλων ἕκαστος ἔχει τινὰ τέχνην ἢ θεοῖς ἢ ἀνθρώποις χρησίμην, οὗτοι δὲ τί ποιήσουσιν ἡμῖν; ἢ ἀργοὶ εὐωχήσονται τηλικοῦτοι ὄντες;

ΕΡΜΗΣ

Οὐδαμῶς, ἀλλὰ προστέτακται αὐτοῖν ὑπηρετεῖν τῷ Ποσειδῶνι καὶ καθιππεύειν δεῖ τὸ πέλαγος καὶ ἐάν που ναύτας χειμαζομένους ἴδωσιν, ἐπικαθίσαντας ἐπὶ τὸ πλοῖον σῴζειν τοὺς ἐμπλέοντας.

ΑΠΟΛΛΩΝ

Ἀγαθήν, ὦ Ἑρμῆ, καὶ σωτήριον λέγεις τὴν τέχνην.

HERMES

That's because of their brotherly love. When one of the sons of Leda had to die, and one to be immortal, they shared out the immortality in this way themselves.

APOLLO

Not a very clever way of sharing it, was it, Hermes? This way they won't even see each other, and that's what they wanted most of all, I take it. How can they, when one's with the gods and one with the dead? Another thing; I play the prophet, Asclepius goes in for doctoring, you teach wrestling and are an excellent trainer, Artemis is a mid-wife,[1] and everyone else among us has some special craft, which helps gods or men. But what will we get them to do? We can't have big strapping fellows like them sitting in idleness all day stuffing themselves.

HERMES

You needn't worry. They've been put on to serving Poseidon; they must ride over[2] the sea, and anywhere they see sailors in a storm, they must perch on the vessel and keep the crew safe.

APOLLO

A useful vocation that, Hermes, and one of salvation.

[1] Cf. note on pp. 326-327.
[2] Or perhaps "ride, subduing the stormy seas".

THE DIALOGUES OF THE COURTESANS

THESE dialogues show the general influence of New Comedy; there are also many resemblances with Alciphron's *Letters of the Courtesans*. The complicated question of the relationship between Alciphron and Lucian is discussed by the editors of the Loeb Edition of Alciphron in their introduction, where (pp. 16-17) they accept the conclusion of Rohde that Alciphron drew from both Lucian and comedy. A later writer familiar with the *Dialogues of the Courtesans* was Aristaenetus.

ΕΤΑΙΡΙΚΟΙ ΔΙΑΛΟΓΟΙ

1

ΓΛΥΚΕΡΑ ΚΑΙ ΘΑΙΣ

ΓΛΥΚΕΡΑ

1. Τὸν στρατιώτην, Θαΐ, τὸν Ἀκαρνᾶνα, ὃς πάλαι μὲν Ἀβρότονον εἶχε, μετὰ ταῦτα δὲ ἠράσθη ἐμοῦ, τὸν εὐπάρυφον λέγω, τὸν ἐν τῇ χλαμύδι, οἶσθα αὐτόν, ἢ ἐπιλέλησαι τὸν ἄνθρωπον;

ΘΑΙΣ

Οὔκ, ἀλλὰ οἶδα, ὦ Γλυκέριον, καὶ συνέπιε μεθ' ἡμῶν πέρυσιν ἐν τοῖς Ἀλώοις. τί δὲ τοῦτο; ἐῴκεις γάρ τι περὶ αὐτοῦ διηγεῖσθαι.

ΓΛΥΚΕΡΑ

Γοργόνα αὐτὸν ἡ παμπόνηρος, φίλη δοκοῦσα εἶναι, ἀπέσπασεν ἀπ' ἐμοῦ ὑπαγαγοῦσα.

ΘΑΙΣ

Καὶ νῦν σοὶ μὲν ἐκεῖνος οὐ πρόσεισι,[1] Γοργόναν δὲ ἑταίραν πεποίηται;

ΓΛΥΚΕΡΑ

Ναί, ὦ Θαΐ, καὶ τὸ πρᾶγμα οὐ μετρίως μου ἥψατο.

[1] πρόσεστι β.

THE DIALOGUES OF THE COURTESANS

1

GLYCERA AND THAIS

GLYCERA

Thais, do you know the Acarnanian soldier, who in the old days kept Abrotonum, and afterwards fell in love with me—the dandy, I mean, with the fine military cloak—or have you forgotten the fellow ?

THAIS

No, Glycera, dearie, I know him. He drank with us last year at the harvest celebrations. But what of it ? You looked as though you had something to tell me about him.

GLYCERA

That nasty thing Gorgona, who pretends to be my friend, has got her claws into him and stolen him from me behind my back.

THAIS

So now he won't be visiting you any more, but has taken Gorgona to be his mistress.

GLYCERA

Yes, Thais, and it's hurt me very much.

ΘΑΙΣ

Πονηρὸν μέν, ὦ Γλυκέριον, οὐκ ἀδόκητον δέ, ἀλλ' εἰωθὸς γίγνεσθαι ὑφ' ἡμῶν τῶν ἑταιρῶν. οὔκουν χρὴ οὔτε ἀνιᾶσθαι ἄγαν οὔτε μέμφεσθαι τῇ Γοργόνῃ· οὐδὲ γὰρ σὲ Ἀβρότονον ἐπ' αὐτῷ πρότερον ἐμέμψατο, καίτοι φίλαι ἦτε. 2. ἀτὰρ ἐκεῖνο θαυμάζω, τί καὶ ἐπῄνεσεν αὐτῆς ὁ στρατιώτης οὗτος, ἐκτὸς εἰ μὴ παντάπασι τυφλός ἐστιν, ὃς οὐχ ἑωράκει τὰς μὲν τρίχας αὐτὴν ἀραιὰς ἔχουσαν καὶ ἐπὶ πολὺ τοῦ μετώπου ἀπηγμένας· τὰ χείλη δὲ

281 *πελιδνὰ καὶ τράχηλος λεπτὸς καὶ ἐπίσημοι ἐν αὐτῷ αἱ φλέβες καὶ ῥὶς μακρά. ἓν μόνον, εὐμήκης ἐστὶ καὶ ὀρθὴ καὶ μειδιᾷ πάνυ ἐπαγωγόν.*

ΓΛΥΚΕΡΑ

Οἴει γάρ, ὦ Θαΐ, τῷ κάλλει ἠρᾶσθαι[1] *τὸν Ἀκαρνᾶνα; οὐκ οἶσθα ὡς φαρμακὶς ἡ Χρυσάριόν ἐστιν ἡ μήτηρ αὐτῆς, Θεσσαλάς τινας ᾠδὰς ἐπισταμένη καὶ τὴν σελήνην κατάγουσα; φασὶ δὲ αὐτὴν καὶ πέτεσθαι τῆς νυκτός· ἐκείνη ἐξέμηνε τὸν ἄνθρωπον πιεῖν τῶν φαρμάκων ἐγχέασα, καὶ νῦν τρυγῶσιν αὐτόν.*

ΘΑΙΣ

Καὶ σὺ ἄλλον, ὦ Γλυκέριον, τρυγήσεις, τοῦτον δὲ χαίρειν ἔα.

2

ΜΥΡΤΙΟΝ ΚΑΙ ΠΑΜΦΙΛΟΣ ΚΑΙ ΔΩΡΙΣ

ΜΥΡΤΙΟΝ

1. *Γαμεῖς, ὦ Πάμφιλε, τὴν Φίλωνος τοῦ ναυκλήρου θυγατέρα καὶ ἤδη σε γεγαμηκέναι*

[1] ἠρῆσθαι recc., edd..

THAIS

It was a dirty trick, dearie, but only to be expected ; it's a common practice of us girls. So you mustn't take it too hard or blame Gorgona ; for, earlier on, Abrotonum didn't blame you over him ; and yet you'd been friends. But I do wonder what this soldier man found in her, unless he's absolutely blind and hadn't noticed that her hair is thin on top and receding a long way in front ; her lips are livid and her neck's scraggy with the veins all standing out, and what a long nose she's got ! Her only good point is that she's tall and has a good carriage and a very attractive smile.

GLYCERA

Why, Thais, you don't think the Acarnanian has fallen for her beauty ? Don't you know that her mother, Chrysarium, is a witch who knows Thessalian spells, and can bring the moon down ? Why, they say she even flies of a night. She's the one who's sent the fellow out of his senses by giving him a drink of her brew, and now they're making a fine harvest out of him.

THAIS

You'll have your harvest too, dearie ; you'll find someone else ; let him go to the devil.

2

MYRTIUM, PAMPHILUS AND DORIS

MYRTIUM

So, Pamphilus, you're planning to marry the daughter of Philo, the shipowner. I've even heard

φασίν; οἱ τοσοῦτοι δὲ ὅρκοι οὓς ὤμοσας καὶ τὰ δάκρυα ἐν ἀκαρεῖ πάντα οἴχεται, καὶ ἐπιλέλησαι Μυρτίου νῦν, καὶ ταῦτα, ὦ Πάμφιλε, ὁπότε κύω μῆνα ὄγδοον ἤδη; τοῦτο γοῦν καὶ μόνον ἐπριάμην τοῦ σοῦ ἔρωτος, ὅτι μου τηλικαύτην πεποίηκας τὴν γαστέρα καὶ μετὰ μικρὸν παιδοτροφεῖν δεήσει, πρᾶγμα ἑταίρᾳ βαρύτατον· οὐ γὰρ 282 ἐκθήσω τὸ τεχθέν, καὶ μάλιστα εἰ ἄρρεν γένοιτο, ἀλλὰ Πάμφιλον ὀνομάσασα ἐγὼ μὲν ἕξω παραμύθιον τοῦ ἔρωτος, σοὶ δὲ ὀνειδιεῖ ποτε ἐκεῖνος, ὡς ἄπιστος γεγένησαι περὶ τὴν ἀθλίαν αὐτοῦ μητέρα. γαμεῖς δ' οὐ καλὴν παρθένον· εἶδον γὰρ αὐτὴν ἔναγχος ἐν τοῖς Θεσμοφορίοις μετὰ τῆς μητρός, οὐδέπω εἰδυῖα ὅτι δι' αὐτὴν οὐκέτι ὄψομαι Πάμφιλον. καὶ σὺ δ' οὖν πρότερον ἰδοῦ[1] αὐτὴν καὶ τὸ πρόσωπον καὶ τοὺς ὀφθαλμοὺς ἰδέ· μή σε ἀνιάτω, εἰ πάνυ γλαυκοὺς ἔχει αὐτοὺς μηδὲ ὅτι διάστροφοί εἰσι καὶ ἐς ἀλλήλους ὁρῶσι· μᾶλλον δὲ τὸν Φίλωνα ἑώρακας τὸν πατέρα τῆς νύμφης, τὸ πρόσωπον αὐτοῦ οἶσθα, ὥστε οὐδὲν ἔτι δεήσει τὴν θυγατέρα ἰδεῖν.

ΠΑΜΦΙΛΟΣ

2. Ἔτι σου ληρούσης, ὦ Μύρτιον, ἀκούσομαι παρθένους καὶ γάμους ναυκληρικοὺς διεξιούσης; ἐγὼ δὲ ἢ σιμήν τινα ἢ καλὴν νύμφην οἶδα; ἢ ὅτι Φίλων ὁ Ἀλωπεκῆθεν—οἶμαι γὰρ ἐκεῖνον λέγειν σε—θυγατέρα ὅλως εἶχεν ὡραίαν ἤδη γάμου; ἀλλ' οὐδὲ φίλος ἐστὶν οὗτος τῷ πατρί· μέμνημαι γὰρ ὡς πρῴην ἐδικάσατο περὶ συμβολαίου· τάλαντον, οἶμαι, ὀφείλων γὰρ τῷ πατρὶ οὐκ ἤθελεν ἐκτίνειν, ὁ

[1] ἰδοῦ γ: εἶδες L.

you're already married. Have all your sworn oaths and tears gone in a moment, have you forgotten your Myrtium, and at a time like this, when I'm eight months gone ? All the good I've had from your love is that you've given me such an enormous belly, and I'll soon have to bring up a child, and that's a terrible nuisance for a lady of my kind. For I'm not going to expose the child, particularly if it's a boy, but I'll call him Pamphilus, and keep him to console me for my unhappy love, and one day he'll tell you off for your treachery to his poor mother. I don't think much of your bride's looks. I saw her the other day with her mother at the Thesmophoria, though I didn't know at the time that I'd never see Pamphilus again because of her. I think you'd better have a good look at her too, before it's too late, and examine her face and her eyes ; I wouldn't like you to be vexed at the marked steel-grey colour of her eyes, or disappointed because they squint inwards. Better still you've seen your father-in-law, Philo, and know what his face is like. You won't need to see the daughter after seeing him !

PAMPHILUS

How long shall I have to listen to your nonsense about young ladies and your stories of matches with shipowning families ? Do I know any bride whether snub-nosed or pretty ? Or that Philo of Alopece—I presume you mean him—so much as had a daughter of marriageable age ? Anyway, he's not even on good terms with my father. I remember he was sued by him only the other day for debt. He owed my father a talent, I believe, but refused to

δὲ παρὰ τοὺς ναυτοδίκας ἀπήγαγεν αὐτόν, καὶ μόλις ἐξέτισεν αὐτό, οὐδ᾽ ὅλον, ὡς ὁ πατὴρ ἔφασκεν. εἰ δὲ καὶ γαμεῖν ἐδέδοκτό μοι, τὴν Δημέου θυγατέρα τὴν τοῦ πέρυσιν ἐστρατηγηκότος ἀφείς, καὶ ταῦτα πρὸς μητρὸς ἀνεψιὰν οὖσαν, τὴν Φίλωνος ἐγάμουν ἄν; σὺ δὲ πόθεν ταῦτα ἤκουσας; ἢ τίνας σεαυτῇ, ὦ Μύρτιον, κενὰς ζηλοτυπίας σκιαμαχοῦσα ἐξεῦρες;

ΜΥΡΤΙΟΝ

3. Οὐκοῦν οὐ γαμεῖς, ὦ Πάμφιλε;

ΠΑΜΦΙΛΟΣ

Μέμηνας, ὦ Μύρτιον, ἢ κραιπαλᾷς; καίτοι χθὲς οὐ πάνυ ἐμεθύσθημεν.

ΜΥΡΤΙΟΝ

283 Ἡ Δωρὶς αὕτη ἐλύπησέ με· πεμφθεῖσα γὰρ ὡς ἔρια ὠνήσαιτό μοι ἐπὶ τὴν γαστέρα καὶ εὔξαιτο τῇ Λοχείᾳ ὡς ὑπὲρ ἐμοῦ, Λεσβίαν ἔφη ἐντυχοῦσαν αὐτῇ—μᾶλλον δὲ σὺ αὐτῷ, ὦ Δωρί, λέγε ἅπερ ἀκήκοας, εἴ γε μὴ ἐπλάσω ταῦτα.

ΔΩΡΙΣ

Ἀλλ᾽ ἐπιτριβείην, ὦ δέσποινα, εἴ τι ἐψευσάμην· ἐπεὶ γὰρ κατὰ τὸ πρυτανεῖον ἐγενόμην, ἐνέτυχέ μοι ἡ Λεσβία μειδιῶσα καὶ φησίν, Ὁ ἐραστὴς ὑμῶν ὁ Πάμφιλος γαμεῖ τὴν Φίλωνος θυγατέρα· εἰ δὲ ἀπιστοίην, ἠξίου με παρακύψασαν ἐς τὸν στενωπὸν ὑμῶν ἰδεῖν πάντα κατεστεφανωμένα καὶ αὐλητρίδας καὶ θόρυβον καὶ ὑμέναιον ᾄδοντάς τινας.

pay, and my father had him before the Admiralty Court, and had the greatest difficulty in squeezing it out of him, and didn't get it all, he kept saying. Even if I had decided to marry, do you think I'd have passed over the daughter of Demeas, who was a general last year, particularly as she was a cousin on my mother's side, and be marrying Philo's daughter instead? Wherever did you hear this story? What empty jealous ideas have you invented for yourself, Myrtium, that you lash out so blindly?

MYRTIUM

Then you're not getting married, Pamphilus?

PAMPHILUS

Are you out of your mind, Myrtium, or is it a hang-over? Though I must say we remained quite sober last night.

MYRTIUM

It was Doris here who gave me this nasty shock. I sent her out to buy some wool for the little stranger, and to pray to Artemis to deliver me safely, and she'd met Lesbia, she told me, and—but it'd be better for you yourself, Doris, to tell him what you heard, unless you made all this up.

DORIS

Ruin take me, mistress, if I told a single lie. When I got to the town-hall, I met Lesbia who was all smiles and told me that our lover, Pamphilus, was marrying Philo's daughter. She said that if I didn't believe her, I was to peep into your alley and see the garlands everywhere, the girl-pipers, the commotion, and the people singing the wedding hymn.

ΠΑΜΦΙΛΟΣ

Τί οὖν; παρέκυψας, ὦ Δωρί;

ΔΩΡΙΣ

Καὶ μάλα, καὶ εἶδον ἅπαντα ὡς ἔφη.

ΠΑΜΦΙΛΟΣ

4. Μανθάνω τὴν ἀπάτην· οὐ γὰρ πάντα ἡ Λεσβία, ὦ Δωρί, πρὸς σὲ ἐψεύσατο καὶ σὺ τἀληθῆ ἀπήγγελκας Μυρτίῳ. πλὴν μάτην γε ἐταράχθητε· οὔτε γὰρ παρ' ἡμῖν οἱ γάμοι, ἀλλὰ νῦν ἀνεμνήσθην ἀκούσας τῆς μητρός, ὁπότε χθὲς ἀνέστρεψα παρ' ὑμῶν· ἔφη γάρ, Ὦ Πάμφιλε, ὁ μὲν ἡλικιώτης σοι Χαρμίδης τοῦ γείτονος Ἀρισταινέτου υἱὸς γαμεῖ ἤδη καὶ σωφρονεῖ, σὺ δὲ μέχρι τίνος ἑταίρᾳ σύνει; τοιαῦτα παρακούων αὐτῆς ἐς ὕπνον κατηνέχθην· εἶτα ἕωθεν προῆλθον ἀπὸ τῆς οἰκίας, ὥστε οὐδὲν εἶδον ὧν ἡ Δωρὶς ὕστερον εἶδεν. εἰ δὲ ἀπιστεῖς, αὖθις ἀπελθοῦσα, ὦ Δωρί, ἀκριβῶς ἰδὲ μὴ τὸν στενωπόν, ἀλλὰ τὴν θύραν, ποτέρα ἐστὶν ἡ κατεστεφανωμένη· εὑρήσεις γὰρ τὴν τῶν γειτόνων.

ΜΥΡΤΙΟΝ

Ἀπέσωσας, ὦ Πάμφιλε· ἀπηγξάμην γὰρ ἄν, εἴ τι τοιοῦτο ἐγένετο.

ΠΑΜΦΙΛΟΣ

Ἀλλ' οὐκ ἂν ἐγένετο, μηδ' οὕτω μανείην, ὡς ἐκλαθέσθαι Μυρτίου, καὶ ταῦτα ἤδη μοι κυούσης παιδίον.

PAMPHILUS

Well, Doris, did you take a peep ?

DORIS

I certainly did, and I saw everything, just as she said.

PAMPHILUS

I understand how you were misled. It wasn't all lies that Lesbia told you, Doris. What you reported to Myrtium was true. But you were worried without reason, for the wedding wasn't in our house, but now I recall my mother's words, when I returned from here yesterday. " My dear Pamphilus ", she said, " Charmides, that young fellow of the same age as you, the son of neighbour Aristaenetus, is getting married at last. He's showing some sense, but how long are you going to continue keeping a mistress ? " Listening to her on and off, I dropped off to sleep. Then I left the house early in the morning, so that I didn't see anything of what Doris saw later on. If you don't believe me, Doris, go out again and take a good look, not just at the lane, but at the door to see which one has the garlands. You'll find it belongs to our neighbours' house.

MYRTIUM

You've saved my life, Pamphilus. I'd have hanged myself, if anything like that had happened.

PAMPHILUS

Such a thing could never have happened. I hope I'll never be so mad as to forget Myrtium, especially now that she's going to have my child.

3

284 ## *ΜΗΤΗΡ ΚΑΙ ΦΙΛΙΝΝΑ*

ΜΗΤΗΡ

1. Ἐμάνης, ὦ Φίλιννα, ἢ τί ἔπαθες ἐν τῷ ξυμποσίῳ χθές; ἧκε γὰρ παρ' ἐμὲ Δίφιλος ἕωθεν δακρύων καὶ διηγήσατό μοι ἃ ἔπαθεν ὑπὸ σοῦ· μεμεθύσθαι γάρ σε καὶ ἐς τὸ μέσον ἀναστᾶσαν ὀρχήσασθαι αὐτοῦ διακωλύοντος καὶ μετὰ ταῦτα φιλῆσαι Λαμπρίαν τὸν ἑταῖρον αὐτοῦ, καὶ ἐπεὶ ἐχαλέπηνέ σοι, καταλιποῦσαν αὐτὸν ἀπελθεῖν πρὸς τὸν Λαμπρίαν καὶ περιβαλεῖν ἐκεῖνον, ἑαυτὸν δὲ ἀποπνίγεσθαι τούτων γιγνομένων. ἀλλ' οὐδὲ τῆς νυκτός, οἶμαι, συνεκάθευδες, καταλιποῦσα δὲ δακρύοντα μόνη ἐπὶ τοῦ πλησίον σκίμποδος κατέκεισο ᾄδουσα καὶ λυποῦσα ἐκεῖνον.

ΦΙΛΙΝΝΑ

2. Τὰ γὰρ αὑτοῦ[1] σοι, ὦ μῆτερ, οὐ διηγήσατο· οὐ γὰρ ἂν συνηγόρευες αὐτῷ ὑβριστῇ ὄντι, ὃς ἐμοῦ ἀφέμενος ἐκοινολογεῖτο Θαΐδι τῇ Λαμπρίου ἑταίρᾳ, μηδέπω ἐκείνου παρόντος· ἐπεὶ δὲ χαλεπαίνουσαν εἶδέ με καὶ διένευσα αὐτῷ οἷα ποιεῖ, τοῦ ὠτὸς ἄκρου ἐφαψάμενος ἀνακλάσας τὸν αὐχένα τῆς Θαΐδος ἐφίλησεν οὕτω προσφυῶς, ὥστε μόλις ἀπέσπασε τὰ χείλη, εἶτ' ἐγὼ μὲν ἐδάκρυον, ὁ δὲ ἐγέλα καὶ πρὸς τὴν Θαΐδα πολλὰ πρὸς τὸ οὖς ἔλεγε κατ' ἐμοῦ δηλαδή, καὶ ἡ Θαῒς ἐμειδίασε βλέπουσα πρὸς ἐμέ. ὡς δὲ προσιόντα ᾔσθοντο τὸν

[1] αὑτοῦ edd. : αὐτοῦ codd..

3

PHILINNA AND HER MOTHER

MOTHER

Did you take leave of your senses at the party last night, Philinna? What came over you? Diphilus came to me early this morning in tears, and told me how you'd treated him. He said you were drunk, got up and danced in the middle of the company, though he tried to stop you, then kissed his friend, Lamprias, and, when he showed that he was annoyed with you, left him, went over to Lamprias, and threw your arms round his neck. He choked with rage, he said, at such goings on. But even later on, I imagine, you wouldn't sleep with him, but left him weeping, and lay down by yourself on the nearby pallet, singing songs, and annoying him.

PHILINNA

Of course, he didn't tell you what he did, mother, or you wouldn't take the part of one who behaved so outrageously. He left me and prattled with Thais, Lamprias' girl, for Lamprias himself had not yet arrived. After he had seen that I was angry, and I'd shown him how I disapproved of his behaviour, he laid hold of the tip of Thais' ear, bent her neck, and kissed her so hard, that she could scarcely get her lips free. I cried, but he laughed, and whispered a lot into her ear—all of it directed against me, no doubt—and Thais kept looking at me, and smiling. But after they'd seen Lamprias coming, and had at last decided they'd had enough of kissing each other, I went in spite of it all and lay

285 *Λαμπρίαν καὶ ἐκορέσθησάν ποτε φιλοῦντες ἀλλήλους, ἐγὼ μὲν ὅμως παρ' αὐτὸν κατεκλίθην, ὡς μὴ καὶ τοῦτο προφασίζοιτο ὕστερον, ἡ Θαῒς δὲ ἀναστᾶσα ὠρχήσατο πρώτη ἀπογυμνοῦσα ἐπὶ πολὺ τὰ σφυρὰ ὡς μόνη καλὰ ἔχουσα, καὶ ἐπειδὴ ἐπαύσατο, ὁ Λαμπρίας μὲν ἐσίγα καὶ εἶπεν οὐδέν, Δίφιλος δὲ ὑπερεπῄνει τὸ εὔρυθμον καὶ τὸ κεχορηγημένον, καὶ ὅτι εὖ πρὸς τὴν κιθάραν ὁ ποὺς καὶ τὸ σφυρὸν ὡς καλὸν καὶ ἄλλα μυρία, καθάπερ τὴν Καλάμιδος Σωσάνδραν ἐπαινῶν, ἀλλ' οὐχὶ*[1] *Θαΐδα, ἣν καὶ σὺ οἶσθα συλλουομένην ἡμῖν οἵα ἐστί. Θαῒς δὲ οἷα καὶ ἔσκωψεν εὐθὺς ἐς ἐμέ· Εἰ γάρ τις, ἔφη, μὴ αἰσχύνεται λεπτὰ ἔχουσα τὰ σκέλη, ὀρχήσεται καὶ αὐτὴ ἐξαναστᾶσα. τί ἂν λέγοιμι, ὦ μῆτερ; ἀνέστην γὰρ καὶ ὠρχησάμην. ἀλλὰ τί ἔδει ποιεῖν; ἀνασχέσθαι καὶ ἐπαληθεύειν τὸ σκῶμμα καὶ τὴν Θαΐδα ἐᾶν τυραννεῖν τοῦ συμποσίου;*[2]

ΜΗΤΗΡ

3. *Φιλοτιμότερον μέν, ὦ θύγατερ· οὐδὲ φροντίζειν γὰρ ἐχρῆν· λέγε δ' ὅμως τὰ μετὰ ταῦτα.*

ΦΙΛΙΝΝΑ

Οἱ μὲν οὖν ἄλλοι ἐπῄνουν, ὁ Δίφιλος δὲ μόνος ὕπτιον καταβαλὼν ἑαυτὸν ἐς τὴν ὀροφὴν ἀνέβλεπεν, ἄχρις δὴ καμοῦσα ἐπαυσάμην.

ΜΗΤΗΡ

Τὸ φιλῆσαι δὲ τὸν Λαμπρίαν ἀληθὲς ἦν καὶ τὸ μεταβᾶσαν περιπλέκεσθαι αὐτῷ; τί σιγᾷς; οὐκέτι γὰρ ταῦτα συγγνώμης ἄξια.

[1] *ἐπαινῶν, ἀλλ' οὐχὶ* rec. : *ἐπαινῶν:* (: = change of speaker) *ἀλλ' οἶδα* (. . . *ἐστί:*) *βγ.*

[2] *τὸ συμπόσιον β.*

by his side, so that he wouldn't have something more to cast up to me afterwards. Thais jumped up and was the first to dance, with her dress pulled up high, as if she was the only one with a pretty pair of ankles ; when she'd finished, Lamprias kept quiet and said nothing, but Diphilus praised her to the skies for her fine dancing and her outfit, for the skill of her feet in keeping time with the lyre, and for her pretty ankles, and so on *ad infinitum*, as if he were praising the Sosandra of Calamis,[1] rather than Thais, whose appearance you know, as she goes to the baths with us. And how she started to mock me the next moment ! " Anyone ", said she, " who isn't ashamed of having skinny legs will get up and dance too." What could I say, mother ? I got up and danced. What else was I to do ? Sit still, and prove the truth of the taunt, by allowing Thais to be queen of the party ?

MOTHER

You took yourself too seriously, my dear. You shouldn't have let it bother you. But tell me what happened next.

PHILINNA

The others all praised me, but Diphilus stretched himself on his back and went on staring at the ceiling, till I tired and stopped.

MOTHER

But is it true that you kissed Lamprias, and that you went over and embraced him ? Why don't you answer ? Such conduct was past forgiving.

[1] A statuary of Periclean Athens ; the Sosandra, a statue of Aphrodite, was somewhere on the Acropolis. Cf. *Essays in Portraiture* 4.

ΦΙΛΙΝΝΑ

Ἀντιλυπεῖν ἐβουλόμην αὐτόν.

ΜΗΤΗΡ

Εἶτα οὐδὲ συνεκάθευδες, ἀλλὰ καὶ ᾖδες ἐκείνου δακρύοντος; οὐκ αἰσθάνῃ, ὦ θύγατερ, ὅτι πτωχαί ἐσμεν, οὐδὲ μέμνησαι ὅσα παρ' αὐτοῦ ἐλάβομεν ἢ οἷον δὴ τὸν πέρυσι χειμῶνα διηγάγομεν ἄν, εἰ μὴ τοῦτον ἡμῖν ἡ Ἀφροδίτη ἔπεμψε;

ΦΙΛΙΝΝΑ

286 Τί οὖν; ἀνέχωμαι διὰ τοῦτο ὑβριζομένη ὑπ' αὐτοῦ;

ΜΗΤΗΡ

'Οργίζου μέν, μὴ ἀνθύβριζε δέ. οὐκ οἶσθα ὅτι ὑβριζόμενοι παύονται οἱ ἐρῶντες καὶ ἐπιτιμῶσιν ἑαυτοῖς; σὺ δὲ πάνυ χαλεπὴ ἀεὶ[1] τῷ ἀνθρώπῳ γεγένησαι, καὶ ὅρα μὴ κατὰ τὴν παροιμίαν ἀπορρήξωμεν πάνυ τείνουσαι τὸ καλῴδιον.

4

ΜΕΛΙΤΤΑ ΚΑΙ ΒΑΚΧΙΣ

ΜΕΛΙΤΤΑ

1. Εἴ τινα οἶσθα, Βακχί, γραῦν, οἷαι πολλαὶ Θετταλαὶ λέγονται ἐπᾴδουσαι καὶ ἐρασμίους ποιοῦσαι, εἰ καὶ πάνυ μισουμένη γυνὴ τυγχάνοι, οὕτως ὄναιο, παραλαβοῦσα ἧκέ μοι· θαἰμάτια[2] γὰρ καὶ τὰ

[1] ἀεὶ om. β.

[2] θαἰμάτια Mras. conf. Aristophanem: θοἰμάτια codd..

PHILINNA

I wanted to annoy him in return.

MOTHER

Then afterwards you wouldn't sleep with him, but sang songs, while he cried? Don't you understand, daughter, that we're penniless? Do you forget how much he has given us, and how we'd have had to pass the last winter, if Aphrodite hadn't sent him to us?

PHILINNA

What of it? Does that mean I've to put up with such insults from him?

MOTHER

Be angry by all means, my daughter, but don't insult him back. Lovers insulted love no longer, but speak severely to themselves. You've always been hard on the fellow. Remember the proverb, and take care that we don't strain the rope to breaking point.

4

MELITTA AND BACCHIS

MELITTA

Bacchis, do you know any old woman of the kind called Thessalians?[1] There are said to be a lot of them around. They use incantations and can make a woman to be loved, no matter how much she is hated before. My blessings on you, if you can bring

[1] i.e. witches, cf. p. 359.

χρυσία ταῦτα προείμην ἡδέως, εἰ μόνον ἴδοιμι ἐπ' ἐμὲ αὖθις ἀναστρέψαντα Χαρῖνον μισήσαντα Σιμίχην ὡς νῦν ἐμέ.

ΒΑΚΧΙΣ

Τί φῄς; οὐκέτι σύνεστε—ἀλλὰ παρὰ τὴν Σιμίχην, ὦ Μέλιττα, καταλιπὼν οἴχεται Χαρῖνος—δι' ἣν τοσαύτας ὀργὰς τῶν γονέων ἠνέσχετο οὐ βουληθεὶς τὴν πλουσίαν ἐκείνην γῆμαι πέντε προικὸς τάλαντα, ὡς ἔλεγον, ἐπιφερομένην; πέπυσμαι [2] γὰρ ταῦτά σου ἀκούσασα.

ΜΕΛΙΤΤΑ

Ἅπαντα ἐκεῖνα οἴχεται, ὦ Βακχί, καὶ πέμπτην ταύτην ἡμέραν οὐδ' ἑώρακα ὅλως αὐτόν, ἀλλὰ πίνουσι παρὰ τῷ συνεφήβῳ Παμμένει αὐτός τε καὶ Σιμίχη.

ΒΑΚΧΙΣ

2. Δεινά, ὦ Μέλιττα, πέπονθας. ἀλλὰ τί καὶ ὑμᾶς διέστησεν; ἔοικε γὰρ οὐ μικρὸν τοῦτ' εἶναι.

ΜΕΛΙΤΤΑ

Τὸ μὲν ὅλον οὐδὲ εἰπεῖν ἔχω· πρῴην δὲ ἀνελθὼν ἐκ Πειραιῶς—κατεληλύθει γάρ, οἶμαι, χρέος 287 ἀπαιτήσων πέμψαντος τοῦ πατρός—οὔτε προσέβλεψεν ἐσελθὼν οὔτε προσήκατο ὡς ἔθος προσδραμοῦσαν, ἀποσεισάμενος δὲ περιπλακῆναι θέλουσαν, Ἄπιθι, φησί, πρὸς τὸν ναύκληρον Ἑρμότιμον ἢ τὰ ἐπὶ τῶν τοίχων γεγραμμένα ἐν Κεραμεικῷ ἀνάγνωθι, ὅπου κατεστηλίτευται ὑμῶν τὰ ὀνόματα. Τίνα Ἑρμότιμον, τίνα, ἔφην, ἢ ποίαν στήλην λέγεις;

[2] πέπυσμαι corrector in cod. rec., Mras: πέπεισμαι γβ.

one of them to me. I would gladly give up these dresses and all this gold, if I could only see Charinus returning to me, and hating Simiche as he now hates me.

BACCHIS

What's that ? Don't you live together any more ? Has Charinus gone off to Simiche, and left you, Melitta, you for whose sake he had to face all that parental fury, when he refused to marry that rich girl who, they said, brought a dowry of five talents ? I heard that from your own mouth.

MELITTA

That's all over now, Bacchis, and for five days now I haven't so much as set eyes on him, while the gentleman in question and Simiche have been carousing with Pammenes, his companion.

BACCHIS

That is rotten for you, Melitta. But what parted you ? It must have been something serious.

MELITTA

I can't tell you the whole story. But the other day, when he came back from the Piraeus—his father had sent him there to recover some debt, I believe—he didn't look at me when he came in, or take me in his arms when I ran over to him in my usual way, but he pushed me away when I tried to embrace him, and he said, "Go off with you to Hermotimus, the shipowner, or read what's written on the walls at the Ceramicus,[1] where your names are

[1] The Potters' Quarter and the burial area of Athens.

ὁ δὲ οὐδὲν ἀποκρινάμενος οὐδὲ δειπνήσας ἐκάθευδεν ἀποστραφείς. πόσα οἴει ἐπὶ τούτῳ μεμηχανῆσθαί με περιλαμβάνουσαν, ἐπιστρέφουσαν, φιλοῦσαν ἀπεστραμμένου τὸ μετάφρενον; ὁ δ' οὐδ' ὁπωστιοῦν ὑπεμαλάχθη, ἀλλ' Εἴ μοι, φησίν, ἐπὶ πλέον ἐνοχλήσεις,[1] ἄπειμι ἤδη, εἰ καὶ μέσαι νύκτες εἰσίν.

ΒΑΚΧΙΣ

3. Ὅμως ᾔδεις τὸν Ἑρμότιμον;

ΜΕΛΙΤΤΑ

Ἀλλά με ἴδοις, ὦ Βακχί, ἀθλιώτερον διάγουσαν ἢ νῦν ἔχω, εἴ τινα ἐγὼ ναύκληρον Ἑρμότιμον οἶδα. πλὴν ἀλλ' ὁ μὲν ἕωθεν ἀπεληλύθει τοῦ ἀλεκτρυόνος ᾄσαντος εὐθὺς ἀνεγρόμενος, ἐγὼ δὲ ἐμεμνήμην ὅτι κατὰ τοίχου τινὸς ἔλεγε καταγεγράφθαι τοὔνομα ἐν Κεραμεικῷ· ἔπεμψα οὖν Ἀκίδα κατασκεψομένην· ἡ δ' ἄλλο μὲν οὐδὲν εὗρε, τοῦτο δὲ μόνον ἐπιγεγραμμένον ἐσιόντων ἐπὶ τὰ δεξιὰ πρὸς τῷ Διπύλῳ, Μέλιττα φιλεῖ Ἑρμότιμον, καὶ μικρὸν αὖθις ὑποκάτω, Ὁ ναύκληρος Ἑρμότιμος φιλεῖ Μέλιτταν.

ΒΑΚΧΙΣ

Ὢ τῶν περιέργων νεανίσκων. συνίημι γάρ. λυπῆσαί τις θέλων τὸν Χαρῖνον ἐπέγραψε ζηλότυπον ὄντα εἰδώς· ὁ δὲ αὐτίκα ἐπίστευσεν. εἰ δέ που ἴδοιμι αὐτόν, διαλέξομαι. ἄπειρός ἐστι καὶ παῖς ἔτι.

[1] ὀχλήσειας γ.

scribbled on a tombstone." "What Hermotimus ?" I said, "Who's he ? What tombstone do you mean ?" He wouldn't answer or take anything to eat, and then went to bed with his back turned to me. You can imagine all the tricks I tried in this situation. I tried to hug him, and to turn him to me, and kissed his back, though he kept turned away from me. He didn't soften a bit, but said, "If you bother me any more, I'll leave this instant, even though it is midnight."

BACCHIS

Did you know Hermotimus, though ?

MELITTA

May you see me in a more miserable state than at present, my dear, if I know any shipowner called Hermotimus. But next morning, as soon as the cock crowed, he was up and away, but I remembered his saying that the name was written on some wall in the Ceramicus, and I sent Acis to look, but all she could find was this, written near the Dipylon Gate on the right as you go in; "Melitta loves Hermotimus", and again, a little lower down, "The shipowner Hermotimus loves Melitta."

BACCHIS

Oh, those meddlesome youths ! I understand it all. Somebody wished to annoy Charinus, and wrote it up, knowing he was jealous, and he believed it at once. If I see him, I'll have a word with him. He's a child still, and has no experience,

ΜΕΛΙΤΤΑ

Ποῦ δ' ἂν ἴδοις ἐκεῖνον, ὃς ἐγκλεισάμενος ἑαυτὸν σύνεστι τῇ Σιμίχῃ; οἱ γονεῖς δὲ ἔτι παρ' ἐμοὶ ζητοῦσιν αὐτόν. ἀλλ' εἴ τινα εὕροιμεν ὦ 288 Βακχί, γραῦν, ὡς ἔφην· ἀποσώσει[1] γὰρ ἂν φανεῖσα.[2]

ΒΑΚΧΙΣ

4. Ἔστιν, ὦ φιλτάτη, ὅτι χρησίμη φαρμακίς, Σύρα τὸ γένος, ὠμὴ ἔτι καὶ συμπεπηγυῖα, ἥ μοί ποτε Φανίαν χαλεπαίνοντα κἀκεῖνον εἰκῇ, ὥσπερ Χαρῖνος, διήλλαξε μετὰ μῆνας ὅλους τέτταρας, ὅτε ἐγὼ μὲν ἤδη ἀπεγνώκειν, ὁ δὲ ὑπὸ τῶν ἐπῳδῶν ἧκεν αὖθις ἐπ' ἐμέ.

ΜΕΛΙΤΤΑ

Τί δὲ ἔπραξεν ἡ γραῦς, εἴπερ ἔτι μέμνησαι;

ΒΑΚΧΙΣ

Λαμβάνει μὲν οὐδὲ πολύν, ὦ Μέλιττα, τὸν μισθόν, ἀλλὰ δραχμὴν καὶ ἄρτον· ἐπικεῖσθαι δὲ δεῖ μετὰ τῶν ἁλῶν καὶ ὀβολοὺς ἑπτὰ καὶ θεῖον καὶ δᾷδα. ταῦτα δὲ ἡ γραῦς λαμβάνει, καὶ κρατῆρα κεκερᾶσθαι δεῖ καὶ πίνειν ἐκείνην μόνην. δεήσει αὐτοῦ μέντοι <τι>[3] τοῦ ἀνδρὸς εἶναι, οἷον ἱμάτια ἢ κρηπῖδας ἢ ὀλίγας τῶν τριχῶν ἤ τι τῶν τοιούτων.

ΜΕΛΙΤΤΑ

Ἔχω τὰς κρηπῖδας αὐτοῦ.

ΒΑΚΧΙΣ

5. Ταύτας κρεμάσασα ἐκ παττάλου ὑποθυμιᾷ τῷ θείῳ, πάττουσα καὶ τῶν ἁλῶν ἐπὶ τὸ πῦρ·

[1] ἀποσώσειε edd..
[2] ἂν φανεῖσα β: φανεῖσα γ: ἀναφανεῖσα Mras.
[3] τι supplevit Mras.

MELITTA

Where can you see him, when he has shut himself up with Simiche? His parents are still looking for him at my house. But if only, Bacchis, we could find an old woman, as I said! Her presence could save me.

BACCHIS

Well, my dearest, there is a most useful witch, a Syrian, who's still very fresh and firm. Once, when Phanias was angry with me without reason, just as Charinus is with you, she reconciled him with me after four whole months, when I'd already despaired of him; but he was brought back to me by her incantations.

MELITTA

What did she charge, if you can still remember?

BACCHIS

She doesn't ask a big fee, Melitta—just a drachma and a loaf; besides that you must put out seven obols, sulphur, and a torch along with the salt. These are taken by the old woman; she must also have a bowl of wine mixed, and drink it by herself. You'll also need something belonging to the man himself, such as clothing or boots or a few of his hairs or anything of that sort.

MELITTA

I have his boots.

BACCHIS

She hangs these on a peg and fumigates them with sulphur, sprinkling salt over the fire, and mumbles

ἐπιλέγει δὲ ἀμφοῖν τὰ ὀνόματα καὶ τὸ ἐκείνου καὶ τὸ σόν. εἶτα ἐκ τοῦ κόλπου προκομίσασα ῥόμβον ἐπιστρέφει ἐπῳδήν τινα λέγουσα ἐπιτρόχῳ τῇ γλώττῃ, βαρβαρικὰ [1] καὶ φρικώδη ὀνόματα. ταῦτα ἐποίησε τότε. καὶ μετ᾽ οὐ πολὺ Φανίας, ἅμα καὶ τῶν συνεφήβων ἐπιτιμησάντων αὐτῷ καὶ τῆς Φοιβίδος, ᾗ συνῆν, πολλὰ αἰτούσης, ἧκέ μοι, τὸ πλέον ὑπὸ τῆς ἐπῳδῆς ἀγόμενος. ἔτι δὲ καὶ τοῦτό με σφόδρα κατὰ τῆς Φοιβίδος τὸ μίσηθρον ἐδιδάξατο, τηρήσασαν τὸ ἴχνος, ἐπὰν ἀπολίποι, ἀμαυρώσασαν ἐπιβῆναι μὲν τῷ ἀριστερῷ ἐκείνης τὸν ἐμὸν δεξιόν. τῷ δεξιῷ δὲ τὸν ἀριστερὸν ἔμπαλιν 289 καὶ λέγειν, Ἐπιβέβηκά σοι καὶ ὑπεράνω εἰμί· καὶ ἐποίησα ὡς προσέταξε.

ΜΕΛΙΤΤΑ

Μὴ μέλλε, μὴ μέλλε, ὦ Βακχί, κάλει ἤδη τὴν Σύραν. σὺ δέ, ὦ Ἀκί, τὸν ἄρτον καὶ τὸ θεῖον καὶ τὰ ἄλλα πάντα πρὸς τὴν ἐπῳδὴν εὐτρέπιζε.

5

ΚΛΩΝΑΡΙΟΝ ΚΑΙ ΛΕΑΙΝΑ

ΚΛΩΝΑΡΙΟΝ

1. Καινὰ περὶ σοῦ ἀκούομεν, ὦ Λέαινα, τὴν Λεσβίαν Μέγιλλαν τὴν πλουσίαν ἐρᾶν σου ὥσπερ ἄνδρα καὶ συνεῖναι ὑμᾶς οὐκ οἶδ᾽ ὅ τι ποιούσας μετ᾽ ἀλλήλων. τί τοῦτο; ἠρυθρίασας; ἀλλ᾽ εἰπὲ εἰ ἀληθῆ ταῦτά ἐστιν.

[1] βαρβαρικὴν πολλὰ φρικώδη ὀνόματα ἔχουσαν β.

both your names. Then she plucks out a magic wheel from her bosom, and whirls it round, rattling off an incantation full of horrible outlandish names. That's what she did on that occasion, and shortly afterwards, though at one and the same time his friends told him off, and Phoebis, the lady whose company he was keeping, pleaded desperately with him, he returned to me; and it was mainly the charm that brought him back. Yes, and she impressed on me this spell for turning him against Phoebis—to look out for any footprints she left, to erase them, place my right foot where her left had been, and vice versa, with feet pointing the other way, and say, "I trample on you and am on top of you." These instructions I carried out.

MELITTA

Hurry, hurry, Bacchis. Fetch the Syrian woman at once. And you, Acis, get ready the loaf and the sulphur and all the other things for the spell.

5

LEAENA AND CLONARIUM

CLONARIUM

We've been hearing strange things about you, Leaena. They say that Megilla, the rich Lesbian woman, is in love with you just like a man, that you live with each other, and do goodness knows what together. Hullo! Blushing? Tell me if it's true.

ΛΕΑΙΝΑ

Ἀληθῆ, ὦ Κλωνάριον· αἰσχύνομαι δέ, ἀλλόκοτον γάρ τί ἐστι.

ΚΛΩΝΑΡΙΟΝ

Πρὸς τῆς κουροτρόφου τί τὸ πρᾶγμα, ἢ τί βούλεται ἡ γυνή; τί δὲ καὶ πράττετε, ὅταν συνῆτε; ὁρᾷς; οὐ φιλεῖς με· οὐ γὰρ ἂν ἀπεκρύπτου τὰ τοιαῦτα.

ΛΕΑΙΝΑ

Φιλῶ μέν σε, εἰ καί τινα ἄλλην. ἡ γυνὴ δὲ δεινῶς ἀνδρική ἐστιν.

ΚΛΩΝΑΡΙΟΝ

2. Οὐ μανθάνω ὅ τι καὶ λέγεις, εἰ μή τις ἑταιρίστρια τυγχάνει οὖσα· τοιαύτας γὰρ ἐν Λέσβῳ λέγουσι γυναῖκας ἀρρενωπούς,[1] ὑπ' ἀνδρῶν μὲν οὐκ ἐθελούσας αὐτὸ πάσχειν, γυναιξὶ δὲ αὐτὰς πλησιαζούσας ὥσπερ ἄνδρας.

ΛΕΑΙΝΑ

Τοιοῦτόν τι.

ΚΛΩΝΑΡΙΟΝ

Οὐκοῦν, ὦ Λέαινα, τοῦτο αὐτὸ καὶ διήγησαι, ὅπως μὲν ἐπείρα τὸ πρῶτον, ὅπως δὲ καὶ σὺ συνεπείσθης καὶ τὰ μετὰ ταῦτα.

290

ΛΕΑΙΝΑ

Πότον τινὰ συγκροτοῦσα αὐτή τε καὶ Δημώνασσα ἡ Κορινθία. πλουτοῦσα δὲ καὶ αὐτὴ καὶ ὁμότεχνος οὖσα τῇ Μεγίλλῃ, παρειλήφει[2] κἀμὲ κιθαρίζειν

[1] ἀρρενωπούς om. γ.

[2] παρειλήφει Mras: παρείληφέ X: παρειλήφασι L.

LEAENA

Quite true, Clonarium. But I'm ashamed, for it's unnatural.

CLONARIUM

In the name of Mother Aphrodite, what's it all about ? What does the woman want ? What do you do when you are together ? You see, you don't love me, or you wouldn't hide such things from me.

LEAENA

I love you as much as I love any woman, but she's terribly like a man.

CLONARIUM

I don't understand what you mean, unless she's a sort of woman for the ladies. They say there are women like that in Lesbos, with faces like men, and unwilling to consort with men, but only with women, as though they themselves were men.

LEAENA

It's something like that.

CLONARIUM

Well, tell me all about it ; tell me how she made her first advances to you, how you were persuaded, and what followed.

LEAENA

She herself and another rich woman, with the same accomplishments, Demonassa from Corinth, were organising a drinking party, and had taken me

αὐταῖς· ἐπεὶ δὲ ἐκιθάρισα καὶ ἀωρὶ[1] ἦν καὶ ἔδει καθεύδειν, καὶ ἐμέθυον, Ἄγε δή, ἔφη, ὦ Λέαινα, ἡ Μέγιλλα, κοιμᾶσθαι γὰρ ἤδη καλόν, ἐνταῦθα κάθευδε μεθ' ἡμῶν μέση ἀμφοτέρων.

ΚΛΩΝΑΡΙΟΝ

Ἐκάθευδες; τὸ μετὰ ταῦτα τί ἐγένετο;

ΛΕΑΙΝΑ

3. Ἐφίλουν με τὸ πρῶτον ὥσπερ οἱ ἄνδρες, οὐκ αὐτὸ[2] μόνον προσαρμόζουσαι τὰ χείλη, ἀλλ' ὑπανοίγουσαι τὸ στόμα, καὶ περιέβαλλον καὶ τοὺς μαστοὺς ἔθλιβον· ἡ Δημώνασσα δὲ καὶ ἔδακνε μεταξὺ καταφιλοῦσα· ἐγὼ δὲ οὐκ εἶχον εἰκάσαι ὅ τι τὸ πρᾶγμα εἴη. χρόνῳ δὲ ἡ Μέγιλλα ὑπόθερμος ἤδη οὖσα τὴν μὲν πηνήκην ἀφείλετο τῆς κεφαλῆς, ἐπέκειτο δὲ πάνυ ὁμοία καὶ προσφυής, καὶ ἐν χρῷ ὤφθη αὐτὴ καθάπερ οἱ σφόδρα ἀνδρώδεις τῶν ἀθλητῶν ἀποκεκαρμένη· καὶ ἐγὼ ἐταράχθην ἰδοῦσα. ἡ δέ, Ὦ Λέαινα, φησίν, ἑώρακας ἤδη 291 οὕτω καλὸν νεανίσκον; Ἀλλ' οὐχ ὁρῶ, ἔφην, ἐνταῦθα νεανίσκον, ὦ Μέγιλλα. Μή καταθήλυνέ με, ἔφη, Μέγιλλος γὰρ ἐγὼ λέγομαι καὶ γεγάμηκα πρόπαλαι ταύτην τὴν Δημώνασσαν, καὶ ἔστιν ἐμὴ γυνή. ἐγέλασα, ὦ Κλωνάριον, ἐπὶ τούτῳ καὶ ἔφην, Οὐκοῦν σύ, ὦ Μέγιλλε, ἀνήρ τις ὢν ἐλελήθεις ἡμᾶς, καθάπερ τὸν Ἀχιλλέα φασὶ κρυπτόμενον ἐν ταῖς παρθένοις, καὶ τὸ ἀνδρεῖον ἐκεῖνο ἔχεις καὶ ποιεῖς τὴν Δημώνασσαν ἅπερ οἱ ἄνδρες; Ἐκεῖνο μέν, ἔφη, ὦ Λέαινα, οὐκ ἔχω· δέομαι δὲ οὐδὲ

[1] ἀωρία β.
[2] αὐτὸ Bast: αὐτὰ codd..

along to provide them with music. But, when I had finished playing, and it was late and time to turn in and they were drunk, Megilla said, "Come along Leaena, it's high time we were in bed; you sleep here between us."

CLONARIUM

And did you? What happened after that?

LEAENA

At first they kissed me like men, not simply bringing their lips to mine, but opening their mouths a little, embracing me, and squeezing my breasts. Demonassa even bit me as she kissed, and I didn't know what to make of it. Eventually Megilla, being now rather heated, pulled off her wig, which was very realistic and fitted very closely, and revealed the skin of her head which was shaved close, just as on the most energetic of athletes. This sight gave me a shock, but she said, "Leaena, have you ever seen such a good-looking young fellow?" "I don't see one here, Megilla," said I. "Don't make a woman out of me," said she. "My name is Megillus, and I've been married to Demonassa here for ever so long; she's my wife." I laughed at that, Clonarium, and said, "Then, unknown to us, Megillus, you were a man all the time, just as they say Achilles once hid among the girls, and you have everything that a man has, and can play the part of a man to Demonassa?" "I haven't got what you mean," said she, "I don't need it at all. You'll find I've a much pleasanter method of my own."

πάνυ αὐτοῦ· ἴδιον δέ τινα τρόπον ἡδίω παρὰ πολὺ ὁμιλοῦντα ὄψει με. Ἀλλὰ μὴ Ἑρμαφρόδιτος εἶ, ἔφην, οἷοι πολλοὶ εἶναι λέγονται ἀμφότερα ἔχοντες; ἔτι γὰρ ἠγνόουν, ὦ Κλωνάριον, τὸ πρᾶγμα. Οὔ, φησίν, ἀλλὰ τὸ πᾶν ἀνήρ εἰμι. 4. Ἤκουσα, ἔφην ἐγώ, τῆς Βοιωτίας αὐλητρίδος Ἰσμηνοδώρας διηγουμένης τὰ ἐφέστια[1] παρ' αὐτοῖς, ὡς γένοιτό τις ἐν Θήβαις ἐκ γυναικὸς ἀνήρ, ὁ δ' αὐτὸς καὶ μάντις ἄριστος, οἶμαι, Τειρεσίας τοὔνομα. μὴ οὖν καὶ σὺ τοιοῦτόν τι πέπονθας; Οὔκουν, ὦ Λέαινα, ἔφη, ἀλλὰ ἐγεννήθην μὲν ὁμοία ταῖς ἄλλαις ὑμῖν, ἡ γνώμη δὲ καὶ ἡ ἐπιθυμία 292 καὶ τἆλλα πάντα ἀνδρός ἐστί μοι. Καὶ ἱκανὴ γοῦν σοι, ἔφην, ἐπιθυμία; Πάρεχε γοῦν, ὦ Λέαινα, εἰ ἀπιστεῖς, ἔφη, καὶ γνώσῃ οὐδὲν ἐνδέουσάν με τῶν ἀνδρῶν· ἔχω γάρ τι ἀντὶ τοῦ ἀνδρείου. ἀλλὰ πάρεχε, ὄψει γάρ. παρέσχον, ὦ Κλωνάριον, ἱκετευούσης πολλὰ καὶ ὅρμον τινά μοι δούσης τῶν πολυτελῶν καὶ ὀθόνας τῶν λεπτῶν. εἶτ' ἐγὼ μὲν ὥσπερ ἄνδρα περιελάμβανον, ἡ δὲ ἐποίει τε καὶ ἐφίλει καὶ ἤσθμαινε καὶ ἐδόκει μοι ἐς ὑπερβολὴν ἥδεσθαι.

ΚΛΩΝΑΡΙΟΝ

Τί ἐποίει, ὦ Λέαινα, ἢ τίνα τρόπον; τοῦτο γὰρ μάλιστα εἰπέ.

ΛΕΑΙΝΑ

Μὴ ἀνάκρινε ἀκριβῶς, αἰσχρὰ γάρ· ὥστε μὰ τὴν οὐρανίαν οὐκ ἂν εἴποιμι.

[1] ἐφέστρια γ, corr. Gesner: ἐπιχώρια β.

"You're surely not a hermaphrodite," said I, "equipped both as a man and a woman, as many people are said to be?"; for I still didn't know, Clonarium, what it was all about. But she said, "No, Leaena, I'm all man." "Well," I said, "I've heard the Boeotian flute-girl, Ismenodora, repeating tales she'd heard at home, and telling us how someone at Thebes had turned from woman to man, someone who was also an excellent soothsayer, and was, I think, called Tiresias. That didn't happen to you, did it?" "No, Leaena," she said, "I was born a woman like the rest of you, but I have the mind and the desires and everything else of a man." "And do you find these desires enough?" said I. "If you don't believe me Leaena," said she, "just give me a chance, and you'll find I'm as good as any man; I have a substitute of my own. Only give me a chance, and you'll see."

Well I did, my dear, because she begged so hard, and presented me with a costly necklace, and a very fine linen dress. Then I threw my arms around her as though she were a man, and she went to work, kissing me, and panting, and apparently enjoying herself immensely.

CLONARIUM

What did she do? How? That's what I'm most interested to hear.

LEAENA

Don't enquire too closely into the details; they're not very nice; so, by Aphrodite in heaven, I won't tell you!

6

ΚΡΩΒΥΛΗ ΚΑΙ ΚΟΡΙΝΝΑ

ΚΡΩΒΥΛΗ

1. Ὦ Κόριννα, ὡς μὲν οὐ πάνυ δεινὸν ἦν, ὃ ἐνόμιζες, τὸ γυναῖκα γενέσθαι ἐκ παρθένου, μεμάθηκας ἤδη, μετὰ μειρακίου μὲν ὡραίου γενομένη, μνᾶν δὲ τὸ πρῶτον μίσθωμα κομισαμένη, ἐξ ἧς ὅρμον αὐτίκα ὠνήσομαί σοι.

ΚΟΡΙΝΝΑ

Ναί, μαννάριον. ἐχέτω δὲ καὶ ψήφους τινὰς πυραυγεῖς οἷος ὁ Φιλαινίδος ἐστίν.

ΚΡΩΒΥΛΗ

Ἔσται τοιοῦτος. ἄκουε δὲ καὶ τἆλλα παρ᾽ ἐμοῦ ἅ σε χρὴ ποιεῖν καὶ ὅπως προσφέρεσθαι τοῖς 293 ἀνδράσιν· ἄλλη μὲν γὰρ ἡμῖν ἀποστροφὴ[1] τοῦ βίου οὐκ ἔστιν, ὦ θύγατερ, ἀλλὰ δύο ἔτη ταῦτα ἐξ οὗ τέθνηκεν ὁ μακαρίτης σου πατήρ, οὐκ οἶσθα ὅπως ἀπεζήσαμεν; ὅτε δὲ ἐκεῖνος ἔζη, πάντα ἦν ἡμῖν ἱκανά· ἐχάλκευε γὰρ καὶ μέγα ἦν ὄνομα αὐτοῦ ἐν Πειραιεῖ, καὶ πάντων ἐστὶν ἀκοῦσαι διομνυμένων ἦ μὴν μετὰ Φιλῖνον μηκέτι ἔσεσθαι ἄλλον χαλκέα. μετὰ δὲ τὴν τελευτὴν τὸ μὲν πρῶτον ἀποδομένη τὰς πυράγρας καὶ τὸν ἄκμονα καὶ σφῦραν δύο μνῶν, μῆνας ἀπὸ τούτων ἑπτὰ[2] διετράφημεν· εἶτα νῦν μὲν ὑφαίνουσα, νῦν δὲ κρόκην κατάγουσα ἢ στήμονα κλώθουσα ἐποριζόμην τὰ σιτία μόλις· ἔβοσκον δὲ σέ, ὦ θύγατερ, τὴν ἐλπίδα περιμένουσα.

[1] ἀποστροφὴ rec.: ἀποτροφὴ ceteri codd..

[2] μνῶν . . . ἑπτὰ Mras: μῆνας ἀπὸ τούτων ἑπτὰ β: μνῶν ἀπὸ τούτων γ.

6

CROBYLE AND CORINNA

CROBYLE

Well, Corinna, now you know that it's by no means as terrible as you thought for a maiden to become a woman. You've been with a handsome lad, and you've earned for your first fee a mina[1], out of which presently I'll buy you a necklace.

CORINNA

Yes, mummy darling. I'd like it to have bright red beads like the one Philaenis has.

CROBYLE

So it shall. Let me give you the rest of my instructions about what to do and how to behave with the men; for we have no other means of livelihood, daughter, and you must realise what a miserable life we've had these two years since your father died, God rest his soul. But, while he lived, we had plenty of everything; for he was a smith with a great name in the Piraeus, and you can hear anyone swear there never will be another smith to follow Philinus. After his death, first of all I sold his tongs, his anvil and his hammer for two minae, and that kept us for seven months; since then I've barely provided a starvation diet, now by weaving, now by spinning thread for woof or warp. I've fed you and waited for my hopes to be realised.

[1] A coin of considerable value, equivalent to 100 drachmae.

ΚΟΡΙΝΝΑ

2. *Τὴν μνᾶν λέγεις;*

ΚΡΩΒΥΛΗ

Οὔκ, ἀλλὰ ἐλογιζόμην ὡς τηλικαύτη γενομένη θρέψεις μὲν ἐμέ, σεαυτὴν δὲ κατακοσμήσεις ῥᾳδίως καὶ πλουτήσεις καὶ ἐσθῆτας ἕξεις ἁλουργεῖς καὶ θεραπαίνας.

ΚΟΡΙΝΝΑ

Πῶς ἔφης, μῆτερ, ἢ τί λέγεις;

ΚΡΩΒΥΛΗ

Συνοῦσα μὲν τοῖς νεανίσκοις καὶ συμπίνουσα μετ' αὐτῶν καὶ συγκαθεύδουσα ἐπὶ μισθῷ.

ΚΟΡΙΝΝΑ

Καθάπερ ἡ Δαφνίδος θυγάτηρ Λύρα;

ΚΡΩΒΥΛΗ

Ναί.

ΚΟΡΙΝΝΑ

Ἀλλ' ἐκείνη ἑταίρα ἐστίν.

ΚΡΩΒΥΛΗ

Οὐδὲν τοῦτο δεινόν· καὶ σὺ γὰρ πλουτήσεις ὡς ἐκείνη καὶ πολλοὺς ἐραστὰς ἕξεις. τί ἐδάκρυσας, ὦ Κόριννα; οὐχ ὁρᾷς ὁπόσαι καὶ ὡς περισπούδαστοί εἰσιν αἱ ἑταῖραι καὶ ὅσα χρήματα λαμβάνουσι;

CORINNA

Do you mean the mina ?

CROBYLE

No, but I worked out that when you were as old as you are now, it would be easy for you both to keep me and provide yourself with clothes, that you would be rich, and have purple dresses and maids.

CORINNA

How so ? What do you mean by that, mother ?

CROBYLE

By associating with young men, drinking and sleeping with them for money.

CORINNA

Like Daphnis' daughter, Lyra ?

CROBYLE

Yes.

CORINNA

But she's a courtesan.

CROBYLE

There's nothing terrible in that. You too will be rich just like her, and have many lovers. Why do you weep, Corinna ? Don't you see how many courtesans there are, how much they are in demand,

τὴν Δαφνίδος [1] γοῦν ἐγὼ οἶδα, ὦ φίλη Ἀδράστεια,
294 ῥάκη, πρὶν αὐτὴν ἀκμάσαι τὴν ὥραν, περιβεβλημένην·
ἀλλὰ νῦν ὁρᾷς οἷα πρόεισι, χρυσὸς καὶ ἐσθῆτες
εὐανθεῖς καὶ θεράπαιναι τέτταρες.

ΚΟΡΙΝΝΑ

3. Πῶς δὲ ταῦτα ἐκτήσατο ἡ Λύρα;

ΚΡΩΒΥΛΗ

Τὸ μὲν πρῶτον κατακοσμοῦσα ἑαυτὴν εὐπρεπῶς καὶ εὐσταλὴς οὖσα καὶ φαιδρὰ πρὸς ἅπαντας, οὐκ ἄχρι τοῦ καγχαρίζειν ῥᾳδίως καθάπερ σὺ εἴωθας, ἀλλὰ μειδιῶσα ἡδὺ καὶ ἐπαγωγόν, εἶτα προσομιλοῦσα δεξιῶς καὶ μήτε φενακίζουσα, εἴ τις προσέλθοι ἢ προπέμψειε, μήτε αὐτὴ ἐπιλαμβανομένη τῶν ἀνδρῶν. ἢν δέ ποτε καὶ ἀπέλθῃ ἐπὶ δεῖπνον λαβοῦσα μίσθωμα, οὔτε μεθύσκεται—καταγέλαστον γὰρ καὶ μισοῦσιν οἱ ἄνδρες τὰς τοιαύτας—οὔτε ὑπερεμφορεῖται τοῦ ὄψου ἀπειροκάλως, ἀλλὰ προσάπτεται μὲν ἄκροις τοῖς δακτύλοις, σιωπῇ δὲ τὰς ἐνθέσεις οὐκ ἐπ' ἀμφοτέρας παραβύεται τὰς γνάθους, πίνει δὲ ἠρέμα, οὐ χανδόν, ἀλλ' ἀναπαυομένη.

ΚΟΡΙΝΝΑ

Κἂν εἰ διψῶσα, ὦ μῆτερ, τύχῃ;

[1] Δαφνίδος rec.: Δάφνιδα vel Δαφνίδα βγ.

---

[1] Ἀδράστεια (perhaps from ἀ—διδράσκω = She whom none can escape) is another name for Nemesis, the goddess who watches after fair shares (i.e. from νέμω) for all, and punishes excessive good fortune in mortals, particularly when it is accompanied by pride. Perhaps Crobyle may be hoping

and what money they earn? Dear lady Adrastia,[1] I certainly know that Daphnis' daughter wore rags before she grew up, but you can see what a figure she cuts now, when she goes out with her gold, her gay dresses and her four maids.

CORINNA

How did Lyra get all that?

CROBYLE

In the first place, she dresses attractively and looks neat; she's gay with all the men, without being so ready to cackle as you are, but smiles in a sweet bewitching way; later on, she's very clever when they're together, never cheats a visitor or an escort, and never throws herself at the men. If ever she takes a fee for going out to dinner, she doesn't drink too much—that's ridiculous, and men hate women who do—she doesn't gorge herself—that's ill-bred, my dear—but picks up the food with her finger-tips, eating quietly and not stuffing both cheeks full, and, when she drinks, she doesn't gulp, but sips slowly from time to time.

CORINNA

Even if she's thirsty, mother?

that the mention of Nemesis' name may save a prosperous friend from punishment by that goddess; a less likely alternative is that Crobyle is jealous of Lyra, and bringing her prosperity to the vengeful notice of Nemesis. See following note. She may, again, be hoping that Nemesis, as the goddess of fair shares, will bring her riches to compensate for her present poverty, just as she has done for Lyra and Daphnis.

ΚΡΩΒΥΛΗ

Τότε μάλιστα, ὦ Κόριννα. καὶ οὔτε πλέον τοῦ δέοντος φθέγγεται οὔτε ἀποσκώπτει ἔς τινα τῶν παρόντων, ἐς μόνον δὲ τὸν μισθωσάμενον βλέπει· καὶ διὰ τοῦτο ἐκεῖνοι φιλοῦσιν αὐτήν. καὶ ἐπειδὰν κοιμᾶσθαι δέῃ, ἀσελγὲς οὐδὲν οὐδὲ ἀμελὲς ἐκείνη ἄν τι ἐργάσαιτο, ἀλλὰ ἐξ ἅπαντος ἓν τοῦτο θηρᾶται, ὡς ὑπαγάγοιτο καὶ ἐραστὴν ποιήσειεν ἐκεῖνον· ταῦτα γὰρ αὐτῆς[1] *ἅπαντες ἐπαινοῦσιν. εἰ δὴ καὶ σὺ ταῦτα ἐκμάθοις, μακάριαι καὶ ἡμεῖς ἐσόμεθα· ἐπεί τά γε ἄλλα παρὰ πολὺ*[2] *αὐτῆς—ἀλλ' οὐδέν, ὦ φίλη* 295 *Ἀδράστεια, φημί, ζῴης μόνον.*

ΚΟΡΙΝΝΑ

4. *Εἰπέ μοι, ὦ μῆτερ, οἱ μισθούμενοι πάντες τοιοῦτοί εἰσιν οἷος ὁ Εὔκριτος, μεθ' οὗ χθὲς ἐκάθευδον;*

ΚΡΩΒΥΛΗ

Οὐ πάντες, ἀλλ' ἔνιοι μὲν ἀμείνους, οἱ δὲ καὶ ἤδη ἀνδρώδεις, οἱ δὲ καὶ οὐ πάνυ μορφῆς εὐφυῶς ἔχοντες.

ΚΟΡΙΝΝΑ

Καὶ τοιούτοις συγκαθεύδειν δεήσει;

ΚΡΩΒΥΛΗ

Μάλιστα, ὦ θύγατερ· οὗτοι μέν τοι καὶ πλείονα διδόασιν· οἱ καλοὶ δὲ αὐτὸ μόνον καλοὶ θέλουσιν εἶναι. καὶ σοὶ δὲ μελέτω ἀεὶ τοῦ πλείονος, εἰ

[1] αὐτὴν γ.
[2] παρὰ πολὺ β : παραχρῆμα γ

CORBYLE

Then most of all, Corinna. Also, she doesn't talk too much or make fun of any of the company, and has eyes only for her customer. These are the things that make her popular with the men. Again, when it's time for bed, she'll never do anything coarse or slovenly, but her only aim is to attract the man and make him love her; these are the things they all praise in her. If you can learn all this, we'll be just as prosperous as she is. For, in all else, compared with her, you're a long way—but, good Nemesis,[1] I won't mention that, but only pray for long life for you.

CORINNA

Tell me, mother, are all the customers like Eucritus, with whom I slept last night?

CROBYLE

Not all of them; some are better. Some are already men; some again are not at all good-looking.

CORINNA

And must I sleep with men like that?

CROBYLE

Certainly, daughter. They pay more, let me tell you, while the handsome wish only to be handsome by way of payment. You too must always think

[1] The aposiopesis occurs because Crobyle realises that too proud boasts about her daughter may incur the jealous wrath of Nemesis. On such occasions the Greeks preferred to pray to Nemesis (cf. Aeschylus, *P.V.* 936, Plato *Rep.* 451a and Sophocles *Phil.* 776) so as to avoid her wrath.

θέλεις ἐν βραχεῖ λέγειν ἁπάσας ἐνδειξάσας σε τῷ δακτύλῳ, Οὐχ ὁρᾷς τὴν Κόρινναν τὴν τῆς Κρωβύλης θυγατέρα ὡς ὑπερπλουτεῖ καὶ τρισευδαίμονα πεποίηκε τὴν μητέρα; τί φῄς; ποιήσεις ταῦτα; ποιήσεις, οἶδα ἐγώ, καὶ προέξεις ἁπασῶν ῥᾳδίως. νῦν δ᾽ ἄπιθι λουσομένη, εἰ ἀφίκοιτο καὶ τήμερον τὸ μειράκιον ὁ Εὔκριτος· ὑπισχνεῖτο γάρ.

7

ΜΗΤΗΡ ΚΑΙ ΜΟΥΣΑΡΙΟΝ

ΜΗΤΗΡ

1. *Ἂν δ᾽ ἔτι τοιοῦτον ἐραστὴν εὕρωμεν, ὦ Μουσάριον, οἷος ὁ Χαιρέας ἐστί, θῦσαι μὲν τῇ πανδήμῳ δεήσει λευκὴν μηκάδα, τῇ οὐρανίᾳ δὲ τῇ ἐν* 296 *κήποις δάμαλιν, στεφανῶσαι δὲ καὶ τὴν πλουτοδότειραν, καὶ ὅλως μακάριαι καὶ τρισευδαίμονες ἐσόμεθα. νῦν ὁρᾷς παρὰ τοῦ νεανίσκου ἡλίκα λαμβάνομεν, ὃς ὀβολὸν μὲν οὐδέποτε σοι δέδωκεν, οὐκ ἐσθῆτα, οὐχ ὑποδήματα, οὐ μύρον, ἀλλὰ προφάσεις ἀεὶ καὶ ὑποσχέσεις καὶ μακραὶ ἐλπίδες καὶ πολὺ τό, ἐὰν ὁ πατὴρ . . , καὶ κύριος γένωμαι τῶν πατρῴων, καὶ πάντα σά. σὺ δὲ καὶ ὀμωμοκέναι αὐτὸν φῄς ὅτι νόμῳ γαμετὴν ποιήσεταί σε.*

ΜΟΥΣΑΡΙΟΝ

Ὤμοσε γάρ, ὦ μῆτερ, κατὰ ταῖν θεοῖν καὶ τῆς Πολιάδος.

of the bigger fee, if you want all the women soon to point you out and say, " See how very rich Corinna, Crobyle's daughter, is, and how she's made her mother prosperous three times over ! " What do you say ? Will you do it ? I know you will, and you'll easily beat all the others. Now go and take a bath, in case your boy Eucritus comes again today. He promised he would.

7

MUSARIUM AND HER MOTHER

MOTHER

If we find another lover like Chaereas, Musarium, we'll have to sacrifice a white goat to earthly Aphrodite, and a heifer to the statue of heavenly Aphrodite in the Gardens,[1] and offer a wreath to Demeter, Giver of Wealth ! We shall be prosperous and more than doubly blessed ! You can see how much we're getting from the young fellow at present ! He has never given you so much as a penny, or a dress, or a pair of shoes, or a bottle of scent. Always there are excuses and promises and hopes for the distant future, and he keeps saying, " If only my father—" [2] or " If I get my inheritance," or " It will all be yours." And you say he's promised on oath to make you his lawful wedded wife.

MUSARIUM

Yes, mother, he swore by the two goddesses [3] and by the Protectress of Athens.

[1] A statue by Alcamenes. Cf. *Essays in Portraiture* 4, Pausanias 1.19.2, and Pliny, *N.H.* XXXVI, 16.

[2] Sc. " dies ", which is omitted out of delicacy and piety.

[3] Demeter and Persephone.

ΜΗΤΗΡ

Καὶ πιστεύεις δηλαδή· καὶ διὰ τοῦτο πρῴην οὐκ ἔχοντι αὐτῷ καταθεῖναι συμβολὴν τὸν δακτύλιον δέδωκας ἀγνοούσης ἐμοῦ, ὁ δὲ ἀποδόμενος κατέπιε, καὶ πάλιν τὰ δύο περιδέραια τὰ Ἰωνικά, ἕλκοντα ἑκάτερον δύο δαρεικούς, ἅ σοι ὁ Χῖος Πραξίας ὁ ναύκληρος ἐκόμισε ποιησάμενος ἐν Ἐφέσῳ· ἐδεῖτο γὰρ Χαιρέας ἔρανον συνεφήβοις ἀπενεγκεῖν. ὀθόνας γὰρ καὶ χιτωνίσκους τί ἂν λέγοιμι; καὶ ὅλως ἕρμαιόν τι ἡμῖν καὶ μέγα ὄφελος ἐμπέπτωκεν οὗτος.

ΜΟΥΣΑΡΙΟΝ

2. *Ἀλλὰ καλὸς καὶ ἀγένειος, καὶ φησὶν ἐρᾶν καὶ δακρύει καὶ Δεινομάχης καὶ Λάχητος υἱός ἐστι τοῦ Ἀρεοπαγίτου καὶ φησὶν ἡμᾶς γαμήσειν καὶ μεγάλας* 297 *ἐλπίδας ἔχομεν παρ᾽ αὐτοῦ, ἢν ὁ γέρων μόνον καταμύσῃ.*

ΜΗΤΗΡ

Οὐκοῦν, ὦ Μουσάριον, ἐὰν ὑποδήσασθαι δέῃ, καὶ ὁ σκυτοτόμος αἰτῇ τὸ δίδραχμον, ἐροῦμεν πρὸς αὐτόν, Ἀργύριον μὲν οὐκ ἔχομεν, σὺ δὲ τῶν ἐλπίδων ὀλίγας παρ᾽ ἡμῶν λαβέ· καὶ πρὸς τὸν ἀλφιτοπώλην τὰ αὐτά· καὶ ἢν τὸ ἐνοίκιον αἰτώμεθα, Περίμεινον, φήσομεν, ἔστ᾽ ἂν Λάχης ὁ Κολυττεὺς ἀποθάνῃ· ἀποδώσω[1] *γάρ σοι μετὰ τοὺς γάμους. οὐκ αἰσχύνῃ μόνη τῶν ἑταιρῶν οὐκ ἐλλόβιον οὐχ ὅρμον οὐ ταραντινίδιον ἔχουσα;*

ΜΟΥΣΑΡΙΟΝ

3. *Τί οὖν, ὦ μῆτερ; ἐκεῖναι εὐτυχέστεραί μου καὶ καλλίους εἰσίν;*

[1] *ἀποδώσομεν* edd..

MOTHER

And you believe him, of course. That's why, the other day when he couldn't pay his share of the party, you gave him your ring without telling me, and he sold it and spent the money on drink—yes, and the two Ionian necklaces, weighing two Darics apiece, which Praxias, the Chian shipowner had made in Ephesus and brought for you? Chaereas needed to pay his contribution for a dinner with his fellows. Need I mention your gowns and fine linen? He has indeed been a godsend and blessing to us!

MUSARIUM

But he's handsome and smooth-chinned, says he loves me, and cries; he's the son of Dinomache and Laches, the Areopagite, and says he'll marry me, and we've great hopes of him, if only the old man will fall asleep.

MOTHER

Well, Musarium, if we want a pair of shoes, and the cobbler asks for two drachmas, we'll say to him, "We have no money, but let us give you a few of our hopes." We'll say the same to the barley-merchant, and, if we're asked for the rent, we'll say, "Wait until Laches of Colyttus dies; I'll pay you after the wedding." Aren't you ashamed that you're the only courtesan without an earring, a necklace, or a lace wrap?

MUSARIUM

What of it, mother? Are they happier than I am or prettier?

ΜΗΤΗΡ

Οὔκ, ἀλλὰ συνετώτεραι καὶ ἴσασιν ἑταιρίζειν, οὐδὲ πιστεύουσι ῥηματίοις καὶ νεανίσκοις ἐπ᾽ ἄκρου τοῦ χείλους τοὺς ὅρκους ἔχουσι· σὺ δὲ ἡ πιστὴ καὶ φίλανδρος οὐδὲ προσίῃ ἄλλον τινὰ ὅτι μὴ μόνον Χαιρέαν· καὶ πρῴην μὲν ὅτε ὁ γεωργὸς ὁ Ἀχαρνεὺς[1] ἧκε δύο μνᾶς κομίζων, ἀγένειος καὶ αὐτός—οἴνου δὲ τιμὴν ἀπειλήφει τοῦ πατρὸς πέμψαντος—σὺ δὲ ἐκεῖνον μὲν ἀπεμύκτισας, καθεύδεις δὲ μετὰ τοῦ Ἀδώνιδος Χαιρέου.

ΜΟΥΣΑΡΙΟΝ

Τί οὖν; ἐχρῆν Χαιρέαν καταλείψασαν παραδέξασθαι τὸν ἐργάτην ἐκεῖνον κινάβρας ἀπόζοντα; 298 λεῖός μοι, φασί, Χαιρέας[2] καὶ χοιρίσκος Ἀχαρνεύς.[3]

ΜΗΤΗΡ

Ἔστω· ἐκεῖνος ἀγροῖκος καὶ πονηρὸν ἀποπνεῖ. τί καὶ Ἀντιφῶντα τὸν Μενεκράτους μνᾶν ὑπισχνούμενον οὐδὲ τοῦτον ἐδέξω; οὐ καλὸς ἦν καὶ ἀστικὸς[4] καὶ ἡλικιώτης Χαιρέου;

ΜΟΥΣΑΡΙΟΝ

4. Ἀλλ᾽ ἠπείλησε Χαιρέας ἀποσφάξειν ἀμφοτέρους, εἰ λάβοι μέ ποτε μετ᾽ αὐτοῦ.

[1] Ἀκαρνεὺς β: Ἀκαρνανεὺς γ: corr. Guyet.
[2] Χαιρέας del. Rothstein.
[3] Ἀχαρνεὺς scripsi: Ἀκαρνάνιος codd.: Ἀχαρνικός edd..
[4] ἀστεῖος γ.

MOTHER

No, but they're more sensible, and know their job; they don't trust idle words, or young men with promises on the tips of their tongues. But you are constant and affectionate, and won't have anyone near you but Chaereas. Yes, the other day when the Acharnian farmer came with two minas, though he had smooth cheeks too, and money from the wine his father had sent him to sell, you turned up your nose at him, and slept with your Adonis, Chaereas.

MUSARIUM

What of it? Was I to leave Chaereas and take that clodhopper smelling of goats? To use the common expression, I find Chaereas smooth, and the Acharnian a rough pig.[1]

MOTHER

Very well, the other's a rustic and smells nasty. But what about Antipho, the son of Menecrates, who promised one mina? You wouldn't have him either. Wasn't he handsome and polished and just as young as Chaereas?

MUSARIUM

But Chaereas threatened to slit the throats of both of us, if he ever caught me with him.

[1] A passage which has baffled commentators. Perhaps *χοιρίσκος* is a term of obscene abuse, contrasted with *λεῖός*. Rothstein would delete *Χαιρέας* and translate "I find acceptable to me even an Acharnian pig", assuming that courtesans had a common saying to the effect that any man is acceptable, providing that he brings money.

ΜΗΤΗΡ

Πόσοι δὲ καὶ ἄλλοι ταῦτα ἀπειλοῦσιν; οὐκοῦν ἀνέραστος σὺ μενεῖς διὰ τοῦτο καὶ σωφρονήσεις καθάπερ οὐχ ἑταίρα, τῆς δὲ Θεσμοφόρου ἱέρειά τις οὖσα; ἐῶ τἆλλα. τήμερον Ἀλῶά ἐστι. τί δέ σοι δέδωκεν ἐς τὴν ἑορτήν;

ΜΟΥΣΑΡΙΟΝ

Οὐκ ἔχει, ὦ μαννάριον.

ΜΗΤΗΡ

Μόνος οὗτος οὐ τέχνην εὕρηκεν ἐπὶ τὸν πατέρα, οὐκ οἰκέτην καθῆκεν ἐξαπατήσοντα, οὐκ ἀπὸ τῆς μητρὸς ᾔτησεν ἀπειλήσας ἀποπλευσεῖσθαι στρατευσόμενος, εἰ μὴ λάβοι, ἀλλὰ κάθηται ἡμᾶς ἐπιτρίβων μήτε αὐτὸς διδοὺς μήτε παρὰ τῶν διδόντων ἐῶν λαμβάνειν; σὺ δὲ οἴει, ὦ Μουσάριον, ὀκτωκαίδεκα ἐτῶν ἀεὶ ἔσεσθαι; ἢ τὰ αὐτὰ φρονήσειν Χαιρέαν, ὅταν πλουτῇ μὲν αὐτός, ἡ δὲ μήτηρ γάμον πολυτάλαντον ἐξεύρῃ αὐτῷ; μνησθήσεται ἔτι, οἴει, τότε τῶν δακρύων ἢ τῶν φιλημάτων ἢ τῶν ὅρκων πέντε ἴσως τάλαντα προικὸς βλέπων;

ΜΟΥΣΑΡΙΟΝ

Μνησθήσεται ἐκεῖνος· δεῖγμα δέ· οὐδὲ νῦν γεγάμηκεν, ἀλλὰ [1] καταναγκαζόμενος καὶ βιαζόμενος ἠρνήσατο.

ΜΗΤΗΡ

Γένοιτο μὴ ψεύδεσθαι. ἀναμνήσω δέ σε, ὦ Μουσάριον, τότε.

[1] ἀλλὰ recc.: ὅσα γ om. β: ὅς γε Mras.

MOTHER

But ever so many others make that threat. Will you, then, remain without lovers because of that, and live a chaste life, as though you were not a courtesan but a priestess of Demeter, Giver of Laws? Well, I won't say any more. It's the Harvest Home to-day; what has he given you for the feast?

MUSARIUM

He has nothing to give, mummy dear.

MOTHER

Is he the only one who hasn't found a way of tricking his father, or sent a slave to hoodwink him, or begged from his mother, and threatened to sail off to the wars, if he's not given anything? No, there he sits, bringing us to ruin, giving nothing himself, and forbidding you to take from those who will give. Do you think you'll be eighteen for ever, Musarium, or that Chaereas will feel the same when he's a rich man himself, and his mother finds him a rich match? Do you think he'll still remember his tears and his kisses and his oaths, when he sees a dowry of five talents or so?

MUSARIUM

He will remember. I can prove it. He's still unmarried, and has refused to take a wife despite all the bullying and browbeating he's had to face.

MOTHER

I only hope he won't play you false. I'll remind you of my words, Musarium, when that day comes.

8

299 *ΑΜΠΕΛΙΣ ΚΑΙ ΧΡΥΣΙΣ*

ΑΜΠΕΛΙΣ

Ὅστις δέ, ὦ Χρυσί, μήτε ζηλοτυπεῖ μήτε ὀργίζεται μήτε ἐρράπισέ ποτε ἢ περιέκειρεν ἢ τὰ ἱμάτια περιέσχισεν, ἔτι ἐραστὴς ἐκεῖνός ἐστιν;

ΧΡΥΣΙΣ

Οὐκοῦν ταῦτα μόνα ἐρῶντος, ὦ Ἀμπελί, δείγματα;

ΑΜΠΕΛΙΣ

Ναί, ταῦτ' ἀνδρὸς θερμοῦ· ἐπεὶ τἆλλα, φιλήματα καὶ δάκρυα καὶ ὅρκοι καὶ τὸ πολλάκις ἥκειν ἀρχομένου ἔρωτος σημεῖον καὶ φυομένου ἔτι· τὸ δὲ πῦρ ὅλον ἐκ τῆς ζηλοτυπίας ἐστίν. ὥστε εἰ καὶ σέ, ὡς φής, ὁ Γοργίας ῥαπίζει καὶ ζηλοτυπεῖ, χρηστὰ ἔλπιζε καὶ εὔχου ἀεὶ τὰ αὐτὰ ποιεῖν.

ΧΡΥΣΙΣ

Τὰ αὐτά; τί λέγεις; ἀεὶ ῥαπίζειν με;

ΑΜΠΕΛΙΣ

Οὐχί, ἀλλ' ἀνιᾶσθαι, εἰ μὴ πρὸς μόνον αὐτὸν βλέποις, ἐπεὶ εἰ μὴ ἐρᾷ γε, τί ἂν ὀργίζοιτο, εἰ σύ τινα ἕτερον [1] ἐραστὴν ἔχεις;

ΧΡΥΣΙΣ

Ἀλλ' οὐδὲ ἔχω ἔγωγε· ὁ δὲ μάτην ὑπέλαβε τὸν πλούσιόν μου ἐρᾶν, διότι ἄλλως ἐμνημόνευσά ποτε αὐτοῦ.

[1] ἕτερον om. γ.

8

AMPELIS AND CHRYSIS

AMPELIS

If a man isn't jealous or angry, Chrysis, and never hits you, cuts your hair off, or tears your clothes, is he still in love with you ?

CHRYSIS

Are these the only signs of a man's love, then ?

AMPELIS

Yes, these are the signs of a burning love. All else, the kisses, the tears, the vows and the frequent visits are the signs of a love that is beginning and still growing. But the real flame comes from jealousy. And so, if Gorgias hits you, and shows jealousy, as you say, you may be hopeful, and should pray that he always continues in the same way.

CHRYSIS

In the same way ? What do you mean ? That he should go on hitting me for the rest of his days ?

AMPELIS

No, but that he should be hurt, whenever you have eyes for another man. For, unless he's in love with you, why should he be angry at your having another lover ?

CHRYSIS

I haven't one. But he wrongly imagined the rich fellow was in love with me, just because I happened to mention his name once.

ΑΜΠΕΛΙΣ

Καὶ τοῦτο ἡδὺ τὸ ὑπὸ πλουσίων οἴεσθαι σπουδάζεσθαί σε· οὕτω γὰρ ἀνιάσεται μᾶλλον καὶ φιλοτιμήσεται, ὡς μὴ ὑπερβάλοιντο αὐτὸν οἱ ἀντερασταί.

ΧΡΥΣΙΣ

Καὶ μὴν οὗτός γε μόνον ὀργίζεται καὶ ῥαπίζει, δίδωσι δὲ οὐδέν.

ΑΜΠΕΛΙΣ

Ἀλλὰ δώσει—ζηλοτυπεῖ γάρ—καὶ μάλιστα ἢν λυπῇς αὐτόν.[1]

ΧΡΥΣΙΣ

300 *Οὐκ οἶδ' ὅπως ῥαπίσματα λαμβάνειν βούλει με, ὦ Ἀμπελίδιον.*

ΑΜΠΕΛΙΣ

Οὔκ, ἀλλ', ὡς οἶμαι, οὕτως οἱ μεγάλοι ἔρωτες γίγνονται, καὶ εἰ πείθοιντο[2] *ἀμελεῖσθαι, εἰ δὲ πιστεύσαι μόνος ἔχειν, ἀπομαραίνεταί πως ἡ ἐπιθυμία. ταῦτα λέγω πρὸς σὲ εἴκοσιν ὅλοις ἔτεσιν ἑταιρήσασα, σὺ δὲ ὀκτωκαιδεκαέτις, οἶμαι, ἢ ἔλαττον*[3] *οὖσα τυγχάνεις. εἰ βούλει δέ, καὶ διηγήσομαι ἃ ἔπαθόν ποτε οὐ πάνυ πρὸ πολλῶν ἐτῶν· ἤρα μου Δημόφαντος ὁ δανειστὴς ὁ κατόπιν οἰκῶν τῆς Ποικίλης. οὗτος οὐδεπώποτε πλέον πέντε δραχμῶν δέδωκε καὶ ἠξίου δεσπότης εἶναι. ἤρα δέ, ὦ Χρυσί, ἐπιπόλαιόν τινα ἔρωτα οὔτε*

[1] ζηλότυποι γὰρ καὶ μάλιστα λυπηθήσονται codd. praeter L.
[2] πύθοιντο β.
[3] ἐλάχιστον codd., corr. edd..

AMPELIS

That again is nice for you—having him thinking you're sought after by rich men. It will hurt him the more, and make him the more eager not to be outdone by his rivals for your affection.

CHRYSIS

But all he does is show temper and hit me. He never gives me anything.

AMPELIS

He will—for he's jealous—particularly if you hurt him.

CHRYSIS

Somehow you seem to want me to be hit, my dear Ampelis.

AMPELIS

No, Chrysis, but in my opinion that's the way great passions start, even though the men believe they're being slighted. But if a man is confident he has you to himself, his desire for you somehow dwindles. That's what I tell you after twenty whole years as a courtesan, whereas you, I think, are eighteen or even younger. If you like, I'll tell you what happened to me not so very many years ago.

Demophantus, the money-lendər, who lives behind the Painted Stoa, was in love with me. He's never given me more than five drachmas, but regarded himself as my master. His love was a superficial

ὑποστένων οὔτε δακρύων οὔτε ἀωρὶ παραγιγνόμενος ἐπὶ τὰς θύρας, ἀλλ' αὐτὸ μόνον συνεκάθευδέ μοι ἐνίοτε, καὶ τοῦτο διὰ μακροῦ. 3. ἐπειδὴ δὲ ἐλθόντα ποτὲ ἀπέκλεισα—Καλλίδης γὰρ ὁ γραφεὺς ἔνδον ἦν δέκα δραχμὰς πεπομφώς—τὸ μὲν πρῶτον ἀπῆλθέ μοι λοιδορησάμενος· ἐπεὶ δὲ πολλαὶ μὲν διῆλθον ἡμέραι, ἐγὼ δὲ οὐ προσέπεμπον, ὁ Καλλίδης δὲ ἔνδον ἦν, ὑποθερμαινόμενος ἤδη τότε ὁ Δημόφαντος καὶ αὐτὸς ἀναφλέγεται ἐς τὸ πρᾶγμα καὶ ἐπιστάς ποτε ἀνεῳγμένην τηρήσας τὴν θύραν ἔκλαεν, ἔτυπτεν, ἠπείλει φονεύσειν, περιερρήγνυε τὴν ἐσθῆτα, ἅπαντα ἐποίει, καὶ τέλος τάλαντον δοὺς μόνος εἶχεν ὀκτὼ ὅλους μῆνας. ἡ γυνὴ δὲ 301 αὐτοῦ πρὸς ἅπαντας ἔλεγεν ὡς ὑπὸ φαρμάκων ἐκμήναιμι αὐτόν. τὸ δὲ ἦν ἄρα ζηλοτυπία τὸ φάρμακον. ὥστε, Χρυσί, καὶ σὺ χρῶ ἐπὶ τὸν Γοργίαν τῷ αὐτῷ φαρμάκῳ· πλούσιος δὲ ὁ νεανίσκος ἔσται, ἤν τι ὁ πατὴρ αὐτοῦ πάθῃ.

9

ΔΟΡΚΑΣ ΚΑΙ ΠΑΝΝΥΧΙΣ ΚΑΙ ΦΙΛΟΣΤΡΑΤΟΣ ΚΑΙ ΠΟΛΕΜΩΝ

ΔΟΡΚΑΣ

1. Ἀπολώλαμεν, ὦ κεκτημένη, ἀπολώλαμεν, ὁ Πολέμων ἀπὸ στρατιᾶς ἀνέστρεψε πλουτῶν, ὥς φασιν· ἑώρακα δὲ κἀγὼ αὐτὸν ἐφεστρίδα περιπόρφυρον ἐμπεπορπημένον καὶ ἀκολούθους ἅμα πολλούς. καὶ οἱ φίλοι ὡς εἶδον, συνέθεον ἐπ' αὐτὸν

thing, my dear, that never made him groan or weep or appear at all hours at my doors, but he would merely sleep with me at not very frequent intervals. But, after the time when he came and I locked him out, because I had with me Callides, the painter, who had sent me ten drachmas, to start with he went away abusing me. But, after many days had passed, and there was no word from me, as I had Callides in the house, eventually even Demophantus began to burn and blaze with passion, and one day he posted himself at my door and waited for it to open. He began to weep and strike me, he threatened to kill me, he tore my dress ; there was nothing he didn't do, and in the end he gave me a talent and kept me for himself alone for eight whole months.

His wife said I'd driven him mad by means of drugs, but the only drug was his own jealousy. So, Chrysis, you'd better use the same treatment on Gorgias. He'll be a rich young fellow if anything happens to his father.

9

DORCAS, PANNYCHIS, PHILOSTRATUS AND POLEMO

DORCAS

We are ruined, mistress, ruined! Polemo has returned from the wars a rich man, they say. I've seen him myself wearing a purple-edged cloak all done up with a clasp, and a large retinue with him. When his friends saw him, they all flocked to him to welcome him. Meanwhile, I'd seen following

ἀσπασόμενοι· ἐν τοσούτῳ δὲ τὸν θεράποντα ἰδοῦσα κατόπιν ἑπόμενον, ὃς συναποδεδημήκει μετ' αὐτοῦ, ἠρόμην καί, Εἰπέ μοι, ἔφην, ὦ Παρμένων, ἀσπασαμένη πρότερον αὐτόν, πῶς ἡμῖν ἐπράξατε καὶ εἴ τι ἄξιον τῶν πολέμων ἔχοντες ἐπανεληλύθατε.

ΠΑΝΝΥΧΙΣ

Οὐκ ἔδει τοῦτο εὐθύς, ἀλλ' ἐκεῖνα, ὅτι μὲν ἐσώθητε, πολλὴ χάρις τοῖς θεοῖς, καὶ μάλιστα τῷ ξενίῳ Διὶ καὶ Ἀθηνᾷ στρατίᾳ· ἡ δέσποινα δὲ
302 ἐπυνθάνετο ἀεὶ τί πράττοιτε καὶ ἔνθα εἴητε. εἰ δὲ καὶ τοῦτο προσέθηκας, ὡς καὶ ἐδάκρυε καὶ ἀεὶ ἐμέμνητο Πολέμωνος, ἄμεινον ἦν παρὰ πολύ.

ΔΟΡΚΑΣ

2. Προεῖπον εὐθὺς ἐν ἀρχῇ ἅπαντα· πρὸς δὲ σὲ οὐκ ἂν [1] εἶπον, ἀλλὰ ἃ ἤκουσα ἐβουλόμην εἰπεῖν. ἐπεὶ πρός γε Παρμένοντα οὕτως ἠρξάμην· Ἦ που, ὦ Παρμένων, ἐβόμβει τὰ ὦτα ὑμῖν; ἀεὶ γὰρ ἐμέμνητο ἡ κεκτημένη μετὰ δακρύων, καὶ μάλιστα εἴ τις ἐληλύθει ἐκ τῆς μάχης καὶ πολλοὶ τεθνάναι ἐλέγοντο, ἐσπάραττε τότε τὰς κόμας καὶ τὰ στέρνα ἐτύπτετο καὶ ἐπένθει πρὸς τὴν ἀγγελίαν ἑκάστην.

ΠΑΝΝΥΧΙΣ

Εὖ γε, ὦ Δορκάς, οὕτως ἐχρῆν.

ΔΟΡΚΑΣ

Εἶτα ἑξῆς μετ' οὐ πολὺ ἠρόμην ἐκεῖνα. ὁ δέ, Πάνυ λαμπρῶς, φησίν, ἀνεστρέψαμεν.

[1] οὐχ ἃ rec.,

behind him the servant who'd gone abroad with him and I questioned him. I greeted him first, and then said, "Tell me, Parmeno, how have you done? Have you brought back anything worth while for all that fighting?"

PANNYCHIS

You shouldn't have asked that right away, but said, "Thanks be to all the gods for your safe return, and thanks most of all to Zeus, Protector of the Stranger, and to Athene, Goddess of War. My mistress was always asking what you were doing and where you were." And it would have been a lot better if you'd added that she was always crying and talking of Polemo.

DORCAS

I did start with all those preliminaries, but I wouldn't have mentioned them to you; I wanted to tell you what I'd heard. My first words to Parmeno were, "Well, Parmeno, were your ears burning? My mistress was always talking of you and weeping; particularly at times when someone had returned from battle and there were said to be a lot of fatal casualties, would she tear her hair, beat her breast, and grieve at every message."

PANNYCHIS

Well done, Dorcas! That was just right.

DORCAS

Then a little later I asked the questions I've told you of, and he told me they'd returned in style.

ΠΑΝΝΥΧΙΣ

Οὕτως κἀκεῖνος οὐδὲν προειπών, ὡς ἐμέμνητό μου ὁ Πολέμων ἢ ἐπόθει ἢ ηὔχετο ζῶσαν καταλαβεῖν;

ΔΟΡΚΑΣ

Καὶ μάλα πολλὰ τοιαῦτα ἔλεγε. τὸ δ' οὖν[1] κεφάλαιον ἐξήγγειλε πλοῦτον πολύν, χρυσόν, ἐσθῆτα, ἀκολούθους, ἐλέφαντα· τὸ μὲν γὰρ ἀργύριον μηδὲ ἀριθμῷ ἄγειν αὐτόν, ἀλλὰ μεδίμνῳ ἀπομεμετρημένον πολλοὺς μεδίμνους. εἶχε δὲ καὶ αὐτὸς Παρμένων δακτύλιον ἐν τῷ μικρῷ δακτύλῳ, μέγιστον, πολύγωνον, καὶ ψῆφος ἐνεβέβλητο τῶν τριχρώμων, ἐρυθρά τε ἦν ἐπιπολῆς. εἴασα δ' οὖν αὐτὸν ἐθέλοντά μοι διηγεῖσθαι ὡς τὸν Ἅλυν διέβησαν καὶ ὡς ἀπέκτειναν Τιριδάταν τινὰ καὶ ὡς διέπρεψεν[2] ὁ Πολέμων ἐν τῇ πρὸς Πισίδας μάχῃ· ἀπέδραμόν σοι ταῦτα προσαγγελοῦσα, ὡς περὶ 303 τῶν παρόντων σκέψαιο. εἰ γὰρ ἐλθὼν ὁ Πολέμων —ἥξει γὰρ πάντως ἀποσεισάμενος τοὺς γνωρίμους —ἀναπυθόμενος εὕροι τὸν Φιλόστρατον ἔνδον παρ' ἡμῖν, τί οἴει ποιήσειν αὐτόν;

ΠΑΝΝΥΧΙΣ

3. Ἐξευρίσκωμεν,[3] ὦ Δορκάς, ἐκ τῶν παρόντων σωτήριον· οὔτε γὰρ τοῦτον ἀποπέμψαι καλὸν τάλαντον ἔναγχος δεδωκότα καὶ τἆλλα ἔμπορον ὄντα καὶ πολλὰ ὑπισχνούμενον, οὔτε Πολέμωνα τοιοῦτον ἐπανήκοντα χρήσιμον μὴ παραδέχεσθαι·

[1] δ' οὖν Jacobitz: γοῦν codd..
[2] διέπρεψεν Courier: διέτριψεν codd..
[3] ἐξευρίσκωμεν recc.: ἐξευρίσκω δέ βγ.

PANNYCHIS

What! Nothing first from him either about Polemo talking about me or missing me or praying he'd find me alive on his return?

DORCAS

He did indeed say a lot to that effect; but the main point was his news of great wealth, of gold, raiment, servants and ivory. He told me that the money they were bringing in silver wasn't counted but measured by the bushel—and there were many bushels. Parmeno himself had on his little finger an enormous ring with many sides, which had set in it a jewel of three colours, the top layer being red. Well, I left him trying to tell me how they'd crossed the Halys, and killed someone called Tiridates, and how Polemo had distinguished himself in the battle with the Pisidians. I went running off to bring you this news, so that you can think what to do in the circumstances. If Polemo comes, as he certainly will, once he's rid of his acquaintances, and starts asking questions, and finds Philostratus in the house with us, what do you think he'll do?

PANNYCHIS

We must find some escape from this situation. It wouldn't be right for me to send Philostratus away, when he gave me a talent only the other day, and is, besides, a merchant, and promises me so much, nor yet would it be sensible for me to shut Polemo out, when he's returned in such splendour.

προσέτι[1] *γὰρ καὶ ζηλότυπός ἐστιν, ὃς καὶ πενόμενος ἔτι πολὺ ἀφόρητος ἦν· νῦν δὲ τί ἐκεῖνος οὐκ ἂν ποιήσειεν;*

ΔΟΡΚΑΣ

Ἀλλὰ καὶ προσέρχεται.

ΠΑΝΝΥΧΙΣ

Ἐκλύομαι, ὦ Δορκάς, ἀπὸ τῆς ἀπορίας καὶ τρέμω.

ΔΟΡΚΑΣ

Ἀλλὰ καὶ Φιλόστρατος προσέρχεται.

ΠΑΝΝΥΧΙΣ

Τίς γένωμαι; πῶς ἂν με ἡ γῆ καταπίοι;

ΦΙΛΟΣΤΡΑΤΟΣ

4. *Τί οὐ πίνομεν, ὦ Παννυχί;*

ΠΑΝΝΥΧΙΣ

Ἄνθρωπε, ἀπολώλεκάς με. σὺ δὲ χαῖρε, Πολέμων, χρόνιος φανείς.

ΠΟΛΕΜΩΝ

Οὗτος οὖν τίς ἐστιν ὁ προσιὼν ὑμῖν; σιωπᾷς; εὖ γε· οἴχου,[2] *ὦ Παννυχί. ἐγὼ δὲ πεμπταῖος ἐκ Πυλῶν διέπτην ἐπειγόμενος ἐπὶ τοιαύτην γυναῖκα. καὶ δίκαια μέντοι πέπονθα, καίτοι χάριν ἔχων· οὐκέτι γὰρ ἁρπασθήσομαι ὑπὸ σοῦ.*

ΦΙΛΟΣΤΡΑΤΟΣ

Σὺ δὲ τίς εἶ, ὦ βέλτιστε;

[1] *πρόσεστι* γ.
[2] *εὖγε οἴχου* codd.: *οἴχου* del. edd..

Besides, he's so jealous, I could hardly put up with him even when he was poor. What do you think he'll stop at now ?

DORCAS

He's coming.

PANNYCHIS

I'm faint and helpless with panic.

DORCAS

Philostratus is coming too.

PANNYCHIS

What's to become of me ? I wish the ground would swallow me up.

PHILOSTRATUS

Why don't we have a drink, Pannychis ?

PANNYCHIS

You've ruined me, fellow. Good day to you, Polemo. It's a long time since I've seen you.

POLEMO

Who is this who's being so familiar with you ? Can't you speak ? Very well, Pannychis, go your own way. And here I've been rushing in haste from Thermopylae for five days, all for a woman like you ! But it serves me right, though I'm grateful to think that henceforth I'll be free from your plundering.

PHILOSTRATUS

Who are you, my good man ?

ΠΟΛΕΜΩΝ

Ὅτι Πολέμων ὁ Στειριεὺς Πανδιονίδος φυλῆς, ἀκούεις· χιλιαρχήσας τὸ πρῶτον, νῦν δὲ ἐξαναστήσας πεντακισχιλίαν ἀσπίδα,[1] ἐραστὴς Παννυχίδος, ὅτε ᾤμην ἔτι ἀνθρώπινα φρονεῖν αὐτήν.

ΦΙΛΟΣΤΡΑΤΟΣ

Ἀλλὰ τὰ νῦν σοι, ὦ ξεναγέ, Παννυχὶς ἐμή ἐστι, καὶ τάλαντον εἴληφε, λήψεται δὲ ἤδη καὶ ἕτερον, 304 ἐπειδὰν τὰ φορτία διαθώμεθα. καὶ νῦν ἀκολούθει μοι, ὦ Παννυχί, τοῦτον δὲ παρ' Ὀδρύσαις χιλιαρχεῖν ἔα.

ΠΟΛΕΜΩΝ

Ἐλευθέρα μέν ἐστι καὶ ἀκολουθήσει, ἢν ἐθέλῃ.

ΠΑΝΝΥΧΙΣ

Τί ποιῶ, Δορκάς;

ΔΟΡΚΑΣ

Εἰσιέναι ἄμεινον, ὀργιζομένῳ οὐχ οἷόν τε παρεῖναι Πολέμωνι, καὶ μᾶλλον ἐπιταθήσεται ζηλοτυπῶν.

ΠΑΝΝΥΧΙΣ

Εἰ θέλεις, εἰσίωμεν.

ΠΟΛΕΜΩΝ

5. Ἀλλὰ προλέγω ὑμῖν ὅτι τὸ ὕστατον πίεσθε τήμερον, ἢ μάτην ἐγὼ τοσούτοις φόνοις ἐγγεγυμνασμένος πάρειμι. τοὺς Θρᾷκας, ὦ Παρμένων·

[1] πεντακισχιλίας ἀσπίδας γ.

POLEMO

Polemo of the Stirian deme and the Pandionic tribe, let me tell you. One who first was leader of a thousand, but now has five thousand shields following him, one who loved Pannychis, while I believed she was still content with mortal thoughts.

PHILOSTRATUS

But now, my good freelance, you'll find that Pannychis is mine. She's had a talent from me, and shall have another presently, as soon as I've disposed of my cargo. Come with me now, Pannychis, and leave this fellow to be colonel among his Thracians.

POLEMO

She's a free woman, and will go with you only if she wishes.

PANNYCHIS

What am I to do, Dorcas ?

DORCAS

You'd better go in ; you can't go near Polemo when he's so angry, and a little jealousy will only heighten his passion.

PANNYCHIS

Please let's go in, Philostratus.

POLEMO

I warn you that your drinking days will end today, or all my training in killing must go for nothing. Call up the Thracians, Parmeno. On with them in

ὡπλισμένοι ἠκέτωσαν [1] ἐμφράξαντες τὸν στενωπὸν τῇ φάλαγγι· ἐπὶ μετώπου μὲν τὸ ὁπλιτικόν, παρ' ἑκάτερα δὲ οἱ σφενδονῆται καὶ τοξόται, οἱ δὲ ἄλλοι κατόπιν.

ΦΙΛΟΣΤΡΑΤΟΣ

Ὡς βρεφυλλίοις ταῦτα, ὦ μισθοφόρε, ἡμῖν λέγεις καὶ μορμολύττῃ[2]. σὺ γὰρ ἀλεκτρυόνα πώποτε ἀπέκτεινας ἢ πόλεμον εἶδες; ἐρυμάτιον ἐφρούρεις τάχα διμοιρίτης ὤν, ἵνα καὶ τοῦτο προσχαρίσωμαί σοι.

ΠΟΛΕΜΩΝ

Καὶ μὴν εἴσῃ μετ' ὀλίγον, ἐπειδὰν προσιόντας ἡμᾶς ἐπὶ δόρυ θεάσῃ στίλβοντας τοῖς ὅπλοις.

ΦΙΛΟΣΤΡΑΤΟΣ

Ἥκετε μόνον συσκευασάμενοι[3]. ἐγὼ δὲ καὶ Τίβειος [4] οὗτος—μόνος γὰρ οὗτος ἕπεταί μοι—βάλλοντες ὑμᾶς λίθοις τε καὶ ὀστράκοις οὕτω διασκεδάσομεν, ὡς μηδὲ ὅποι οἴχεσθε [5] ἔχοιτε εἰδέναι.

10

305 ## ΧΕΛΙΔΟΝΙΟΝ ΚΑΙ ΔΡΟΣΙΣ

ΧΕΛΙΔΟΝΙΟΝ

1. Οὐκέτι φοιτᾷ παρὰ σέ, ὦ Δροσί, τὸ μειράκιον ὁ Κλεινίας; οὐ γὰρ ἑώρακα, πολὺς ἤδη χρόνος, αὐτὸν παρ' ὑμῖν.

[1] ἠκέτωσαν rec. : ἧκον β : ἧκαν γ.
[2] μορμολύττεις codd. : corr. Valckenaer.
[3] συσκευασόμενοι β.
[4] τίβιος dett., edd..
[5] οἴχησθε Mras.

full armour, sealing off the alley with their phalanx! Hoplites in the centre, slingers and archers on the wings, and the rest in reserve!

PHILOSTRATUS

You talk to us, mercenary, as though we were babes in arms whom you wish to scare with your idle threats. When did you ever kill so much as a cock or see fighting? You may have been a corporal guarding a few yards of wall, and that's giving you the benefit of the doubt.

POLEMO

You'll soon know all about it, when you see us advancing against your unguarded flank with our armour glittering in the sun.

PHILOSTRATUS

Just prepare for the march and come on. Tibius here—he's my only retainer—and I will pelt you with stones and potsherds and scatter you in such panic that you won't know where you've gone.

10

CHELIDONIUM AND DROSIS

CHELIDONIUM

Has young Clinias given up visiting you, Drosis? It's a long time since I've seen him at your house.

ΔΡΟΣΙΣ

Οὐκέτι, ὦ Χελιδόνιον· ὁ γὰρ διδάσκαλος αὐτὸν εἶρξε μηκέτι μοι προσιέναι.

ΧΕΛΙΔΟΝΙΟΝ

Τίς οὗτος; μή τι τὸν παιδοτρίβην Διότιμον λέγεις; ἐπεὶ ἐκεῖνός γε φίλος ἐστίν.

ΔΡΟΣΙΣ

Οὔκ, ἀλλ᾽ ὁ κάκιστα φιλοσόφων ἀπολούμενος Ἀρισταίνετος.

ΧΕΛΙΔΟΝΙΟΝ

Τὸν σκυθρωπὸν λέγεις, τὸν δασύν, τὸν βαθυπώγωνα, ὃς εἴωθε μετὰ τῶν μειρακίων περιπατεῖν ἐν τῇ Ποικίλῃ;

ΔΡΟΣΙΣ

Ἐκεῖνόν φημι τὸν ἀλαζόνα, ὃν κάκιστα ἐπίδοιμι ἀπολούμενον, ἑλκόμενον τοῦ πώγωνος ὑπὸ δημίου.

ΧΕΛΙΔΟΝΙΟΝ

2. *Τί παθὼν δὲ ἐκεῖνος τοιαῦτα ἔπεισε τὸν Κλεινίαν;*

ΔΡΟΣΙΣ

Οὐκ οἶδα, ὦ Χελιδόνιον. ἀλλ᾽ ὁ μηδέποτε ἀπόκοιτός μου γενόμενος ἀφ᾽ οὗ γυναικὶ ὁμιλεῖν ἤρξατο—πρῶτον δὲ ὡμίλησέ μοι—τριῶν τούτων 306 *ἑξῆς ἡμερῶν οὐδὲ προσῆλθε τῷ στενωπῷ· ἐπεὶ δὲ ἠνιώμην—οὐκ οἶδα δὲ ὅπως τι ἔπαθον ἐπ᾽ αὐτῷ—ἔπεμψα τὴν Νεβρίδα περισκεψομένην αὐτὸν*

DROSIS

Yes, Chelidonium. His tutor has stopped him from coming to see me any more.

CHELIDONIUM

Who's he ? Surely not Diotimus, the gymnastics master ? He's a friend of mine.

DROSIS

No, but that most accursed of philosophers, Aristaenetus.

CHELIDONIUM

Do you mean the grim-looking fellow, with the shaggy hair and bushy beard, who's always walking with his boys in the Painted Porch ?

DROSIS

That's the hypocrite I mean. I'd like to see him come to a bad end, with the hangman dragging him along by that beard.

CHELIDONIUM

Why ever did he induce Clinias to act like this ?

DROSIS

I don't know, Chelidonium. But, although he'd never missed a night with me, since he'd started going with women, and I was his first woman, for three days running now he's not even come near our street. Since I was upset, as somehow I'd become rather fond of him, I sent Nebris to have a look at him, while he was in the Agora or the Painted Porch.

ἢ ἐν ἀγορᾷ διατρίβοντα ἢ ἐν Ποικίλῃ·[1] ἡ δὲ περιπατοῦντα ἔφη ἰδοῦσα μετὰ τοῦ Ἀρισταινέτου νεῦσαι πόρρω, ἐκεῖνον δὲ ἐρυθριάσαντα κάτω ὁρᾶν καὶ μηκέτι παρενεγκεῖν τὸν ὀφθαλμόν. εἶτ' ἐβάδιζον ἅμα ἐς τὴν Ἀκαδημίαν[2]· ἡ δὲ ἄχρι τοῦ Διπύλου ἀκολουθήσασα, ἐπεὶ μηδ' ὅλως ἐπεστράφη, ἐπανῆκεν οὐδὲν σαφὲς ἀπαγγεῖλαι ἔχουσα. πῶς με οἴει διάγειν τὸ μετὰ ταῦτα οὐκ ἔχουσαν εἰκάσαι ὅ τι μοι πέπονθεν ὁ μειρακίσκος; ἀλλὰ μὴ ἐλύπησά[3] τι αὐτόν, ἔλεγον, ἤ τινος ἄλλης ἠράσθη μισήσας ἐμέ; ἀλλ' ὁ πατὴρ διεκώλυσεν αὐτόν; πολλὰ τοιαῦτα ἡ ἀθλία ἔστρεφον. ἤδη δὲ περὶ δείλην ὀψίαν ἧκέ μοι Δρόμων τὸ γραμμάτιον τουτὶ παρ' αὐτοῦ κομίζων. ἀνάγνωθι λαβοῦσα, ὦ Χελιδόνιον· οἶσθα γὰρ δή που γράμματα.

ΧΕΛΙΔΟΝΙΟΝ

3. Φέρ' ἴδωμεν· τὰ γράμματα οὐ πάνυ σαφῆ, ἀλλὰ ἐπισεσυρμένα δηλοῦντα ἔπειξίν τινα τοῦ γεγραφότος. λέγει δέ "πῶς μὲν ἐφίλησά σε, ὦ Δροσί, τοὺς θεοὺς ποιοῦμαι μάρτυρας."

ΔΡΟΣΙΣ

Αἰαῖ τάλαν, οὐδὲ τὸ χαίρειν προσέγραψε.

ΧΕΛΙΔΟΝΙΟΝ

"Καὶ νῦν δὲ οὐ κατὰ μῖσος, ἀλλὰ κατ' ἀνάγκην ἀφίσταμαί σου· ὁ πατὴρ γὰρ Ἀρισταινέτῳ παρέδωκέ με φιλοσοφεῖν[4] αὐτῷ, κἀκεῖνος—ἔμαθε

[1] Ποικίλῃ edd.: παιδικῇ codd..
[2] Ἀκαδημίαν β: πόλιν γ.
[3] ἐλύπησέ γ.
[4] συμφιλοσοφεῖν β.

She said she saw him walking around with Aristaenetus, and nodded to him from a distance, but he went red, kept his eyes down and didn't look in her direction again. Then they walked together to the Academy. She followed as far as the Dipylon Gate, but since he'd never even turned in her direction, she came back without any definite information. You can imagine what it's been like for me since that, as I can't think what's come over my boy! " I can't have annoyed him in any way ? " I kept asking myself. " Or has he fallen in love with some other woman, and hates me now ? Has his father prevented his visiting me ? " Many thoughts like that kept coming into my poor head, but, when it was already late in the afternoon, Dromo came with this note from him. Take it and read it, Chelidonium, for I believe you can read.

CHELIDONIUM

Let us see. The writing's not very clear ; it's so slapdash that the writer was obviously in a hurry. He says, " Heaven knows how much I loved you, Drosis."

DROSIS

Alas, poor me ! He didn't even start by wishing me well.[1]

CHELIDONIUM

" And now I'm leaving you not because I hate you, but because I'm forced to do so. My father has handed me over to Aristaenetus to study philosophy

[1] A letter would normally start with greetings (χαίρειν) from the sender to the recipient. Cf. *Epistulae Saturnales.*

307 γὰρ τὰ καθ' ἡμᾶς ἅπαντα—πάνυ πολλὰ ἐπετίμησέ μοι ἀπρεπὲς εἶναι λέγων ἑταίρᾳ συνεῖναι Ἀρχιτέλους καὶ Ἐρασικλείας υἱὸν ὄντα· πολὺ γὰρ ἄμεινον εἶναι τὴν ἀρετὴν προτιμᾶν τῆς ἡδονῆς."

ΔΡΟΣΙΣ

Μὴ ὥρας[1] ἵκοιτο ὁ λῆρος ἐκεῖνος τοιαῦτα παιδεύων τὸ μειράκιον.

ΧΕΛΙΔΟΝΙΟΝ

"Ὥστε ἀνάγκη πείθεσθαι αὐτῷ· παρακολουθεῖ γὰρ ἀκριβῶς παραφυλάσσων, καὶ ὅλως οὐδὲ προσβλέπειν ἄλλῳ οὐδενὶ ἔξεστιν ὅτι μὴ ἐκείνῳ· εἰ δὲ σωφρονοῖμι καὶ πάντα πεισθείην αὐτῷ, ὑπισχνεῖται πάνυ εὐδαίμονα ἔσεσθαί με καὶ ἐνάρετον καταστήσεσθαι τοῖς πόνοις προγεγυμνασμένον. ταῦτά σοι μόλις ἔγραψα ὑποκλέψας ἐμαυτόν. σὺ δέ μοι εὐτύχει καὶ μέμνησο Κλεινίου."

ΔΡΟΣΙΣ

4. Τί σοι δοκεῖ ἡ ἐπιστολή, ὦ Χελιδόνιον;

ΧΕΛΙΔΟΝΙΟΝ

Τὰ μὲν ἄλλα ἡ ἀπὸ Σκυθῶν ῥῆσις, τὸ δὲ "μέμνησο Κλεινίου" ἔχει τινὰ ὑπόλοιπον ἐλπίδα.

ΔΡΟΣΙΣ

Κἀμοὶ οὕτως ἔδοξεν· ἀπόλλυμαι δ' οὖν ὑπὸ τοῦ ἔρωτος. ὁ μέντοι Δρόμων ἔφασκε παιδεραστήν τινα εἶναι τὸν Ἀρισταίνετον καὶ ἐπὶ προφάσει

[1] ὥραισιν γ.

under him, and Aristaenetus, finding out all about us, gave me a good telling-off, saying it was not at all the thing for a son of Architeles and Erasiclia to associate with a courtesan, for it was much better to prefer virtue to pleasure."

DROSIS

Curse that old driveller for teaching the lad such things!

CHELIDONIUM

"So that I must obey him. He follows me everywhere, and keeps a close eye on me. In fact, I'm not allowed even to look at anyone but him. If I live a sober life, and obey him in everything, he promises me I'll be completely happy, and shall become virtuous through my training in endurance. I've had the greatest difficulty in slipping away to write this to you. I pray that you may prosper, my dear, and never forget Clinias."

DROSIS

What do you think of the letter, Chelidonium?

CHELIDONIUM

The rest of it might have come from a Scythian,[1] but the part about never forgetting Clinias shows there's still some hope.

DROSIS

Just what I thought. In any case I'm dying of love. But Dromo said that Aristaenetus is the sort who's fond of boys, and, by pretending to teach

[1] The Scythians were proverbial for their rough speech and their cruelty.

τῶν μαθημάτων[1] συνεῖναι τοῖς ὡραιοτάτοις τῶν νέων καὶ ἰδίᾳ λογοποιεῖσθαι πρὸς τὸν Κλεινίαν ὑποσχέσεις τινὰς ὑπισχνούμενον ὡς ἰσόθεον ἀποφανεῖ αὐτόν. ἀλλὰ καὶ ἀναγιγνώσκει μετ' αὐτοῦ ἐρωτικούς τινας λόγους τῶν παλαιῶν φιλοσόφων πρὸς τοὺς μαθητάς, καὶ ὅλος[2] περὶ τὸ μειράκιόν ἐστιν. ἠπείλει δὲ καὶ τῷ πατρὶ τοῦ Κλεινίου κατερεῖν ταῦτα.

ΧΕΛΙΔΟΝΙΟΝ

Ἐχρῆν, ὦ Δροσί, γαστρίσαι τὸν Δρόμωνα.

ΔΡΟΣΙΣ

308 Ἐγάστρισα, καὶ ἄνευ δὲ τούτου ἐμός ἐστι· κέκνισται γὰρ κἀκεῖνος τῆς Νεβρίδος.

ΧΕΛΙΔΟΝΙΟΝ

Θάρρει, πάντα ἔσται καλῶς. ἐγὼ δὲ καὶ ἐπιγράψειν μοι δοκῶ ἐπὶ τοῦ τοίχου ἐν Κεραμεικῷ, ἔνθα ὁ Ἀρχιτέλης εἴωθε περιπατεῖν, Ἀρισταίνετος διαφθείρει Κλεινίαν, ὥστε καὶ ἐκ τούτου συνδραμεῖν τῇ παρὰ τοῦ Δρόμωνος διαβολῇ.

ΔΡΟΣΙΣ

Πῶς δ' ἂν λάθοις ἐπιγράψασα;

ΧΕΛΙΔΟΝΙΟΝ

Τῆς νυκτός, Δροσί, ἄνθρακά ποθεν λαβοῦσα.

ΔΡΟΣΙΣ

Εὖ γε, συστράτευε μόνον, ὦ Χελιδόνιον, κατὰ τοῦ ἀλαζόνος Ἀρισταινέτου.

[1] μαθημάτων recc.: μαθητῶν XL.
[2] ὅλος Jacobitz: ὅλως codd..

them, keeps company with the handsomest youths, and has now got Clinias on his own, and spins him tales, promising of all things that he will make him like a god. Besides that, he's reading with him amorous discourses addressed by the old philosophers to their pupils, and is all wrapped up in the lad. Dromo threatened he'd tell Clinias' father as well.

CHELIDONIUM

I hope, Drosis, you gave Dromo a good feed.

DROSIS

That I did, though he'll do anything for me, even without that ; he's another who is desperate for the love of Nebris.

CHELIDONIUM

Don't worry. Everything will be all right. I think I'll write up on the wall in the Ceramicus, where Architeles often takes a walk, " Aristaenetus is corrupting Clinias ", so that we can charge [1] to the swift support of Dromo's charge.

DROSIS

How can you write it up without being seen ?

CHELIDONIUM

By night, my dear. I'll get a bit of charcoal somewhere.

DROSIS

Capital, Chelidonium. If only you can help me fight that old impostor Aristaenetus !

[1] There is a pun here on *Δρόμων* (= runner) and *συνδραμεῖν*. By a closer translation of the pun (involving, however, change of the Greek name Dromo) one might render " so that Swift's charge may have our swift support ".

11

ΤΡΥΦΑΙΝΑ ΚΑΙ ΧΑΡΜΙΔΗΣ

ΤΡΥΦΑΙΝΑ

1. Ἑταίραν δέ τις[1] παραλαβὼν πέντε δραχμὰς τὸ μίσθωμα δοὺς καθεύδει ἀποστραφεὶς δακρύων καὶ στένων; ἀλλ' οὔτε πέπωκας ἡδέως, οἶμαι, οὔτε δειπνῆσαι μόνος ἠθέλησας· ἔκλαες γὰρ καὶ παρὰ τὸ δεῖπνον, ἑώρων γάρ· καὶ νῦν δὲ οὐ διαλέλοιπας ἀναλύζων[2] ὥσπερ βρέφος. ταῦτα οὖν, ὦ Χαρμίδη, τίνος ἕνεκα ποιεῖς; μὴ ἀποκρύψῃ με, ὡς ἂν καὶ τοῦτο ἀπολαύσω τῆς νυκτὸς ἀγρυπνήσασα μετὰ σοῦ.

ΧΑΡΜΙΔΗΣ

Ἔρως με ἀπόλλυσιν, ὦ Τρύφαινα, καὶ οὐκέτ' ἀντέχω πρὸς τὸ δεινόν.

ΤΡΥΦΑΙΝΑ

Ἀλλ' ὅτι μὲν οὐκ ἐμοῦ ἐρᾷς, δῆλον· οὐ γὰρ ἂν ἔχων με ἠμέλεις καὶ ἀπωθοῦ περιπλέκεσθαι θέλουσαν καὶ τέλος διετείχιζες τὸ μεταξὺ ἡμῶν τῷ ἱματίῳ δεδιὼς μὴ ψαύσαιμί σου. τίς δὲ ὅμως 309 ἐκείνη ἐστίν, εἰπέ· τάχα γὰρ ἄν τι καὶ συντελέσαιμι πρὸς τὸν ἔρωτα, οἶδα γὰρ ὡς χρὴ τὰ τοιαῦτα διακονεῖσθαι.

ΧΑΡΜΙΔΗΣ

Καὶ μὴν οἶσθα καὶ πάνυ ἀκριβῶς αὐτὴν κἀκείνη σέ· οὐ γὰρ ἀφανὴς ἑταίρα ἐστίν.

[1] δὲ τίς Meiser.

[2] ἀνολολύζων β.

11

TRYPHENA AND CHARMIDES

TRYPHENA

Who ever heard of a fellow who takes out a girl, pays her five drachmas, and then turns his back on her in bed, weeping and groaning? I don't think you enjoyed the wine, or really wanted to dine alone with me. You were crying all through dinner; I noticed it. And now you keep on whimpering like a baby. Why, Charmides? Don't keep it from me, so that I can have this further pleasure [1] out of the sleepless night I've spent with you.

CHARMIDES

I'm dying of love, Tryphena. It's too terrible for me to bear any longer.

TRYPHENA

Obviously I'm not the one you love, or you wouldn't show such little interest in me, and keep pushing me away when I tried to hug you, or have ended by placing your cloak as a barrier between us, for fear of my touching you. But for all that tell me who she is. Perhaps I can help you in your love, for I know how to be of service in such matters.

CHARMIDES

You are very well acquainted with each other; she's a well-known member of your profession.

[1] Spoken in irony.

ΤΡΥΦΑΙΝΑ

2. Εἰπὲ τοὔνομα, ὦ Χαρμίδη.

ΧΑΡΜΙΔΗΣ

Φιλημάτιον, ὦ Τρύφαινα.

ΤΡΥΦΑΙΝΑ

Ὁποτέραν λέγεις; δύο γάρ εἰσι· τὴν ἐκ Πειραιῶς, τὴν ἄρτι διακεκορευμένην, ἧς ἐρᾷ Δαμύλος [1] ὁ τοῦ νῦν στρατηγοῦντος υἱός, ἢ τὴν ἑτέραν, ἣν Παγίδα ἐπικαλοῦσιν;

ΧΑΡΜΙΔΗΣ

Ἐκείνην, καὶ ἑάλωκα ὁ κακοδαίμων καὶ συνείλημμαι πρὸς αὐτῆς.

ΤΡΥΦΑΙΝΑ

Οὐκοῦν δι' ἐκείνην ἔκλαες;

ΧΑΡΜΙΔΗΣ

Καὶ μάλα.

ΤΡΥΦΑΙΝΑ

Πολὺς δὲ χρόνος ἔστι σοι ἐρῶντι ἢ νεοτελής τις εἶ;

ΧΑΡΜΙΔΗΣ

Οὐ νεοτελής, ἀλλὰ μῆνες ἑπτὰ σχεδὸν ἀπὸ Διονυσίων, ὅτε πρώτως εἶδον αὐτην.

ΤΡΥΦΑΙΝΑ

Εἶδες δὲ ὅλην ἀκριβῶς, ἢ τὸ πρόσωπον μόνον καὶ ὅσα τοῦ σώματος φανερὰ [2] [ἃ] εἶδες Φιληματίου,

[1] Δαμύλος Mras: Δάμυλος rec.: Δάμιλος X: Δάμυλλος cett.:
[2] ἃ del. Rothstein.

TRYPHENA

Tell me her name, Charmides.

CHARMIDES

Philematium, Tryphena.

TRYPHENA

Which one ? There are two. Do you mean the one from the Piraeus, who lost her virginity only the other day, and is loved by Damylus, the son of one of this year's generals, or the other one, the one they call the " Trap " ?

CHARMIDES

That's the one. I'm a poor victim that's fallen right into her trap.

TRYPHENA

Then you were crying for her ?

CHARMIDES

Indeed I was.

TRYPHENA

Have you loved for long, or was your initiation recent ?

CHARMIDES

Far from recent ; it's almost seven whole months since the Dionysia, and the time when I first saw her.

TRYPHENA

Did you have a good look at her all over ? Or did you only see her face, and the parts of her body

καὶ ὡς χρῆν γυναῖκα πέντε καὶ τετταράκοντα ἔτη γεγονυῖαν ἤδη;

ΧΑΡΜΙΔΗΣ

Καὶ μὴν ἐπόμνυται δύο καὶ εἴκοσιν ἐς τὸν ἐσόμενον Ἐλαφηβολιῶνα τελέσειν.

ΤΡΥΦΑΙΝΑ

3. *Σὺ δὲ ποτέροις πιστεύσειας ἄν, τοῖς ἐκείνης ὅρκοις ἢ τοῖς σεαυτοῦ ὀφθαλμοῖς; ἐπίσκεψαι γὰρ ἀκριβῶς ὑποβλέψας ποτὲ τοὺς κροτάφους αὐτῆς, ἔνθα μόνον τὰς αὐτῆς τρίχας ἔχει· τὰ δὲ ἄλλα φενάκη βαθεῖα. παρὰ δὲ τοὺς κροτάφους ὁπόταν ἀσθενήσῃ τὸ φάρμακον, ᾧ βάπτεται, ὑπολευκαίνεται τὰ πολλά. καίτοι τί τοῦτο; βίασαί ποτε καὶ γυμνὴν αὐτὴν ἰδεῖν.*

ΧΑΡΜΙΔΗΣ

Οὐδεπώποτέ μοι πρὸς τοῦτο ἐνέδωκεν.

ΤΡΥΦΑΙΝΑ

Εἰκότως· ἠπίστατο γὰρ μυσαχθησόμενόν σε τὰς λεύκας. ὅλη δὲ ἀπὸ τοῦ αὐχένος ἐς τὰ γόνατα 310 *παρδάλει ἔοικεν. ἀλλὰ σὺ ἐδάκρυες τοιαύτῃ μὴ συνών; ἦ που τάχα καὶ ἐλύπει σε καὶ ὑπερεώρα;*

ΧΑΡΜΙΔΗΣ

Ναί, ὦ Τρύφαινα, καίτοι τοσαῦτα παρ' ἐμοῦ λαμβάνουσα. καὶ νῦν ἐπειδὴ χιλίας αἰτούσῃ οὐκ εἶχον διδόναι ῥᾳδίως ἅτε ὑπὸ πατρὶ φειδομένῳ τρεφόμενος, Μοσχίωνα ἐσδεξαμένη ἀπέκλεισέ με, ἀνθ' ὧν λυπῆσαι καὶ αὐτὸς ἐθέλων αὐτὴν σὲ παρείληφα

immediately visible, and just as much as you should of a woman who's forty-five if she's a day ?

CHARMIDES

But she swears she'll be twenty-two next March.

TRYPHENA

But which will you believe—her solemn oaths or your own eyes ? Take a close and careful look at her temples, the only place where her hair is her own. The rest of it is a thick wig. But along her temples the grey hairs show pretty well all over, whenever the dye she uses loses its effect. But why do that ? Insist on seeing her unclothed.

CHARMIDES

Her favours to me have never extended so far.

TRYPHENA

That's only to be expected. She knew you'd be revolted by her white spots,[1] and she's mottled like a leopard all the way from her neck down to her knees. Were you crying at being refused by a woman like that ? Perhaps too she was cruel and proud to you ?

CHARMIDES

Yes, Tryphena, even though I always give her so much ; and now that I've found it difficult to give her the thousand drachmas that she's asking because I'm dependent on a stingy father, she's let Moschion in, and locked me out. I wanted to get even for that by annoying her, and so I asked *you* to accompany me.

[1] A skin disease.

ΤΡΥΦΑΙΝΑ

Μὰ τὴν Ἀφροδίτην οὐκ ἂν ἧκον, εἴ μοι προεῖπέ τις ὡς ἐπὶ τούτοις παραλαμβανοίμην, λυπῆσαι ἄλλην, καὶ ταῦτα Φιλημάτιον τὴν σορόν. ἀλλ᾿ ἄπειμι, καὶ γὰρ ἤδη τρίτον τοῦτο ᾖσεν ἀλεκτρυών.

ΧΑΡΜΙΔΗΣ

4. Μὴ σύ γε οὕτως ταχέως, ὦ Τρύφαινα· εἰ γὰρ ἀληθῆ ἐστιν ἃ φῄς περὶ Φιληματίου, τὴν πηνήκην καὶ ὅτι βάπτεται καὶ τὸ τῶν ἄλλων ἀλφῶν, οὐδὲ προσβλέπειν ἂν ἔτι ἐδυνάμην αὐτῇ.

ΤΡΥΦΑΙΝΑ

Ἐροῦ τὴν μητέρα, εἴ ποτε λέλουται μετ᾿ αὐτῆς· περὶ γὰρ τῶν ἐτῶν κἂν ὁ πάππος διηγήσεταί[1] σοι, εἴ γε ζῇ ἔτι.

ΧΑΡΜΙΔΗΣ

Οὐκοῦν ἐπεὶ τοιαύτη ἐκείνη, ἀφῃρήσθω μὲν ἤδη τὸ διατείχισμα, περιβάλλωμεν δὲ ἀλλήλους καὶ φιλῶμεν καὶ ἀληθῶς συνῶμεν· Φιλημάτιον δὲ πολλὰ χαιρέτω.

12

ΙΟΕΣΣΑ ΚΑΙ ΠΥΘΙΑΣ ΚΑΙ ΛΥΣΙΑΣ

ΙΟΕΣΣΑ

1. Θρύπτῃ, ὦ Λυσία, πρὸς ἐμέ; καὶ καλῶς, ὅτι μήτε ἀργύριον πώποτε ᾔτησά σε μήτ᾿ ἀπέκλεισα

[1] διηγήσαιτό β.

TRYPHENA

By our Lady Aphrodite, I wouldn't have come if I'd been warned that that was why my company was wanted—to annoy another woman, and Philematium, the Coffin, at that! No, I'll be off, for this is already the third time that the cock's crowed.

CHARMIDES

Don't you be in such a hurry, Tryphena. If it's true what you tell me about her wig, her dyed hair, and the white spots besides, I won't be able to look at Philematium again.

TRYPHENA

Ask your mother, if they've ever been at the baths together. Her age you can find out from your grandfather, if he's still living.

CHARMIDES

Well, since she's like that, let's remove the barrier this instant, snuggle up closer, kiss, and really enjoy each other's company. To the devil with Philematium!

12

JOESSA, PYTHIAS AND LYSIAS

JOESSA

So, Lysias, you're turning up your nose at me? It serves me right, seeing that I never asked money of you, or locked you out when you came, telling

ἐλθόντα, ἔνδον ἕτερος, εἰποῦσα, μήτε παραλογισά-
311 μενον τὸν πατέρα ἢ ὑφελόμενον τῆς μητρὸς ἠνάγκασα ἐμοί τι κομίσαι, ὁποῖα αἱ ἄλλαι ποιοῦσιν, ἀλλ' εὐθὺς ἐξ ἀρχῆς ἄμισθον, ἀξύμβολον εἰσεδεξάμην, οἶσθα ὅσους ἐραστὰς παραπεμψαμένη,[1] Θεοκλέα[2] τὸν πρυτανεύοντα νῦν καὶ Πασίωνα τὸν ναύκληρον καὶ τὸν συνέφηβόν σου Μέλισσον, καίτοι ἔναγχος ἀποθανόντος αὐτῷ τοῦ πατρὸς καὶ κύριον αὐτὸν ὄντα τῆς οὐσίας· ἐγὼ δὲ τὸν Φάωνα μόνον εἶχον οὔτε τινὰ προσβλέπουσα ἕτερον οὔτε προσιεμένη ὅτι μὴ σέ· ᾤμην γὰρ ἡ ἀνόητος ἀληθῆ εἶναι ἃ ὤμνυες, καὶ διὰ τοῦτό σοι προσέχουσα ὥσπερ ἡ Πηνελόπη ἐσωφρόνουν, ἐπιβοωμένης τῆς μητρὸς καὶ πρὸς τὰς φίλας ἐγκαλούσης. σὺ δὲ ἐπείπερ ἔμαθες ὑποχείριον ἔχων με τετηκυῖαν ἐπὶ σοί, ἄρτι μὲν Λυκαίνῃ προσέπαιζες ἐμοῦ ὁρώσης, ὡς λυποίης ἐμέ, ἄρτι δὲ σὺν ἐμοὶ κατακείμενος ἐπῄνεις Μαγίδιον τὴν ψάλτριαν· ἐγὼ δ' ἐπὶ τούτοις δακρύω καὶ συνίημι ὑβριζομένη. πρῴην δὲ ὁπότε συνεπίνετε Θράσων καὶ σὺ καὶ Δίφιλος, παρῆσαν καὶ ἡ αὐλητρὶς Κυμβάλιον καὶ Πυραλλὶς ἐχθρὰ οὖσα ἐμοί. σὺ δὲ τοῦτ' εἰδὼς τὴν Κυμβάλιον μὲν οὔ μοι πάνυ ἐμέλησεν ὅτι πεντάκις ἐφίλησας· σεαυτὸν γὰρ ὕβριζες τοιαύτην φιλῶν· Πυραλλίδα δὲ ὅσον ἐνένευες, καὶ πιὼν ἂν ἐκείνῃ μὲν ἀπέδειξας[3] τὸ ποτήριον, ἀποδιδοὺς δὲ τῷ παιδὶ πρὸς τὸ οὖς ἐκέλευες, εἰ μὴ[4]

[1] . οἶσθα . . . παρεπεμψάμην γ.
[2] Θεοκλέα Mras: Θουκλέα rec.: 'Ηθοκλέα βγ.
[3] ἀπέδειξας βγ: ὑπέδειξας recc. edd..
[4] εἰ μὴ recc.: εἰ βγ.

you I had another man with me, or forced you to cheat your father or rob your mother to bring me something. That's what all the other courtesans do, but I let you come in from the start, though you didn't pay me anything or contribute your share of the meal, and I sent away ever so many lovers, as you know, men such as Theocles, who's an important man in the Council at the moment, and Pasion, the shipowner, and your companion, Melissus, though he lost his father the other day and now has control of the estate. But you were my only love, my Phaon,[1] and I wouldn't look at anyone or have anyone near me but only you. For I thought in my folly that your vows were true, and for that reason I've devoted myself to you and lived as chaste a life as Penelope, though my mother shouts at me and runs me down before her friends. But ever since you realised that I doted on you, and you had me under your thumb, you've been having jokes with Lycena, before my very eyes, to annoy me, or at other times praising Magidium, the harp-girl, when we were dining together. These things make me cry and feel insulted. Only the other day, when you were drinking with Thraso and Diphilus, the company also included the flute-girl Cymbalium, and Pyrallis, whom I loathe. As you know that, I didn't worry particularly at your kissing Cymbalium five times. To kiss a woman like that was an insult to yourself! But oh! the way you kept on making signs to Pyrallis, and would lift up your cup to her, when you drank, and whisper in the slave's ear, when you returned the cup, telling him not to give anyone

[1] For Phaon see note on page 96.

Πυραλλὶς αἰτήσειε, μὴ ἂν ἄλλῳ ἐγχέαι· τέλος δὲ τοῦ μήλου ἀποδακών, ὁπότε τὸν Δίφιλον εἶδες ἀσχολούμενον—ἐλάλει γὰρ Θράσωνι—προκύψας [1] πως εὐστόχως προσηκόντισας ἐς τὸν κόλπον 312 αὐτῆς, οὐδὲ λαθεῖν γε πειρώμενος ἐμέ· ἡ δὲ φιλήσασα μεταξὺ τῶν μαστῶν ὑπὸ τῷ ἀποδέσμῳ παρεβύσατο. 2. ταῦτα οὖν τίνος ἕνεκα ποιεῖς; τί σε ἢ μέγα ἢ μικρὸν ἐγὼ ἠδίκησα ἢ λελύπηκα; τίνα ἕτερον εἶδον; οὐ πρὸς μόνον σὲ ζῶ; οὐ μέγα, ὦ Λυσία, τοῦτο ποιεῖς γύναιον ἄθλιον λυπῶν μεμηνὸς ἐπὶ σοί; ἔστι τις θεὸς ἡ Ἀδράστεια καὶ τὰ τοιαῦτα ὁρᾷ· σὺ δέ ποτε λυπήσῃ τάχα, ἂν ἀκούσῃς τι περὶ ἐμοῦ, κειμένην με ἤτοι βρόχῳ ἐμαυτὴν ἀποπνίξασαν ἢ ἐς τὸ φρέαρ ἐπὶ κεφαλὴν ἐμπεσοῦσαν, ἢ ἕνα γέ τινα τρόπον εὑρήσω θανάτου, ὡς μηκέτ᾽ ἐνοχλοίην βλεπομένη. πομπεύσεις τότε ὡς μέγα καὶ λαμπρὸν ἔργον ἐργασάμενος. τί με ὑποβλέπεις καὶ πρίεις [2] τοὺς ὀδόντας; εἰ γάρ τι ἐγκαλεῖς, εἰπέ, Πυθιὰς ἡμῖν αὕτη δικασάτω. τί τοῦτο; οὐδὲ ἀποκρινάμενος ἀπέρχῃ καταλιπών με; ὁρᾷς, ὦ Πυθιάς, οἷα πάσχω ὑπὸ Λυσίου;

ΠΥΘΙΑΣ

Ὢ τῆς ἀγριότητος, τὸ μηδὲ ἐπικλασθῆναι δακρυούσης· λίθος, οὐκ ἄνθρωπός ἐστι. πλὴν ἀλλ᾽ εἴ γε χρὴ τἀληθὲς εἰπεῖν, σύ, ὦ Ἰόεσσα, διέφθειρας αὐτὸν ὑπεραγαπῶσα καὶ τοῦτο ἐμφαίνουσα. ἐχρῆν δὲ μὴ πάνυ αὐτὸν ζηλοῦν· ὑπερόπται γὰρ αἰσθανόμενοι γίγνονται. παῦ᾽, ὦ τάλαινα, δακρύουσα,

[1] προσκύψας γ.
[2] πρίῃ γ.

a drink unless Pyrallis asked for one! In the end you bit off a piece of your apple, when you saw Diphilus was busy talking to Thraso, and, bending forward, shot it with skilful aim into her bosom, without any attempt to hide it from me. She kissed it, and, dropping it between her breasts, tucked it under her girdle. Well, why do you act like that? Have I ever done anything great or small to harm or annoy you? Have I ever looked at another man? Don't I live only for you? There's nothing glorious, Lysias, in vexing like this a poor weak woman, who's mad with love for you. There is such a goddess as Nemesis [1], and she sees things like this. Perhaps it will bring you grief when you hear that I lie dead, after hanging myself, or jumping head first into a well, or I'll find some other way of killing myself, so that you won't have the annoyance of seeing me any more. Then you'll be able to swagger around with pride for a great and glorious achievement. Why do you look at me so angrily and gnash your teeth? If you have any complaint against me, speak up, and let Pythias here judge between us. Hullo? Are you going away and leaving me, without answering? Pythias, do you see how I'm being treated by Lysias?

PYTHIAS

What cruelty! Even your tears don't soften his heart. He's a stone, not a human being. But, if truth must be spoken, Joessa, you spoilt him by loving him too much, and letting him see it. You shouldn't make very much of him at all. Men become proud when they see that. Stop crying,

[1] See notes on pp. 390-393.

καὶ ἥν μοι πείθῃ, ἅπαξ ἢ δὶς ἀπόκλεισον ἐλθόντα·
313 ὄψει γὰρ ἀνακαιόμενον αὐτὸν πάνυ καὶ ἀντιμεμηνότα ἀληθῶς.

ΙΟΕΣΣΑ

Ἀλλὰ μηδ' εἴπῃς, ἄπαγε. ἀποκλείσω Λυσίαν; εἴθε μὴ αὐτὸς ἀποσταίη φθάσας.

ΠΥΘΙΑΣ

Ἀλλ' ἐπανέρχεται αὖθις.

ΙΟΕΣΣΑ

Ἀπολώλεκας ἡμᾶς, ὦ Πυθιάς· ἠκρόαταί σου ἴσως "ἀπόκλεισον" λεγούσης.

ΛΥΣΙΑΣ

3. Οὐχὶ ταύτης ἕνεκεν, ὦ Πυθιάς, ἐπανελήλυθα, ἣν οὐδὲ προσβλέψαιμι[1] ἔτι τοιαύτην οὖσαν, ἀλλὰ διὰ σέ, ὡς μὴ καταγιγνώσκῃς ἐμοῦ καὶ λέγῃς, Ἄτεγκτος ὁ Λυσίας ἐστίν.

ΠΥΘΙΑΣ

Ἀμέλει καὶ ἔλεγον, ὦ Λυσία.

ΛΥΣΙΑΣ

Φέρειν οὖν ἐθέλεις, ὦ Πυθιάς, Ἰόεσσαν ταύτην τὴν νῦν δακρύουσαν αὐτὸν ἐπιστάντα αὐτῇ ποτε μετὰ νεανίου καθευδούσῃ ἐμοῦ ἀποστάσῃ;

ΠΥΘΙΑΣ

Λυσία, τὸ μὲν ὅλον ἑταίρα ἐστί. πῶς δ' οὖν κατέλαβες αὐτοὺς συγκαθεύδοντας;

[1] προσβλέψαιμι ἂν β.

poor girl; take my advice and shut him out once or twice. Then you'll find him burning with passion and really mad in his turn for your love.

JOESSA

Stop it! Don't even say that! Me shut out Lysias? I only hope he won't desert me first.

PYTHIAS

He's coming back again.

JOESSA

You've ruined us, Pythias! Perhaps he's heard you saying, "Shut him out!"

LYSIAS

I've not come back because of her, Pythias, for I wouldn't look at her till she changes her ways, but for your sake, so that you won't think I'm in the wrong and say, "Lysias is heartless."

PYTHIAS

Indeed that's just what I was saying, Lysias.

LYSIAS

So, Pythias, you expect me to put up with Joessa? She may be all tears now, but I myself found her being unfaithful to me and sleeping with another young man.

PYTHIAS

Lysias, the point is that she's a courtesan. But how did you catch them sleeping together?

ΛΥΣΙΑΣ

Ἕκτην σχεδὸν ταύτην ἡμέραν, νὴ Δί', ἕκτην γε, δευτέρᾳ ἱσταμένου· τὸ τήμερον δὲ ἑβδόμη ἐστίν. ὁ πατὴρ εἰδὼς ὡς πάλαι ἐρῴην ταυτησὶ τῆς χρηστῆς, ἐνέκλεισέ με παραγγείλας τῷ θυρωρῷ μὴ ἀνοίγειν· ἐγὼ δέ, οὐ γὰρ ἔφερον μὴ οὐχὶ συνεῖναι αὐτῇ, τὸν Δρόμωνα ἐκέλευσα παρακύψαντα παρὰ τὸν θριγκὸν τῆς αὐλῆς, ᾗ ταπεινότατον ἦν, ἀναδέξασθαί με ἐπὶ τὸν νῶτον[1]· ῥᾷον γὰρ οὕτως ἀναβήσεσθαι ἔμελλον. τί ἂν μακρὰ λέγοιμι; ὑπερέβην, ἧκον, τὴν αὔλειον εὗρον ἀποκεκλεισμένην ἐπιμελῶς· μέσαι γὰρ νύκτες ἦσαν. οὐκ ἔκοψα δ' οὖν, ἀλλ' ἐπάρας ἠρέμα τὴν θύραν, ἤδη δὲ καὶ ἄλλοτ' ἐπεποιήκειν αὐτό, παραγαγὼν τὸν στροφέα παρεισῆλθον ἀψοφητί. ἐκάθευδον δὲ πάντες, εἶτα ἐπαφώμενος τοῦ τοίχου ἐφίσταμαι τῇ κλίνῃ.

314

ΙΟΕΣΣΑ

4. Τί ἐρεῖς, ὦ Δάματερ; ἀγωνιῶ γάρ.

ΛΥΣΙΑΣ

Ἐπειδὴ δὲ οὐχ ἑώρων τὸ ἆσθμα ἕν, τὸ μὲν πρῶτον ᾤμην τὴν Λυδὴν αὐτῇ συγκαθεύδειν· τὸ δ' οὐκ ἦν, ὦ Πυθιάς, ἀλλ' ἐφαψάμενος εὗρον ἀγένειόν τινα πάνυ ἁπαλόν, ἐν χρῷ κεκαρμένον, μύρων καὶ αὐτὸν ἀποπνέοντα. τοῦτο ἰδὼν εἰ μὲν καὶ ξίφος ἔχων ἦλθον, οὐκ ἂν ὤκνησα, εὖ ἴστε. τί γελᾶτε, ὦ Πυθιάς; γέλωτος ἄξια δοκῶ σοι διηγεῖσθαι;

[1] *τῶν νώτων* X² et recc..

LYSIAS

It was about five days ago; yes, by Jove, five it was, for it was the second of the month, and it's the seventh today. My father, knowing that I'd long been in love with this paragon among women, had shut me in, with instructions to the porter that he wasn't to open the door for me. But I, unable to stay away from her, told Dromo to bend down along the top of the courtyard wall at its lowest part, and let me mount his back. In that way I'd be able to climb up more easily. To cut my story short, I got over the wall, came here, and found the door carefully bolted, for it was midnight. I didn't knock, but gently eased the door up off its hinges, as I'd done on earlier occasions, and, pushing it open, entered without making a sound. Everybody was asleep, and I felt my way along the wall till I was at the bed.

JOESSA

In Demeter's name, what are you going to say? I'm on tenterhooks.

LYSIAS

When I could make out the breath of more than one person, at first I thought Lyde was sleeping with her. But that wasn't so, Pythias, for, when I touched her companion, it was a smooth-chinned, soft-skinned man, with his head shaved, and reeking of scent like a woman. If I'd had my sword with me, when I'd made this discovery, believe me, I wouldn't have hesitated! Why are you laughing, Pythias? Do you see anything funny in what I say?

ΙΟΕΣΣΑ

Τοῦτό σε, ὦ Λυσία, λελύπηκεν; ἡ Πυθιὰς αὕτη μοι συνεκάθευδε.

ΠΥΘΙΑΣ

Μὴ λέγε, ὦ Ἰόεσσα, πρὸς αὐτόν.

ΙΟΕΣΣΑ

Τί μὴ λέγω; Πυθιὰς ἦν, φίλτατε, μετακληθεῖσα ὑπ' ἐμοῦ, ὡς ἅμα καθεύδοιμεν· ἐλυπούμην γὰρ σὲ μὴ ἔχουσα.

ΛΥΣΙΑΣ

5. *Πυθιὰς ὁ ἐν χρῷ κεκαρμένος; εἶτα δι' ἕκτης ἡμέρας ἀνεκόμησε τοσαύτην κόμην;*

ΙΟΕΣΣΑ

Ἀπὸ τῆς νόσου ἐξυρήσατο, ὦ Λυσία· ὑπέρρεον γὰρ αὐτῇ αἱ τρίχες. νῦν δὲ καὶ τὴν πηνήκην ἐπέθετο. δεῖξον, ὦ Πυθιάς, δεῖξον οὕτως ὄν, πεῖσον αὐτόν. ἰδοὺ τὸ μειράκιον ὁ μοιχὸς ὃν ἐζηλοτύπεις.

ΛΥΣΙΑΣ

Οὐκ ἐχρῆν οὖν, ὦ Ἰόεσσα, καὶ ταῦτα ἐρῶντα ἐφαψάμενον αὐτόν;

ΙΟΕΣΣΑ

315 *Οὐκοῦν σὺ μὲν ἤδη πέπεισαι· βούλει δὲ ἀντιλυπήσω σε καὶ αὐτή; ὀργίζομαι δικαίως ἐν τῷ μέρει.*

ΛΥΣΙΑΣ

Μηδαμῶς, ἀλλὰ πίνωμεν ἤδη, καὶ Πυθιὰς μεθ' ἡμῶν· ἄξιον γὰρ αὐτὴν παρεῖναι ταῖς σπονδαῖς.

JOESSA

Was that what annoyed you, Lysias? It was Pythias here who was sleeping with me.

PYTHIAS

Don't tell him, Joessa.

JOESSA

Why not? It was Pythias, darling. I asked her to sleep with me, because I was miserable without you.

LYSIAS

Pythias the man with the shaved head? Has she grown all this hair in the five days since then?

JOESSA

She had her head shaved, because she was ill and her hairs were falling out. But now she's wearing a wig. Show him, Pythias, show him I'm telling the truth. Convince him. Take a look at the young man, the lover of whom you were so jealous!

LYSIAS

Well, hadn't I good reason? Especially as I loved you, and had touched your companion with my own hands?

JOESSA

Then you believe me now? Do you want me to get my own back by annoying you? I've a perfect right to be angry in my turn.

LYSIAS

Please don't. Let's have some wine now, and Pythias with us. She ought to be there when the wine seals our truce.

ΙΟΕΣΣΑ

Παρέσται. οἷα πέπονθα διὰ σέ, ὦ γενναιότατε νεανίσκων Πυθίας.

ΠΥΘΙΑΣ

Ἀλλὰ καὶ διήλλαξα ὑμᾶς ὁ αὐτός, ὥστε μή μοι χαλέπαινε. πλὴν τὸ δεῖνα, ὅρα, ὦ Λυσία, μή τινι εἴπῃς τὸ περὶ τῆς κόμης.

13

ΛΕΟΝΤΙΧΟΣ ΚΑΙ ΧΗΝΙΔΑΣ ΚΑΙ ΥΜΝΙΣ

ΛΕΟΝΤΙΧΟΣ

1. Ἐν δὲ τῇ πρὸς τοὺς Γαλάτας μάχῃ εἰπέ, ὦ Χηνίδα, ὅπως μὲν προεξήλασα τῶν ἄλλων ἱππέων ἐπὶ τοῦ ἵππου τοῦ λευκοῦ, ὅπως δὲ οἱ Γαλάται καίτοι ἄλκιμοι ὄντες ἔτρεσάν <μ'>[1] εὐθὺς ὡς εἶδον καὶ οὐθεὶς ἔτι ὑπέστη. τότε τοίνυν ἐγὼ τὴν μὲν λόγχην ἀκοντίσας διέπειρα τὸν ἵππαρχον αὐτὸν καὶ τὸν ἵππον, ἐπὶ δὲ τὸ συνεστηκὸς ἔτι αὐτῶν—ἦσαν γάρ τινες οἳ ἔμενον διαλύσαντες μὲν τὴν φάλαγγα, ἐς πλαίσιον δὲ συναγαγόντες αὐτούς—ἐπὶ τούτους ἐγὼ σπασάμενος τὴν σπάθην ἅπαντι τῷ θυμῷ ἐπελάσας ἀνατρέπω μὲν ὅσον ἑπτὰ τοὺς προεστῶτας αὐτῶν τῇ ἐμβολῇ τοῦ ἵππου· τῷ ξίφει δὲ
316 κατενεγκὼν διέτεμον τῶν λοχαγῶν ἑνὸς ἐς δύο τὴν κεφαλὴν αὐτῷ κράνει. ὑμεῖς δέ, ὦ Χηνίδα, μετ' ὀλίγον ἐπέστητε ἤδη φευγόντων.

[1] μ' addidit Mras.

JOESSA

So she shall. Oh, but how I've suffered because of you, Pythias, you noble young fellow!

PYTHIAS

But I was also the one who made you friends again, and so you mustn't be angry with me. But there's one thing, Lysias. Be sure you tell nobody about my hair.

13

LEONTICHUS, CHENIDAS AND HYMNIS

LEONTICHUS

And tell us, Chenidas, how in the battle with the Galatians I rode out ahead of all the other cavalrymen on my white horse, and how the Galatians for all their courage were stricken with fear the moment they saw me, and not one of them stood his ground. On that occasion I hurled my lance like a javelin and sent it through the leader of their cavalry and his horse as well, and then turning against those of them that still offered concerted resistance—for there were a few still remaining who, instead of the phalanx, had now adopted a rectangular formation—turning against these, I drew my blade, and, charging with all my fury, knocked over half a dozen or so of their front rank by the onset of my horse, and, bringing my sword down on the head of one of their captains, I split it in two, helmet and all. The rest of you came up, Chenidas, a little later, when the enemy were already in flight.

ΧΗΝΙΔΑΣ

2. Ὅτε γάρ, ὦ Λεόντιχε, περὶ Παφλαγονίαν ἐμονομάχησας τῷ σατράπῃ, οὐ[1] μεγάλα ἐπεδείξω καὶ τότε;

ΛΕΟΝΤΙΧΟΣ

Καλῶς ὑπέμνησας οὐκ ἀγεννοῦς οὐδ' ἐκείνης τῆς πράξεως· ὁ γὰρ σατράπης μέγιστος ὤν, ὁπλομάχων ἄριστος δοκῶν εἶναι, καταφρονήσας τοῦ Ἑλληνικοῦ, προπηδήσας ἐς τὸ μέσον προὐκαλεῖτο εἴ τις ἐθέλοι αὐτῷ μονομαχῆσαι. οἱ μὲν οὖν ἄλλοι κατεπεπλήγεσαν οἱ λοχαγοὶ καὶ οἱ ταξίαρχοι καὶ ὁ ἡγεμὼν αὐτὸς καίτοι οὐκ ἀγεννὴς ἄνθρωπος ὤν· Ἀρίσταιχμος γὰρ ἡμῶν[2] ἡγεῖτο Αἰτωλὸς ἀκοντιστὴς ἄριστος, ἐγὼ δὲ ἐχιλιάρχουν ἔτι. τολμήσας δ' ὅμως καὶ τοὺς ἑταίρους ἐπιλαμβανομένους ἀποσεισάμενος, ἐδεδοίκεσαν γὰρ ὑπὲρ ἐμοῦ ὁρῶντες ἀποστίλβοντα μὲν τὸν βάρβαρον ἐπιχρύσοις τοῖς ὅπλοις, μέγαν δὲ καὶ φοβερὸν ὄντα τὸν λόφον, κραδαίνοντα τὴν λόγχην—

ΧΗΝΙΔΑΣ

Κἀγὼ ἔδεισα τότε, ὦ Λεόντιχε, καὶ οἶσθα ὡς εἰχόμην σου δεόμενος μὴ προκινδυνεύειν· ἀβίωτα γὰρ ἦν μοι σοῦ ἀποθανόντος.

ΛΕΟΝΤΙΧΟΣ

3. Ἀλλ' ἐγὼ τολμήσας παρῆλθον ἐς τὸ μέσον οὐ χεῖρον τοῦ Παφλαγόνος ὡπλισμένος, ἀλλὰ πάγχρυσος καὶ αὐτός, ὥστε βοὴ εὐθὺς ἐγένετο καὶ παρ' ἡμῶν καὶ παρὰ τῶν βαρβάρων· ἐγνώρισαν γάρ με

[1] οὐ rec.: σὺ βγ. [2] ἡμῶν Struve: ἡγεμὼν codd..

CHENIDAS

Yes, Leontichus, and when you fought in single combat with the satrap in Paphlagonia, wasn't that another great exhibition of your prowess ?

LEONTICHUS

Thank you for reminding me of another not ignoble exploit. The satrap, a gigantic man, and reputed to excel all other warriors in heavy armour, despising the Greek forces, leapt out between the two armies and challenged all comers to offer him single combat. All our other officers were terrified, and that included even our general himself, though he's a man of spirit. At the time, you know, we were under the command of Aristaechmus, the Aetolian, whose skill with the javelin is unrivalled, and I was still a mere colonel. I, however, acted boldly and shaking off my comrades who were holding me back through fear for me when they saw the barbarian resplendent in his golden armour, a mighty figure with fearsome crest, brandishing his lance——

CHENIDAS

I was another who was afraid on that occasion, Leontichus, and you know how I clung to you, begging you not to court danger ahead of us, for my life would not have been worth living, if you had been killed.

LEONTICHUS

But I acted boldly and advanced out there, wearing just as fine armour as the Paphlagonian, and encased in gold from head to toe just like him, so that a shout arose immediately, both from our men

κἀκεῖνοι ἰδόντες ἀπὸ τῆς πέλτης μάλιστα καὶ τῶν φαλάρων καὶ τοῦ λόφου. εἰπέ, ὦ Χηνίδα, τίνι με τότε πάντες εἴκαζον;

ΧΗΝΙΔΑΣ

Τίνι δὲ ἄλλῳ ἢ Ἀχιλλεῖ νὴ Δία τῷ Θέτιδος καὶ 317 Πηλέως; οὕτως ἔπρεπέ μέν σοι ἡ κόρυς, ἡ φοινικὶς δὲ ἐπήνθει καὶ ἡ πέλτη ἐμάρμαιρεν.

ΛΕΟΝΤΙΧΟΣ

Ἐπεὶ δὲ συνέστημεν, ὁ βάρβαρος πρότερος[1] τιτρώσκει με ὀλίγον ὅσον ἐπιψαῦσαι[2] τῷ δόρατι μικρὸν ὑπὲρ τὸ γόνυ, ἐγὼ δὲ διελάσας τὴν ἀσπίδα τῇ σαρίσῃ παίω διαμπὰξ ἐς τὸ στέρνον, εἶτ' ἐπιδραμὼν ἀπεδειροτόμησα τῇ σπάθῃ ῥᾳδίως καὶ τὰ ὅπλα ἔχων ἐπανῆλθον ἅμα καὶ τὴν κεφαλὴν ἐπὶ τῆς σαρίσης πεπηγυῖαν κομίζων λελουμένος τῷ φόνῳ.

ΥΜΝΙΣ

4. Ἄπαγε, ὦ Λεόντιχε, μιαρὰ ταῦτα καὶ φοβερὰ περὶ σαυτοῦ διηγῇ, καὶ οὐκ ἂν ἔτι σε οὐδὲ προσβλέψειέ τις οὕτω χαίροντα τῷ λύθρῳ, οὐχ ὅπως συμπίοι ἢ συγκοιμηθείη. ἔγωγ' οὖν ἄπειμι.

ΛΕΟΝΤΙΧΟΣ

Διπλάσιον ἀπόλαβε τὸ μίσθωμα.

ΥΜΝΙΣ

Οὐκ ἂν ὑπομείναιμι ἀνδροφόνῳ συγκαθεύδειν.

[1] πρότερον β.
[2] ἐπιψαύσας rec..

and from the barbarians, for they too recognised me by my shield in particular and by my spangles and my crest. Tell us, Chenidas, whom did they all think I resembled then ?

CHENIDAS

Achilles, of course, son of Peleus and Thetis. So distinguished was your helmet, so bright your purple, so resplendent your shield.

LEONTICHUS

When we met, the barbarian struck first, wounding me slightly by grazing me with his spear just above the knee, but I drove my lance through his shield, and penetrated right through to his chest. Then I rushed at him, lopped off his head with my blade without any difficulty, and returned, not only with his arms, but carrying his head fixed on my lance, and bathed in blood.

HYMNIS

Stop, Leontichus. Your stories about yourself are repulsive and gruesome, and no girl would ever look again at a fellow who takes such pleasure in bloodshed, far less drink with him, or spend the night with him. So I'll be off.

LEONTICHUS

I offer you double the money.

HYMNIS

I couldn't bear to sleep with a murderer.

ΛΕΟΝΤΙΧΟΣ

Μὴ δέδιθι, ὦ Ὑμνί· ἐν Παφλαγόσιν ἐκεῖνα πέπρακται, νῦν δὲ εἰρήνην ἄγω.

ΥΜΝΙΣ

Ἀλλ' ἐναγὴς ἄνθρωπος εἶ, καὶ τὸ αἷμα κατέσταζέ σου ἀπὸ τῆς κεφαλῆς τοῦ βαρβάρου, ἣν ἔφερες ἐπὶ τῇ σαρίσῃ. εἶτ' ἐγὼ τοιοῦτον ἄνδρα περιβάλω[1] καὶ φιλήσω; μή, ὦ Χάριτες, γένοιτο· οὐδὲν γὰρ οὗτος ἀμείνων τοῦ δημίου.

ΛΕΟΝΤΙΧΟΣ

Καὶ μὴν εἴ με εἶδες ἐν τοῖς ὅπλοις, εὖ οἶδα, ἠράσθης ἄν.

ΥΜΝΙΣ

Ἀκούουσα μόνον, ὦ Λεόντιχε, ναυτιῶ καὶ φρίττω καὶ τὰς σκιάς μοι δοκῶ ὁρᾶν καὶ τὰ εἴδωλα τῶν πεφονευμένων καὶ μάλιστα τοῦ ἀθλίου λοχαγοῦ ἐς δύο τὴν κεφαλὴν διῃρημένου. τί οἴει, τὸ ἔργον αὐτὸ καὶ τὸ αἷμα εἰ ἐθεασάμην[2] καὶ κειμένους
318 τοὺς νεκρούς; ἐκθανεῖν δή[3] μοι δοκῶ· οὐδ' ἀλεκτρυόνα πώποτε φονευόμενον εἶδον.

ΛΕΟΝΤΙΧΟΣ

Οὕτως ἀγεννής, ὦ Ὑμνί, καὶ μικρόψυχος εἶ; ἐγὼ δὲ ᾤμην ἡσθήσεσθαί σε ἀκούουσαν.

ΥΜΝΙΣ

Ἀλλὰ τέρπε τοῖς διηγήμασι τούτοις εἴ τινας Λημνιάδας ἢ Δαναΐδας εὕροις· ἐγὼ δ' ἀποτρέχω

[1] περιβαλῶ β. [2] θεασαίμην γ.
[3] δὴ γ om. β: ἂν Mras.

LEONTICHUS

Don't be afraid, Hymnis. These exploits are all over and happened in Paphlagonia ; for the moment I'm at peace.

HYMNIS

But you're unclean, and the blood dripped over you from his head, when you carried it on your spear. And then you expect me to embrace and kiss a fellow like that ? May the Graces save me from that ! He's no better than the public executioner.

LEONTICHUS

But, if you'd seen me in heavy armour, I'm sure you'd have fallen in love with me.

HYMNIS

Merely to listen to you, Leontichus, makes me feel sick and shudder and imagine I see the ghosts and phantoms of those you butchered and particularly of that poor captain with his head split in two. What do you think would have happened if I'd seen the deed itself, and the blood, and the dead bodies lying there ? I think I went faint as it was. I've never to this day even seen a cock being killed.

LEONTICHUS

Are you really so cowardly and poor-spirited, Hymnis ? I thought you'd be delighted to hear my tale.

HYMNIS

Keep such tales for the delight of any women of Lemnos or daughters of Danaus [1] you find ; but

[1] The woman of Lemnos and the daughters of Danaus were reputed to have murdered their husbands.

παρὰ τὴν μητέρα, ἕως ἔτι ἡμέρα ἐστίν. ἕπου καὶ σύ, ὦ Γραμμί· σὺ δὲ ἔρρωσο, χιλιάρχων ἄριστε καὶ φονεῦ ὁπόσων ἂν ἐθέλῃς.

ΛΕΟΝΤΙΧΟΣ

5. Μεῖνον, ὦ Ὑμνί, μεῖνον—ἀπελήλυθε.

ΧΗΝΙΔΑΣ

Σὺ γάρ, ὦ Λεόντιχε, ἀφελῆ παιδίσκην κατεφόβησας ἐπισείων λόφους καὶ ἀπιθάνους ἀριστείας διεξιών· ἐγὼ δὲ ἑώρων εὐθὺς ὅπως χλωρὰ ἐγένετο ἔτι σου τὰ κατὰ τὸν λοχαγὸν ἐκεῖνα διηγουμένου καὶ συνέστειλε τὸ πρόσωπον καὶ ὑπέφριξεν, ἐπεὶ διακόψαι τὴν κεφαλὴν ἔφης.

ΛΕΟΝΤΙΧΟΣ

Ὤιμην ἐρασμιώτερος αὐτῇ φανεῖσθαι. ἀλλὰ καὶ σύ με προσαπολώλεκας, ὦ Χηνίδα, τὸ μονομάχιον ὑποβαλών.

ΧΗΝΙΔΑΣ

Οὐκ ἔδει γὰρ συνεπιψεύδεσθαί σοι ὁρῶντα τὴν αἰτίαν τῆς ἀλαζονείας; σὺ δὲ πολὺ φοβερώτερον [1] αὐτὸ ἐποίησας. ἔστω γάρ, ἀπέτεμες τοῦ κακοδαίμονος Παφλαγόνος τὴν κεφαλήν, τί καὶ κατέπηξας αὐτὴν ἐπὶ τῆς σαρίσης, ὥστε σου καταρρεῖν τὸ αἷμα;

ΛΕΟΝΤΙΧΟΣ

6. Τοῦτο μιαρὸν ὡς ἀληθῶς, ὦ Χηνίδα, ἐπεὶ τά γε ἄλλα οὐ κακῶς συνεπέπλαστο. ἄπιθι δ' οὖν καὶ πεῖσον αὐτὴν συγκαθευδήσουσαν.

[1] φοβερώτερον recc.: φοβερὸν βγ.

I'm running away to mother, while it's still daylight. And you'd better come with me, Grammis. Good-bye, bravest colonel, you murderer of as many as you choose.

LEONTICHUS

Stay, Hymnis, stay.—She's gone.

CHENIDAS

Yes, Leontichus. You frightened the simple young girl by brandishing your plumes and recounting your incredible feats. I could see at once how pale she grew before you'd finished that story about the captain, and how she puckered her brow, and shivered when you said you'd split his head.

LEONTICHUS

I thought it would make me seem more attractive to her; but you helped to spoil things for me, Chenidas, by suggesting the single combat.

CHENIDAS

Well, wasn't I to help by adding my lies to yours, when I saw why you were boasting? But you made the story much too frightening. It was all very well for you to cut off the head of that poor Paphlagonian, but why did you go on to stick it on your spear, so that the blood poured over you?

LEONTICHUS

That was indeed repulsive, Chenidas; the tale we'd made up hadn't been at all bad up till then! But be off with you and coax her into spending the night with me.

ΧΗΝΙΔΑΣ

Λέγω οὖν ὡς ἐψεύσω ἅπαντα γενναῖος αὐτῇ δόξαι βουλόμενος;

ΛΕΟΝΤΙΧΟΣ

319 Αἰσχρόν, ὦ Χηνίδα.

ΧΗΝΙΔΑΣ

Καὶ μὴν οὐκ ἄλλως ἀφίκοιτο. ἑλοῦ τοίνυν θάτερον ἢ μισεῖσθαι ἀριστεὺς εἶναι δοκῶν ἢ καθεύδειν μετὰ Ὑμνίδος ἐψεῦσθαι ὁμολογῶν.

ΛΕΟΝΤΙΧΟΣ

Χαλεπὰ μὲν ἄμφω· αἱροῦμαι δ' ὅμως τὴν Ὑμνίδα. ἄπιθι οὖν καὶ λέγε, ὦ Χηνίδα, ἐψεῦσθαι μέν, μὴ πάντα δέ.

14

ΔΩΡΙΩΝ ΚΑΙ ΜΥΡΤΑΛΗ

ΔΩΡΙΩΝ

1. Νῦν με ἀποκλείεις, ὦ Μυρτάλη, νῦν, ὅτε πένης ἐγενόμην διὰ σέ, ὅτε δέ σοι τοσαῦτα ἐκόμιζον, ἐρώμενος, ἀνήρ, δεσπότης, πάντ' ἦν ἐγώ. ἐπεὶ δ' ἐγὼ μὲν αὖος ἤδη ἀκριβῶς, σὺ δὲ τὸν Βιθυνὸν ἔμπορον εὕρηκας ἐραστήν, ἀποκλείομαι μὲν ἐγὼ καὶ πρὸ τῶν θυρῶν ἕστηκα δακρύων, ὁ δὲ τῶν νυκτῶν φιλεῖται καὶ μόνος ἔνδον ἐστὶ καὶ παννυχίζεται, καὶ κυεῖν φῂς ἀπ' αὐτοῦ.

CHENIDAS

Am I to say, then, that your whole story was a pack of lies, because you wished to appear a hero in her eyes?

LEONTICHUS

I'd be ashamed if you did.

CHENIDAS

But that's the only way she'll come. You've only two choices; you can either be hated and retain your reputation for valour, or you can spend the night with Hymnis and admit you've been lying.

LEONTICHUS

Either choice goes against the grain; but I choose Hymnis. So go, Chenidas, and tell her that I did lie, but it wasn't *all* lies.

14

DORIO AND MYRTALE

DORIO

So, Myrtale, you shut the door in my face now that I've beggared myself because of you, though, when I brought all those gifts, I was your darling, your man, your lord, your all! But now that I've been drained completely dry, and you have found your Bithynian merchant to love you, I'm shut out and stand before your doors in tears, while he enjoys your kisses at night, spending the whole night alone with you, and you say you're about to have his child.

ΜΥΡΤΑΛΗ

Ταῦτά με ἀποπνίγει, Δωρίων, μάλιστα ὁπόταν λέγῃς ὡς πολλὰ ἔδωκας καὶ πένης γεγένησαι δι' ἐμέ. λόγισαι γοῦν ἅπαντα ἐξ ἀρχῆς ὁπόσα μοι ἐκόμισας.

ΔΩΡΙΩΝ

2. Εὖ γε, ὦ Μυρτάλη, λογισώμεθα. ὑποδήματα ἐκ Σικυῶνος τὸ πρῶτον δύο δραχμῶν· τίθει δύο δραχμάς.

ΜΥΡΤΑΛΗ

Ἀλλ' ἐκοιμήθης νύκτας δύο.

ΔΩΡΙΩΝ

320 Καὶ ὁπότε ἧκον ἐκ Συρίας, ἀλάβαστρον μύρου ἐκ Φοινίκης, δύο καὶ τοῦτο δραχμῶν νὴ τὸν Ποσειδῶ.

ΜΥΡΤΑΛΗ

Ἐγὼ δέ σοι ἐκπλέοντι τὸ μικρὸν ἐκεῖνο χιτώνιον τὸ μέχρι τῶν μηρῶν, ὡς ἔχοις ἐρέττων, Ἐπιούρου τοῦ πρωρέως ἐκλαθομένου αὐτὸ παρ' ἡμῖν, ὁπότε ἐκάθευδε παρ' ἐμοί.

ΔΩΡΙΩΝ

Ἀπέλαβεν αὐτὸ γνωρίσας ὁ Ἐπίουρος πρῴην ἐν Σάμῳ μετὰ πολλῆς γε, ὦ θεοί, τῆς μάχης. κρόμμυα [1] δὲ ἐκ Κύπρου καὶ σαπέρδας πέντε καὶ πέρκας τέτταρας, ὁπότε κατεπλεύσαμεν ἐκ Βοσπόρου, ἐκόμισά σοι. τί οὖν; καὶ ἄρτους ὀκτὼ

[1] cc. 2, 3, 4, *κρόμυα* XL.

MYRTALE

That's what riles me most of all, Dorio—the way you keep saying you've been generous to me and have beggared yourself for me. Just start from the beginning and reckon up all the gifts you've brought me.

DORIO

An excellent idea, Myrtale ; let's do that. First, a pair of shoes from Sicyon worth two drachmas. Put down two drachmas.

MYRTALE

But you spent two nights with me.

DORIO

Then, when I came from Syria, a vase of Phoenician perfume, also costing two drachmas, I swear it by Poseidon.

MYRTALE

But, when you had to sail, I gave you that little waistcoat to wear while rowing. Epiurus, the officer of the fo'c'sle, had left it here by mistake, when he spent a night with me.

DORIO

Epiurus recognised it in Samos the other day, and got it back, though, by heaven, we had quite a fight over it. Then I brought you onions from Cyprus, five fish from the Nile,[1] and four perches, on our

[1] i. e. κορακῖνος, which abounded in the Nile, and is perhaps *Tilapia nilotica*.

ναυτικοὺς ἐν γυργάθῳ ξηροὺς καὶ ἰσχάδων βῖκον ἐκ Καρίας καὶ ὕστερον ἐκ Πατάρων σανδάλια ἐπίχρυσα, ὦ ἀχάριστε· καὶ τυρόν ποτε μέμνημαι τὸν μέγαν ἐκ Γυθίου.

ΜΥΡΤΑΛΗ

Πέντε ἴσως δραχμῶν, ὦ Δωρίων, πάντα ταῦτα.

ΔΩΡΙΩΝ

3. Ὦ Μυρτάλη, ὅσα ναύτης ἄνθρωπος ἐδυνάμην μισθοῦ ἐπιπλέων. νῦν γὰρ ἤδη τοίχου ἄρχω τοῦ δεξιοῦ καὶ σὺ ἡμῶν ὑπερορᾷς, πρῴην δὲ ὁπότε τὰ Ἀφροδίσια ἦν, οὐχὶ δραχμὴν ἔθηκα πρὸ τοῖν ποδοῖν τῆς Ἀφροδίτης σοῦ ἕνεκεν ἀργυρᾶν; καὶ πάλιν τῇ μητρὶ εἰς ὑποδήματα δύο δραχμὰς καὶ Λυδῇ ταύτῃ πολλάκις εἰς τὴν χεῖρα νῦν μὲν δύο, νῦν δὲ τέτταρας ὀβολούς. ταῦτα πάντα συντεθέντα οὐσία ναύτου ἀνδρὸς ἦν.

ΜΥΡΤΑΛΗ

321 Τὰ κρόμμυα καὶ οἱ σαπέρδαι, ὦ Δωρίων;

ΔΩΡΙΩΝ

Ναί· οὐ γὰρ εἶχον πλείω κομίζειν· οὐ γὰρ ἂν ἤρεττον, εἴ γε πλουτῶν ἐτύγχανον. τῇ μητρὶ δὲ οὐδὲ κεφαλίδα μίαν σκορόδου ἐκόμισα πώποτε. ἡδέως δ᾽ ἂν ἔμαθον ἅτινά σοι παρὰ Βιθυνοῦ τὰ δῶρα.

ΜΥΡΤΑΛΗ

Τουτὶ πρῶτον ὁρᾷς[1] τὸ χιτώνιον; ἐκεῖνος ἐπρίατο, καὶ τὸν ὅρμον τὸν παχύτερον.

[1] ὃ ὁρᾷς Naber.

return from the Bosporus. Oh yes, and a basket with eight ship's loaves, and a jar of dried figs from Caria, and another time a pair of gilded sandals from Patara, you ungrateful creature! And I remember the time I brought you that great cheese from Gythium.[1]

MYRTALE

All this comes to perhaps five drachmas, Dorio.

DORIO

Oh Myrtale, I brought you all a seaman could afford out of his pay. Recently I've been put in charge of the starboard hands, and you despise me! Not so long ago, when it was the feast of Aphrodite, didn't I put a silver drachma at the feet of the goddess on your account? Then again I gave your mother two drachmas for a pair of shoes, and many's the time I've slipped two or even four obols into the hand of Lyde here. All these together amounted to the whole worldly wealth of any sailor.

MYRTALE

The onions, you mean, Dorio, and those fish from the Nile?

DORIO

Yes, I'd nothing more to give you. I shouldn't be an oarsman, if I were a man of means. Why, I've never to this day brought my mother a single head of garlic. I wish you'd told me what gifts you had from the Bithynian.

MYRTALE

Well, first take a look at this dress. He bought it, and the thicker of my necklaces.

[1] A port in Laconia.

ΔΩΡΙΩΝ

Ἐκεῖνος; ᾔδειν γάρ σε πάλαι ἔχουσαν.

ΜΥΡΤΑΛΗ

Ἀλλ' ὃν ᾔδεις,[1] πολὺ λεπτότερος ἦν καὶ σμαράγδους οὐκ εἶχε. καὶ ἐλλόβια ταυτὶ καὶ δάπιδα, καὶ πρῴην δύο μνᾶς, καὶ τὸ ἐνοίκιον κατέβαλεν ὑπὲρ ἡμῶν, οὐ σάνδαλα Παταρικὰ καὶ τυρὸν Γυθιακὸν καὶ φληνάφους.

ΔΩΡΙΩΝ

4. Ἀλλὰ ἐκεῖνο οὐ λέγεις, οἵῳ ὄντι συγκαθεύδεις αὐτῷ; ἔτη μὲν ὑπὲρ τὰ πεντήκοντα πάντως, ἀναφαλαντίας καὶ τὴν χρόαν οἷος κάραβος. οὐδὲ τοὺς ὀδόντας αὐτοῦ ὁρᾷς; αἱ μὲν γὰρ χάριτες, ὦ Διοσκόρω, πολλαί, καί μάλιστα ὁπόταν ᾄδῃ καὶ ἁβρὸς εἶναι θέλῃ, ὄνος αὐτολυρίζων,[2] φασίν. ἀλλὰ ὄναιο αὐτοῦ ἀξία γε οὖσα καὶ γένοιτο ὑμῖν παιδίον ὅμοιον τῷ πατρί, ἐγὼ δὲ καὶ αὐτὸς εὑρήσω Δελφίδα ἢ Κυμβάλιόν τινα τῶν κατ' ἐμὲ ἢ τὴν γείτονα ὑμῶν τὴν αὐλητρίδα ἢ πάντως τινά. 322 δάπιδας δὲ καὶ ὅρμους καὶ διμναῖα μισθώματα οὐ πάντες ἔχομεν.

ΜΥΡΤΑΛΗ

Ὦ μακαρία ἐκείνη, ἥτις ἐραστὴν σέ, ὦ Δωρίων, ἕξει· κρόμμυα γὰρ αὐτῇ οἴσεις ἐκ Κύπρου καὶ τυρόν, ὅταν ἐκ Γυθίου καταπλέῃς.

[1] ἀλλ' ὃν ᾔδεις, recc.: ἄλλον ᾔδεις. XL.
[2] αὐτολυρίζων recc.: αὐτὸ λυρίζων L: αὐτῷ λυρίζων γ.

DORIO

It came from him, did it ? I knew you'd had it for a long time.

MYRTALE

No, the one you knew was much thinner, and had no emeralds. Then there's these earrings and that rug, and only the other day he gave me two minas, and paid our rent for us. That's a little different from sandals from Patara or Gythian cheese, or rubbish like that !

DORIO

But won't you tell me what sort of a lover you find him ? He must be well over fifty, he's going thin at the front, and he has the colour of a crawfish. And haven't you noticed his teeth ? By Castor and Pollux, the graces have been kind to him, particularly when he sings, and tries to show his good taste ! He's like the proverbial donkey treating himself to a solo on the harp. Good luck to you, for he's just what you deserve, and I hope your child takes after his father ! For my part I'll find a Delphis or a Cymbalium who's more my own sort, or perhaps it'll be your neighbour who plays the pipe, but I'll certainly find somebody. We don't all have rugs or necklaces or presents of two minas to give you.

MYRTALE

What a lucky girl it'll be that gets you for her lover, Dorio ! You'll bring her onions from Cyprus, and cheese any time you come from Gythium !

15

ΚΟΧΛΙΣ[1] *ΚΑΙ ΠΑΡΘΕΝΙΣ*

ΚΟΧΛΙΣ

1. *Τί δακρύεις, ὦ Παρθενί, ἢ πόθεν κατεαγότας τοὺς αὐλοὺς φέρεις;*

ΠΑΡΘΕΝΙΣ

Ὁ στρατιώτης ὁ Αἰτωλὸς ὁ μέγας[2] *ὁ Κροκάλης ἐρῶν ἐρράπισέ με αὐλοῦσαν εὑρὼν παρὰ τῇ Κροκάλῃ ὑπὸ τοῦ ἀντεραστοῦ αὐτοῦ Γόργου μεμισθωμένην καὶ τούς τε αὐλούς μου συνέτριψε καὶ τὴν τράπεζαν μεταξὺ δειπνούντων ἀνέτρεψε καὶ τὸν κρατῆρα ἐξέχεεν ἐπεισπαίσας*[3]*· τὸν μὲν γὰρ ἀγροῖκον ἐκεῖνον τὸν Γόργον ἀπὸ τοῦ συμποσίου κατασπάσας τῶν τριχῶν ἔπαιον περιστάντες αὐτός τε ὁ στρατιώτης—Δεινόμαχος, οἶμαι, καλεῖται—καὶ ὁ συστρατιώτης αὐτοῦ· ὥστε οὐκ οἶδα εἰ βιώσεται ὁ ἄνθρωπος, ὦ Κοχλί· αἷμά τε γὰρ* 323 *ἐρρύη πολὺ ἀπὸ τῶν ῥινῶν καὶ τὸ πρόσωπον ὅλον ἐξῴδηκεν αὐτοῦ καὶ πελιδνόν ἐστιν.*

ΚΟΧΛΙΣ

2. *Ἐμάνη ὁ ἄνθρωπος ἢ μέθη τις ἦν καὶ παροινία τὸ πρᾶγμα;*

ΠΑΡΘΕΝΙΣ

Ζηλοτυπία τις, ὦ Κοχλί, καὶ ἔρως ἔκτοπος· ἡ Κροκάλη δέ, οἶμαι, δύο τάλαντα αἰτήσασα, εἰ

[1] *Κολχὶς* per dialogum L.
[2] *ὁ μέγας* plerique codd., om. X : *ὁ Μεγαρεὺς* rec..
[3] *ἐπεισπαίσας* recc. : *ἐπεισπέσας* γ : *ἐπεισπεσών* L.

DIALOGUES OF THE COURTESANS

15

COCHLIS AND PARTHENIS

COCHLIS

Why these tears, Parthenis? How did you break these pipes you're carrying?

PARTHENIS

It was that soldier from Aetolia, the big fellow who loves Crocale. He slapped me when he found me playing at Crocale's house, when I'd been hired by his rival Gorgos, and bursting in smashed my pipes, overturned the table while we were still at dinner, and spilt the wine out of the bowl. Then he dragged Gorgos, that poor fellow from the country, out of the room by the hair, and both the soldier himself—Dinomachus I think he's called—and his comrade, stood over him beating him up. And so I don't know whether the fellow will survive, Cochlis, for blood poured in streams from his nose, and his whole face is swollen and all black and blue.

COCHLIS

Was the fellow out of his senses or was it a drunken fit?

PARTHENIS

It was jealousy, my dear, and excess of love. Crocale, I believe, had asked for two talents, if he wanted to keep her all to himself. When he refused

βούλεται μόνος ἔχειν αὐτήν, ἐπεὶ μὴ ἐδίδου ὁ Δεινόμαχος, ἐκεῖνον μὲν ἀπέκλεισεν ἥκοντα προσαράξασά γε αὐτῷ τὰς θύρας, ὡς ἐλέγετο, τὸν Γόργον δὲ Οἰνοέα τινὰ γεωργὸν εὔπορον ἐκ πολλοῦ ἐρῶντα καὶ χρηστὸν ἄνθρωπον προσιεμένη ἔπινε μετ' αὐτοῦ κἀμὲ παρέλαβεν αὐλήσουσαν αὐτοῖς. ἤδη δὲ προχωροῦντος τοῦ πότου ἐγὼ μὲν ὑπέκρεκόν τι τῶν Λυδίων, ὁ γεωργὸς δὲ ἤδη ἀνίστατο ὡς ὀρχησόμενος, ἡ Κροκάλη δὲ ἐκρότει, καὶ πάντα ἦν ἡδέα· ἐν τοσούτῳ δὲ κτύπος ἠκούετο καὶ βοὴ καὶ ἡ αὔλειος ἠράσσετο, καὶ μετὰ μικρὸν ἐπεισέπεσον ὅσον ὀκτὼ νεανίσκοι μάλα καρτεροὶ καὶ ὁ Μεγαρεὺς[1] ἐν αὐτοῖς. εὐθὺς οὖν ἀνετέτραπτο πάντα καὶ ὁ Γόργος, ὥσπερ ἔφην, ἐπαίετο καὶ ἐπατεῖτο χαμαὶ κείμενος· ἡ Κροκάλη δὲ οὐκ οἶδ' ὅπως ἔφθη ὑπεκφυγοῦσα παρὰ τὴν γείτονα Θεσπιάδα· ἐμὲ δὲ ῥαπίσας ὁ Δεινόμαχος, 'Εκφθείρου, φησί, κατεαγότας μοι τοὺς αὐλοὺς προσρίψας. καὶ νῦν ἀποτρέχω φράσουσα ταῦτα τῷ δεσπότῃ· ἀπέρχεται δὲ καὶ ὁ γεωργὸς ὀψόμενός τινας φίλους τῶν ἀστικῶν, οἳ παραδώσουσι τοῖς πρυτανεῦσι τὸν Μεγαρέα.

324

ΚΟΧΛΙΣ

3. Ταῦτ' ἐστὶν ἀπολαῦσαι τῶν στρατιωτικῶν τούτων ἐραστῶν, πληγὰς καὶ δίκας· τὰ δὲ ἄλλα ἡγεμόνες εἶναι καὶ χιλίαρχοι λέγοντες, ἤν τι δοῦναι δέῃ, Περίμεινον, φασί, τὴν σύνταξιν, ὁπόταν ἀπολάβω

[1] Μεγαρεὺς codd.: Μεταπεὺς Gesner: 'Αγραεὺς Meiser.

---

[1] "Megarian" can hardly be taken literally, as the soldier has already been called an Aetolian, and Legrand's suggestion that he was an Aetolian stationed in Megara

to pay, she banged the door shut in his face, so they said, and asked in Gorgos of Oenoe, a rich farmer, an admirer of long standing, and an excellent fellow, drank with him and brought me in to give them some music. The wine had begun to flow, I was striking up one of my Lydian airs, the farmer was just getting up to dance, Crocale was clapping, and everything was most pleasant, when we heard crashes and shouts, there was a battering on the front door, and a moment later eight or nine strapping young fellows including that yahoo [1] came rushing in. Well everything was turned upside down at once, and Gorgos, as I said, was knocked about, and kicked as he lay on the ground. Somehow Crocale was quick enough to escape next door to Thespias' house, but I was slapped by Dinomachus, who then threw my broken pipes after me, and told me to " get to blazes out of it ". Now I'm hurrying off to tell my master about this, while the farmer is on his way to see some friends in town, who will bring that yahoo before the magistrates.

COCHLIS

That's the profit one may get from having these soldiers for lovers—violence and suits in the law-courts. Besides, though they claim to be generals and colonels, when the time comes to pay, they say, " Wait for pay-day, and the time I'm paid

seems unlikely. I follow Mras in taking " Megarian " as a term of general abuse. Thus Diogenes (according to Aelian, *V.H.* 12, 56) talks of the ignorance and boorishness of the Megarians, while Megara itself was regarded as a contemptible city. (Cf. Plutarch, *Lys.* 22 and Alciphron 3, 8, 1). Mras also suggests that *Μεγαρεὺς* may be a comic adaptation of *μέγας*.

τὴν μισθοφοράν, καὶ ποιήσω πάντα. ἐπιτριβεῖεν δ' οὖν ἀλαζόνες ὄντες· ἔγωγ' οὖν εὖ ποιῶ μὴ προσιεμένη αὐτοὺς τὸ παράπαν. ἁλιεύς τις ἐμοὶ γένοιτο ἢ ναύτης ἢ γεωργὸς ἰσότιμος κολακεύειν

325 εἰδὼς μικρὰ καὶ κομίζων πολλά, οἱ δὲ τοὺς λόφους ἐπισείοντες οὗτοι καὶ τὰς μάχας διηγούμενοι, ψόφοι, ὦ Παρθενί.

for my soldiering, and I'll do anything you ask." Oh, a plague on them with their empty boasts! I'm glad I've nothing at all to do with them. Give me a fisherman or sailor or farmer of my own class, who may have little skill in paying compliments, but gives lots of presents. But as for these fellows who shake their plumes and tell us all about their battles, why, Parthenis, they're nothing but noise!

INDEX

INDEX

INDEX

INDEX

INDEX

INDEX

INDEX

INDEX

LTSS Lineberger Memorial Library
3 5898 00118 0203